Herausgegeben
von Dr. Herbert W. Franke
und Wolfgang Jeschke

Vom gleichen Autor erschienen außerdem
als Heyne-Taschenbücher

Die Irrfahrten des Mr. Green · Band 3127
Das Tor der Zeit · Band 3144
Als die Zeit stillstand · Band 3173
Der Sonnenheld · Band 3265
Der Mondkrieg · Band 3302
Die synthetische Seele · Band 3326
Der Steingott erwacht · Band 3376
Lord Tyger · Band 3450
Das echte Log des Phileas Fogg · Band 3494

PHILIP JOSÉ FARMER

DIE FLUSSWELT DER ZEIT

Science Fiction-Roman

Deutsche Erstveröffentlichung

WILHELM HEYNE VERLAG
MÜNCHEN

HEYNE-BUCH Nr. 3639
im Wilhelm Heyne Verlag, München

Titel der amerikanischen Originalausgabe
TO YOUR SCATTERED BODIES GO
Deutsche Übersetzung von Ronald M. Hahn

Redaktion: E. Senftbauer
Copyright © 1971 by Philip José Farmer
Copyright © 1979 der deutschen Übersetzung
by Wilhelm Heyne Verlag, München
Printed in Germany 1979
Umschlagbild: Johann Peter Reuter
Umschlaggestaltung: Atelier Heinrichs, München
Gesamtherstellung: Mohndruck Reinhard Mohn GmbH, Gütersloh

ISBN 3-453-30552-3

1

Als könne sie damit den Tod von ihm fernhalten, hatte seine Frau die Arme um ihn geschlungen.

»Mein Gott«, rief er aus, »ich bin ein toter Mann!«

Die Zimmertür öffnete sich, und in seinem Blickfeld erschien ein gigantisches, schwarzes, einhöckeriges Kamel. Der heiße Wüstenwind spielte mit den an seinem Geschirr befestigten Glöckchen und brachte sie zum Erklingen. Dann tauchte im Türrahmen ein übergroßes, von einem schwarzen Turban umrahmtes, dunkles Gesicht auf. Der schwarze Eunuch kam durch die Tür und bewegte sich dabei wie eine Nebelwolke dahin. Er trug einen überdimensionalen Türkensäbel in der Hand. Der Tod, der Vernichter aller Wonnen, der Entzweier aller Bande, die ihn an die Gesellschaft ketteten, war schließlich auch zu ihm gekommen.

Schwärze und Leere. Er spürte nicht einmal, daß sein Herz für immer zu schlagen aufhörte. Nichts.

Dann öffnete er die Augen. Sein Herz klopfte heftig. Er fühlte sich stark, ungeheuer stark! Der Schmerz seiner gichtgeplagten Füße, die Agonie, der seine Leber ausgesetzt gewesen war, die Folter, die sein Herz quälte – all das war plötzlich nicht mehr.

Um ihn herum war es so still, daß er das Pulsieren des Blutes in seinem Kopf hören konnte. Er befand sich allein in einer Welt absoluter Ruhe.

Von überallher schien ein gleichbleibendes, intensives Licht zu kommen. Obwohl er sehen konnte, weigerte sich sein Verstand zu begreifen. Welche Bewandtnis hatten die Objekte über, unter und neben ihm? Wo befand er sich?

Als er Anstalten machte, sich aufzusetzen, verspürte er lähmende Panik. Es gab nichts, das Festigkeit versprach. Er schwebte in einem völlig leeren Raum. Und schon der Versuch, die Position zu ändern, hatte ausgereicht, ihn langsam nach vorne gleiten zu lassen. Es schien, als befände er sich in einer großen, mit zähflüssigem Sirup gefüllten Wanne. Fünfundzwanzig Zentimeter von seinen Fingerspitzen entfernt entdeckte er eine Stange aus glänzend rotem Material. Sie ragte aus der sich über ihm erstreckenden Unendlichkeit in die bodenlose Tiefe. Da sie jedoch das einzig solide Objekt in unmittelbarer Nähe darstellte, versuchte er, nach ihr zu greifen. Aber irgend etwas Unsichtbares hielt ihn zurück. Es schien, als hätten sich unbekannte Mächte dazu verschworen, ihn von der Stange abzuhalten und zurückzudrängen.

Er versuchte einen langsamen Purzelbaum und kam somit bis auf fünfzehn Zentimeter an das Objekt heran. Ein Strecken des Körpers erbrachte weitere zwölf Zentimeter. Plötzlich begann sich sein Körper um die eigene Achse zu drehen. Er schnappte überrascht keuchend nach Luft. Obwohl ihm klar war, daß keine unmittelbare Gefahr existierte, war es ihm unmöglich, etwas gegen die verzweifelt nach einem Halt suchenden, panisch umherrudernden Arme zu tun.

Wohin sah er jetzt? Nach »oben« oder nach »unten«? Egal. Sicher war, daß er sich in eine andere Richtung gedreht hatte und jetzt ein anderes Blickfeld vor seinen Augen auftauchte. Er unterließ es, sich über dieses Problem tiefschürfende Gedanken zu erlauben, denn das, was sich nun seinen Blicken darbot, unterschied sich in nichts von der vorherigen Aussicht. Er hielt sich schwebend in einem leeren Raum auf, und irgendeine rätselhafte Kraft, die ihn wie ein Kokon umgab, hinderte ihn daran, hinunterzufallen. Zwei Meter unter sich sah er die Gestalt einer blassen Frau. Sie war nackt, völlig haarlos und schien zu schlafen. Jedenfalls waren die Augen geschlossen, während ihre Brust sich hob und senkte. Sie hatte die Beine in einer geraden Linie von sich gestreckt und die Arme stramm an den Körper gelegt. Langsam, wie ein Hähnchen auf dem Grill, rotierte sie um die eigene Achse.

Die gleiche Kraft, die die Frau bewegte, kontrollierte auch ihn. Sie verschwand wieder aus seinem Blickfeld, und er sah andere nackte, gleichfalls haarlose Gestalten: Männer, Frauen und Kinder. Gleich der Frau unter ihm bewegten sie sich in völliger Stille. Über ihm schwebte kreisend ein nackter Neger.

Er senkte den Blick, um sich selbst anzusehen. Auch er war nackt. Kein Haar bedeckte seinen Körper. Die Haut war glatt, die Bauchmuskulatur kräftig. Er bemerkte starke Muskeln und erinnerte sich daran, daß man jung sein mußte, um einen solch kraftstrotzenden Körper zu besitzen. Die Adern seiner Unterarme, die er als kleine, hervortretende blaue Schlangen in Erinnerung hatte, waren verschwunden. Dies war nicht mehr der Körper des todkranken, sich nichts mehr vormachenden neunundsechzigjährigen Mannes, der er noch vor kurzem gewesen war. Auch die zahlreichen Narben, die ihn bedeckt hatten, waren spurlos verschwunden.

Ihm fiel auf, daß unter all den in der nächsten Umgebung herumschwebenden Gestalten keine einzige greisenhaft wirkte. Wohin sein Blick auch reichte: Jede einzelne schien nicht mehr als fünfundzwanzig Jahre alt zu sein, obwohl es schwierig war, angesichts dieser glatzköpfigen und schamhaarlosen Ansammlung von Menschen exakte Schätzungen vorzunehmen: sie machten ausnahmslos zu gleicher Zeit sowohl einen jungen als auch alten Eindruck auf ihn.

Er hatte einst damit geprahlt, keine Furcht zu kennen. Doch nun war es die nackte Angst in Person, die ihm einen Entsetzensschrei von den Lippen riß. Langsam hielt sie Einzug in seinen Körper, durchdrang ihn und drohte fast, den neuen Lebenswillen, der in ihm aufgeflammt war, wieder zu ersticken.

Zunächst hatte ihn die Erkenntnis, immer noch zu leben, beinahe gelähmt. Jetzt schien die Erkenntnis, in diesem Nichts zu schweben und von all diesen leblosen Körpern umgeben zu sein, ihm die Sinne einzufrieren. Es war, als sähe er durch eine dicke Milchglasscheibe. Dann rastete etwas in ihm ein. Er glaubte es fast zu hören: Jemand schien ein Fenster aufgestoßen zu haben.

Die Welt nahm plötzlich Umrisse an, die greifbar, wenn auch unverständlich waren. Über und unter ihm – egal, in welche Richtung er blickte – schwebten menschliche Gestalten in horizontaler Lage im Nichts dahin. Aber die Reihen setzten sich nicht nur nach oben und unten, sondern auch rechts und links und hinter und vor ihm fort. Begrenzt wurden sie von roten Stangen, die sich jeweils fünfundzwanzig Zentimeter von ihren Köpfen und Füßen entfernt befanden. Und was die Höhe anbetraf: Sowohl von der über als auch der unter ihm befindlichen Gestalt trennten ihn knapp zwei Meter.

Die Stangen selbst ragten aus einem bodenlosen Abgrund und reichten in Höhen hinauf, deren Ende nicht sichtbar war. Die nebelhafte Dunkelheit, die ober- und unterhalb und in allen seitlichen Richtungen zu erkennen war, schien weder mit dem Firmament noch dem Erdboden identisch zu sein. Um sie herum befand sich nichts außer einer unendlichen, ewigen Weite.

In der Nähe entdeckte er einen dunkelhäutigen Mann mit toskanischen Gesichtszügen. Ihm gegenüber schwebte eine Inderin und dahinter wiederum ein Mann mit nordischem Einschlag. Erst nachdem sich der Mann zum dritten Mal um die eigene Achse gedreht hatte, erkannte er, was an ihm so seltsam war: Sein rechter Arm war, von einem bestimmten Punkt unterhalb seines Ellbogens ab, rot, als besäße er dort keinerlei Haut.

Ein paar Sekunden später entdeckte er in einer der anderen Reihen einen männlichen Körper, dem jegliche Haut und zusätzlich noch alle Gesichtsmuskeln zu fehlen schienen.

Es gab noch andere Körper, die noch nicht völlig wiederhergestellt wirkten. Irgendwo in der Ferne, nur undeutlich zu erkennen, rotierte ein Skelett, in dessen Innern sich verschiedene Organe bewegten.

Aber obwohl sein Herz wild hämmerte und in panischem Entsetzen gegen seinen Brustkorb schlug, setzte er die Beobachtungen fort. Und dann begann er zu begreifen, daß er sich in einer gewaltigen Kammer befand und daß die metallenen Stangen nichts anderes waren als Instrumente, die dazu dienten, eine Kraft auszustrahlen, in deren Einflußbereich sich Millionen – vielleicht sogar Milliarden – menschlicher Wesen wie in einem Grill drehten.

Aber wo befand sich dieser Ort?

Mit absoluter Sicherheit nicht im Triest des k.u.k. Österreich-Ungarn von 1890.

Er glich keiner jener Höllen oder Himmel, von denen er gehört oder gelesen hatte – damit stellte sich seine Annahme, über jede Theorie des Lebens nach dem Tode informiert zu sein, als Fehlschluß heraus.

Er war gestorben. Und jetzt lebte er. Er hatte ein Leben lang sämtliche Theorien über ein Leben nach dem Tode verspottet. Jetzt konnte er nicht mehr bestreiten, sich geirrt zu haben. Aber glücklicherweise befand sich niemand in der Nähe, der nun sagen konnte: »Ich habe es dir ja schon immer gesagt, du Ignorant!«

Und er war der einzige unter all diesen Millionen, der nicht schlief.

Nach einer erneuten Drehung, die schätzungsweise zehn Sekunden in Anspruch nahm, sah er etwas, das ihn nach Luft schnappen ließ. Fünf Reihen von ihm entfernt befand sich eine Gestalt, die auf den ersten Blick durchaus menschlich erschien. Aber kein Angehöriger der Rasse des Homo sapiens verfügte über drei Finger und einen Daumen an jeder Hand oder vier Zehen an den Füßen. Ebenso irritierte ihn die hundeähnliche Nase und die ihn an das gleiche Tier erinnernden, ledrigen Lippen. Das Wesen verfügte über einen Hodensack mit mehreren kleinen Auswüchsen und merkwürdig eingerollten Ohren.

Aber auch dieser Schreck ging vorbei. Sein Herzschlag verlangsamte sich ein wenig, wurde aber dennoch nicht normal.

Allmählich begann sein Gehirn wieder zu arbeiten. Er mußte heraus aus dieser Situation, in der er sich so hilflos wie ein neugeborenes Lämmchen vorkam. Er mußte irgend jemanden erreichen, der ihn darüber informieren konnte, wo er sich hier befand, wie er hierhergekommen war und was er hier sollte.

Sich zu etwas entscheiden bedeutete etwas zu tun.

Er zog die Beine an, trat aus und stellte fest, daß man sich auf diese Weise um etwa einen Zentimeter vorwärts bewegen konnte. Sofort wiederholte er das Experiment und stemmte sich dem Widerstand entgegen. Eine kurz eingelegte Pause trieb ihn allerdings auf den alten Standpunkt zurück. Sanft wurden Arme und Beine wieder in die Ausgangsstellung zurückbefördert.

Er warf sich plötzlich tretend und die Schwimmstöße eines Kraulers nachahmend nach vorne und wandte alle Kraft auf, um der Stange näherzukommen. Je näher er ihr kam, desto stärker wurde der Widerstand. Dennoch gab er nicht auf. Würde er das tun, wäre er recht bald wieder an seinen Ausgangsort zurückgelangt und hätte doch nichts als kostbare Kraft vergeudet, die ihm bei einem erneuten Vorstoß fehlen würde. Es widersprach einfach seiner Natur, aufzugeben, ehe nicht alle Kräfte restlos erschöpft waren.

Mit einem heiseren Keuchen sog er die Luft ein. Sein Körper war schweißbedeckt. Arme und Beine arbeiteten unaufhaltsam weiter. Der Fortschritt war unbestreitbar. Plötzlich berührten die Fingerspitzen seiner linken Hand die Stange. Sie fühlte sich hart und warm an.

Im gleichen Moment wußte er, in welcher Richtung »unten« war. Er fiel.

Die Berührung hatte als Katalysator gewirkt. Die ihn wie eine Haut umgebende Luft gab ihn frei, und er tauchte hinab.

Er befand sich nahe genug an der Stange, um sie mit einer Hand packen zu können. Die plötzliche Erkenntnis kam zu schnell, als daß er seinen Körper in diesem Moment hundertprozentig unter Kontrolle hätte haben können. Seine Hüfte knallte gegen die Stange und begann zu schmerzen. Die schnelle Abwärtsbewegung verbrannte beinahe seine Hand. Er griff mit der anderen zu und hielt an.

Direkt vor ihm, auf der anderen Seite der Stange, begannen die Körper zu fallen. Sie verschwanden mit der Geschwindigkeit eines fallenden Körpers auf der Erde in der Tiefe, wobei jeder einzelne seine ausgestreckte Stellung und den Abstand zwischen

Vorgänger und Nachfolger sorgfältig wahrte. Sie hörten dabei nicht einmal auf, um sich selbst zu rotieren.

Es war die auf seinen schweißbedeckten Kröper auftreffende Luft der sich bewegenden Gestalten, die ihn zwang, sich eng um die Stange zu winden. Hinter ihm, in der vertikalen Körperreihe, in der er sich nun befand, begannen die Schläfer ebenfalls hinabzusinken. Einer nach dem anderen, als werfe man sie methodisch durch eine Falltür, langsam rotierend, glitt sie vorbei. Ihre Köpfe verpaßten ihn nur um wenige Zentimeter, aber er hatte Glück genug, daß sie ihn nicht trafen und mit in die unendliche Tiefe rissen.

In gleichbleibender Stellung fielen sie. Körper auf Körper raste zu beiden Seiten der Stange an ihm vorbei, während die anderen Abermillionen weiterschliefen.

Er starrte ihnen eine Zeitlang nach. Dann begann er sie zu zählen. Er war stets ein glänzender Statistiker gewesen, aber als er 3001 erreicht hatte, gab er auf und schaute nach oben. Wie hoch, in welche Fernen mußte die Ansammlung dieser Körper reichen? Und wie tief würden sie fallen? Und er hatte sie, indem er unwissentlich den Kontakt zwischen sich und der Stange unterbrochen hatte, einem ungewissen Schicksal übergeben.

Zwar konnte er an der Stange nicht nach oben klimmen, aber die Möglichkeit des Abstiegs bestand immer noch. Er begann sich hinabzulassen, schaute dabei aufwärts und vergaß bald, was er angerichtet hatte. Irgendwo über ihm überdeckte ein Summen plötzlich das Rauschen der nach unten rasenden Körper.

Ein kleines Schiff, das aus einer glänzend grünen Substanz bestand und die Formen eines Kanus besaß, sank zwischen den schwebenden und fallenden Körpern hinab. Das schnittige Luftgefährt zeigte nicht die geringsten Anzeichen eines maschinellen Antriebs. Es erschien ihm wie ein magisches Schiff aus *Tausendundeine Nacht*.

Über dem Rand des Schiffes wurde nun ein Gesicht erkennbar. Das Schwebefahrzeug stoppte, und das summende Geräusch erstarb. Neben dem ersten Gesicht erschien ein zweites. Beide waren von langem, glattem, dunkelm Haar umrahmt. Plötzlich zogen sie sich zurück, das Summen erklang erneut, und das Kanu schickte sich an, auf ihn zuzusteuern. Etwa anderthalb Meter über seinem Kopf hielt es an. Auf der Wandung befand sich ein einziges, kleines Symbol: Eine weiße Spirale, die nach rechts hin explodierte. Dann sagte einer der Insassen etwas in einer Sprache, die zahlreiche Vokale enthielt und sich wie Polynesisch anhörte.

Unerwartet schaltete sich der unsichtbare Kokon, der ihn umgab, wieder ein. Die fallenden Körper begannen sich zu verlangsamen und hielten schließlich wieder an. Der Mann, der sich an die Stange klammerte, fühlte, daß eine geheimnisvolle Kraft an ihm zerrte und zog. Da er sich wie ein Ertrinkender an seinen einzigen Halt klammerte, hoben sich plötzlich die Beine unter seinem Körper hinweg, schwebten nach oben und zogen seinen Leib mit sich. Es dauerte nicht lange, und er sah nach unten. Die Hände ließen die Stange los, wurden von ihr weggezerrt, und er hatte die Impression, als entglitte ihm in diesem Moment ebenso das Leben, die geistige Gesundheit und die ganze Welt. Er begann aufwärts zu schweben und um die eigene Achse zu rotieren, näherte sich dem schnittigen Luftkanu und glitt an ihm vorbei in die Höhe. Die beiden Schiffsinsassen waren nackt, dunkelhäutig wie jemenitische Araber und sahen gut aus. Ihre Züge jedoch waren nordisch und erinnerten ihn an einige Isländer, die er einst gekannt hatte.

Einer von ihnen hielt in der Hand ein Objekt, das entfernt an einen Bleistift erinnerte. Er gestikulierte damit herum, als sei er im Begriff, zu schießen.

Der Mann, der nun frei durch die Luft schwebte, streckte die Arme aus, begann wie ein Wahnsinniger zu rudern, als wolle er das kleine Schiff erreichen, und schrie in einer Mischung aus Wut, Haß und Frustration: »Ich will töten! Töten! Töten!«

Dann kam erneut das Vergessen.

2

Gott stand über ihm, als er im Gras in der Nähe des Flusses auf dem Rücken lag und dem Rascheln der Trauerweiden lauschte. Seine Augen waren weit aufgerissen, und er fühlte sich so schwach wie ein neugeborenes Baby. Gott stieß ihm mit dem Ende eines eisernen Spazierstocks in die Rippen. Er war ein hochgewachsener Mann in den mittleren Jahren, trug einen langen, dunklen, in mehreren Spitzen endenden Bart und trug den Sonntagsstaat eines englischen Gentleman aus dem 53. Jahr der Herrschaft Königin Viktorias.

»Du kommst spät«, sagte Gott. »Die Rückzahlung deiner Schuld ist schon lange überfällig, verstehst du?«

»Welcher Schuld?« fragte Richard Francis Burton. Er strich mit den Fingerspitzen über seine Rippen, um sicherzugehen, daß sie noch alle vorhanden waren.

»Die Schuld für dein Fleisch«, erwiderte Gott und piesackte ihn erneut mit seinem Stock. »Gar nicht zu reden von deinem Geist. Es geht um die Schuld für dein Fleisch und deinen Geist, die ein und dasselbe sind.«

Burton versuchte sich zu erheben. Niemand, nicht einmal Gott, stieß einen Richard Burton in die Rippen und kam ungestraft davon.

Gott, der Burtons sinnlose Bemühungen ignorierte, zog eine große goldene Uhr aus den Tiefen seiner Tasche, öffnete ihren Deckel, schaute auf seine Hände und sagte: »Sie ist schon lange überfällig.«

Dann streckte er die andere Hand aus. Die Handfläche war nach oben gerichtet.

»Zahlen Sie, mein Herr. Widrigenfalls wäre ich gezwungen, Sie auszuschließen.«

»Auszuschließen von was?«

Dunkelheit senkte sich herab. Gott begann sich in der Finsternis aufzulösen. Und erst jetzt stellte Burton fest, daß Gott ihm sehr ähnlich war. Er hatte das gleiche schwarze, glatte Haar, das gleiche arabisch wirkende Gesicht mit den dunklen, stechenden Augen, hohen Wangenknochen, vollen Lippen und dem zielbewußt vorgereckten Kinn. Er trug die gleichen langen und tiefen Narben, die die Zeugen seiner Kämpfe mit den Somalis in Berbera darstellten, im Gesicht. Seine Hände und Füße waren klein und kontrastierten mit den breiten Schultern und den schmalen Hüften. Und er trug ebenfalls einen langen, dicken Schnauzbart *und den in mehreren Zacken endenden Kinnbart, der Burton unter den Beduinen den Beinamen »der Vater aller Moustachios« eingetragen hatte.*

»Du siehst aus wie der Teufel«, sagte Burton, aber Gott war zu diesem Zeitpunkt bereits zu einem Schatten unter vielen in der Dunkelheit geworden.

# 3

Obwohl Burton noch immer schlief, war er der Oberfläche des Bewußtseins derart nahe, daß er sich darüber im klaren war, geträumt zu haben. Das Tageslicht war dabei, die Nacht zu vertreiben.

Dann öffneten sich seine Augen. Und er wußte nicht, wo er war.

Über ihm befand sich blauer Himmel. Eine freundliche Brise schmeichelte seinem nackten Körper. Sein haarloser Kopf, sein Rücken, die Beine und die Innenflächen seiner Hände lagen auf Gras. Als er den Kopf nach rechts drehte, sah er eine Ebene, die von sehr kurzem, dickem, unglaublich grünem Gras bewachsen war. In einer Entfernung von etwa anderthalb Kilometern hob sie sich sanft an. Hinter der Ebene erhob sich ein Hügelrücken, der zunächst gleichmäßig, dann immer höher und zerklüfteter wurde, bis er schließlich in ein Gebirge hineinwuchs. Die Hügel selbst schienen nicht weniger als vier bis fünf Kilometer entfernt zu sein und waren mit Bäumen bewachsen, deren Farben von Scharlach bis Azurblau, von hellem Grün über flammendes Gelb bis zu Tiefrosa hinreichten. Die Berge, die sich hinter der Hügellandschaft erstreckten, waren ungeheuer steil, beinahe senkrecht und von unglaublicher Höhe. Sie waren schwarz und blaugrün, wirkten wie gläsernes Vulkangestein. Mindestens ein Viertel ihrer Oberfläche war von gewaltigen Flechtenansammlungen bewachsen.

Und zwischen ihm und den Hügeln lagen viele menschliche Körper. Der ihm am nächsten liegende war der jener weißen Frau, die unter ihm in der Vertikalreihe geschwebt hatte. Sie war nur ein paar Schritte von ihm entfernt.

Er hatte das Verlangen, aufzustehen, aber er fühlte sich träge und benommen. Alles, was er im Moment tun konnte, war, den Kopf zu drehen. Und selbst das kostete ihn beträchtliche Anstrengung. Er sah nach links. Auch hier lagen unbekleidete Gestalten und bedeckten die Ebene bis zum Ufer eines Flusses hinab, der in einer Entfernung von vielleicht hundert Metern begann. Er war mehr als einen Kilometer breit, und auf der gegenüberliegenden Seite erstreckte sich eine weitere Ebene, die ebenfalls eine Breite von einem Kilometer aufwies und vor einer Hügelkette endete, auf der der Baumbestand ähnlich dicht war wie auf dieser Seite. Auch sie ging nach und nach in ein schwarzes und blaugrünes steiles Gebirge über. Diese Richtung muß

Osten sein, dachte er unbehaglich. Die Sonne hatte sich gerade über den Gipfeln der Berge erhoben.

In der Nähe des Flußufers entdeckte er ein seltsames Gebilde, das aus grauem Granit mit roten Flecken bestand und in etwa die Umrisse eines Pilzes aufwies. Sein Stamm schien nicht mehr als anderthalb Meter hoch zu sein, während der Pilzhut einen Durchmesser von wenigstens fünfzehn Meter aufwies.

Schließlich schaffte er es, sich wenigstens auf einen Ellbogen zu erheben.

Zu beiden Seiten des Flusses entdeckte er noch mehrere dieser pilzähnlichen Granitsteine.

Überall auf der Ebene lagen unbekleidete, kahlköpfige Gestalten in einem Abstand von etwa zwei Metern verstreut. Die meisten verharrten noch auf dem Rücken und starrten in den Himmel. Andere begannen sich zu rühren, schauten sich um und setzten sich auf.

Er tat es den anderen gleich, betastete sein Gesicht mit beiden Händen und stellte fest, daß es ebenmäßig war.

Sein Körper war nicht mehr der jenes verschrumpelten, faltenreichen, gebückten Neunundsechzigjährigen, der er auf dem Totenbett gewesen war: Er fühlte sich wieder genauso an wie derjenige, den er als Fünfundzwanzigjähriger besessen hatte – ebenmäßig und strotzend vor Lebenskraft. Es war derselbe wie jener, der in diesem seltsamen Traum zwischen den geheimnisvollen roten Stangen geschwebt hatte. Traum? Es war zu realistisch gewesen, um ein Traum zu sein. Es war *kein* Traum gewesen.

Um sein Handgelenk schlang sich ein dünnes Band aus transparentem Material, an dem ein weiteres, zwanzig Zentimeter langes Stück des gleichen Materials baumelte, an dessen Ende sich ein grauer Metallzylinder befand, der keinerlei Öffnungen aufwies.

Ohne sich darauf zu konzentrieren – er fühlte sich immer noch etwas schlaff und abgespannt –, hob er den Arm. Der Zylinder wog weniger als ein Pfund, also konnte er nicht aus Eisen sein, selbst wenn er ihnen hohl war. Sein Durchmesser betrug etwa fünfundvierzig Zentimeter, die Länge fünfundsiebzig.

Und alle trugen das gleiche Objekt am Arm.

Als seine Sinne wieder zu funktionieren begannen, fing sein Herz laut an zu pochen. Er stand auf.

Auch die anderen begannen sich nun zu erheben. Viele zeigten einen Gesichtsausdruck, der Mattigkeit widerspiegelte oder

Unverständnis. Viele schauten einfach ängstlich, hatten die Augen weit aufgerissen und warfen furchtsame Blicke um sich. Manche schnappten nach Luft. Wieder andere wankten wie dünne Bäumchen in einem eisigen, starken Wind, obwohl die Luft angenehm warm war.

Aber das Seltsamste, das wirklich Fremdartige und Furchterregende an dieser Situation war die beinahe absolute Stille. Niemand sagte ein Wort. Alles, was zu hören war, waren der keuchende Atem mehrerer Leute in seiner Nähe und das Geräusch eines Schlages, als sich ein Mann mit der Hand auf das Bein klatschte. Irgendeine Frau gab einen leisen Pfeifton von sich.

Ein Mund nach dem anderen öffnete sich. Es schien beinahe, als ob jeder Mensch in diesem Moment kurz davorstand, etwas zu sagen.

Dann begannen sie hin und her zu gehen, schauten einander an, und gelegentlich streckten sie sogar die Hände aus, um sich zu berühren. Sie berührten den Boden mit den bloßen Füßen, drehten sich um, gingen in andere Richtungen, musterten die Hügellandschaft und den in voller Blüte stehenden Baumbestand, die von Flechten bewachsenen Berge, den dahinziehenden grünen Fluß, die pilzförmigen Felsen an den Ufern, die Bänder an ihren Handgelenken und die daran hängenden Zylinder.

Einigen wurde bewußt, daß sie völlig nackt waren.

Alle bewegten sich in völliger Stille und sichtlichem Nichtverstehen.

Plötzlich begann eine der Frauen zu stöhnen. Sie fiel auf die Knie, zog den Kopf zwischen die Schultern und begann laut zu jammern. Jemand anders fiel im gleichen Moment in unmittelbarer Nähe des Flußufers in den Klagelaut ein.

Es schien beinahe, als hätte das Weinen dieser beiden Menschen eine Art Signalwirkung oder stellten einen doppelten Schlüssel zu den Seelen der hier versammelten Menschen dar, die in der Lage waren, mit einem einzigen Ton deren Stimmbänder zu befreien.

Wie auf ein Kommando hin begannen Männer, Frauen und Kinder zu weinen und zu schluchzen, kratzten sich mit den Fingernägeln über das Gesicht, schlugen sich mit geballten Fäusten gegen die Brust oder fielen auf die Knie, während sie betend die Hände erhoben oder allen Ernstes versuchten, ihre Köpfe in den grasbewachsenen Boden einzugraben. Wie die Kinder versuchten sie sich zu verstecken. Sie warfen sich zu Boden, rollten hin und her, bellten wie Hunde, jaulten wie ein Wolfsrudel.

Entsetzen und Hysterie ergriffen Burton. Er wollte sich auf die Knie werfen und beten, sich für die Errettung vor dem Jüngsten Gericht bedanken. Er suchte Gnade. Ihm lag nichts daran, das Menschen blendende Antlitz Gottes über den Bergen auftauchen zu sehen. Er wußte, daß es heller war als die Sonne. Und er war jetzt gar nicht mehr so mutig und schuldlos, wie er bisher angenommen hatte. Das Jüngste Gericht würde mit einem solchen Erschrecken, einer solchen Unausweichlichkeit über ihn kommen, daß er an nichts anderes mehr denken konnte.

Er erinnerte sich, sich einmal ausgemalt zu haben, wie er Gott nach seinem Tode entgegentreten würde. Er hatte sich klein und nackt in der Mitte einer tiefen Ebene aufgehalten, die dieser hier glich. Aber er war allein gewesen. Dann war Gott, groß wie ein Berg, auf ihn zugekommen. Und er, Burton, war fest dagestanden und hatte ihn verleugnet.

Obwohl er keinen Gott sehen konnte, rannte er dennoch davon. Er lief über die Ebene, stieß Männer und Frauen beiseite, eilte an ihnen vorbei und sprang über jene, die sich am Boden wälzten, einfach hinweg. Und während er rannte, schrie er: »Nein! Nein! Nein!« Seine Arme wirbelten durch die Luft wie die Flügel einer Windmühle, um die unsichtbaren Schrecken abzuwehren. Der an seinem Handgelenk befestigte Zylinder flog von einer Richtung in die andere.

Erst als ihm das Luftholen derartige Schmerzen verursachte, daß er nicht länger in der Lage war, auch nur den kleinsten Schrei auszustoßen, als er das Gefühl nicht mehr los wurde, daß an seinen Armen und Beinen bleischwere Gewichte hingen, seine Lungen brannten und sein Herz wie wild schlug, ließ er sich zwischen die ersten Bäume fallen.

Nach einer Weile setzte er sich wieder auf und warf einen Blick über die Ebene. Der von der Menge erzeugte hysterische Lärm hatte sich nun von dem herzzerreißenden Heulen und Jammern zu einem unüberhörbaren Schwätzen gewandelt. Die Mehrheit der Leute redete aufeinander ein, obwohl niemand dem anderen zuzuhören schien. Burton war nicht in der Lage, auch nur ein einziges Wort zu verstehen. Manche der Männer und Frauen hielten einander in den Armen, drückten und küßten sich, als hätten sie sich in ihrem vorherigen Leben gekannt und einander erst hier wiederentdeckt.

Inmitten der Menge saßen einige Kinder, von denen keines unter fünf Jahre alt zu sein schien. Wie die der Erwachsenen, waren auch ihre Köpfe barhäuptig. Die Hälfte von ihnen weinte und gestikulierte verzweifelt, während andere, ebenfalls laut jammernd, hin und her liefen, in die Gesichter der Älteren starrten und offensichtlich ihre Eltern suchten.

Sein Atem begann sich zu normalisieren. Burton stand auf und wandte sich um. Der Baum, unter dem er stand, war eine rote (des öfteren fälschlicherweise als norwegische bezeichnete) Pinie. Sie war mehr als sechzig Meter hoch, und der danebenstehende Baum gehörte einer Art an, die Burton noch nie zu Gesicht bekommen hatte. Er zweifelte daran, daß es ihn auf Erden je gegeben hatte. (Daß er sich nicht auf der Erde befand, war ihm klar, auch wenn er zu diesem Zeitpunkt nicht in der Lage gewesen wäre, dafür einen speziellen Grund anzugeben.) Der Baum bestand aus einem dicken, knorrigen Stamm von schwarzer Farbe und verfügte über starke Äste, die dreieckige, beinahe zwei Meter lange Blätter trugen. Sie waren grün und scharlachrot gesprenkelt. Der Baum schien mindestens hundert Meter hoch zu sein, und jene, die in seiner Nähe standen, ähnelten weißen und schwarzen Eichen, Kiefern, Eiben und Tannen.

Ab und an stieß er auch auf große, bambusähnliche Gewächse, und wo sich keine Bäume befanden, wuchs überall meterhohes Gras. Nirgendwo waren Tiere zu erblicken. Nicht einmal Insekten oder Vögel.

Burton hielt nach einem Knüppel oder Stock Ausschau. Er hatte nicht die geringste Idee, was als nächstes auf der Tagesordnung der Zukunft dieser Menschenansammlung stand, aber wenn sie unbewacht und unkontrolliert vor sich hinlebte, würden sich sicher recht bald wieder die normalen Machtstrukturen bilden. Wenn der Schock erst einmal überwunden war, würde jeder zuerst einmal an sich denken, und das war gleichbedeutend damit, daß es Leute geben würde, die dafür über Leichen gingen.

Er fand nichts, was ihm als Waffe hätte dienlich sein können. Ob er den Metallzylinder vielleicht dazu verwenden konnte? Er schlug ihn gegen einen Baum. Obwohl er ziemlich leicht schien, war er von einer extremen Härte.

Burton öffnete den an einem Scharnier befestigten Deckel am anderen Ende des Zylinders. Das Innere enthielt sechs karabinerhakenähnliche Ringe. An jedem einzelnen baumelte eine Tasse, ein Teller oder andere Behälter aus grauem Metall. Er schloß den Deckel wieder. Er zweifelte nicht daran, daß er über kurz oder lang herausfinden würde, welche Funktion dieser Zylinder und sein Inhalt hatten.

Was auch geschehen war – die Wiedererweckung hatte keine Gestalten hervorgebracht, die aus zerbrechlichem, nebelhaftem Ektoplasma bestanden. Alles, was er fühlte, waren Fleisch und Knochen.

Obwohl er sich immer noch ein wenig der Realität entrückt fühlte und sich vorkam, gerade vom Ende der Welt zurückgekehrt zu sein, fiel der Schock langsam von ihm ab.

Er verspürte Durst. Es würde ihm nichts anderes übrigbleiben, als zu diesem Fluß hinunterzugehen und aus ihm zu trinken. Hoffentlich war er nicht vergiftet. Der Gedanke amüsierte ihn plötzlich und ließ ihn trocken grinsen. Er strich sich über die Oberlippe, und seine Finger trafen auf nichts als nackte Haut. Erst jetzt erinnerte er sich daran, daß auch sein Schnauzbart nicht mehr existierte. Oh, tatsächlich, er hatte gehofft, daß das Flußwasser nicht verseucht sei. Welch komischer Gedanke! Warum sollte jemand die Toten wieder zum Leben erwecken, bloß um sie anschließend erneut sterben zu lassen? Dennoch blieb er lange Zeit unter dem Baum stehen. Der Gedanke, sich durch die hysterisch schwätzende Menge einen Weg zum Fluß zurück zu erkämpfen, erfüllte ihn mit unguten Erinnerungen. An diesem Ort, abseits der schluchzenden Meute, fühlte er sich vom größten Teil des Entsetzens und der Panik, die ihn – gleich den anderen – überspült hatten, seltsam befreit. Ginge er jetzt zurück, setzte er sein Seelenleben erneut den Gefühlsaufwallungen der anderen aus.

Er sah plötzlich eine sich aus der Menge lösende nackte Gestalt und stellte fest, daß sie auf ihn zustrebte. Sie war nichtmenschlich.

Und jetzt wurde Burton klar, daß dieser Wiedererweckungsvorgang mit keinem derjenigen identisch war, den die Religionen der Welt ihren Gläubigen verhieß. Er selbst hatte weder an den Gott der Christen noch an den der Moslems, Hindus oder irgendeiner anderen Kirche geglaubt. Genaugenommen hatte er sogar jegliche Existenz irgendeines Schöpfers geleugnet. Alles was ihm wichtig gewesen war, war Richard Francis Burton selbst – und vielleicht noch ein paar Freunde. Und er hatte niemals daran gezweifelt, daß im Augenblick seines Todes auch die ganze übrige Welt zu existieren aufhörte.

4

Es war das Erwachen in diesem von einem mächtigen Fluß durchzogenen Tal gewesen, das schuld daran war, daß er für einen Moment sich hilflos all jenen Zweifeln ausgesetzt fühlte, die kein Mensch aus sich verdrängen kann, der sein Leben lang einer religiösen Konditionierung ausgesetzt gewesen ist. Die Gesellschaft nahm jede Gelegenheit wahr, einem Menschen seinen eigenen Schuldkomplex einzureden.

Und nun, als er sah, wie der Fremde auf ihn zukam, war er sicher, daß es eine andere Erklärung für dieses Ereignis geben würde als ein übersinnliches. Es mußte eine physikalische, wissenschaftliche Begründung für sein Hiersein geben; es war sinnlos, sich auf irgendwelche jüdisch-christlich-mohammedanischen Mythen zu verlassen.

Die Kreatur – sie war zweifellos männlichen Geschlechts – war ein Zweifüßler und mehr als zwei Meter groß. Ihr rosafarbener Körper war dürr, und ihre Hände besaßen neben einem Daumen jeweils nur drei Finger. Die Füße zeigten vier sehr lange und ebenfalls dürre Zehen. Unter den Brustwarzen des Wesens leuchteten zwei dunkelrote Punkte. Sein Gesicht war halbmenschlich. Dicke, schwarze Augenbrauen wuchsen ihm bis beinahe auf die hohen Backenknochen hinab, und neben seinen Nasenlöchern befanden sich kleine, millimeterlange Membranen, während die knorpelige Nase selbst gespalten schien. Burton sah schwarze Lippen, die dünn und ledrig wirkten, und seltsam zusammengerollte Ohren, die einwandfrei unmenschlich waren, und ein Skrotum, das den Eindruck erweckte, als enthielte es eine ganze Anzahl kleiner Hoden.

Er hatte dieses Geschöpf gesehen, als es ein paar Reihen von ihm entfernt in dieser Alptraumlandschaft geschwebt hatte.

Das Wesen blieb einige Schritte entfernt von ihm stehen, lächelte und entblößte eine Reihe durchaus menschlich aussehender Zähne. Und es sagte: »Ich hoffe, daß Sie englisch sprechen. Ich kann mich allerdings auch ziemlich fließend in Russisch, Mandarin-Chinesisch oder Hindi verständigen.«

Burton verspürte einen leichten Schock. Ihm war, als hätte ganz plötzlich ein Hund oder Affe zu ihm gesprochen.

»Sie sprechen die Sprache, die im Mittelwesten der Vereinigten Staaten von Amerika gesprochen wird«, erwiderte er. »Und das ziemlich gut. Beinahe zu gut.«

»Vielen Dank«, sagte das Wesen. »Ich bin Ihnen gefolgt, weil

Sie mir der einzige schienen, der genug Köpfchen aufwies, um sich aus diesem Chaos zurückzuziehen. Vielleicht haben Sie eine Erklärung für diese ... Wie nennen Sie es noch? – Wiedererweckung?«

»Ich weiß nicht mehr als Sie selbst«, sagte Burton. »Und wenn ich ganz offen sein soll: Ich habe nicht einmal eine Erklärung für Ihre Existenz.«

Die wulstigen Augenbrauen des Fremden schienen sich zusammenzuziehen. Es war eine Geste, die Burton zutiefst verunsicherte und überraschte.

»Nicht? Das ist komisch. Ich hätte jeden Eid darauf geleistet, daß jeder einzelne der sechs Milliarden Erdbewohner mich zumindest vom Fernsehen her kennen würde.«

»Fernsehen?«

Erneut runzelte das Wesen die Stirn.

»Wissen Sie nicht, was Fernsehen ...« Es verstummte, dann begann es zu lächeln. »Natürlich! Wie dumm von mir! Sie müssen gestorben sein, bevor ich die Erde erreichte!«

»Wann war das?«

Die Augenbrauen des Fremden hoben sich (und produzierten damit ein erneutes, durchaus menschliches Stirnrunzeln, wie Burton feststellte), dann sagte er: »Warten Sie. Nach Ihrer Zeitrechnung war es, glaube ich, im Jahre 2002 nach Christi. Wann sind Sie gestorben?«

»Es muß 1890 gewesen sein«, sagte Burton. Irgendwie erzeugte das Wesen erneut in ihm das Gefühl, daß all das hier irreal war. Er bewegte die Zunge in der Mundhöhle; die Backenzähne, die er während des Angriffs der Somalis durch einen Speer verloren hatte, waren wieder da. »Zumindest«, fügte er hinzu, »erinnere ich mich an keinen Tag nach dem 20. Oktober 1890.«

»Aab!« stieß das Wesen hervor. »Dann habe ich also meinen Heimatplaneten etwa zweihundert Jahre nach Ihrem Tod verlassen. Mein Planet? Es war ein Satellit jenes Stern, den ihr Erdenmenschen Tau Ceti nanntet. Wir versetzten uns in einen Zustand der verlangsamten Bewegungen, und als unser Schiff Ihre Sonne erreichte, wurden wir automatisch daraus hervorgeholt und ... Verstehen Sie überhaupt, wovon ich rede?«

»Nicht genau. Das geht mir hier alles zu schnell. Vielleicht sollten Sie mir über die Details später berichten. Wie heißen Sie überhaupt?«

»Monat Grrautut. Und Sie?«

»Richard Francis Burton, zu Ihren Diensten.«

Er verbeugte sich leicht und lächelte. Obwohl das andere Wesen einen geradezu fremdartigen Eindruck auf ihn machte, fühlte Burton sich auf seltsame Weise zu ihm hingezogen.

»Der verstorbene Captain Sir Richard Francis Burton«, fügte er hinzu. »Zuletzt der Konsul Ihrer k. u. k. Majestät Hafen von Triest.«

»Elizabeth?«

»Ich lebte im neunzehnten Jahrhundert, nicht im sechzehnten.«

»Auch im zwanzigsten Jahrhundert regierte eine Königin Elizabeth über Großbritannien«, sagte Monat.

Er wandte sich um und warf einen Blick auf den Uferstreifen. »Wovor haben sie eigentlich alle solche Angst? Praktisch alle Menschen, die ich je traf, schienen sich darin sicher zu sein, daß nach dem Tod ein anderes Leben auf sie wartet.«

Burton grinste und sagte: »Diejenigen, die das Leben nach dem Tode leugneten, sind jetzt sicher, daß sie in der Hölle gelandet sind, weil sie niemals daran geglaubt haben. Und diejenigen, die sicher waren, eines Tages den Himmel zu sehen, sind deswegen schockiert – jedenfalls könnte ich mir das vorstellen –, weil sie sich hier allesamt nackt wiederfinden. Sie müssen wissen, daß die meisten Visionen des Lebens nach dem Tode in der Regel diejenigen, die in der Hölle landen würden, nackt darstellten, während die Gläubigen bekleidet waren. Ihrem Verständnis nach können sie sich ihrer nackten Hintern wegen nur in der Hölle aufhalten.«

»Das scheint Sie zu amüsieren«, erwiderte Monat.

»Vor ein paar Minuten war ich das noch gar nicht«, sagte Burton. »Aber ich bin trotzdem bewegt, zutiefst sogar. Allein daß ich hier auf Sie gestoßen bin, sagt mir, daß die Dinge anders liegen müssen, als die Leute allgemein erwartet haben. Aber die meisten Dinge entsprechen in der Realität nicht den Vorstellungen, die man sich von ihnen gemacht hat. Und Gott, falls er überhaupt vorhat, hier zu erscheinen, scheint jedenfalls keine große Eile zu haben. Ich glaube, daß es dafür eine Erklärung gibt, auch wenn ich nicht sicher bin, daß sie sich mit irgendwelchen irdischen Theorien in Einklang bringen läßt.«

»Ich bezweifle, daß wir uns auf der Erde befinden«, sagte Monat. Mit seinen langen, schlanken Fingern, die anstelle von Nägeln kleine Knorpelenden besaßen, deutete er nach oben. »Wenn Sie hier stehen«, fuhr er fort, »und mit geschütztem Auge in die

Sonne sehen, werden Sie feststellen, daß sich neben ihr ein weiterer Körper befindet. Aber es ist nicht der Mond.«

Burton legte die Hände schalenförmig über die Augen, warf den Zylinder über die Schulter nach hinten und lugte zwischen den Fingern hindurch in die angegebene Richtung. Er bemerkte einen mattleuchtenden Körper, der etwa ein Achtel der Größe eines Vollmonds erreichte. Er ließ die Hände sinken und meinte: »Ein Stern?«

Monat erwiderte: »Ich glaube schon. Ich bin sicher, noch eine ganze Reihe anderer matter Lichter am Himmel gesehen zu haben, aber ich bin nicht sicher. Wir werden es wissen, wenn die Nacht kommt.«

»Was glauben Sie, wo wir sind?«

»Ich kann es nicht einmal erahnen.«

Monat deutete auf die Sonne.

»Da sie aufgeht, wird sie auch wieder versinken. Dann müßte es Nacht werden. Ich glaube, daß es am besten wäre, wir bereiteten uns darauf vor. Und auf andere Ereignisse. Es ist warm und wird auch noch wärmer werden, aber ebensogut könnte die Nacht kalt und regnerisch sein. Wir sollten uns eine Art Unterstand oder so etwas bauen. Und ebenso sollten wir uns darauf konzentrieren, irgendwie Nahrung aufzutreiben. Auch wenn ich den Verdacht hege, daß dieses Gerät ...« – er deutete auf den Zylinder – »uns versorgen wird.«

Burton fragte: »Wie kommen Sie denn darauf?«

»Ich habe in meinen hineingesehen. Er enthält Tassen und Teller, die zwar leer sind, aber unzweifelhaft dafür bestimmt, irgendwann gefüllt zu werden.«

Burton begann die Situation als immer weniger unwirklich zu empfinden. Dieses Wesen – der Taucetianer – sprach so pragmatisch und verständlich, daß es ihm nicht schwerfiel, ihn als den Anker zu sehen, an dem er sich festhalten mußte, damit sein Geist nicht erneut in unendliche Tiefen entschwand. Ungeachtet der abstoßenden Fremdheit dieses Geschöpfes strömte auf Burton eine Freundlichkeit ein, die sein Innerstes erwärmte. Überdies, so schien ihm, mußte jede Kreatur, die in der Lage war, den unendlichen Weg von seiner Zivilisation zur Erde zurückzulegen, über ein riesenhaftes Wissen und unerschöpfliche Quellen verfügen.

Aus der Menge begannen sich die ersten Individuen zu lösen. Eine Gruppe von etwa zehn Männern und Frauen kam langsam auf sie zu. Einige von ihnen unterhielten sich, während die anderen schwiegen und mit weitaufgerissenen Augen um sich schauten. Sie machten nicht den Eindruck, als verfolgten sie ein bestimmtes Ziel; sie flossen lediglich am Rand der Menge entlang, wie eine Wolke, die der Wind vor sich hertreibt. Als sie in die Nähe von Monat und Burton kamen, blieben sie stehen.

Der Mann, der die Gruppe anzuführen schien, zog Burtons Aufmerksamkeit auf sich. Es war offensichtlich, daß Monat nichtmenschlich war – aber dieser Mann da schien entweder ein Frühmensch oder ein Mittelding zwischen einem Menschen und einem Affen zu sein. Er war etwa anderthalb Meter groß, von beinahe quadratischer Körperform und ungeheuer muskulös. Sein Kopf, der auf einem kurzen, kräftigen Hals saß, war vornübergebeugt. Er hatte eine fliehende Stirn, und die Form seines Schädels war lang und schmal. Enorme Wülste überschatteten tiefliegende Augen, und die Nase des Ankömmlings wirkte wie ein Fleischklumpen mit ungeheuren Löchern. Hervorstehende Backenknochen und ein bulliges Kinn zogen seine Lippen zurück. Wäre er mit Haar bedeckt gewesen, hätte man ihn für einen Menschenaffen halten können – aber wie jeder andere auch, war er am ganzen Körper kahl.

Seine Pranken erweckten den Eindruck, als könnten sie mühelos Wasser aus einem Stein quetschen.

Er warf ab und zu einen Blick zurück, als befürchtete er von denen, die ihm folgten, irgendeine Hinterlist. Als er Burton und Monat erreichte, wichen die anderen etwas von ihm ab.

Plötzlich trennte sich ein anderer Mann von der Gruppe und redete in englischer Sprache auf den Frühmenschen ein. Es war klar, daß der Mann genau wußte, der andere würde ihn nicht verstehen; sein Verhalten war lediglich eine Geste der Freundlichkeit. Seine Stimme war heiser. Der Neuankömmling war hochgewachsen, muskulös und jung, und sein Gesicht wirkte ausnehmend hübsch. Sein Profil allerdings wirkte auf eine komische Art spitz. Er hatte grüne Augen.

Der Frühmensch zuckte ein wenig zusammen, als der andere ihn ansprach. Er fletschte die Zähne, sah den grinsenden jungen Mann an und lächelte dann, wobei er zwei Reihen riesiger, starker Zähne zeigte, und erwiderte etwas in einer Sprache, die Burton nicht verstand. Er deutete auf seine Brust und sagte ein Wort, das wie *Kazzintuitruaabemss* klang. Erst später fand Burton heraus, daß dies sein Name war und nichts anderes als Der-Mann-der-das-Ungeheuer-mit-den-langen-weißen-Zähnen-erschlug, bedeutete.

Die Gruppe bestand ansonsten aus fünf Männern und vier Frauen. Zwei der Männer hatten sich während ihres irdischen Lebens gekannt, und einer von ihnen war mit einer der Frauen verheiratet gewesen. Sie waren ausnahmslos Italiener oder Slowenen, die in Triest gestorben waren. Obwohl bei allen der Tod um 1890 herum eingetreten war, kannte Burton natürlich keinen von ihnen.

»Sie da«, sagte Burton und deutete auf den jungen Mann, der mit dem Frühmenschen gesprochen hatte, »treten Sie vor. Wie heißen Sie?«

Der Mann kam zögernd auf ihn zu und sagte: »Sie sind Engländer, wie?«

Er sprach mit einem amerikanischen Akzent, der ebenfalls auf den Mittelwesten hindeutete.

Burton streckte die Hand aus und erwiderte: »Yeah. Ich bin Burton.

Der Mann runzelte die Stirn und fragte: »Burton?« Dann stieß er etwas den Kopf vor und starrte ihm genau ins Gesicht. »Es ist schwer zu sagen ... Ich weiß nicht, ob ...« Plötzlich straffte sich seine Gestalt. »Ich bin Peter Frigate. F-R-I-G-A-T-E.«

Er schaute sich um und sagte mit einer Stimme, die etwas fester klang:

»Es ist nicht einfach, in dieser Lage zusammenhängende Sätze zu sagen. Hier scheint jeder einem ziemlichen Schock zu unterliegen, nicht wahr? Ich komme mir vor, als sei ich der Teil von etwas anderem. Aber ... nun sind wir hier ... leben wieder ... sind wieder jung ... und es gibt kein Fegefeuer ... jedenfalls noch nicht. Ich wurde 1918 geboren und starb 2008 ... an den Folgen dessen, was dieser Außerirdische tat ... Aber man sollte es ihm nicht vorwerfen ... Es war reine Selbstverteidigung, verstehen Sie?«

Frigates Stimme sank zu einem Flüstern herab. Er grinste Monat nervös an.

Burton sagte: »Sie kennen dieses ... Monat Grrautut?«

»Nicht persönlich«, sagte Frigate. »Aber natürlich habe ich genug über ihn auf dem Fernsehschirm gesehen. Und ich habe eine Menge über ihn gehört und gelesen.«

Er streckte die Hand aus und tat das mit einer solchen Mimik, als erwarte er, daß niemand sie ergreifen würde. Monat lächelte, ergriff und schüttelte sie.

Frigate sagte: »Ich würde es für eine gute Idee halten, wenn wir uns zusammenschlössen. Vielleicht werden wir schon bald unseren gegenseitigen Schutz benötigen.«

»Warum das?« fragte Burton, obwohl er es selbst gut genug wußte.

»Sie wissen, wie niederträchtig die meisten Menschen sind«, erklärte Frigate. »Sobald sie erst einmal festgestellt haben, daß sie weiterleben dürfen, werden sie um Frauen, Nahrung und alles, was ihnen dieses Leben lebenswerter macht, zu streiten anfangen. Und ich glaube, daß wir, um uns vor ihnen zu schützen, solche Burschen wie diesen Neandertaler – oder was immer er in Wirklichkeit ist – gut gebrauchen können. Einen guten Kämpfer stellt er auf jeden Fall dar.«

Kazz, wie er später genannt wurde, schien sich sehr darüber zu freuen, auf so pathetische Art von den anderen akzeptiert zu werden. Gleichzeitig war er allerdings jedem gegenüber, der ihm zu nahe kam, von einem gesunden Mißtrauen erfüllt.

Dann kam eine Frau an ihnen vorbei, die unentwegt in deutscher Sprache rief: »Oh, mein Gott! Was habe ich nur getan, dich so zu erzürnen?«

Ein Mann, der beide Hände zu Fäusten geballt hatte, sie über seinem Kopf wirbeln ließ, hüpfte hin und her und schrie auf jiddisch: »Mein Bart! Mein Bart!«

Ein anderer deutete auf seine Genitalien und sagte auf slowenisch: »Man hat einen Juden aus mir gemacht! Einen Juden! Hältst du es für möglich, daß . . . Nein, das kann nicht sein!«

Burton grinste zynisch und sagte: »Es scheint ihm überhaupt nicht bewußt geworden zu sein, daß man jeden, egal ob er Mohammedaner, Australneger oder altägyptischer Abkunft ist, auf diese Art geläutert hat.«

»Was hat er denn gesagt?« fragte Frigate. Burton übersetzte, und Frigate lachte.

Eine Frau eilte heran; sie war verzweifelt bemüht, ihre Brüste und die Schamregion mit den Händen zu bedecken. Dabei murmelte sie ununterbrochen: »Was werden sie nur von mir denken? Was werden sie nur von mir denken?« Schließlich verschwand sie hinter den Bäumen.

Ein Mann und eine Frau kamen an ihnen vorbei; sie unterhielten sich laut auf italienisch, als befände sich zwischen ihnen eine breite, viel befahrene Fernstraße.

»Wir können nicht im Himmel sein . . . Ich weiß es, heilige Maria, ich weiß es! Dort hinten habe ich Giuseppe Zomzini gesehen . . . und alle Welt weiß, was für ein schrecklicher Mensch er war... Er hätte das absolute Höllenfeuer verdient! Ich weiß, ich weiß... Er hat Gelder unterschlagen und trieb sich in Hurenhäusern herum... Er hat sich zu Tode gesoffen... und dennoch ist er hier! Ich weiß... ich weiß...«

Eine andere Frau rannte herum und schrie auf deutsch: »Papi! Papi! Wo bist du? Ich bin es doch, dein Liebling Hilda!«

Ein finster dreinblickender Mann trat auf sie zu und sagte auf ungarisch: »Ich bin so gut wie jeder andere und sicher besser als die meisten von ihnen. Zur Hölle mit allem!«

Und eine Frau: »Ich habe mein ganzes Leben vergeudet, mein ganzes Leben. Ich habe alles für sie getan, und jetzt...«

Ein Mann, der seinen Metallzylinder durch die Luft wirbelte, als handelte es sich um ein Flammenschwert, brüllte: »Folgt mir hin zu den Bergen! Folgt mir! Ich allein kenne die Wahrheit, ihr guten Leute. Folgt mir! An der Brust des Herrn werden wir alle sicher sein! Glaubt nicht an die Illusion, die sich euch hier zeigt; folgt mir! Ich werde euch die Augen öffnen!«

Wieder andere brabbelten unartikuliert vor sich hin oder schwiegen und preßten die Lippen so fest aufeinander, als fürchteten sie sich, das zu äußern, was sie im Moment bewegte.

»Es wird einige Zeit dauern, bis sie wieder zu klarem Verstand kommen«, sagte Burton. Und er fühlte, daß auch er eine längere Periode brauchen würde, um die ihn umgebende neue Welt vollständig zu begreifen.

»Vielleicht werden sie die Wahrheit nie erfahren«, sagte Frigate.

»Was meinen Sie damit?«

»Wir haben sie schon auf der Erde niemals erfahren – warum sollte sie uns also ausgerechnet hier zuteil werden? Glauben Sie etwa, daß hier irgendwo eine Offenbarung auf uns wartet?«

Burton zuckte die Achseln und erwiderte: »Natürlich nicht. Aber ich glaube, daß es nötig ist, die nächste Umgebung zu erforschen und herauszufinden, wie wir in ihr überleben können. Das Glück eines allzu seßhaften Menschen pflegt in der Regel ebenfalls recht unbeweglich zu sein.«

Er deutete auf den Uferstreifen. »Sehen sie diese pilzähnlichen Felsen? Mir scheint, daß sie voneinander in einem bestimmten Abstand entfernt stehen. Ihr Abstand beträgt nahezu einheitlich anderthalb Kilometer. Ich frage mich, wozu sie dienen.«

Monat sagte: »Wenn Sie einen näheren Blick auf diesen da geworfen hätten, würden Sie erkannt haben, daß seine Oberfläche von nahezu siebenhundert Vertiefungen bedeckt ist. Und diese Vertiefungen haben genau die richtige Größe, um das Ende unserer Zylinder darin zu versenken. Außerdem befindet sich im Mittelpunkt der Pilzoberfläche ebenfalls ein solches Gerät. Wenn es uns gelingt, ihn zu öffnen, sind wir vielleicht auch fähig, die Funktion dieser Vertiefungen herauszufinden. Ich nehme an, daß er aus genau diesem Grund auch dort plaziert worden ist.«

Eine Frau kam auf sie zu. Sie war mittelgroß, hatte eine aufregende Figur und ein Gesicht, das sicher hübsch hätte genannt werden können, wäre es von Haaren umrahmt gewesen. Ihre Augen waren groß und dunkel, und sie unternahm keinerlei Versuche, ihre Nacktheit vor den Blicken der anderen zu verbergen. Burton selbst stellte fest, daß weder ihre noch die Nacktheit der anderen Frauen ihn erregte. Er fühlte sich von einer tiefen Ruhe überkommen.

Die Frau sprach mit einer wohlmodulierten Stimme und eindeutigem Oxford-Akzent. »Ich bitte um Verzeihung, meine Herren, aber es war mir unmöglich, ihr Gespräch zu überhören. Sie sind die einzigen Menschen, die ich englisch sprechen hörte, seit ich aufwachte in diesem ... was immer es darstellen mag. Ich bin Engländerin und auf der Suche nach Schutz. Ich appelliere an ihr Mitgefühl.«

»Glücklicherweise, Madam«, sagte Burton, »sind Sie genau auf die richtigen Männer gestoßen. Da ich leider nur für mich allein sprechen kann, möchte ich Sie zumindest meines Schutzes versichern, gleichgültig, was auch geschehen mag. Allerdings habe ich früher auch einige Gentlemen gekannt, denen Sie besser nicht über den Weg gelaufen wären. Nebenbei gesagt, dieser Gentleman hier ist kein Engländer, sondern ein Yankee.«

Es erschien ihm seltsam, an einem solchen Tag in diesem formalen Tonfall zu sprechen, während um sie herum die Hölle ausgebrochen zu sein schien und die Menschen schreiend und weinend die Hügel hinauf- und hinabliefen und dabei so nackt waren wie frischgeborene Babys und so haarlos wie Fische.

Die Frau streckte Burton die Hand entgegen und sagte: »Ich bin Mrs. Hargreaves.«

Burton nahm ihre Hand, verbeugte sich und hauchte einen zaghaften Kuß auf die Finger. Er kam sich wie ein Narr vor, aber zu gleicher Zeit schien diese Geste einen guten Einfluß auf die Gesundheit seiner Psyche auszuüben. Vielleicht konnte man, wenn man die Umgangsformen einer zivilisierten Gesellschaft beibehielt, auch die ›Rechtmäßigkeit‹ der Dinge aufrechterhalten.

»Ich bin der verstorbene Captain Sir Richard Francis Burton«, stellte er sich sanft lächelnd vor. Wie sich das anhörte: *Der Verstorbene.* »Vielleicht haben Sie von mir gehört?«

Sie zog die Hand zurück und streckte sie erneut aus.

»Ja, ich habe von Ihnen gehört, Sir Richard.«
Jemand sagte: »Das kann doch nicht wahr sein!«
Burton sah Frigate an. Er war es gewesen, der diesen Satz von sich gegeben hatte.
»Und warum nicht?« fragte er.
»Richard Burton!« sagte Frigate. »Ja. Ich habe mich schon gewundert, aber ohne jegliches Haar?«
»Yeah?« dehnte Burton das Wort.
»Yeah!« erwiderte Frigate. »Genauso, wie die Bücher es sagten!«
»Wovon reden Sie eigentlich?«
Frigate schnappte hastig nach Luft und sagte dann: »Das ist doch jetzt egal, Mr. Burton. Ich will es gerne später erklären. Aber Sie sollen wissen, daß ich sehr bewegt bin und momentan nicht in der Lage, meine Sinne zusammenzuhalten. Ich nehme an, daß Sie das verstehen.«
Er warf Mrs. Hargreaves einen eingehenden Blick zu, schüttelte den Kopf und fragte: »Lautet Ihr Vorname Alice?«
»Wieso?« fragte sie. »Natürlich.« Sie lächelte und entpuppte sich dabei sogar ohne Haar als absolute Schönheit. »Woher wissen Sie das? Haben wir uns schon einmal getroffen? Nein, das kann ich mir nicht vorstellen.«
»Alice Pleasance Liddell Hargreaves?«
»Ja.«
»Ich muß mich hinsetzen«, sagte der Amerikaner. Er begab sich unter die Bäume, nahm Platz und lehnte den Rücken gegen den Baumstamm. Seine Augen schienen ein wenig glasig zu sein.
»Ein verspäteter Schock«, erklärte Burton.
Es würde sicher nicht lange dauern, dann würden auch die anderen erneut über ihre Lage nachdenken und ähnlich reagieren. Im Moment war es jedoch am wichtigsten, für Obdach zu sorgen, Nahrung zu sammeln und einen gemeinsamen Selbstverteidigungsplan zu entwickeln.
In Italienisch und Slowenisch sprach Burton auf die anderen ein und stellte sie einander vor. Niemand protestierte, als er den Vorschlag machte, ihm zum Flußufer hinab zu folgen.
»Ich bin sicher, daß ein jeder von uns durstig ist«, sagte er. »Und außerdem sollten wir unbedingt diesen steinernen Pilz einer Untersuchung unterziehen.«
Die dazwischen liegende Ebene war rasch durchquert. Die Leute saßen oder lagen auf dem Gras. Sie kamen an einem heftig

streitenden, rotgesichtigen Paar vorbei, das allem Anschein nach einmal verheiratet gewesen war und hier seinen lebenslangen Disput fortsetzte. Plötzlich stand der Mann auf und ging weg. Die Frau sah ihm ungläubig nach und rannte dann hinterher, doch er stieß sie mit solch brutaler Gewalt von sich, daß sie das Gleichgewicht verlor und zu Boden stürzte. Schnell tauchte er in der Menge unter, während die Frau herumlief, seinen Namen schrie und ihm damit drohte, einen Skandal zu entfachen, wenn er nicht auf der Stelle zu ihr zurückkehren würde.

Burton dachte kurz an seine eigene Frau Isabel. Er hatte sie in dieser Menge nicht gesehen, aber das mußte nicht bedeuten, daß sie nicht hier war. Auch sie würde nach ihm suchen und nicht eher aufgeben, bis sie ihn gefunden hatte.

Er drängte sich durch die Menge bis ans Flußufer, kniete sich nieder und begann mit der hohlen Hand Wasser zu schöpfen. Es war kühl, klar und erfrischend. Burtons Magen fühlte sich absolut leer an. Kaum hatte er den Durst gestillt, als er ein starkes Hungergefühl verspürte.

»Die Wasser des Lebensflusses«, sagte er. »Der Styx? Lethe? Nein, Lethe nicht. Ich erinnere mich an alles aus meiner irdischen Existenz.«

»Ich wünschte, ich könnte die meinige vergessen«, sagte Frigate.

Alice Hargreaves kniete am Rand des Flusses und füllte eine Hand mit Wasser, während sie sich mit der anderen abstützte. Sie war wirklich von liebreizender Gestalt, dachte Burton und fragte sich, ob sie wohl blond war, wenn ihr Haar wieder wuchs – falls es je wieder wuchs. Vielleicht hatte derjenige, dem sie die hiesige Existenz zu verdanken hatten, aus irgendeinem Grund entschieden, daß sie für den Rest ihres Daseins kahlköpfig bleiben würden. Dann erklomme sie die Spitze des nächstliegenden Pilzfelsens. Er war von einer körnig-grauen Oberfläche, in der sich da und dort rote Flecke zeigten. Sie wies tatsächlich siebenhundert Vertiefungen auf, die fünfzig konzentrische Kreise bildeten. In der Mittelpunktvertiefung steckte ein Metallzylinder. Ein kleiner, dunkelhäutiger Mann mit einer großen Nase und einem fliehenden Kinn untersuchte ihn gerade. Als die anderen erschienen, schaute er lächelnd auf.

»Er läßt sich nicht öffnen«, erklärte er auf deutsch. »Aber vielleicht ist es auch nur eine Frage der Zeit. Ich bin sicher, daß er nur eine Art Hinweis für uns darstellen soll.«

Er stellte sich als Lev Ruach vor und wechselte, nachdem Burton, Frigate und Mrs. Hargreaves ihre Namen genannt hatten, sofort in ein stark akzentuiertes Englisch über.

Mehr zu sich selbst als den anderen zugewandt sagte er: »Ich war Atheist, aber jetzt bin ich mir meiner Sache nicht mehr ganz so sicher. Dieser Ort stellt sogar für einen Atheisten einen ziemlichen Schock dar, wissen Sie? Und dieser Schock unterscheidet sich von dem, der all jene erfassen muß, die an ein Weiterleben nach dem Tode glaubten, nicht sonderlich. Nun, ich muß wohl einsehen, daß ich einem Irrtum unterlegen war. Aber das kommt ja auch nicht zum ersten Mal vor.«

Er kicherte und sagte zu Monat: »Ich habe Sie sofort erkannt. Sie können von Glück sagen, daß man Sie innerhalb einer Gruppe von Menschen, die hauptsächlich dem neunzehnten Jahrhundert entstammen, hat aufwachen lassen. Ansonsten hätte man sie bestimmt gelyncht.«

»Was meinen Sie damit?« fragte Burton.

»Er hat die Erde vernichtet«, erwiderte Frigate. »Zumindest *glaube* ich, daß er das tat.«

Monat sagte betrübt: »Der Taster war darauf abgestimmt, nur menschliche Wesen zu töten. Er hätte nie die gesamte Menschheit ausgerottet. Normalerweise hätte er – nach der Vernichtung einer gewissen Anzahl von Leben, auch wenn diese Zahl sehr hoch war – aufgehört zu arbeiten. Glaubt mir, meine Freunde, ich hätte es nie weiter kommen lassen. Ihr habt keine Ahnung, was es mich gekostet hat, mich zu der Entscheidung durchzuringen, den Knopf überhaupt zu drücken. Aber ich mußte *meine* Leute beschützen. Ihr habt mich praktisch dazu gezwungen.«

»Alles fing damit an, daß Monat in einer direkt ausgestrahlten Fernsehsendung auftrat«, sagte Frigate. »Er machte dabei eine Bemerkung, die er besser hätte unterlassen sollen. Er sprach davon, daß die Wissenschaftler seines Volkes die Fähigkeit besäßen, zu verhindern, daß die Leute älter würden. Theoretisch gäbe es für die Taucetianer keinen Tod mehr. Dennoch setze man diese Techniken nicht ein; sie seien auf Tau Ceti verboten. Daraufhin fragte der Interviewer ihn, ob es möglich sei, diese Technik auch auf Erdbewohner anzuwenden, und Monat erwiderte, er sehe keine Gründe, die dagegensprächen, aber da diese Verjüngungskur seinem Volk verboten sei, würden auch die Menschen darauf verzichten müssen. In diesem Moment setzte der Regierungszensor sich in Bewegung und ließ die Direktübertragung unterbrechen. Aber es war bereits zu spät.«

»Die amerikanische Regierung«, fuhr Lev Ruach fort, »ließ anschließend verbreiten, daß Monat die Frage falsch verstanden habe, weil er die englische Sprache noch nicht gut genug verstünde, aber niemand glaubte ihr. Nicht nur die Bevölkerung der USA, praktisch die ganze Welt verlangte, daß Monat mit dem Geheimnis des ewigen Lebens herausrücken sollte.«

»Was ich natürlich nicht tat«, sagte Monat. »Von den Mitgliedern unserer Expedition wußte überhaupt niemand etwas Genaues über diese Lebensverlängerungstechnik. Selbst auf unserem Heimatplaneten waren nur sehr wenige damit vertraut. Aber als ich das den Leuten sagte, hatte das keinerlei Wirkung auf sie. Sie hielten mich für einen Lügner. Es gab einen Aufruhr, und dann stürmte der Mob den Platz, auf dem unser Raumschiff stand, durchbrach den Kordon der Wachen und drang auf uns ein. Ich mußte mit ansehen, wie meine Freunde, während sie versuchten, mit den Leuten zu reden, förmlich in Stücke gerissen wurden. Und so tat ich das, was ich tun mußte – nicht aus Rachegefühlen heraus, sondern aus einem ganz anderen Motiv. Mir war klar, daß, nachdem man uns umgebracht hätte – oder auch nicht –, die amerikanische Regierung in ihrem Verhalten umschwenken würde. Wenn sie sich erst einmal unseres Schiffes bemächtigt hätte, würden ihre Wissenschaftler es auseinandernehmen und recht bald duplizieren können. Anschließend würden sie eine Invasionsflotte gegen meinen Planeten aussenden. Mit diesem Wissen vor Augen blieb mir keine andere Wahl, als dafür zu sorgen, daß die Erde in ihrer Entwicklung um einige Jahrtausende zurückgeworfen wurde. Ich mußte, um meine eigene Welt zu retten, dem in der Umlaufbahn kreisenden Taster ein Signal zusenden. Hätte ich die Gelegenheit gehabt, die Selbstvernichtungsanlage meines Schiffes zu erreichen, wäre es sicher nicht so weit gekommen, aber es war mir unmöglich, den Kontrollraum zu betreten. Also aktivierte ich den Taster. Kurz darauf durchbrach der Mob die Tür des Raumes, in dem ich mich aufhielt. Was dann geschah, weiß ich nicht mehr.«

Frigate sagte: »Ich befand mich in einem Hospital auf West-Samoa und war dabei, an Krebs zu sterben. Ich fragte mich, ob man mich neben Robert Louis Stevenson beerdigen würde. Aber die Chance war nicht sehr groß, das war mir klar. Auch wenn ich die *Ilias* und die *Odyssee* ins Samoanische übersetzt hatte ... Und dann drangen die Nachrichten zu mir durch. Überall auf der Welt starben die Menschen wie die Fliegen. Und der Grund ihres Sterbens war von einer beinahe fatalen Offensichtlichkeit. Der die Erde umkreisende Satellit der Taucetianer strahlte irgend etwas auf die Erde ab, das die Menschen in ihre Schranken verwies. Das letzte, was ich weiß, ist, daß die USA, England, die Sowjetunion, China, Frankreich und Israel alle Raketen in den Raum hinausjagten, um den Satelliten zu zerstören. Der Taster befand sich auf einem Kurs, der bald auch Samoa erreichen würde. Ich glaube, daß dies zuviel für meine angegriffene Gesundheit gewesen ist. Ich verlor das Bewußtsein. Das ist alles, an das ich mich erinnern kann.«

»Die Raketen erreichten ihr Ziel nicht«, sagte Ruach. »Der Taster vernichtete sie, noch ehe sie ihm nahe genug waren.«

Burton, der begriff, daß er noch eine Menge über das Leben nach 1890 zu lernen haben würde, stellte fest, daß jetzt nicht der richtige Zeitpunkt war, über solche Dinge zu sprechen. »Ich schlage vor, daß wir uns zunächst einmal in Richtung auf die Hügel in Bewegung setzen«, meinte er. »Wir sollten uns damit vertraut machen, welche Art Vegetation auf ihnen wächst und auf welche Weise wir sie für unsere Zwecke verwenden können. Sollten wir auf Feuersteine stoßen, ist es uns vielleicht möglich, sie für den Bau von Waffen zu verwenden. Dieser alte Steinzeitbursche sollte an sich fähig sein, Steine zu bearbeiten. Und er könnte uns zeigen, wie man das macht.«

Sie marschierten über die kilometerlange Ebene auf die Hügel zu. Mehrere Leute schlossen sich ihnen an. Darunter befand sich auch ein etwa sieben Jahre altes, kleines Mädchen mit blauen Augen und einem hübschgeschnittenen Gesicht. Als Burton sie in zwölf verschiedenen Sprachen fragte, ob sie allein und niemand von ihren Eltern in der Nähe sei, starrte sie ihn nur bewundernd an und erwiderte etwas in einem Idiom, das keiner verstand. Diejenigen aus der Gruppe, die mehrere Sprachen beherrschen, versuchten alles, um etwas über das Mädchen herauszufinden, aber es war zwecklos. Nachdem man nahezu jede europäische Sprache probiert hatte, versuchte man es mit afrikanischen und asiatischen: Hebräisch, Hindustani, Arabisch, einem Berberdialekt, Rumänisch, Türkisch, Persisch, Latein, Griechisch und Pushtu.

Frigate, der ein wenig Walisisch und Gälisch konnte, versuchte ebenfalls sein Glück, woraufhin sich die Augen des Mädchens weiteten und sie die Stirn runzelte. Sie erweckte mit ihrem Verhalten den Eindruck, als kämen Frigates Worte ihr irgendwie bekannt vor. Aber offenbar waren sie zu stark abgewandelt, als daß sie sie zu verstehen vermochte.

»Nach dem, wie sie sich benimmt«, meinte Frigate, »könnte sie eine Gallierin aus einer sehr alten Zeitperiode sein. Und sie benutzt immer wieder das Wort Gwenafra. Ob das ihr Name ist?«

»Wir werden ihr Englisch beibringen«, sagte Burton. »Und werden sie Gwenafra nennen.« Er hob das Mädchen auf seine Arme und trug sie. Obwohl sie in Tränen ausbrach, machte sie keinen Versuch, sich zu befreien, und Burton kam zu dem Schluß, daß ihr Weinen nichts anderes war als ein Ausdruck unbeschreiblicher Freude darüber, endlich einen Beschützer gefunden zu haben. Burton senkte den Kopf ein wenig und legte ihn gegen den Körper des Kindes. Er wollte nicht, daß die anderen die Tränen, die sich in seinen Augen sammelten, sahen.

An der Stelle, wo die Ebene in die Hügellandschaft überging, endete – als hätte man eine Linie gezogen – auch der kurzhalmige Grasteppich. Von nun an war der Bodenbewuchs hüfthoch. Die Umgebung war von wildwucherndem Gestrüpp, gigantischen Bäumen in allen möglichen Farben bestanden. Wilder, dicker Bambus wuchs überall. Es waren verschiedene Arten, von denen einige weich und kaum einen Meter hoch, andere jedoch beinahe richtige Wälder bildeten, die beinahe fünfzehn Meter in die Höhe wuchsen. Viele der Bäume waren von Ranken umschlungen, auf denen große grüne, rote, gelbe und blaue Blüten leuchteten.

»Bambus ist das ideale Material für Lanzenschäfte«, sagte Burton. »Außerdem kann man daraus Wasserleitungen, Behälter und Hütten bauen. Auch Möbel und Boote und Holzkohle kann man daraus machen, die den Grundstoff für Schießpulver abgibt. Die Spitzen der jungen Bambuspflanzen kann man essen. Aber zuerst benötigen wir Steine, um daraus Werkzeuge zu machen, mit denen wir Holz schneiden und bearbeiten können.«

Je näher sie den Bergen kamen, desto mehr stieg auch das Hügelgelände an. Nachdem sie vier Kilometer in ziemlich schnellem Tempo und fünfzehn weitere in ziemlich erschöpftem Zustand zurückgelegt hatten, verwehrte ihnen der erste Berg das weitere Fortkommen. Er erhob sich gezackt und moosbewachsen vor ihnen aus dem Boden und sie hatten, wenn sie herausfinden wollten, wie gewaltig er war, keine andere Möglichkeit, als die der Schätzung. Burton kam auf mindestens sechstausend Meter. Wohin sie auch blickten – der Berg stellte für sie ein unüberwindliches Hindernis dar.

»Ist Ihnen eigentlich schon aufgefallen, daß es hier überhaupt keine Tiere gibt?« sagte Frigate. »Nicht mal Insekten.«

Burton stieß einen überraschten Ruf aus, eilte auf eine Geröllansammlung zu und entnahm ihr einen faustgroßen, grünlich schimmernden Stein. »Wenn wir davon noch einige finden«, sagte er, »können wir Messerklingen, Speerspitzen, Beile und Äxte herstellen. Dann hätten wir schon einmal die Ausgangsbasis für Hütten, Boote und viele andere nützliche Dinge.«

»Wir werden Werkzeuge und Waffen irgendwie an hölzernen Griffen befestigen müssen«, erwiderte Frigate. »Aus was sollen wir Schnüre herstellen?«

»Vielleicht aus Menschenhaut«, meinte Burton.

Die anderen warfen ihm schockierte Blicke zu. Burton stieß ein seltsam meckerndes Lachen aus. Es klang ein wenig schrill und schien zu einem derart maskulin wirkenden Mann wie ihm gar nicht zu passen. »Wenn man uns dazu zwingt, zur Verteidigung des eigenen Lebens zu töten – oder das Glück haben, über die Leiche eines im Zweikampf mit einem anderen Menschen Getöteten zu stolpern –, wären wir absolute Narren, wenn wir das, was sich uns anbietet, nicht nutzten. Sollte aber einer von Ihnen bereit sein, sich zugunsten der Gruppe aufzuopfern, möge er vortreten! Wir würden seiner natürlich ewig gedenken.«

»Ich zweifle nicht daran, daß Sie scherzen«, sagte Alice Hargreaves. »Ich jedenfalls bin nicht in der Lage, solche Gespräche ernstzunehmen.«

Frigate sagte: »Haltet euch in seiner Nähe auf – und ihr werdet noch ganz andere Dinge zu hören bekommen.« Aber was er damit meinte, wurde niemandem so recht klar.

Burton untersuchte die unterste Schicht des Berges. Das blauschwarze Gestein schien irgendeiner Art von Basalt zuzurechnen zu sein. Aber über die Oberfläche verstreut erkannte er vereinzelte Stücke von Feuerstein, die ebenso da und dort auf dem Boden zu finden waren. Letztere erweckten in ihm den Eindruck, als seien sie aus der Höhe herabgefallen, also bestand die Möglichkeit, daß nicht der ganze Berg aus einer soliden Basaltmasse war.

Er nahm ein Stück Feuerstein zu Hilfe und kratzte, eine spitze Kante einsetzend, ein wenig des den Fels bedeckenden Flechtengewächses ab. Das darunter zum Vorschein kommende Gestein schien grüner Dolomit zu sein. Dem Anschein nach stammten die Feuersteinbrocken davon ab, auch wenn sich keine sichtbaren Bruchstellen ausmachen ließen.

Das Flechtengewächs konnte *Parmelia saxilitis* sein, das ebenso auf alten Knochen und Schädeln wuchs und außerdem als Heilmittel gegen Epilepsie und – als Heilsalbe – bei offenen Wunden Verwendung finden konnte.

Das Geräusch aufeinanderschlagenden Gesteins führte Burton zu der Gruppe zurück. Die anderen hatten sich um den Frühmenschen und den Amerikaner geschart, die – Rücken an Rücken – auf dem Boden knieten und den Feuerstein bearbeiteten. Beide fertigten grobschlächtige Handbeile und produzierten, während die anderen ihnen zusahen, sechs weitere. Anschließend nahm jeder von ihnen eine große Feuersteinplatte und zertrümmerte sie mit einem Faustkeil. Mit dem einen Stück brachen sie das andere solange auseinander, bearbeiteten es an den Rändern, bis vor jedem ein Dutzend Klingen lag.

Sie setzten ihre Arbeit fort – ein Mensch, der hunderttausend Jahre vor Christus über die Erde gewandert war, und ein Mensch, der das Produkt einer langen Evolution darstellte und der – technologisch gesehen – zu den Abkömmlingen der höchsten Zivilisationsstufe der Menschheit gehörte. Und wenn Frigates Worte stimmten, gehörte er zudem noch zu den letzten Menschen, die die Erde hervorgebracht hatte.

Frigate sprang plötzlich auf, stieß einen Schmerzensschrei aus und begann, den linken Daumen umklammernd, wild hin und her zu hüpfen. Einer seiner Schläge hatte sein Ziel verpaßt. Kazz entblößte grinsend zwei Reihen beinahe grabsteingroßer Zähne. Dann stand er ebenfalls auf, verschwand mit seinem leicht watschelnden Gang zwischen den hohen Gräsern und kehrte ein paar Minuten später mit einem halben Dutzend Bambusstäben zurück. Einige davon waren angespitzt. Er setzte sich auf den Boden und begann den ersten Stab zu bearbeiten, indem er das stumpfe Ende spaltete. Geschickt klemmte er einen der dreieckigen, scharfkantigen Steine in den Spalt und band ihn mit langen zähen Grashalmen fest.

Innerhalb einer halben Stunde war die ganze Gruppe mit Steinbeilen, Bambusschaftäxten, Lanzen, Steindolchen und Faustkeilen bewaffnet.

Frigates Hand ging es bereits etwas besser. Der Schmerz ließ nach, und auch die Blutung hatte aufgehört. Burton fragte ihn neugierig, wieso er sich so gut in der Bearbeitung von Steinen auskenne.

»Ich war einmal Amateuranthropologe«, erwiderte Frigate. »Eine ganze Menge von Leuten – relativ gesehen – lernten zu meiner Zeit, wie man aus Steinen Werkzeuge und Waffen herstellte. Es war ein Hobby, verstehen Sie? Einige von uns entwickelten sogar meisterhafte Fertigkeiten in diesem Fach, auch wenn ich der Ansicht bin, daß keiner davon es je so weit brachte wie unser paläolithischer Spezialist hier. Unsere Vorfahren machten schließlich solche Dinge ihr Leben lang. Na ja, und da ich auch ein bißchen darüber weiß, wie man mit Bambus umgeht, dachte ich, meine Mitarbeit könnte für die Gruppe von einigem Wert sein.«

Sie schickten sich an, zum Fluß zurückzukehren. Auf dem Rücken eines breiten Hügels legten sie eine Rast ein. Die Sonne stand jetzt beinahe senkrecht über ihnen. Von hier aus war es ihnen möglich, den Fluß und die Ebene über mehrere Kilometer hinweg zu überblicken. Obwohl sie zu weit von den Menschen auf der anderen Seite des Wassers entfernt waren, stellte es keine Schwierigkeit dar, die pilzförmigen Felsformationen zu erkennen, welche das gegenüberliegende Ufer säumten. Das Gelände auf der anderen Seite glich dem ihrer Umgebung fast aufs Haar. Auch die dortige Ebene schien anderthalb Kilometer breit zu sein. Die sich daran anschließende Hügelkette war mit Bäumen bedeckt. Dahinter erhoben sich die steilen Flanken blauschwarzer Berge.

Nördlich und südlich von ihnen erstreckte sich das Tal an die fünfzehn Kilometer weit. Dann machte es einen Knick, und der Fluß kam außer Sichtweite.

»Die Sonne scheint hier spät auf- und früh unterzugehen«,

sagte Burton. »Wir sollten die Helligkeit in jedem Fall für unsere Zwecke nutzen und das Beste daraus machen.«

Im gleichen Moment zuckten sie zusammen. Einige Angehörige der Gruppe schrien auf. Eine blaue Flamme schoß von der Spitze eines der pilzförmigen Felsen in die Höhe, zischte bis zu sechs Meter hoch in die Luft und erlosch schlagartig wieder. Ein paar Sekunden später drang das Geräusch rollenden Donners an ihre Ohren. Die Welle erreichte das hinter der Gruppe liegende Gehölz und wurde als Echo wieder zurückgeworfen.

Burton nahm das kleine Mädchen auf den Arm und bewegte sich als erster bergab. Obwohl keiner von ihnen mehr Kraft aufwandte als unbedingt nötig war, mußten sie von Zeit zu Zeit anhalten, um sich zu verschnaufen. Dennoch fühlte Burton sich wunderbar. Es war lange her, seit er es gewagt hatte, seinen Muskeln eine solche Anstrengung zuzumuten; er war begierig, die Grenzen seiner neuen Leistungsfähigkeit kennenzulernen. Noch vor kurzer Zeit wären einem solchen Marsch das Anschwellen seiner Füße und wildes Herzklopfen gefolgt. Es war kaum zu glauben, mit welcher Leichtfüßigkeit er nun die Kilometer hinter sich brachte.

Sie erreichten die Ebene und setzten ihren Weg gemütlicher fort. Man sah auf den ersten Blick, daß die sich hier aufhaltenden Menschen ziemlich überrascht waren, als sie ihre Bewaffnung sahen. Burton schob diejenigen, die ihm im Weg standen, einfach beiseite. Zwar erntete er manchen bösen Blick, aber niemand wagte es, darauf mit einem ähnlichen Verhalten zu reagieren. Dann hatte er auch schon den Platz des nächstliegenden Pilzfelsens erreicht und erkannte, was die Aufmerksamkeit der Leute erregte. Man konnte es sogar riechen.

Frigate, der sich hinter ihm aufhielt, sagte plötzlich: »Oh, mein Gott.« Er versuchte sich – trotz seines leeren Magens – zu übergeben.

Burton hatte im Laufe seines Lebens zu viele scheußliche Dinge gesehen, um sich noch überraschen zu lassen. Darüber hinaus besaß er die Fähigkeit, Dinge, die ihn zu sehr mitnahmen, auf bewundernswerte Weise zu verdrängen. Meistens gelang es ihm, den allzu üblen Dingen des Lebens mit einem einfachen, aus der Realität des Daseins hinausführenden Schritt auszuweichen, und in der Regel tat er das automatisch. Und so war es auch in diesem Fall.

Die Leiche lag auf der Seite und wurde halb von der pilzförmigen Überdachung des Felsens verdeckt. Ihre Haut war völlig verbrannt, die nackten Muskeln sichtbar. Nase und Ohren, Finger, Zehen und Genitalien waren entweder nicht mehr vorhanden oder zu kleinen, formlosen Stümpfen zerschmolzen.

Neben der Leiche hockte eine Frau auf den Knien und murmelte in italienischer Sprache ein Gebet. Sie hatte große, schwarze Augen, die man hätte schön nennen können, wären sie nicht vom Weinen gerötet und von Tränen überschwemmt gewesen. Unter anderen Umständen hätte ihre phantastische Figur sicher die Blicke aller Anwesenden auf sich gezogen.

»Was ist passiert?« fragte Burton.

Die Frau hielt inne und sah ihn an. Schließlich stand sie auf und sagte leise: »Pater Giuseppe hatte sich gegen diesen Felsen gelehnt; er sagte, er sei hungrig und sehe keinen Sinn darin, ins Leben zurückgerufen zu werden, um dann des Hungers zu sterben. Ich erwiderte, daß wir schon nicht sterben würden, daß ich *darin* keinen Sinn sähe. Wenn man uns von den Toten hat auferstehen lassen, ist auch jemand da, der uns beschützen wird. Er sagte daraufhin, daß wir uns möglicherweise in der Hölle befänden, daß wir von nun an bis in alle Ewigkeit nackt und hungrig hier herumlaufen müßten. Ich sagte ihm, er solle nicht blasphemisch werden und daß er der letzte sei, der sich solche Worte erlauben dürfe. Er meinte, dies hier sei nicht identisch mit dem, was er vierzig Jahre lang den Menschen erzählt habe. Und dann . . . und dann . . .«

Burton wartete einige Sekunden lang und sagte dann: »Was geschah dann?«

»Pater Giuseppe sagte, daß es hier zwar kein Höllenfeuer gebe, aber daß dies immer noch besser sei, als eines langsamen, sich ewig dahinziehenden Hungertodes zu sterben. Dann schlugen plötzlich Flammen auf ihn ein, umhüllten ihn und erzeugten einen Knall, als sei eine Bombe explodiert. Er war sofort tot, völlig verbrannt. Es war schrecklich . . . schrecklich.«

Um den Wind im Rücken zu haben, näherte Burton sich der Leiche von Norden, aber selbst hier war der Gestank unbeschreiblich. Aber nicht der Geruch, sondern der Gedanke an den Tod war es, der ihn bewegte. Der erste Tag der Wiedererweckung war noch nicht halb vorbei, und schon war der erste von ihnen nicht mehr am Leben. Bedeutete das, daß die Wiedergeborenen hier ebenso der Gefahr des Todes ausgesetzt waren wie in ihrem irdischen Dasein? Und wenn das so war – welcher Sinn steckte dahinter?

Frigates Magen schien sich jetzt wieder beruhigt zu haben.

Etwas bleich und schwankend erhob er sich aus seiner knienden Stellung und wandte sich Burton zu, dem Leichnam den Rücken zudrehend.

»Hätten wir uns das nicht lieber ersparen sollen?« fragte er und deutete mit dem Daumen über die Schulter.

»Ganz bestimmt«, erwiderte Burton gelassen. »Es ist wirklich schade, daß seine Haut völlig ruiniert wurde.«

Er grinste den Amerikaner an. Frigate sah jetzt noch schockierter aus als zuvor.

»Hier«, sagte Burton. »Nehmen Sie seine Beine. Ich werde ihn am anderen Ende packen. Wir werfen ihn in den Fluß.«

»In den Fluß?« fragte Frigate erstaunt.

»Yeah. Falls Sie ihn nicht in die Hügel hinauftragen und ein Loch für ihn ausheben wollen.«

»Ich kann das nicht«, erwiderte Frigate und ging weg. Burton warf ihm einen erstaunten Blick nach und gab dann dem Frühmenschen einen Wink. Kazz grunzte, kam mit seinem Watschelgang näher. Vor der Leiche blieb er stehen, beugte sich über den Körper, und ehe Burton auch nur zugreifen konnte, warf er sich den Toten über die Schulter, machte ein paar Schritte auf den Fluß zu und warf ihn mit gewaltiger Kraft ins Wasser. Die Leiche wurde von der Strömung erfaßt und wirbelte davon. Dennoch schien Kazz mit seinem Werk noch nicht zufrieden zu sein. Er machte ein paar Schritte in den Fluß hinein, wartete, bis das Wasser ihm bis zu den Hüften reichte, und tauchte unter. Offensichtlich war er damit beschäftigt, den Körper des Toten mehr in die Mitte des Flusses zu schieben.

Alice Hargreaves schaute ihm entsetzt zu und sagte: »Aber das hier ist unser Trinkwasser!«

»Der Fluß ist groß genug, um sich aus eigener Kraft zu reinigen«, erwiderte Burton. »Und zudem haben wir größere Probleme zu bewältigen als lediglich sanitäre.«

Als Monat seine Schulter berührte, wandte er sich um. Monat sagte: »Sehen Sie sich das an!« An der Stelle, wo sich die Leiche befinden mußte, wurde das Wasser aufgewirbelt, und für einen Moment durchbrach die silberweiße Finne eines Fisches die Oberfläche.

»Es sieht so aus, als entpuppten sich Ihre Sorgen über die Sauberkeit des Wassers als unnötig«, sagte Burton zu Alice Hargreaves. »Der Fluß hat seine eigenen Reinigungskolonnen. Ich frage mich allerdings ... ob man es unter diesen Umständen riskieren kann, in ihm zu schwimmen.«

Der Frühmensch zumindest verließ das Wasser, ohne angegriffen worden zu sein, stellte sich vor Burton hin und schüttelte die Tropfen von seinem haarlosen Körper. Er grinste breit, entblößte seine gewaltigen Zähne und wirkte in diesem Moment furchterregend häßlich. Aber er besaß das Wissen einer primitiven Lebensform, ein Wissen, das ihnen allen in dieser ebenso primitiven Umgebung nur von Nutzen sein konnte. Und wenn es zu Kämpfen kommen sollte: Burton konnte sich keinen besseren Mann vorstellen, um sie zu überstehen. Wer Kazz im Rücken hatte, besaß eine Überlebensgarantie. Obwohl er nicht sonderlich groß war, wirkte er ungeheuer massig. Er hatte schwere Knochen und die dazugehörenden kräftigen Muskeln. Und es war offensichtlich, daß er sich irgendwie Burton zugehörig fühlte; wahrscheinlich, weil sein primitiver Instinkt ihm sagte, daß er – wenn er seinerseits überleben wollte – diesem Mann folgen mußte. Mehr noch: Der Frühmensch, der er war, hatte möglicherweise Burtons intellektuelle Überlegenheit erkannt und war zu der Ansicht gelangt, daß er sie in seinem eigenen Interesse erhalten mußte, auch wenn er selbst einem Tier näherstand als diesem Homo sapiens.

Aber Burton erinnerte sich ebenfalls daran, daß die Reputation, die er aufgrund seiner geistigen Fähigkeiten in seinem irdischen Leben genossen hatte, hauptsächlich darauf zurückzuführen war, daß er sie geschickt um sich herum aufgebaut hatte und im Grunde doch nur ein Scharlatan war. Im Laufe seines Lebens war so oft von seinen überragenden Fähigkeiten die Rede gewesen, daß er sie am Ende selbst für bare Münze genommen hatte. Dennoch gab es gelegentlich Momente in seinem Leben, in denen er sich in Erinnerung rief, daß seine »Fähigkeiten« zumindest zur Hälfte auf einem geschickten Bluff basierten.

»Der Felsen hat eine unglaubliche Energie freigesetzt«, sagte Lev Ruach. »Möglicherweise Elektrizität. Aber warum? Ich kann mir nicht vorstellen, daß das ohne Grund geschah.«

Burton musterte den pilzförmigen Felsen. Der graue Metallzylinder, der in seine Oberfläche eingelassen war, schien völlig unbeschädigt zu sein. Er berührte das Gestein und stellte fest, daß es keinesfalls wärmer war, als man unter dieser Sonnenbestrahlung erwarten konnte.

Lev Ruach schrie: »Berühren Sie ihn nicht. Vielleicht gibt es noch einmal . . .« Als er sah, daß seine Warnung zu spät kam, verstummte er.

»Noch eine Entladung?« sagte Burton. »Ich glaube nicht

daran. Zumindest jetzt noch nicht. Der Zylinder ist noch an der alten Stelle. Vielleicht finden wir an ihm einige Hinweise, die uns nützen können.«

Er umklammerte den Rand der Oberfläche mit den Händen und zog sich hinauf. Ohne Schwierigkeiten betrat er die Oberfläche und fühlte sich ein wenig stolz. Es war lange her gewesen, seit er sich derart jung und kräftig gefühlt hatte. Und so hungrig.

Einige Stimmen aus der Menge warnten ihn davor, weiterzugehen, denn viele erwarteten jeden Moment eine neue Energieentladung, während andere den Eindruck erweckten, als warteten sie nur darauf, daß es ihn erwischte. Der Mehrheit der Umstehenden jedoch schien es völlig gleichgültig zu sein, welchem Risiko er sich aussetzte.

Obwohl Burton sich keinesfalls so sicher war, wie er sich nach außen hin gab, geschah nichts. Das Gestein unter seinen nackten Füßen fühlte sich angenehm warm an.

Über die Vertiefungen hinweg näherte Burton sich dem Zylinder und legte die Finger unter den Deckelrand. Er ließ sich leicht öffnen. Mit aufgeregt klopfendem Herzen warf er einen Blick in den Behälter. Er hatte nahezu ein Wunder erwartet, und das, was sich ihm präsentierte, konnte mit keinem anderen Wort beschrieben werden. Das in dem Zylinder angebrachte Gestell enthielt sechs Behälter. Und jeder einzelne davon war gefüllt.

Er gab seiner Gruppe das Zeichen heraufzukommen. Kazz schwang sich mit Behendigkeit über den Rand. Frigate, der seine Übelkeit inzwischen völlig überwunden hatte, folgte ihm mit der Geschmeidigkeit eines Athleten. Wenn sein Magen nicht so empfindlich wäre, dachte Burton, könnte auch er die Stellung einer absoluten Trumpfkarte in unserer Gruppe innehaben. Frigate wandte sich um und zog Alice hinauf, die seine Hände ergriff und sich über den Felsrand des Pilzhutes rollte.

Als sie sich um ihn versammelt hatten und neugierig die Köpfe in Richtung des Zylinders vorstreckten, um den Inhalt der Behälter in Augenschein zu nehmen, sagte Burton: »Es ist wahrhaftig ein Gral! Seht nur! Ein Steak – ein dickes, saftiges Steak! Brot und Butter! Marmelade! Salat! Und was haben wir hier? Ein Päckchen Zigaretten? Yeah! Und eine Zigarre! Und ein Becher Bourbon – dem Duft nach eine ziemlich gute Marke! Und etwas ... was ist das?«

»Sieht aus wie Kaugummistreifen«, sagte Frigate verdattert.

»Aber sie sind nicht eingepackt. Und das hier muß ein . . . Was ist das? Ein Feuerzeug vielleicht?«

»Etwas zu essen!« schrie irgend jemand. Es war ein großer Mann und gehörte nicht der Gruppe an, die Burton als »seine Gruppe« ansah. Er war ihnen gefolgt, und jetzt schickten sich auch die Zurückgebliebenen an, den Pilzfelsen zu erklimmen. Burton langte mit der einen Hand in den Gral-Zylinder hinein und griff nach dem auf dem Boden liegenden silbernen Objekt. Frigate hatte es als Feuerzeug bezeichnet, und obwohl Burton keine Ahnung hatte, was dieser Begriff bedeutete, vermutete er, daß seine Funktion darin bestand, den Zigaretten das nötige Feuer zu liefern. Er legte das Ding auf die Handfläche und schloß mit der anderen Hand den Zylinderdeckel. Ihm lief das Wasser im Mund zusammen, und auch den anderen schien es keinesfalls anders zu ergehen. Sie starrten begierig die Nahrung an und verstanden keineswegs, warum er sie nicht den Behältern entnahm.

In lautem Italienisch, dessen Akzent ihn als einen Bewohner von Triest auswies, sagte der große Mann plötzlich: »Ich habe Hunger und werde jeden umbringen, der versucht mich aufzuhalten! Mach das Ding wieder auf!«

Die anderen schwiegen, aber offensichtlich erwarteten sie von Burton, daß er selbst in diesem Fall die Lage klärte. Statt dessen sagte er einfach: »Öffnen Sie es selbst« und wandte sich ab. Die anderen zögerten. Sie hatten das Essen gesehen und sein Aroma gerochen. Kazz geiferte. Aber Burton sagte nur: »Schaut euch die Menge an. In spätestens einer Minute werden sie aufeinander einschlagen. Meinetwegen sollen sie sich um die paar Bissen prügeln.« Er warf den anderen einen grimmigen Blick zu und meinte: »Nicht daß Sie glauben, ich ginge einem Kampf aus dem Weg. Aber ich bin sicher, daß wir spätestens zum Abendessen über unsere eigenen gefüllten Gral-Zylinder verfügen werden. Diese Gral-Zylinder brauchen nur in diese Vertiefungen gestellt zu werden, wenn Essenszeit ist. Für mich ist die Sache klar, daß man diesen einzelnen Gral-Zylinder hier nur deponiert hat, um uns zu zeigen, wozu die anderen dienen.«

Er ging zu der dem Fluß zugewandten Seite des Grals und sprang hinunter. Augenblicklich füllte sich die Oberfläche des Pilzfelsens mit weiteren Menschen. Immer mehr versuchten nun, einen Platz auf ihm zu ergattern. Der große Mann hatte sich mittlerweile das Steak gesichert und biß hinein. Schon versuchte ein anderer, es ihm zu entreißen. Der Mann wehrte sich mit einem wütenden Aufschrei, durchbrach die Reihe der Umstehenden und verschwand mit einem gewaltigen Sprung im Wasser, während die anderen Männer und Frauen sich keifend und raufend um die restliche Nahrung stritten.

Der Mann, der in den Fluß gesprungen war, trieb mit dem Gesicht nach oben auf den Wellen und ließ sich das Steak schmecken. Burton betrachtete ihn aus unmittelbarer Nähe und erwartete jeden Moment den Angriff eines Raubfisches. Aber nichts geschah. Ungestört trug der Fluß den Mann hinweg.

Auf beiden Seiten des Stromes begannen sich nun die Grale mit kämpfenden Menschen zu füllen.

Burton suchte sich einen Weg aus der Menge und setzte sich nieder. Die Gruppe, die ihm gefolgt war, tat es ihm gleich, kniete nieder oder beobachtete stehend, was sich innerhalb der schreienden und quirlenden Masse abspielte. Die Grals-Pilze glichen überbevölkerten Ameisenhaufen. Der Lärm war ungeheuer, schon floß das erste Blut.

Der am meisten deprimierende Aspekt dieser Szene war die Reaktion der Kinder. Die jüngeren waren den Felsen ferngeblieben, obwohl sie wußten, daß es dort etwas zu essen gab. Erschreckt über das Verhalten der kämpfenden Erwachsenen rannten sie weinend hin und her. Das Mädchen, das sich bei Burton aufhielt, gab keinen Laut von sich, aber sie zitterte und schlang schließlich ihre Arme um seinen Hals. Burton zog sie an sich, tätschelte ihr beruhigend den Rücken und sagte ein paar freundliche Worte, die sie zwar nicht begriff, aber aufgrund seines Tonfalls nicht mißverstehen konnte.

Die Sonne begann zu sinken. In etwa zwei Stunden würde sie hinter den sich in der Ferne auftürmenden Bergen verschwunden sein, obwohl ihr Licht den Tag sicher noch um einige Stunden erhalten konnte. Sie hatten keine Möglichkeit herauszufinden, wie lange die Tage in dieser Umgebung dauerten. Die Temperatur war angestiegen, aber dennoch war das Sitzen in der Sonne keinem unangenehm, da ständig ein kühler Wind wehte.

Kazz signalisierte ihnen, daß er Feuer machen wollte, und zeigte auf die Spitze seiner Lanze. Zweifellos hatte er vor, sie im Feuer zu härten.

Burton hatte inzwischen das metallene Objekt, das er dem Gral entnommen hatte, einer Untersuchung unterzogen. Es bestand aus hartem, silbern glänzendem Material, war von länglich-flacher Form, etwa fünf Zentimeter lang und einen Zentimeter breit. Am einen Ende war ein kleines Loch, während das andere mit einem beweglichen Schieber versehen war. Burton bewegte den Schieber mit dem Daumennagel, und auf der Stelle schoß eine zwei Zentimeter lange Flamme aus dem Loch, die unter der Einwirkung der Sonne weißlich glühte. Er sengte einen Grashalm an und richtete die Flamme dann gegen die Spitze seines Bambusspeers, wo sofort ein winziges Loch entstand. Als Burton den Schieber wieder in seine Ausgangsposition zurückschnellen ließ, kroch die Flamme in das silberne Gehäuse zurück und verschwand.

Frigate und Ruach wunderten sich beide über die Kraft, die in diesem kleinen Gerät steckte. Um den kleinen Draht, der durch das Loch zu sehen war, derart zu erhitzen, bedurfte es ungeheurer Energien. Über welche Möglichkeiten mußte die Batterie oder der radioaktive Kern in seinem Innern verfügen? Und wie konnte man die Kraftquelle erneuern, wenn sie ausgebrannt war?

Aber das waren Fragen, die unter den gegebenen Umständen von keinem aus ihren Reihen beantwortet werden konnten. Vielleicht würden sie sogar niemals beantwortet werden. Am meisten von allem beschäftigte sie zunächst einmal die Frage, wie es möglich gewesen war, daß jeder einzelne von ihnen ins Leben hatte zurückgerufen werden können und über einen neuen Körper verfügte. Wer immer dazu in der Lage gewesen war, verfügte über eine Macht, die göttlich sein mußte. Aber auch ihre Spekulationen, die zumindest dazu dienten, die Gespräche aufrechtzuerhalten, würden im Endeffekt zu keinem Resultat führen.

Nach einer Weile begann die Menge sich aufzulösen und zog sich von den grauen Gral-Zylindern auf den Spitzen der Gralsteine zurück. Da und dort lagen leblose Körper, und viele der Männer und Frauen, denen es gelungen war, auf der Oberfläche der Grale einen Platz zu finden, waren verletzt. Burton mischte sich unter die Leute und betrachtete sie. Er sah das zerkratzte Gesicht einer weinenden Frau, der niemand auch nur die geringste Aufmerksamkeit schenkte, während an einer anderen Stelle ein stöhnender Mann lag, der seine zerkratzte Leistengegend betastete. Scharfe Fingernägel hatten auch an ihm unübersehbare Spuren hinterlassen. – Von den vier auf der Oberfläche des Gralsfelsens liegenden Personen waren drei ohne Bewußtsein. Eine Handvoll Wasser brachte sie wieder zu sich. Der vierte, ein kleingewachsener, schlanker Mann war tot. Jemand hatte ihm den Hals gebrochen.

Burton warf einen Blick auf die Sonne und sagte: »Ich weiß

nicht genau, wann die Zeit für das Abendessen anbricht, deshalb schlage ich vor, daß wir sofort zurückkehren, wenn die Sonne sich anschickt, hinter den Bergen zu verschwinden. Wir werden unsere Zylinder, Wundermaschinen, Essensstäbe – oder wie immer ihr sie nennen wollt – in diese Vertiefungen stecken und warten. In der Zwischenzeit . . .«

Er hätte den Körper des Toten natürlich auch dem Fluß übergeben können, aber der Gedanke, daß er ihnen dienlich sein konnte, ließ Burton jetzt nicht mehr los. Er sagte den anderen, was er damit zu tun gedachte, und sie hoben die Leiche von dem Felsen und trugen sie über die Ebene. Frigate und Galeazzi, ein ehemaliger Bewohner der Stadt Triest, übernahmen den ersten Teil des Weges. Frigate packte die Füße des Toten und schritt aus, während Galeazzi die Armbeugen des Mannes ergriff. Alice folgte Burton und hielt dabei das Kind an der Hand. Obwohl einige Mitglieder der Gruppe ihnen ungläubige Blicke zuwarfen und neugierige Fragen stellten, ignorierte Burton sie. Nach einer Strecke von anderthalb Kilometern übernahmen Kazz und Monat den Transport der Leiche. Das Mädchen reagierte auf den Anblick des Toten überhaupt nicht. Möglicherweise hatte sie bei dem verbrannten Körper von Pater Giuseppe lediglich deren erschreckender Zustand geängstigt.

»Wenn sie wirklich eine aus der Frühzeit stammende Gallierin ist«, sagte Frigate, »wird sie wahrscheinlich daran gewöhnt sein, Menschen brennen zu sehen. Wenn meine Erinnerung mich nicht trügt, war es bei den Galliern Sitte, Menschenopfer, die in irgendwelche Tücher eingewickelt waren, brennend irgendwelchen Göttern darzubringen. Aber ich weiß nicht mehr, zu Ehren welcher Gottheiten sie das taten. Ich wünschte, ich hätte eine Bibliothek, in der ich nachforschen könnte. Glauben Sie, daß wir jemals soweit kommen werden? Ich glaube, ich würde allmählich den Verstand verlieren, wenn ich sicher wäre, daß ich niemals die Gelegenheit haben würde, in irgendwelchen Büchern herumzustöbern.«

»Das wird die Zukunft zeigen«, erwiderte Burton. »Wenn wir auf keine Bibliothek stoßen, werden wir uns unsere eigene machen müssen. Wenn wir dazu überhaupt die technischen Möglichkeiten zustande bringen.«

In Wirklichkeit hielt er Frigates Frage für absolut verrückt, aber unter Berücksichtigung der Umstände konnte man wohl in dieser Umgebung von keinem Menschen sagen, daß er alle seine fünf Sinne beisammen hatte.

Am Fuße des Hügelgeländes lösten Rocco und Brontic, zwei andere Männer, Kazz und Monat ab. Burton führte sie durch das hüfthohe Gras in den Wald hinein. Die scharfen Grashalme schnitten ihnen ins Fleisch. Mit seinem Messer schnitt Burton einen Zweig ab und prüfte seine Flexibilität, während Frigate in seiner Nähe blieb und weiterredete. Möglicherweise, dachte Burton, redet er nur soviel, um nicht an die beiden Toten denken zu müssen.

»Wenn jeder Mensch, der einmal gelebt hat, auf dieser Welt wiedererweckt wurde«, sagte Frigate, »dann könnten wir vor einer Forschungsaufgabe stehen, die sich noch keinem anderen geboten hat! Denken Sie nur einmal daran, welche historischen Geheimnisse und Fragen wir klären könnten! Sie könnten mit John Wilkes Booth sprechen und ihn danach fragen, ob Stanton, der Staatssekretär im Kriegsministerium, wirklich mit der Ermordung Lincolns zu tun hatte. Sie könnten die wahre Identität von Jack the Ripper klären und herausfinden, ob Johanna von Orleans wirklich einer Sekte angehörte, die Hexenkult trieb. Man könnte mit Napoleons Marschall Ney reden und von ihm erfahren, ob er wirklich den Kugeln des Erschießungskommandos entging und später als Lehrer in Amerika lebte. Wir könnten die Hintergründe von Pearl Harbour aufdecken, das Gesicht des Mannes mit der Eisernen Maske sehen – falls es ihn je in Wirklichkeit gegeben hat. Wir könnten Lucrezia Borgia interviewen und ebenso alle, die sie kannten, um zu erfahren, ob sie wirklich jene giftmordende Hexe war, als die sie die Geschichte hinstellt. Die Identität des Mörders, der die beiden kleinen Prinzen in jenem Turm umbrachte, wäre kein Geheimnis mehr für uns. Vielleicht war es wirklich Richard III., der sie umbrachte. – Und was Sie selbst betrifft, Sir Richard Francis Burton: Es gibt sicher auch eine ganze Reihe von Fragen, die Ihre Biographen interessieren würde! Stimmt es wirklich, daß Sie einst in eine Perserin verliebt waren, der zuliebe Sie bereit waren, Ihre wahre Identität zu vergessen und ein Eingeborener zu werden? Stimmt es, daß sie starb, bevor Sie sie heiraten konnten, und Sie darüber so verbittert waren, daß Sie für den Rest Ihres Lebens ständig eine Fackel als Andenken bei sich trugen?«

Burton warf ihm einen raschen Blick zu. Er hatte den Mann erst vor einer Weile kennengelernt, und bereits jetzt erdreistete er sich, ihm die intimsten und persönlichsten Fragen zu stellen. Es gab nichts, das dieses Verhalten zu entschuldigen vermochte.

Frigate zog sich ein wenig zurück und sagte: »Und ... und ... Nun, ich verstehe vollkommen, daß dies nicht die richtige Zeit ist, über solche Dinge zu reden. Aber wußten Sie, daß Ihre Frau Sie kurz nach Ihrem Tod mit einer besonderen Salbung versehen und auf einem katholischen Friedhof bestatten ließ – Sie, den Ungläubigen?«

Lev Ruach, dessen Augen während Frigates Gerede immer größer geworden waren, sagte plötzlich: »Sie sind Burton, der Forscher und Sprachwissenschaftler? Der Entdecker des Tanganyikasees? Der Mann, der als Moslem verkleidet nach Mekka und Medina pilgerte? Der *Tausendundeine Nacht* übersetzte?«

»Ich verspüre nicht das geringste Bedürfnis, dies abzustreiten. Der bin ich.«

Lev Ruach spuckte Burton an. Glücklicherweise sorgte der Wind dafür, daß er ihn nicht traf. »Sie Schwein!« schrie er laut. »Sie verdammtes Nazischwein! Ich habe einiges über Sie gelesen! Auf die eine oder andere Art sollen Sie ja eine verehrungswürdige Gestalt gewesen sein – aber Sie waren Antisemit!«

Burton war aufs äußerste überrascht. Er sagte: »Es waren meine Gegner, die dieses unwahre und heimtückische Gerücht verbreiteten. Aber jeder, der die Tatsachen und mich kannte, würde es besser wissen. Ich glaube, daß Sie . . .«

»Soll das etwa heißen, daß Sie nicht *Der Jude, der Zigeuner und der Islam* geschrieben haben?« fragte Ruach höhnisch.

»Ich habe es geschrieben«, erwiderte Burton. Sein Gesicht lief rot an, und als er an sich hinunterblickte, stellte er fest, daß sein gesamter Körper ähnlich aussah. »Wie ich eben ausführen wollte, bevor Sie mich so freundlich unterbrachen«, fügte Burton hinzu, »rate ich Ihnen, daß Sie von nun an besser schweigen. Unter anderen Umständen wäre ich Ihnen schon lange an die Kehle gefahren. Ein Mann, der solche Dinge zu mir sagt, täte besser daran, seinen Worten die entsprechenden Taten folgen zu lassen. Aber ich will Ihnen zugutehalten, daß die ungewohnte Situation unglücklich auf Ihren Geist eingewirkt hat. Ich weiß es nicht. Aber wenn Sie sich nicht augenblicklich entschuldigen oder verschwinden, bin ich dazu imstande, persönlich an diesem Tage für die dritte Leiche zu sorgen.«

Ruach ballte die Fäuste und sah Burton kurz von der Seite an; dann drehte er sich um und verschwand.

»Was ist ein Nazi?« fragte Burton Frigate.

Der Amerikaner erklärte es ihm, so gut er konnte. Darauf meinte Burton: »Ich habe wohl noch eine Menge über das, was nach meinem Tod geschah, zu lernen. Aber dieser Mann hat sich in bezug auf mich wirklich geirrt. Ich bin kein Nazi. Und aus England, sagten Sie, wurde eine Weltmacht zweiter Klasse? Und das schon fünfzig Jahre nach meinem Tod? Es ist kaum zu glauben.«

»Warum sollte ich Sie anlügen?« erwiderte Frigate. »Aber Sie sollten deswegen keine unguten Gefühle hegen. Kurz vor Ende des zwanzigsten Jahrhunderts strebten die Engländer einem neuen Höhepunkt entgegen, aber es war bereits zu spät . . .«

Während er dem Yankee zuhörte, empfand Burton so etwas wie Stolz auf sein Land. Obwohl England ihm oft in seinem Leben übel mitgespielt hatte und er jedesmal, wenn er die Insel betreten hatte, mit Ungeduld den Tag herbeisehnte, an dem er sie wieder verlassen konnte, würde er sie doch bis zum letzten Atemzug verteidigen. Und er war immer ein treuer Untertan der Königin gewesen.

Plötzlich fragte er: »Als Ihnen meine Identität klar wurde, warum haben Sie mir nicht da Ihre Fragen gestellt?«

»Ich wollte ganz sichergehen. Und außerdem hatten wir nicht allzuviel Zeit, uns vorzustellen und Konversation zu treiben«, erwiderte Frigate. Er schaute Alice Hargreaves von der Seite her an und meinte: »Sie kenne ich übrigens auch. Vorausgesetzt, sie ist die Frau, für die ich sie halte.«

»Dann wissen Sie mehr als ich«, sagte Burton. Er blieb stehen. Sie hatten jetzt den ersten Hügel erstiegen und näherten sich seiner Kuppe. Die beiden Träger schleppten den Leichnam in den Schatten einer großen Pinie und ließen ihn zu Boden sinken.

Auf der Stelle kniete Kazz sich neben die Leiche hin und zog sein Messer. Mit zurückgeworfenem Kopf stieß er einige unverständliche Worte hervor, die möglicherweise eine Art religiöser Äußerung waren, und ehe jemand eingreifen konnte, schnitt er dem Toten die Leber heraus.

Die meisten Mitglieder der Gruppe stießen einen Entsetzensschrei aus. Burton knurrte mißmutig, während Monat erschreckt die Augen aufriß.

Kazz schlug seine riesigen Zähne in das blutende Organ und riß einen großen Fetzen heraus. Sein kräftiger Unterkiefer begann zu mahlen, während seine Augen halb geschlossen waren und einen glasig-ekstatischen Blick zeigten.

In der Absicht, Kazz von seinem schrecklichen Tun abzuhalten, trat Burton auf ihn zu und streckte die Hand aus. Kazz grinste jedoch nur breit, schnitt ein blutiges Stück aus der Leber heraus und bot es Burton an. Er schien ziemlich überrascht zu sein, daß dieser sein Angebot nicht annahm.

»Ein Kannibale!« stieß Alice Hargreaves hervor. »Oh, mein Gott, er ist ein Kannibale! Und das soll das uns versprochene Leben nach dem Tode sein?«

»Er ist nichts anderes als einer unserer eigenen Vorfahren«, sagte Burton. Er hatte sich mittlerweile von dem ersten Schock erholt und fühlte beinahe so etwas wie Belustigung über die Reaktion der anderen. »In einer Umgebung, die auf den ersten Blick so gut wie keinerlei Nahrung verheißt, ist sein Verhalten lediglich praktisch. Es sieht so aus, als sei unser Problem, wie wir einen Toten ohne Werkzeuge beerdigen sollten, damit auch gelöst. Und wenn unsere Theorie, daß die Grale uns mit Nahrung versorgen, nicht zutreffen sollte, wird uns sowieso nichts anderes übrigbleiben, als Kazz nachzueifern!«

»Niemals!« versicherte Alice. »Eher sterbe ich!«

»Etwas anderes würde Ihnen auch nicht übrigbleiben«, erwiderte Burton kühl. »Ich schlage vor, daß wir uns zunächst einmal zurückziehen und ihn in Ruhe essen lassen. Mir persönlich würde es nichts ausmachen hierzubleiben, obwohl seine Tischmanieren für meinen Geschmack ebenso widerwärtig sind wie die eines Yankees, der vom Fallenstellen lebt. Oder die des Landadels«, fügte er mit einem Seitenblick auf Alice hinzu.

Sie gingen ein Stück weiter, bis Kazz aus ihrem Blickfeld verschwunden war, und hielten hinter einigen dicken, knorrigen Bäumen an. Alice sagte: »Ich kann es nicht ertragen, daß er sich unter uns befindet. Er ist ein Tier, ein Wesen ohne Skrupel. Ich werde mich nicht eine Sekunde mehr sicher fühlen, wenn er in unserer Nähe ist!«

»Sie haben mich um Schutz gebeten«, erwiderte Burton. »Und ich bin bereit, Ihnen Schutz zu gewähren, solange Sie ein Mitglied unserer Gemeinschaft sind. Aber solange Sie das sind, haben Sie die von mir gefällten Entscheidungen zu akzeptieren. Eine davon ist, daß der Affenmensch bei uns bleibt. Wir benötigen seine Kraft und Erfahrung und könnten uns für die Umgebung, in der wir uns befinden, gar keine bessere Begleitung wünschen. Wir werden uns selbst zu Primitiven entwickeln. Was sollte uns also daran hindern, von einem anderen Primitiven zu lernen? Er bleibt.«

Mit schweigender Unentschlossenheit schaute Alice die anderen an. Monat zog die Augenbrauen hoch, während Frigate die Achseln zuckte und sagte: »Mrs. Hargreaves, wenn Sie dazu in der Lage sind, sollten Sie nach Möglichkeit alle guten Tischsitten und Konventionen Ihrer Erziehung vergessen. Wir befinden uns nicht in einem saubern viktorianischen Himmel der Oberen Zehntausend. Wir befinden uns nicht einmal in irgendeinem anderen Himmel der Vorstellung. Sie können hier nicht mehr so denken und agieren wie auf der Erde. Nehmen Sie zum Beispiel nur die Tatsache, daß Sie aus einer Gesellschaft herausgerissen wurden, in der es üblich war, daß die Frauen sich von Kopf bis Fuß mit undurchsichtiger Kleidung bedeckten und der Anblick eines Frauenknies bereits sexuell erregend wirkte. Seltsamerweise scheinen Sie aber nicht im geringsten darüber entsetzt zu sein, daß Sie nackt vor uns allen stehen. Noch immer benehmen Sie sich in Ihrem Denken jedoch so, als trügen Sie Nonnenkleidung.«

Alice erwiderte: »Nicht etwa, daß ich über meine Nacktheit erfreut wäre – aber warum sollte ich mich darüber aufregen? Wo alle unbekleidet sind, braucht sich keiner seiner Nacktheit zu schämen. Und es bleibt uns gar nichts anderes übrig, als uns damit abzufinden. Erschiene mir ein Engel und beabsichtigte, mich von Kopf bis Fuß neu einzukleiden – ich bin sicher, daß ich sein Angebot nicht annehmen würde. Es würde nicht passen, es wäre ein Stilbruch. Und meine Figur ist gut. Wäre sie das nicht, hätte ich bestimmt noch mehr zu leiden.«

Die beiden Männer lachten, und Frigate sagte: »Sie sind fabelhaft, Alice, absolut fabelhaft. Ich darf Sie doch Alice nennen? Gegenüber einer Nackten hört sich ›Mrs. Hargreaves‹ wirklich fast ein wenig zu formell an.«

Ohne zu antworten setzte sie sich in Bewegung und verschwand hinter einem riesigen Baum. Burton sagte: »Wir müssen daran denken, daß wir bald irgendwelche sanitären Anlagen errichten. Was bedeutet, daß irgend jemand in der Lage sein muß, die Gesundheitspolitik zu steuern, und auch die Kraft besitzen sollte, sie durchzusetzen. Wie entwickelt man aus der gegenwärtigen Form der Anarchie so etwas wie Legislative, Judikative und Exekutive?«

»Um zunächst einmal die unmittelbaren Probleme anzusprechen«, sagte Frigate, »was machen wir mit dem Toten?«

Die Blässe, die sein Gesicht überzogen hatte, als Kazz die Klinge in das Fleisch der Leiche geschlagen hatte, war nur wenig abgeklungen.

»Ich bin sicher, daß Menschenhaut, wenn man sie anständig gerbt, oder ein Darm, der richtig behandelt ist, einem aus Gras gefertigten Seil weit überlegen ist. Ich habe die Absicht, einige Streifen abzuschneiden. Wollen Sie mir dabei nicht zur Hand gehen?«

Der Wind, der die Zweige und das hohe Gras bewegte, machte das einzige Geräusch, das das betretene Schweigen brach. Die heißen Sonnenstrahlen führten zu Schweißausbrüchen, und es war nur dem Wind zu verdanken, daß sie nicht der Hitzschlag traf. Sonst herrschte absolute Stille. Nirgendwo schrie ein Vogel, nicht einmal das Summen von Insekten war zu vernehmen. Das Mädchen gab einen schrillen Ton von sich. Alices Stimme antwortete ihr, und sofort lief das Kind zwischen den Bäumen durch auf sie zu und tauchte unter.

»Ich will es versuchen«, sagte der Amerikaner. »Aber ich habe keine Ahnung, ob ich es schaffe. An sich reicht mir das, was ich an diesem Tag erlebt habe, jetzt schon.«

»Machen Sie, was Sie sollen«, erwiderte Burton. »Aber jeder,

der nicht bereit ist, mir zu helfen, sollte bedenken, daß es bald lebenswichtig sein könnte, eine Axt zu besitzen, deren Griff zuverlässig befestigt ist.«

Frigate schluckte hörbar und meinte: »Ich mache mit.«

Die anderen – Galeazzi, Brontic, Maria Tucci, Filipo Rocco, Rosa Nalini, Caterina Capone, Fiorenza Fiorri, Babic und Giunta – weigerten sich, der schrecklichen Szene beizuwohnen. Noch immer hielten sie sich auf der anderen Seite der gewaltigen Pinie auf und unterhielten sich leise auf italienisch.

Burton kniete sich hin, prüfte die Spitze des Messers, setzte sie an. Frigate stand daneben und starrte auf Burtons Hände. Er wurde noch bleicher und begann zu zittern, aber er hielt durch, bis Burton zwei lange Hautstreifen von der Leiche gelöst hatte.

»Wollen Sie es auch versuchen?« fragte Burton. Er rollte den Leichnam auf die Seite. Frigate nahm das blutige Messer und begann zu arbeiten. Seine Zähne klapperten laut.

»Ich hatte einst einen Nachbarn«, sagte er, »der an einer Leine hinter seiner Garage schlachtreife Kaninchen aufhängte, nachdem er ihnen das Genick gebrochen hatte. Dann schnitt er ihnen die Kehle durch. Ich habe ihm nur einmal dabei zugesehen. Das hat mir gereicht.«

»Sie können es sich jetzt nicht mehr erlauben, sich auf einen schwachen Magen oder irgendwelche Gefühle zu berufen«, meinte Burton. »Sie leben jetzt unter noch nie dagewesenen primitiven Bedingungen. Und um überleben zu können, müssen Sie wie ein Primitiver handeln, ob es Ihnen gefällt oder nicht.«

Brontic, der große, dürre Slowene, der in seinem früheren Leben Gastwirt gewesen war, tauchte plötzlich neben ihnen auf und sagte: »Wir haben noch einen dieser pilzförmigen Felsen gefunden, kaum vierzig Meter von hier entfernt. Er steht versteckt hinter Bäumen in einer Mulde.«

Die erste Euphorie, aus Frigate einen harten Mann zu machen, verblaßte in Burton. Er blickte auf und sagte: »Sehen Sie, Peter – warum gehen Sie nicht und schauen Sie sich den Stein ein wenig aus der Nähe an? Wenn sich in unserer unmittelbaren Nähe einer befindet, können wir uns den Weg zurück zum Fluß sicher sparen.«

Er gab Frigate seinen Metallzylinder. »Stecken Sie ihn für mich in eines der Löcher, aber vergessen Sie nicht, in welches. Und sorgen Sie dafür, daß die anderen das gleiche tun. Ich lege keinen Wert darauf, daß es auch unter uns zu irgendwelchen Reibereien kommt, verstehen Sie?«

Seltsamerweise schien Frigate der Gedanke, von ihm fortgehen zu sollen, gar nicht sonderlich zu gefallen. Er schien zu fühlen, daß er sich durch das Eingeständnis seiner Schwäche irgendwie kompromittiert hatte. Er blieb eine Weile stehen, verlegte das Gewicht seines Körpers mehrere Male von einem Fuß auf den anderen und seufzte. Dann, als Burton erneut seine Arbeit fortzusetzen begann, ging er.

Nachdem der Amerikaner außer Sichtweite war, hielt Burton in seiner Tätigkeit inne. Wie sollte er die Haut haltbar machen? Es war nicht unmöglich, daß die Bäume hier in ihrer Rinde Gerbsäure enthielten, mit deren Hilfe er aus der Haut Leder machen konnte. Aber bis dahin würden die bereits gelösten Hautstreifen längst verrottet sein.

In dem Moment tauchte die Sonne hinter dem Bergrücken unter. Ein blasser Schatten fiel über Burton, und einige Augenblicke später bedeckte er das gesamte Tal. Dennoch blieb der Himmel noch eine ganze Weile glänzend blau. Die herrschende Brise veränderte sich nicht, aber die feuchte Luft wurde ein wenig kühler. Zusammen mit dem Neandertaler machte Burton sich auf den Weg, den anderen zu folgen, die inzwischen zu jenem Gralstein, von dem Brontic gesprochen hatte, vorausgegangen waren. Burton fragte sich, ob möglicherweise andere Gruppen von Menschen in der Nähe waren und ob es möglich war, daß es mit ihnen zu Komplikationen kommen könnte. Der Gralstein, vor dem er nur wenig später stand, unterschied sich von denen am Fluß dadurch, daß sich in seinem Mittelpunkt keiner der Metallzylinder befand. Bedeutete das, daß er noch nicht einsatzbereit war? Aber das mußte nicht der Fall sein. Möglicherweise hatten jene, die für die Wiedererweckung verantwortlich waren, die Gralsteine am Flußufer lediglich mit den Zylindern ausgestattet, weil sie annehmen mußten, daß die Menschen, sobald sie erwachten, zuerst diese in Augenschein nehmen würden. Sie mußten annehmen, daß später, wenn die Erweckten das Land eingehender erforschten, sie bereits darüber informiert waren, wie die Steine zu benutzen waren.

Die anderen hatten ihre Gral-Zylinder bereits in den äußeren Kranz der Vertiefungen gestellt, saßen herum und unterhielten sich, obwohl ihre Gedanken doch nur um den Gralstein kreisten und sie sich fragten, wann wohl – und ob überhaupt – die blauen Flammen aus ihm herausschlagen würden.

Burton nahm unter den weitausladenden Ästen eines knorrigen, schwarzen Baumes Platz. Wie die anderen auch – mit Ausnahme von Kazz –, verspürte auch er eine bleierne Müdigkeit. Es war nur seinem knurrenden Magen und der nervösen Erwartungshaltung zu verdanken, daß er nicht auf der Stelle einschlief. Das Gemurmel leiser Stimmen und das Rascheln der Zweige wirkten einschläfernd. Die Senke, in der sich die Gruppe aufhielt, wurde von vier Hügeln umsäumt und von Bäumen umgeben. Eine Weile später, als sowohl die Dämmerung als auch die Kälte zunahm, organisierte Burton eine Gruppe, die Holz zu sammeln begann. Ausgerüstet mit Messern und Äxten, schnitten sie Bambusstengel. Unter Zuhilfenahme seines Feuerzeugs entzündete Burton einen Stapel von Zweigen und Gras. Da das Gras feucht war, entwickelte sich starker Rauch, der erst verschwand, nachdem man eine Menge Bambus nachgelegt hatte.

Eine plötzliche Explosion ließ sie alle zusammenzucken. Einige der Frauen schrien auf. Niemand hatte in diesem Moment auf den Gralstein geachtet. Burton wirbelte herum und sah die Flammen sechs Meter in die Höhe schießen. Selbst Brontic, der sich in diesem Moment ein gutes Stück von der Gruppe entfernt befand, konnte die aufsteigende Hitze noch spüren.

Dann verstummte der Lärm. Burton erklomm die Oberfläche des Steins als erster; die anderen schienen sich offenbar so kurz nach dem Erlöschen der Flamme nicht zu trauen. Er öffnete den Deckel seines Grals, sah in den Behälter hinein und stieß einen überraschten Ruf aus. Darauf kamen auch die anderen und öffneten ihre Behälter. Kaum eine Minute später saßen sie um das Feuer, aßen mit großem Appetit, lachten und zeigten einander, was ihre Zylinder an Schätzen bargen. Offenbar war die Lage, in der sie sich befanden, doch nicht so schlecht, wie sie anfangs geglaubt hatten. Wer immer sich für sie verantwortlich fühlte – er schien den Willen zu haben, für sie zu sorgen.

Selbst wenn man bedachte, daß sie den ganzen Tag über gefastet hatten – »eine halbe Ewigkeit lang«, sagte Frigate –, war für jeden genügend Nahrung vorhanden. Auf Monats Frage, was er damit meine, erklärte Frigate, daß schließlich niemand wisse, wieviel Zeit seit dem Jahre 2008 und dem heutigen Tag vergangen sei. Auch diese Welt könne nicht an einem Tag erbaut worden sein. Zudem sei es schwer vorstellbar, die Vorbereitungszeit für die Wiedererweckung der menschlichen Rasse innerhalb von sieben Tagen zu planen. Was natürlich nur gelte, wenn man davon ausginge, die neue Umgebung auf wissenschaftlicher statt auf übersinnlicher Grundlage zu interpretieren.

Burtons Gral hatte ein zehn Zentimeter langes Stück gebratenes Fleisch, einen kleinen, dunklen Brotklumpen, Butter, Kartoffeln und Sauce enthalten, dazu eine Portion Salat, der delikat schmeckte. Dazu gab es einen Becher exzellenten Bourbon und einen kleinen Behälter mit vier Eiswürfeln.

Und noch mehr! Eine kleine Bruyèrepfeife, einen Beutel mit Pfeifentabak, drei Zigarren und ein Plastikpäckchen, das zehn Zigaretten enthielt. Des weiteren fand er ein kleines, braunes Stäbchen. Burton und Frigate schnupperten zugleich daran und sagten wie aus einem Munde: »Marihuana!«

Alice, die eine kleine Metallschere und einen schwarzen Kamm hochhielt, sagte: »Das kann nur bedeuten, daß uns die Haare wieder nachwachsen werden, sonst hätten wir für diese Dinge keinerlei Verwendung. Oh, wie mich das freut. Aber . . . erwartet man wirklich von mir . . . daß ich dies hier benutze?«

Sie hielt einen glänzend roten Lippenstift hoch.

»Oder ich?« sagte Frigate, der plötzlich einen gleichartigen Gegenstand in der Hand hatte.

»Sie sind ungeheuer praktisch veranlagt«, stellte Monat, der ihnen eine Rolle Toilettenpapier reichte, fest. Als nächstes zog er ein grünes Stück Seife aus seinem Behälter.

Burtons Steak war ziemlich durchgebraten, obwohl er es in einem etwas roheren Zustand bevorzugt hätte. Frigate dagegen beschwerte sich darüber, daß das seine nicht genügend durchgebraten sei.

»Offensichtlich produzieren die Grale keine Menüs, die auf das einzelne Individuum und seinen Geschmack abgestellt sind«, erklärte er. »Man kann es daran erkennen, daß auch die Männer mit Lippenstiften versorgt werden, während die Frauen in ihren Behältern auf Pfeifen stoßen. Es handelt sich hier eindeutig um Massenproduktion.«

»Zwei Wunder an einem Tag«, sagte Burton. »Vorausgesetzt, es handelt sich überhaupt um solche. Ich bevorzuge jedoch eine rationale Erklärung dieser Ereignisse und werde sie auch bekommen. Ich nehme an, daß keiner von uns – jedenfalls noch nicht zu diesem Zeitpunkt – erklären kann, auf welche Weise man uns ins Leben zurückgerufen hat. Aber vielleicht hat einer von denen, die aus dem zwanzigsten Jahrhundert stammen, eine Erklärung dafür parat, wie all diese Dinge auf scheinbar magische Weise in offensichtlich leeren Behältern auftauchen?«

»Wenn Sie die Außenansicht mit dem Innern der Grale vergleichen«, sagte Monat, »werden Sie feststellen, daß die Tiefe der Behälter einen Unterschied von etwa fünf Zentimetern aufweist. Der doppelte Boden scheint demnach etwas zu enthalten, das in der Lage ist, Energie in Materie umzuwandeln. Die Energie selbst wird aller Wahrscheinlichkeit nach von den Gralsteinen abgestrahlt. In Verbindung mit den in den Behältern befindlichen E/M-Konvertern scheinen die Grale über eine Art Massenschablone oder Gußform zu verfügen, welche die Materie in verschiedene Gegenstandsformen preßt. Ich bin mir ziemlich sicher, daß es so funktioniert, weil wir auf meinem Heimatplaneten über eine ähnliche Anlage verfügten. Allerdings nicht in dieser miniaturisierten Form.«

»Das gleiche gab es auch auf der Erde«, sagte Frigate. »Noch vor dem Jahr 2002 war es möglich, aus purer Energie Eisen zu machen. Aber es war ein sehr schwieriger und teurer Prozeß, der sich noch im Versuchsstadium befand.«

»Gut«, meinte Burton. »All das hat uns nichts gekostet. Jedenfalls bis jetzt nicht . . .«

Er verfiel für einen Augenblick in Schweigen und dachte über den Traum nach, den er kurz vor seinem Erwachen gehabt hatte.

»Du hast zu zahlen«, hatte Gott gesagt. *»Für dein Fleisch.«*

Was hatte das bedeutet? Auf der Erde, im Triest des Jahres 1890 hatte er sterbend in den Armen seiner Frau gelegen und um etwas gebeten. Aber um was? Um Chloroform? Irgend etwas. Er konnte sich nicht mehr daran erinnern. Dann war das Vergessen über ihn gekommen, und er war in einer Alptraumlandschaft aufgewacht und hatte Dinge gesehen, die sich weder auf der Erde noch – soweit er wußte – auf diesem Planeten abgespielt hatten. Aber das, was er erlebt hatte, war kein Traum gewesen.

8

Als sie mit dem Essen fertig waren, stellten sie die Essensbehälter wieder in die Grale zurück. Da es in ihrer Nähe kein Wasser gab, würden sie bis zum nächsten Morgen damit warten müssen, sie abzuspülen. Frigate und Kazz hatten jedenfalls aus großen Bambusstangen verschiedene Behälter gebastelt, und Frigate meldete sich freiwillig dazu – vorausgesetzt, jemand sei bereit, ihn zu begleiten –, zum Fluß hinunterzugehen und sie mit Wasser zu füllen. Burton fragte sich, warum sich Frigate freiwillig meldete. Als er Alice ansah, wußte er, warum. Frigate hoffte offenbar, unter den Frauen der Ebene eine Gefährtin zu finden, da er annahm, daß Alice Hargreaves Burton bevorzugte. Auch die anderen Frauen – Tucci, Malini, Capone und Fiorri – hatten bereits ihre Wahl in Galeazzi, Brontic, Rocco und Giunta getroffen, jedenfalls dem Anschein nach. Babic hatte sich von ihnen getrennt; möglicherweise aus dem gleichen Motiv, das jetzt Frigate antrieb, in die Ebene hinunterzugehen.

Es waren Monat und Kazz, die Frigate begleiteten. Der Himmel war plötzlich von gewaltigen Funken und großen, leuchtenden Gaswolken bedeckt. Das Leuchtfeuer der Sterne, von denen manche so riesig waren, als handele es sich bei ihnen um Bruchstücke des irdischen Mondes, drang durch die Wolken und erzeugte das depressive Gefühl, klein und hilflos zu sein.

Burton legte sich mit dem Rücken auf einen Stapel aufgeschichteter Zweige und paffte eine Zigarre. Sie schmeckte ausgezeichnet und würde im London seiner Zeit wenigstens einen Schilling gekostet haben. In diesem Moment kam er sich gar nicht mehr so verloren und einsam vor. Die Sterne waren keines künstlichen Ursprungs, und er lebte. Keiner dieser Sterne, sagte er sich, würde jemals die Erfahrung machen, wie herrlich diese Zigarre schmeckte und was für ein herrliches Gefühl es war, eine hübsche Frau mit guter Figur neben sich liegen zu haben.

Auf der anderen Seite des Lagerfeuers, halb verdeckt durch das hohe Gras, befanden sich die Leute aus Triest. Der Genuß des Likörs und die Feststellung, wieder zu leben und jung zu sein, hatte offensichtlich eine befreiende Wirkung auf sie. Sie kicherten und lachten, rollten sich im Gras hin und her und küßten sich. Schließlich zogen sie sich Paar für Paar in die Dunkelheit zurück.

Das neben Alice liegende kleine Mädchen war eingeschlafen. Das Licht der Flammen flackerte und beleuchtete Alices hübsches, aristokratisches Gesicht, ihren kahlen Kopf, den herrlichen Körper und die wohlgeformten Beine. Burton spürte plötzlich, daß alles in ihm wiedererweckt worden war und er nichts mehr mit dem alten Mann gemein hatte, der während der letzten sechzehn Jahre seines Lebens schwer für die Krankheiten, die er sich in den Tropen zugezogen hatte, büßen mußte. Er war wieder jung, gesund besessen von dem alten, sich an ihn klammernden Dämon.

Aber er hatte sein Wort gegeben, sie zu beschützen. Es war unmöglich, irgendein Wort zu sagen oder eine Bewegung zu machen, die sie als zweideutig interpretieren konnte.

Nun, sie war nicht die einzige Frau auf der Welt. Wenn er es genau betrachtete, war die Welt voll von ihnen – und wenn sie auch nicht für ihn allein bestimmt waren, gab es doch genügend, denen man eine diesbezügliche Frage stellen konnte. Und wenn sich wirklich jeder, der einst auf der Erde gelebt hatte, hier befand ... Alice würde dann lediglich eine unter vielen Milliarden sein (möglicherweise eine unter sechsunddreißig Milliarden, wenn Frigates Schätzung zutraf). Obwohl es natürlich keinerlei Beweise dafür gab, daß dies der Fall war.

Das Dumme daran war, daß Alice in diesem Moment ebensogut die einzige Frau auf der Welt hätte sein können. Schließlich konnte er nicht einfach aufstehen und in der Dunkelheit nach einer anderen Ausschau halten, solange sie und das Kind hier ohne jeglichen Schutz lagen. Ebensowenig wie sie sich in der Nähe von Monat und Kazz sicher fühlte, würde sie das Alleinsein mögen. Sie fürchtete sich vor der Häßlichkeit der beiden. Ebensowenig konnte er Frigate anvertrauen – wenn er in dieser Nacht zurückkehrte, was Burton jedoch bezweifelte –, weil auch dieser Bursche für ihn noch eine unbekannte Größe darstellte.

Er mußte über die Lage, in der er sich befand, plötzlich laut lachen. Die Entscheidung, daß er es sich für diese Nacht wohl durch die Rippen schwitzen mußte, führte zu einem erneuten Heiterkeitsausbruch. Erst als Alice ihn fragte, ob alles in Ordnung sei, hörte er auf.

»Ich bin mehr in Ordnung als jemals zuvor«, erwiderte er und drehte ihr den Rücken zu, damit sie seine Erregung nicht wahrnahm. Er langte nach seinem Gral und entnahm ihm den letzten Gegenstand, den er enthielt; ein langes, dünnes, streifenförmiges Plättchen von gummiartiger Substanz. Noch bevor Frigate gegangen war, hatte er darauf hingewiesen, daß ihre unbekannten Wohltäter auf jeden Fall Amerikaner sein müßten. Wer käme schon sonst auf den Gedanken, sie mit Kaugummi zu versorgen?

Nachdem er die Zigarre auf dem Boden ausgedrückt hatte, schob Burton das Plättchen in den Mund und sagte: »Es schmeckt komisch, aber irgendwie delikat. Haben Sie es auch schon versucht?«

»Ich habe mit dem Gedanken gespielt«, erwiderte Alice, »aber dann kam es mir doch zu dumm vor. Diese Kaubewegungen erinnern mich an eine Kuh, die wiederkäut.«

»Sie sollten vergessen, daß Sie eine Lady sind«, meinte Burton. »Glauben Sie etwa, daß Wesen, die in der Lage sind, Sie erneut zum Leben zu erwecken, über einen vulgären Geschmack verfügen könnten?«

Alice lächelte sanft und sagte: »Woher soll ich das wissen?« Dann steckte auch sie den Gummistreifen in den Mund. Einen Moment lang kauten sie beide vor sich hin und sahen sich über das Feuer hinweg schweigend an. Offenbar getraute sie sich nicht, Burton länger als einige Sekunden in die Augen zu sehen.

Burton sagte plötzlich: »Frigate erwähnte, daß Sie ihm bekannt seien. Daß er von Ihnen gehört habe. Würden Sie mir sagen, wer Sie sind, und mir gleichzeitig meine unverzeihliche Neugier vergeben?«

»Es gibt unter den Toten keine Geheimnisse«, erwiderte Alice einfach. »Ebensowenig wie unter den ehemals Toten.«

Alice Pleasance Liddell wurde am 25. April 1852 geboren (Burton war damals dreißig gewesen). Sie stammte in direkter Linie von König Edward III. und seinem Sohn, John of Gaunt, ab. Ihr Vater war der Dekan des Christ Church College von Oxford gewesen und nebenbei der Ko-Autor eines bekannten Griechisch-Englischen Lexikons. (Liddell und Scott! dachte Burton). Sie hatte eine glückliche Jungend verlebt, eine exzellente Erziehung genossen und viele prominente Menschen ihrer Zeit kennengelernt: Gladstone, Matthew Arnold, den Prinzen von Wales, der bei ihrem Vater in Oxford studiert hatte. Ihr Ehemann, den sie sehr geliebt hatte, war Reginald Gervis Hargreaves gewesen, ein Landedelmann, dem nichts über Jagen, Fischen, Kricketspielen, die Forstwirtschaft und französische Literatur gegangen war. Sie hatte drei Söhnen das Leben geschenkt, von denen es jeder zum Rang eines Captains gebracht hatte. Zwei davon waren im Großen Krieg von 1914 bis 1918 gefallen. (Es war nun das zweite Mal, daß Burton etwas von diesem Großen Krieg hörte).

Und sie unterhielt ihn weiter, als hätte der Genuß von Alkohol ihre Zunge gelöst oder als beabsichtige sie, zwischen Burton und sich eine Barriere aus Konversation zu errichten.

Sie sprach von Dinah, dem anschmiegsamen Kätzchen, das sie als Kind geliebt hatte, den gewaltigen Bäumen auf dem Besitz ihres Mannes; wie ihr Vater, jedesmal wenn er an seinem Lexikon arbeitete, um Punkt zwölf Uhr zu niesen anfing, ohne daß man jemals herausfand, warum er das tat . . . Als sie achtzig geworden war, hatte die amerikanische Columbia-Universität Alice für die tragende Rolle, die sie in dem weltbekannten Buch eines gewissen Mr. Dodgson gespielt hatte, die Ehrendoktorwürde in Literatur verliehen. (Auf den Titel des Buches ging sie nicht ein, und Burton, der in seinem Leben viel gelesen hatte, erinnerte sich an kein einziges Werk eines Mr. Dodgson).

»Es war wirklich ein herrlicher Nachmittag«, fuhr Alice fort, »auch wenn der Wetterbericht etwas ganz anderes vorhergesagt hatte. Am 4. Juli 1862 war ich zehn Jahre alt . . . Meine Schwestern und ich trugen schwarzes Schuhwerk, weiße Söckchen, ebensolche Baumwollkleider und breitkrempige Hüte.«

Ihr Blick weitete sich, und ihre Schultern zitterten, als stünde sie irgendeinen inneren Kampf aus. Dann begann sie noch schneller zu sprechen.

»Mr. Dodgson und Mr. Duckworth trugen die Picknickkörbe . . . Wir stiegen in unser Boot und fuhren von Folly Bridge stromaufwärts die Isis hinauf. Mr. Duckworth ruderte keuchend; die Tropfen fielen wie gläserne Tränen von den Rudern auf die spiegelglatte Oberfläche des Flusses, und . . .«

Die letzten Worte – so empfand es Burton jedenfalls – schien sie geschrien zu haben. Verwundert sah er Alice an, deren Lippen sich bewegten, als spräche sie in einem ganz normalen Tonfall zu ihm. Ihr Blick war jetzt auf ihn gerichtet, aber der Ausdruck ihrer Augen erweckte in ihm den Eindruck, als schaue sie durch ihn hindurch in die Unendlichkeit. Sie hatte die Arme halb erhoben, als sei sie in Überraschung erstarrt und könne sie nicht länger bewegen.

Die Geräusche hatten sich verstärkt. Burton konnte das kleine Mädchen atmen hören, hörte den Schlag ihres Herzens, das Pulsieren von Alices Blut und das Rauschen des Windes, der die Zweige der Bäume ringsum bewegte. In der Ferne erklang ein Schrei.

Burton stand auf und horchte. Was hatte das zu bedeuten? Was war für diese erstaunliche Schärfung seiner Sinne verantwörtlich? Wieso konnte er die Herzschläge der anderen, nicht aber seine eigenen hören? Ebenso waren ihm plötzlich die Form und die Oberflächenbeschaffenheit des unter seinen Füßen befindlichen Grasteppichs bewußt. Er konnte beinahe die unterschiedlichen Moleküle der Luft spüren, die er mit jedem Atemzug in sich hineinsog.

Alice hatte sich ebenfalls erhoben. »Was geschieht mit uns?« fragte sie. Ihre Stimme überschwemmte Burton mit der Macht eines Sturmes.

Er antwortete nicht, sondern starrte sie nur an. Ihm wurde bewußt, daß er ihren Körper in diesem Moment zum ersten Mal in seinen richtigen Proportionen *sah*. Und er sah auch *sie*. Alice in ihrer Gesamtheit.

Sie kam mit ausgebreiteten Armen auf ihn zu, hatte die Augen halb geschlossen. Ihre Lippen waren feucht. Sie schwankte und sagte mit belegter Stimme: »Richard! Richard!«

Dann blieb sie stehen; ihre Augen weiteten sich. Burton ging auf sie zu und streckte die Arme aus. Plötzlich schrie sie: »Nein!« Sie drehte sich um und flüchtete in die schützende Dunkelheit des Waldes.

Eine Sekunde lang blieb Burton stehen. Es erschien ihm in diesem Moment unmöglich, daß die Frau, die er mehr liebte, als er je eine andere geliebt hatte, ihm nicht die gleichen Gefühle entgegenbrachte. Wollte sie sich nur an seiner Lust weiden? Er rannte hinter ihr her und rief mehrere Male ihren Namen.

Stunden schienen vergangen zu sein, als plötzlich Regentropfen auf sie fielen. Entweder hatte die Wirkung der Droge nachgelassen, oder es war eine Folge des kalten Wassers, daß sie wieder zu Verstand kamen. Auf jeden Fall erwachten sie beide gleichzeitig aus der Ekstase, die sie wie in einem alptraumhaften Schlaf umfangen hielt. Er löste sich aus ihr. Sie schaute zu ihm auf. Als ein Blitz sie beide mit Helligkeit überschüttete, schrie sie auf und stieß ihn wütend zurück.

Burton fiel ins Gras und streckte gleichzeitig einen Arm aus. Er erwischte sie gerade noch an einem Bein, ehe sie sich auf allen vieren davonmachen konnte.

»Was ist los mit dir?« schrie er.

Alice hielt in ihrer Gegenwehr inne. Sie setzte sich hin, verbarg das Gesicht auf den angezogenen Knien und weinte bitterlich. Burton stand auf, legte eine Hand unter ihr Kinn und zwang sie so, ihn anzublicken. Ein erneuter Blitz zeigte ihm, welche Qualen sie litt.

»Sie haben versprochen, mich zu beschützen!« schluchzte Alice.

»Sie benahmen sich nicht so, als benötigten Sie meinen Schutz«, erwiderte Burton. »Und außerdem habe ich Ihnen niemals versprochen, Sie gegen einen natürlichen und menschlichen Impuls zu beschützen.«

»Impuls!« sagte sie laut. »Ein Impuls? Mein Gott, ich habe noch nie zuvor in meinem Leben so etwas getan! Ich habe mich immer anständig verhalten! Als ich heiratete, war ich noch Jungfrau, und ich bin mein ganzes Leben lang an der Seite meines Mannes anständig geblieben! Und jetzt das . . . mit einem mir völlig Fremden! Ich weiß nicht, was in mich gefahren ist!«

»Dann bin ich also ein Versager gewesen«, erwiderte Burton und lachte. Aber in seinem Innern spürte er ein Gefühl von Reue und Unbehagen. Wäre es mit ihrem Einverständnis, ihrem eigenen Willen geschehen, hätte er jetzt nicht die Spur eines schlechten Gewissens. Aber es war das Kaugummi gewesen. Es hatte eine starke Droge enthalten, die aus ihnen zwei Liebende gemacht hatte, deren Gier keine Grenzen kannte. Sie hatte sich ihm mit einer solchen Bereitwilligkeit und einem solchen Enthusiasmus hingegeben wie eine erfahrene Frau aus einem türkischen Harem.

»Es ist Unsinn, sich jetzt Selbstvorwürfe zu machen«, erklärte Burton. »Sie waren nicht Herrin Ihrer Sinne. Es war die Droge, die . . .«

»Ich habe es getan!« sagte sie laut. »Ich . . . Ich! Ich wollte es tun! Oh, welch billige Hure ich bin!«

»Ich kann mich nicht erinnern, Ihnen dafür Geld angeboten zu haben.«

Burton hatte keinesfalls vor, sich herzlos zu geben, aber unter den gegebenen Umständen fiel ihm nichts Besseres ein, als ihren Zorn zu entfachen, damit sie nicht auf den Gedanken kam, sich von nun an für ihr Verhalten selbst zu hassen. Und seine Taktik hatte Erfolg. Sie sprang auf und griff ihn mit den Fingernägeln an. Sie zerkratzte ihm Gesicht und Oberkörper und belegte ihn mit Ausdrücken, die einer Dame aus den Tagen Königin Viktorias eigentlich gar nicht hätten geläufig sein dürfen.

Schließlich packte er, um sich ernsthafte Verletzungen zu ersparen, ihre Handgelenke und hielt sie fest, während Alice wahre Schmutzkübel über ihn ausgoß. Als sie sich endlich wieder zu beruhigen begann und erneut losheulte, führte er sie zum Lager zurück. Das Feuer bestand nur noch aus feuchter Asche.

Burton legte einiges trockenes Holz darauf, zündete etwas Gras an und sah in der aufflackernden Helligkeit das kleine Mädchen zusammengerollt neben Kazz und Monat im Gras schlafen. Alle drei wurden von den mächtigen Ästen des Eisenbaumes vor dem Regen geschützt. Dann kehrte er zu Alice zurück, die unter einem anderen Baum saß.

»Bleiben Sie mir vom Leib«, zischte sie. »Ich will Sie nie mehr wiedersehen! Sie haben mich entehrt und beschmutzt, obwohl Sie mir Ihr Wort gaben, mich zu beschützen!«

»Wenn Sie es unbedingt vorziehen, können Sie meinetwegen erfrieren«, sagte Burton. »Ich wollte Ihnen lediglich vorschlagen, daß wir uns gegenseitig wärmen. Wenn Sie wirklich Wert darauf legen, daß dies nicht so sein soll, meinetwegen. Aber ich möchte Ihnen noch einmal sagen, daß das, was wir taten, eine Folge der Drogenwirkung war. Nein, sie hat es nicht bewirkt, denn Drogen bewirken keine Gefühle oder Sehnsüchte; sie setzte sie lediglich frei. Die Droge hat einfach die Mauer zwischen uns niedergerissen. Keiner von uns kann den anderen dafür verantwortlich machen. Dennoch wäre ich ein Lügner, wenn ich jetzt sagen würde, daß ich es nicht genossen hätte – und das gilt auch für Sie. Welchen Grund gibt es also, sich deswegen Vorwürfe zu machen?«

»Ich bin nicht von dieser tierischen Natur, die Ihnen eigen ist! Ich bin eine anständige und gottesfürchtige Frau!«

»Zweifellos«, erwiderte Burton trocken. »Aber lassen Sie mich trotzdem noch etwas dazu sagen. Ich bezweifle, daß Sie das, was Sie getan haben, nicht getan hätten, wenn Sie nicht das Bedürfnis dazu verspürt haben würden. Die Droge hat lediglich ihr Schamgefühl außer Kraft gesetzt – aber sie hat in Ihnen nicht irgendwelche nichtvorhandenen Gelüste geweckt. Die hatten Sie zweifellos schon vorher. Und das, was Sie unter Drogeneinwirkung taten, resultierte allein daraus, daß Sie es tun wollten.«

»Das weiß ich!« schrie Alice. »Halten Sie mich etwa für irgendein dummes Zimmermädchen? Ich verfüge schließlich über ein Gehirn. Ich weiß, was ich tat und warum ich es tat! Es ist nur deswegen, daß ich nicht einmal in meinen kühnsten Träumen geglaubt hätte, daß ich mich in eine solche . . . solche *Person* verwandeln könnte! Aber ich mußte es tun! Also muß ich auch eine solche Person *sein*!«

Burton versuchte, sie zu beruhigen und ihr klarzumachen, daß jeder Mensch geheime Wünsche hat und dies nicht wider die Natur sei. Er sprach darüber, daß die Legende von der Erbsünde möglicherweise darin ihren Ursprung hätte; daß sie menschlich empfände und deswegen auch über dunkle Gelüste verfügte. Und so weiter. Je mehr er sich anstrengte, desto schlimmer schien sie sich zu fühlen. Schließlich, müde geworden vom vielen Reden und frierend von der Kälte, gab er auf. Er legte sich zwischen Monat und Kazz auf den Boden, nahm das Mädchen in die Arme und fühlte sich in der Nähe der drei warmen Körper und der Grasdecke wunderbar warm. Noch lange hörte er Alice weinen, dann schlief er ein.

Als er erwachte, fand er sich im grauen Licht der Morgendämmerung wieder, das die Araber Wolfsschwanz nannten. Monat, Kazz und das Mädchen schliefen noch. Burton kroch unter dem ihn bedeckenden Grashaufen hervor. Das Feuer war ausgegangen; von den Ästen und Zweigen der Bäume hingen Regentropfen. Auch das Gras war naß. Burton schüttelte sich vor Kälte, aber er fühlte sich weder müde, noch konnte er sonst irgendwelche Nachwirkungen der Droge feststellen, was er eigentlich erwartet hatte. Unter einem Grashaufen, der im Schutz eines Baumes lag, fand er einen Stapel Bambus, mit dem er das Feuer schnell wieder zum Brennen brachte. Er erwärmte sich ein wenig und sah dann die aus Bambus hergestellten Wasserbehälter, aus denen er sich einen Schluck genehmigte. Alice saß in einer Grasmulde und starrte ihn gedankenverloren an. Sie hatte eine Gänsehaut.

»Kommen Sie her und wärmen Sie sich!« sagte Burton.

Sie krabbelte aus ihrer Schlafmulde, stand auf, ging zu den Wasserbehältern hinüber, beugte sich nieder, entnahm ihm eine Handvoll und benetzte sich das Gesicht. Dann kauerte sie sich neben dem Feuer nieder und wärmte sich die Hände über der kleinen Flamme. Wenn jedermann nackt ist, dachte Burton, verliert sogar der Zurückhaltendste seine Sittsamkeit.

Etwas später hörte er zu seiner Rechten das Gras rascheln. Ein nackter Schädel, der unzweifelhaft Peter Frigate gehörte, tauchte auf, und neben ihm erschien der Kopf einer Frau, die ihm folgte. Sie hatte einen schönen Körper, große, dunkelgrüne Augen und Lippen, die etwas zu voll waren, um schön zu sein. Aber sie machte einen reizenden Eindruck.

Frigate lächelte breit, wandte sich um und zog seine Begleiterin an der Hand in die Nähe der wärmenden Flammen.

»Sie schauen mich an wie die Katze, die eben den Kanarienvogel verspeist hat«, sagte Burton. »Was haben Sie mit Ihrer Hand angestellt?«

Peter Frigate warf einen Blick auf seine Knöchel. Sie waren angeschwollen. Seine Handrücken wiesen starke Spuren eines Kampfes auf.

»Ich wurde in eine Schlägerei verwickelt«, sagte er, deutete mit einem Finger auf die neben ihm stehende Frau, die sich jetzt neben Alice hinkauerte, um sich zu wärmen, und fuhr fort: »Unten am Fluß ging es in der vergangenen Nacht wie in einem Irrenhaus zu. Das Kaugummi scheint irgendeine Droge enthalten zu haben. Sie würden es kaum glauben, was die Leute alles anstellten. Oder vielleicht doch? Immerhin sind Sie Richard Francis Burton. Egal – auf jeden Fall fielen sie über alle Frauen her, derer sie habhaft werden konnten, keine war ihnen zu häßlich. Zuerst war ich entsetzt über das, was ich sah, aber dann muß ich wohl durchgedreht haben. Ich habe zwei Männer mit meinem Gral bewußtlos geschlagen. Sie waren dabei, ein zehn Jahre altes Mädchen zu vergewaltigen. Vielleicht habe ich sie auch umgebracht. Ich versuchte dem Mädchen beizubringen, daß es mit mir kommen sollte, aber es rannte weg. Ich entschloß mich, hierher zurückzukehren, und machte mir Vorwürfe wegen der beiden Männer, die ich niedergeschlagen hatte, auch wenn sie es verdient hatten. Die Droge war verantwortlich für das, was sie taten; ich glaube, sie hat auf einen Schlag alle Frustrationen in ihnen zum Ausbruch gebracht, die sie im Laufe ihres Lebens in sich angesammelt hatten. Also machte ich mich auf den Rückweg und stieß dabei auf zwei andere Männer, die eine Frau angriffen. Mir schien, daß sie dem Gedanken, es mit einem Mann zu treiben, nicht abgeneigt war, was sie aber offensichtlich störte, war die Tatsache, daß die beiden es bei ihr gleichzeitig versuchen wollten, wenn Sie wissen, was ich damit meine. Wie dem auch sei, jedenfalls schrie sie und wehrte sich, während die beiden Männer ihr hart zusetzten. Ich fiel über die Kerle her, verpaßte ihnen ein paar Hiebe, trat sie und drosch schließlich mit dem Gral auf sie ein. Die Frau ging mit mir. Ihr Name ist übrigens Loghu; das ist alles, was ich von ihr weiß, da ich ihre Sprache nicht verstehe.« Er grinste. »Weiter sind wir nicht gekommen.« Frigate fröstelte. »Dann wurde ich irgendwann wach, und es regnete, blitzte und donnerte, als breche der Zorn Gottes über uns herein. Einen Moment lang dachte ich allen Ernstes – lachen Sie nicht darüber –, der jüngste Tag sei angebrochen, und Gott habe uns lediglich einen Tag gegeben, damit wir uns selbst richteten.«

Er lachte gepreßt und meinte: »Ich bin seit meinem vierzehnten Lebensjahr Agnostiker gewesen, und dennoch spielte ich mit dem Gedanken, einen Priester rufen zu lassen, als ich im Alter von neunzig Jahren im Sterben lag. Komisch, daß das kleine Kind, das sich einst vor dem alten Gottvater, dem Höllenfeuer und der Verdammnis gefürchtet hat, doch noch irgendwie in mir steckte – selbst in dem alten Mann. Oder in dem jungen, der von den Toten auferstanden ist.«

»Was ist schon passiert?« fragte Burton. »Ging die Welt mit Donnergrollen und Blitzschlägen unter? Soweit ich sehen kann, sind Sie noch immer hier und haben nicht einmal der Sünde, die sich Ihnen in der Gestalt dieser Frau näherte, entsagt.«

»Wir fanden in der Nähe der Berge einen Gralstein. Er liegt etwa anderthalb Kilometer von hier entfernt. Wir hatten uns verirrt, liefen herum, froren, waren naß und zuckten jedesmal zusammen, wenn in unserer Nähe ein Blitz einschlug. Dann fanden wir den Gralstein. Es drängten sich ziemlich viele Leute an ihn, aber sie waren ausnahmslos freundlich, und da sie so viele waren, herrschte eine gewisse Wärme, obwohl wir alle nasse Füße bekamen. Schließlich fielen wir in einen tiefen Schlaf, aber da hatte es bereits zu regnen aufgehört. Als ich aufwachte, suchte ich Loghu, die in der Nacht irgendwie abhanden gekommen war. Sie schien sich darüber zu freuen, daß ich wieder auftauchte. Ich mag sie, weil es eine Ähnlichkeit zwischen uns gibt. Vielleicht kann ich mehr darüber sagen, wenn ich ihr erst einmal die englische Sprache beigebracht habe. Ich habe es in Französisch und Deutsch und ein wenig Russisch, Litauisch, Gälisch, in allen skandinavischen Sprachen einschließlich Finnisch, klassischem Nahuatl, Arabisch, Hebräisch, Onondaga-Irokesisch, Objiway, Italienisch, Spanisch, Latein, Alt- und Neugriechisch und einem Dutzend anderer Sprachen versucht. Das Resultat war immer das gleiche: Ein verständnisloser Blick.«

»Sie scheinen ja ein bemerkenswerter Linguist zu sein«, sagte Burton.

»Ich beherrsche nicht eine dieser Sprachen fließend«, erwiderte Frigate. »Obwohl ich die meisten davon lesen kann, bringe ich beim Reden kaum mehr als ein paar alltägliche Phrasen zusammen. Im Gegensatz zu Ihnen verstehe ich keine neununddreißig Sprachen – einschließlich Pornographisch.«

Der Bursche schien ziemlich viel über ihn zu wissen, fiel Burton auf. Und irgendwann würde er schon noch herausbekommen, was.

»Ich will ehrlich mit Ihnen sein, Peter«, sagte Burton. »Die plötzliche Aggressivität, die Sie an den Tag legen, verwundert mich. Ich hätte Sie nicht für fähig gehalten, so viele Männer anzugreifen und sich mit ihnen zu schlagen. Ihre Empfindlichkeit . . .«

»Es lag an dem Kaugummi. Es hat mir die Tür des Käfigs, in dem ich mich befand, geöffnet.«

Frigate kniete sich neben Loghu auf den Boden und berührte

sie mit der Schulter. Sie sah ihn aus halbgeschlossenen Augen an. Sie würde eine Schönheit sein, wenn erst ihr Haar nachwuchs.

Frigate fuhr fort: »Ich bin deswegen so furchtsam und empfindlich, weil ich mich vor der Gewalt fürchte, die bei mir unter der Oberfläche kocht. Ich fürchte mich vor der Gewalt, weil ich gewalttätig bin. Ich habe Angst davor, mich so zu geben, wie ich wirklich bin. Zum Teufel, das ist mir seit mehr als vierzig Jahren bewußt. Und dieses Wissen hat mich bisher immer davor bewahrt, Dummheiten zu begehen!«

Er sah Alice an und sagte: »Guten Morgen.«

Alice erwiderte seinen Gruß und lächelte sogar, als er ihr Loghu vorstellte. Sie würde sogar Burton angesehen haben und seine direkt an sie gerichteten Fragen beantworten. Aber sie würde weder mit ihm ein Schwätzchen halten noch ihm etwas anderes gewähren als einen eiskalten Blick.

Monat, Kazz und das kleine Mädchen näherten sich gähnend dem Feuer. Burton, der die Umgebung des Lagers ein wenig in Augenschein nahm, stellte fest, daß die Leute von Triest verschwunden waren. Einige hatten sogar ihre Grale zurückgelassen. Er verfluchte sie wegen ihrer Unvorsichtigkeit und dachte daran, ihnen dadurch eine Lektion zu erteilen, daß er sie irgendwo im Gras versteckte. Aber dann plazierte er sie doch wieder auf ihren Platz in den Vertiefungen des Gralsteins.

Kehrten die Besitzer der Zylinder nicht zurück, würden sie entweder hungern müssen oder darauf angewiesen sein, daß jemand seine Nahrung mit ihnen teilte. In der Zwischenzeit würde das Essen in den Gralen unberührt bleiben, da niemand sonst in der Lage war, sie zu öffnen. Erst am Tag zuvor hatten sie herausgefunden, daß außer dem rechtmäßigen Besitzer niemand den Deckel eines fremden Grals aufbekam. Ein Experiment unter Zuhilfenahme eines Stockes war ebenfalls ergebnislos verlaufen. Wer seinen Gral öffnen wollte, mußte dazu die eigenen Finger nehmen. Frigate hatte daraufhin die Theorie aufgestellt, daß das Oberflächenmaterial der Behälter irgendwie auf den Hautkontakt mit seinem Besitzer reagierte oder durch die von ihm ausgesandten Gehirnwellen beeinflußt wurde.

Inzwischen hatte sich der Himmel aufgeklart, wenngleich die Sonne noch immer hinter den östlichen Bergen stand. Etwa eine halbe Stunde später spuckte der Gralstein mit einem ohrenbetäubenden Donnern seine blaue Feuerwelle aus. Das Echo rollte von den Bergen zurück.

Diesmal enthielten die Behälter Speck und Eier, Schinken, Toast, Butter, Marmelade, Milch, ein Stück Melone, Zigaretten und einen Becher dunkelbrauner Kristalle, von denen Frigate behauptete, daß es sich dabei um sogenannten Instantkaffee handelte. Er trank die in seinem Becher befindliche Milch, spülte das Gefäß anschließend in dem Bambusbehälter aus, füllte den Becher mit Wasser und setzte ihn aufs Feuer. Als es zu kochen begann, nahm er etwa einen Teelöffel voll von der braunen Substanz und rührte sie ins Wasser hinein. Der Kaffee schmeckte ausgezeichnet, und sie besaßen genug von dem braunen Pulver, um sechs Becher damit zuzubereiten. Schließlich machten sie durch Alice eine weitere Entdeckung: Es war gar nicht nötig, das Wasser zu erhitzen, bevor man den Kaffee hineingab. Sobald das Pulver mit dem Wasser in Berührung kam, brühte es sich innerhalb von drei Sekunden selbst auf.

Nach dem Essen spülten sie die Behälter aus und befestigten sie wieder im Innern der Grale. Burton befestigte seinen Zylinder wieder am Handgelenk. Wenn er die Umgebung erforschte, konnte es ein Fehler sein, den Gral wieder in eine der Vertiefungen des Gralfelsens zurückzustellen. Auch wenn andere Leute mit dem Gerät nichts anfangen konnten – er legte keinen Wert darauf, daß jemand das Ding aus purer Boshaftigkeit versteckte und ihn damit dem Hungertod aussetzte.

Anschließend begann er die erste Sprachlektion mit Kazz und dem kleinen Mädchen. Frigate bedeutete Loghu, sich dazuzusetzen, und schlug vor, sie in irgendeiner Universalsprache zu unterrichten, da die Menschheit während ihrer jahrmillionenwährenden Existenz ihrer Rasse sicherlich mehr als fünfzig- oder sechzigtausend Sprachen benutzt habe. Jede einzelne dieser Sprachen – vorausgesetzt, daß die Theorie, nach der alle Menschen, die jemals auf Erden gelebt hatten, wiedererweckt worden waren, stimmte – mußte jetzt in der Flußebene im Gebrauch sein. Natürlich konnte er anhand der wenigen Quadratkilometer, die er bis jetzt gesehen hatte, keinen Anspruch darauf erheben, daß die sich dort aufhaltenden Menschen die Theorie bestätigten. Aber vielleicht sei es dennoch eine gute Idee, Esperanto zu propagieren, jene künstliche Sprache, die der polnische Augenarzt Dr. Zamenhof im Jahre 1887 entwickelt hatte: Ihre Grammatik war sehr einfach und absolut regelmäßig, und die Aussprache relativ einfach. Die Basis dieser Sprache war Latein, enthielt aber auch sehr viele Worte aus dem Englischen, Deutschen und anderen westeuropäischen Sprachen.

»Bevor ich starb, habe ich einiges darüber gehört«, sagte Burton, »aber ich bin damit leider nie persönlich in Berührung gekommen. Vielleicht könnte diese Sprache uns einmal von Nutzen sein. Aber bis dahin werde ich ihnen erst einmal Englisch beibringen.«

»Aber die meisten Leute hier sprechen Italienisch oder Slowenisch!« sagte Frigate.

»Das mag stimmen, aber bis jetzt sind wir auch noch nicht sonderlich weit herumgekommen. Jedenfalls habe ich nicht die Absicht hierzubleiben, darauf können Sie sich verlassen.«

»Ich hätte es vorher wissen müssen«, murmelte Frigate. »Sie sind immer ein rastloser Charakter gewesen, ständig in Bewegung.«

Burton warf Frigate einen kurzen Blick zu und begann dann mit dem Unterricht. Etwa fünfzehn Minuten lang drillte er seine Schüler in der Aussprache und Identifikation von neunzehn Hauptwörtern und einiger Verben: Feuer, Bambus, Gral, Mann, Frau, Mädchen, Hand, Fuß, Auge, Zahn, essen, gehen, rennen, reden, Gefahr, ich, du, sie, wir. Seine Absicht war, auch gleichzeitig von ihnen soviel zu lernen wie möglich. Irgendwann würde auch Burton in der Lage sein, ihre Sprachen zu sprechen, welche Sprachen dies auch immer sein mochten.

Die Sonne ging über den östlichen Bergen auf, die Luft wurde wärmer, und sie ließen das Feuer ausgehen. Obwohl sie relativ gut in den zweiten Tag ihres neuen Lebens hinübergewechselt waren, wußten sie noch immer so gut wie nichts über diese Welt oder das Schicksal, das sie erwartete, und denjenigen, der es ihnen zugedacht hatte.

Lev Ruach steckte plötzlich seine große Nase aus dem Gestrüpp und fragte: »Darf ich zu euch kommen?«

Burton nickte, und Frigate sagte: »Klar, warum nicht?«

Ruach trat vor. Eine kleine, blasse Frau mit großen braunen Augen und einer zierlichen Figur folgte ihm. Er stellte sie als Tanya Kauwitz vor. Er hatte sie in der vergangenen Nacht kennengelernt, und sie waren, da sie einige Gemeinsamkeiten besaßen, gleich zusammengeblieben. Tanya war russisch-jüdischer Abstammung, hatte 1958 in der Bronx das Licht der Welt erblickt und später als Englischlehrerin im Schuldienst gearbeitet. Ihr erster Mann, ein Unternehmer, hatte seine erste Million gemacht und dann das Zeitliche gesegnet und sie im Alter von fünfundvierzig Jahren zurückgelassen. Tanya hatte noch einmal geheiratet und war fünfzehn Jahre später an Krebs gestorben.

Sie selbst, nicht Lev, war es, die die anderen in einem Satz über ihre Lebensgeschichte informierte.

»Auf der Ebene war in der letzten Nacht die Hölle los«, sagte Lev anschließend. »Tanya und mir blieb nichts anderes übrig, als um unser Leben zu laufen. Wir rannten in die Wälder, und ich kam zu dem Schluß, daß es besser sei, zu euch zurückzukehren und darum zu bitten, uns aufzunehmen. Ich möchte mich für mein gestriges Verhalten entschuldigen, Mr. Burton. Ich ließ mich zu den Bemerkungen aufgrund der Dinge hinreißen, die ich von Ihnen wußte, aber vielleicht wäre es besser gewesen, ich hätte mich zuerst ein wenig mit den Zusammenhängen vertraut gemacht, unter deren Eindruck Sie . . .«

»Lassen Sie uns darüber später reden«, sagte Burton. »Als ich dieses Buch schrieb, stand ich noch unter dem Eindruck dessen, was ich unter den Gemeinheiten und Niederträchtigkeiten der Geldverleiher von Damaskus zu erleiden hatte. Sie waren . . .«

»Sicher, Mr. Burton«, sagte Ruach. »Heben wir uns das, wie Sie sagten, für später auf. Ich wollte lediglich darauf hinweisen, daß ich Sie für einen fähigen Mann mit starkem Charakter halte und gern Ihrer Gruppe angehören möchte. Wir befinden uns in einem Zustand der Anarchie – wenn man Anarchie überhaupt als einen Zustand definieren kann –, und viele von uns werden Schutz benötigen.«

Es gefiel Burton nicht, wenn man ihn unterbrach. Er warf Ruach einen finsteren Blick zu und sagte: »Bitte erlauben Sie mir, daß ich Ihnen etwas erkläre. Ich . . .«

Frigate stand auf und sagte: »Da kommen die anderen. Ich frage mich, wo sie die ganze Zeit über gesteckt haben.«

Aber es waren lediglich vier von den neuen Menschen, die zurückkehrten. Maria Tucci erklärte, daß sie, nachdem sie den Kaugummi probiert hatten, herumgewandert seien und schließlich bei einem der großen Feuer auf der Ebene angelangt wären. Dann war dort die Hölle losgebrochen. Es hatte schwere Kämpfe gegeben; Männer waren über die Frauen hergefallen, Männer hatten sich auf Männer, Frauen auf Frauen gestürzt, und sogar die Kinder hätte man nicht verschont. Die Gruppe hatte sich in dem allgemeinen Chaos aufgelöst. Sie selbst hatte die anderen drei erst Stunden später wieder getroffen, als sie sich bereits in den Hügeln auf der Suche nach dem Gralstein befand.

Lev fügte ihrer Erklärung noch einige Details hinzu. Je nach Gemütszustand desjenigen, der Kaugummi gekaut hatte, waren die Folgen entweder tragisch, amüsant oder erfreulich gewesen.

Auf viele Menschen hatte die Droge einen lusterzeugenden Effekt ausgeübt, wenngleich dies nicht der einzige gewesen zu sein schien. So hatte es beispielsweise den Fall eines Ehepaares gegeben. Beide, Mann und Frau, waren in Opcina, einem Vorort des Triest, im Jahre 1899 gestorben. Bei der Wiedererweckung hatten sie nur zwei Meter auseinandergelegen, waren sich in die Arme gefallen und hatten über das Glück, wieder zueinanderzufinden, vor Freude geweint. Sie hatten gemeinsam Gott für das Glück gedankt, wenngleich sie sich darüber beschwerten, daß diese Welt nicht das sei, was sie sich vom Leben nach dem Tode erhofft hatten. Aber sie hatten fünfzig Ehejahre hinter sich gebracht, also freuten sie sich darauf, von nun an bis in alle Ewigkeit zusammensein zu können.

Ein paar Minuten nachdem sie den Kaugummi in den Mund gesteckt hatten, erwürgte der Mann seine Frau, warf ihren Leichnam in den Fluß, packte eine andere Frau und verschwand mit ihr im Wald.

Ein anderer Mann war auf den Gralstein gesprungen und hatte eine Rede gehalten, wobei ihn auch der einsetzende Regen nicht zu stören schien. Er redete die ganze Nacht hindurch und erklärte den wenigen, die ihm zuhören mochten, daß er die Prinzipien einer perfekten Gesellschaft aufzustellen gedenke und wie diese in der Praxis aussähen. Als der Morgen graute, war er so heiser, daß er nicht mehr als ein Krächzen zustande brachte. Und wie sich bald herausstellte, hatte er auf der Erde zu denen gehört, die in ihrem Leben nicht einmal zur Wahlurne gegangen waren.

Ein paar Leute, die sich über das Treiben der anderen empörten, hatten versucht, die vor aller Augen sich in hektischer Aktivität paarenden Männer und Frauen auseinanderzubringen. Die Folgen: Knochenbrüche, blutige Nasen, zerschlagene Lippen und zwei Gehirnerschütterungen. Mehrere Männer und Frauen hatten die Nacht kniend verbracht, laut betend und um Vergebung ihrer Sünden bittend.

Selbst einige der Kinder waren verprügelt, vergewaltigt oder getötet worden. Aber nicht alle Erwachsenen hatten den Verstand verloren. Eine ganze Reihe von ihnen hatte Kinder beschützt oder dies zumindest versucht.

Ruach berichtete vom Entsetzen eines kroatischen Moslems und eines österreichischen Juden, die in ihren Gralen Schweinefleisch entdeckten. Ein Hindu hatte wütende Obszönitäten in die Welt hinausgeschrien, weil sein Behälter ihm Fleisch anbot. Ein vierter Mann, der unaufhörlich schrie, sie alle befänden sich in den Händen des Teufels, hatte wütend seine Zigaretten in den Fluß geworfen. Einige Leute hatten darauf zu zu ihm gesagt: »Wenn du die Zigaretten nicht haben willst, warum gibst du sie dann nicht uns?«

»Tabak ist eine Erfindung des Teufels. Es ist ein Unkraut, das Satan im Garten Eden pflanzte!«

Ein Mann sagte zu ihm: »Zumindest hättest du sie mit uns teilen können. Es hätte dir doch nichts ausgemacht.«

»Am liebsten möchte ich das ganze verwerfliche Zeug in den Fluß schütten!« hatte der andere erwidert.

»Du bist ein elender Spießer und total verrückt«, hatte ein dritter Mann gesagt. Er versetzte dem Mann, der den Tabak haßte, einen Kinnhaken. Er hatte den Boden noch nicht einmal berührt, als vier andere sich auf ihn stürzten und mit den Füßen traten.

Später, als er sich wieder aufrappelte, wütend heulte und herumlief, schrie er: »Was habe ich getan, o Gott, daß ich dies hier ertragen muß? Ich bin zeit meines Lebens ein guter Mensch gewesen. Ich habe mehrere tausend Pfund für wohltätige Zwecke gespendet! Ich besuchte deinen Tempel dreimal in der Woche, kämpfte einen lebenslangen Kampf gegen Sünde und Korruption! Ich . . .«

»Ich kenne dich!« hatte da plötzlich eine Frau geschrien. Sie war groß, blauäugig, hatte ein hübsches Gesicht und eine gutgewachsene Figur. »Ich kenne dich! Sir Robert Smithson!«

Der Mann hörte auf zu zetern und sah sie kurz an. »Aber ich kenne *dich* nicht!«

»Das kann ich mir denken! Aber du solltest mich erkennen! Ich bin eins von den tausend Mädchen, die sechzehn Stunden am Tag – und das sechseinhalb Tage in der Woche – arbeiten mußten, damit du in deinem großen Haus auf den Hügeln leben und in feinen Kleidern herumlaufen konntest. Sogar deine Hunde bekamen besseres Essen als unsereins. Ich war eins von den Mädchen in deiner Fabrik. Mein Vater war einer deiner Sklaven, meine Mutter, meine Brüder und Schwestern und alle anderen, die nicht zu krank oder zu schwach waren, um an zu wenig oder zu schlechter Nahrung in ihren schmutzigen Betten hinter zugigen Fenstern an Rattenbissen zugrunde zu gehen. Mein Vater verlor eine Hand in einer deiner Maschinen, und du ließest ihn ohne einen Penny auf die Straße werfen. Meine Mutter starb an der Weißen Seuche. Und auch ich habe mein Leben aus mir herausgehustet, verehrter Baron, während du selbst dich mit Köstlichkeiten vollstopftest, in weichen Sesseln saßest und dich in dem beruhigenden Gefühl aaltest, im Kirchenvorstand angesehen zu sein und Tausende dafür auszugeben, Missionare nach Asien zu schicken, damit man den Hungernden dort das Wort Gottes verkündete. Ich habe mir die Lungen aus dem Leib gehustet, und mir blieb schließlich nichts anderes übrig, als auf die Straße zu gehen, um meine jüngeren Geschwister vor dem Verhungern zu bewahren. Und ich bekam die Syphilis, du elender, widerlicher Drecksack, weil es dir und deinesgleichen einfach gefiel, mich und meinesgleichen bis aufs Blut zu erniedrigen! Ich starb im Gefängnis, weil du dich bei der Polizei dafür stark machtest, daß sie hart und unerbittlich gegen jegliche Prostitution vorgehen solle. Du ... du ...!«

Smithson war zuerst rot geworden, aber dann wurde er bleich. Schließlich straffte sich seine Gestalt, und er warf der schimpfenden Frau einen finsteren Blick zu. »Ihr Huren findet doch immer eine Entschuldigung für eure Lüsternheit und das sündige Leben, das ihr führt«, sagte er. »Gott weiß genau, daß ich stets seine Weisungen befolgt habe.«

Er drehte sich um und ging weg, aber die Frau lief hinter ihm her und schwang ihren Gral. Es ging ganz schnell. Jemand stieß einen Schrei aus; Smithson wirbelte herum und duckte sich, bevor der Gral seinen Schädel treffen konnte.

Er rannte an der Frau vorbei, und ehe sie es sich versah, war er in den Wäldern untergetaucht. Leider, führte Ruach weiter aus, hatten nur die wenigsten der Umstehenden aufgrund mangelnder Sprachkenntnisse etwas von der Auseinandersetzung verstanden.

»Sir Robert Smithson«, sagte Burton nachdenklich. »Wenn mich meine Erinnerungen nicht trügen, besaß er Baumwollspinnereien und Stahlwerke in Manchester. Er war als Philanthrop und wegen seiner Mildtätigkeit gegenüber den Armen bekannt. Er soll um 1870 im Alter von achtzig Jahren gestorben sein.«

»Und möglicherweise hat er sich darauf verlassen, daß der Himmel ihn für seine Taten belohnen würde«, meinte Ruach. »Natürlich ist es ihm niemals in den Sinn gekommen, ein mehrfacher Mörder zu sein.«

»Hätte er nicht die Armen ausgebeutet, würde es eben ein anderer getan haben.«

»Das ist eine Entschuldigung, die sich durch die ganze Geschichte der Menschheit zieht«, erwiderte Ruach. »Aber es hat auch Industrielle gegeben, denen sehr wohl bewußt war, daß die Arbeitsbedingungen und die Entlohnung in ihren Betrieben verbesserungsbedürftig waren. Einer davon hieß, soviel ich weiß, Robert Owen.«

10

»Ich sehe keinen großen Sinn darin, sich darüber zu streiten, was in der Vergangenheit war«, sagte Frigate. »Wir sollten vielmehr etwas unternehmen, was uns in unserer jetzigen Lage nützt.«

Burton erhob sich. »Sie haben recht, Yank! Was wir brauchen, sind Dächer über dem Kopf, Werkzeuge und weiß Gott was sonst noch alles! Aber zunächst, glaube ich, sollten wir einen Blick auf die Ebene werfen und nachsehen, was die Bürger dort unten treiben.«

In diesem Moment erschien unter den Bäumen Alice Hargreaves. Frigate, der sie als erster sah, brach in Gelächter aus. »Die allerneueste Mode für die Dame!« rief er.

Alice hatte unter Zuhilfenahme ihrer Schere eine Menge langer Grashalme abgeschnitten und sich daraus eine Art zweiteiliges Kleid gebastelt. Das Oberteil bedeckte in der Art eines Ponchos ihre Brüste, während das andere eine Art Rock darstellte, der ihr bis zu den Waden reichte.

Der Effekt, den sie damit erzielte, war ein komischer, und das hätte sie voraussehen müssen. Solange sie noch nackt gewesen war, hatte der kahle Schädel ihrer weiblichen Schönheit keinerlei Abbruch getan, aber im Zusammenhang mit den faserigen, grünen Umhängen, die sie jetzt trug, schien er plötzlich maskulin und häßlich.

Die anderen Frauen umringten sie und untersuchten das Graskleid und den Gürtel, der den Rock am Rutschen hinderte.

»Es kratzt und ist furchtbar unbequem«, sagte Alice, »aber es ist schicklich, und mehr soll es auch nicht sein.«

»Offenbar haben Sie das, was Sie über Ihre Nacktheit im Land der Unbekleideten sagten, doch nicht so ernst gemeint«, sagte Burton.

Alice maß ihn mit kühlem Blick und erwiderte: »Ich erwarte, daß alle diese Kleider tragen werden. Zumindest jeder Mann und jede Frau, die sich für anständig halten.«

»Ich nehme eher an, daß sich in Ihnen irgendeine alte Anstandstante regt«, entgegnete Burton spöttisch.

»Es war ein Schock, plötzlich unter so vielen nackten Menschen aufzuwachen«, sagte Frigate, »auch wenn Nacktheit am Strand und in den eigenen vier Wänden in den achtziger Jahren bereits weit verbreitet war. Aber es war noch nicht lange genug üblich, daß jeder seine Erfahrungen damit machen konnte. Die hoffnungslos Neurotischen machten sie jedenfalls nie, denke ich.«

Burton wandte sich um und sagte zu den anderen Frauen: »Was ist mit Ihnen, meine Damen? Haben Sie auch vor, diese häßlichen, kratzenden Dinger zu tragen, weil Sie plötzlich entdeckt haben, daß die Eigenheit Ihres Geschlechts einer Verhüllung bedarf? Kann jemand, der vor aller Augen nackt aufgetreten ist, sich plötzlich wieder in so etwas wie eine Intimsphäre zurückziehen?«

Da er Italienisch sprach, verstanden Loghu, Tanya und Alice ihn natürlich nicht. Für die beiden letzteren übersetzte er seine Frage in Englisch.

Alice schoß das Blut ins Gesicht. Sie sagte: »Es ist ganz allein meine Sache, was ich trage. Wenn jemand es nicht für unanständig hält, nackt zu gehen, während ich bekleidet bin, nun . . .«

Loghu hatte nicht ein Wort verstanden, aber offensichtlich begriff sie, was hier vor sich ging. Lachend wandte sie sich ab. Die übrigen Frauen schienen darauf zu warten, was die anderen zu tun beabsichtigten. Die Häßlichkeit und Unbequemlichkeit des Graskleides schienen dabei keine große Rolle zu spielen.

»Während ihr Frauen euch noch darüber klarwerden müßt, was ihr wollt, wäre es nett, wenn ihr in der Zwischenzeit einen Bambusbehälter nehmen und mit uns zum Fluß hinuntergehen würdet. Wir könnten dort baden, die Behälter neu füllen, uns über die Situation auf der Ebene informieren und dann hierher zurückkehren. Wenn wir uns anstrengen, könnten wir es durchaus schaffen, uns einige Unterstände zu bauen, bevor die Nacht hereinbricht.«

Sie gingen in Richtung Fluß, bahnten sich einen Weg durch das hohe Gras und trugen Bambusstangen, Speere, Eimer und Steinwaffen mit sich. Schon nach kurzer Zeit stießen sie auf eine andere Menschengruppe. Allem Anschein nach hatten sich viele entschlossen, die Ebene zu verlassen. Aber das war nicht alles: Eine ganze Reihe von ihnen war mittlerweile mit Steinwerkzeugen und Waffen ausgerüstet. Das bedeutete, daß sie die Kunst der Steinbearbeitung von irgendwelchen anderen Primtiven erlernt hatten. Bisher hatte Burton lediglich die Bekanntschaft von zwei Wesen, die nicht der Gattung *homo sapiens* angehörten, gemacht – und diese beiden befanden sich bei ihm. Aber wer immer auch den anderen Leute diese Techniken gelehrt hatte – er hatte nicht versagt. Sie kamen an zwei halbfertigen runden

Bambushütten vorbei, die aus einem einzigen Raum bestanden und, wenn sie fertig waren, über konisch zulaufende Dächer verfügen würden, aus dem Astwerk der Eisenbäume hergestellt und mit langem Gras bedeckt. Ein Mann, der eine Steinaxt schwang, war damit beschäftigt, aus Bambusstäben ein Bett zu bauen.

Abgesehen von einer Reihe ziemlich baufällig aussehender Hütten oder Schutzdächern aus Holz und Blattwerk und einigen Leuten, die sich im Wasser tummelten, schien die weite Ebene verlassen zu sein. Man hatte die Leichen der bei den Gewalttätigkeiten der letzten Nacht ums Leben gekommenen Menschen beseitigt. Bis jetzt schien hier aber noch niemand auf die Idee gekommen zu sein, sich aus Gras Bekleidung zu basteln, denn eine ganze Reihe Leute brach bei Alices Erscheinen in Gelächter aus, zeigte mit den Fingern auf sie und machte obszöne Bemerkungen. Alice wurde rot, aber sie machte keinerlei Anstalten, sich ihres selbstentworfenen Kleides wieder zu entledigen. Die Hitze wurde immer größer, und bald begann sie sich heimlich unter ihrem gräsernen Gewand zu kratzen. Es wäre ihr sicher nie in den Sinn gekommen, dies in aller Öffentlichkeit zu tun: schließlich war sie Aristokratin und hatte eine viktorianische Erziehung genossen.

Als sie allerdings das Flußufer erreichten, stießen sie auf etwa ein Dutzend Grasmatten, die wie selbstgefertigte Kleider aussahen. Offensichtlich gehörten sie den Männern und Frauen, die sich im Moment lachend, spritzend und schwimmend im Wasser vergnügten.

Für Burton stellte der Anblick eine Neuheit dar. Hier hatte er die gleichen Menschen vor sich, die in ihrem früheren Leben von den Fersen bis zum Hals bedeckt gewesen waren, wenn sie in die Fluten stiegen. Sie waren Produkte ihrer Umwelt gewesen, die ihnen keine andere Wahl gelassen hatte, und sie hatten deren Regeln widerspruchslos akzeptiert. Und jetzt, nur einen Tag nach ihrem Erwachen, schwammen sie nackt. Und es machte ihnen Spaß.

Ein Großteil ihrer Bereitschaft, die Nacktheit zu akzeptieren, hatte natürlich mit dem Schock der plötzlichen Wiedererweckung zu tun. Zudem hatten sie am ersten Tag wirklich keine Möglichkeiten gehabt, sich groß darüber Gedanken zu machen. Viele von ihnen gehörten völlig fremden Kulturkreisen an. Man hatte zivilisierte mit barbarischen Geschöpfen gemischt, und eine ganze Reihe derjenigen, die hier erwacht waren, stammten aus tropischen Gefilden, wo Nacktheit ohnehin fast etwas Natürliches war.

Burton sprach eine Frau an, die bis zu den Hüften im Wasser stand. Sie hatte ein hübsches Gesicht und leuchtend blaue Augen.

»Das ist die Frau, die Sir Robert Smithson angriff«, erklärte Lev Ruach. »Ich glaube, sie heißt Wilfreda Allport.«

Burton musterte neugierig ihren ausladenden Busen und rief: »Wie ist das Wasser?«

»Herrlich!« rief sie lächelnd zurück.

Er löste den Gral von seinem Handgelenk, legte den Behälter ab, in dem sich sein Messer und die Steinaxt befanden, und watete mit einem Stück grüner Seife in der Hand ins Wasser. Die Wassertemperatur lag bei etwa 25 Grad. Während er versuchte, sich mit Wilfreda zu unterhalten, seifte er sich ein. Wenn sie Smithson gegenüber noch immer Haßgefühle hegte, so ließ sie es sich zumindest nicht anmerken. Ihr Akzent deutete darauf hin, daß sie aus dem Norden, möglicherweise aus Cumberland, stammte.

Burton sagte: »Ich habe von Ihrer Auseinandersetzung mit diesem Großkapitalisten gehört. An sich sollten Sie sich jetzt glücklicher fühlen. Sie sind gesund, jung und hübsch und brauchen sich wegen ein paar Lebensmitteln nicht mehr den Kopf zu zerbrechen. Und was Sie früher für Geld tun mußten, können Sie jetzt aus Liebe tun.«

Er sah keinen Grund, warum er in Gegenwart eines Mädchens aus der Arbeiterklasse lang um den heißen Brei herumreden sollte.

Wilfreda warf ihm einen kühlen Blick zu, der ebensogut hätte von Alice Hargreaves kommen können, und erwiderte: »Na, sieh mal einer an! Sie sind Engländer, wie? Aber ich komme mit Ihrem Akzent nicht klar. Sie könnten Londoner sein, würde ich sagen, aber irgendwas an Ihnen wirkt ein wenig ausländisch.«

»Sie sind der Wahrheit ziemlich nahe«, entgegnete er. »Mein Name ist übrigens Richard Burton. Hätten Sie Lust, bei unserer Gruppe zu bleiben? Wir haben uns zusammengeschlossen, um uns gegenseitig besser helfen zu können, und wollen heute nachmittag damit beginnen, ein paar Hütten zu bauen. Oben in den Hügeln haben wir einen Gralstein für uns ganz allein.«

Wilfreda musterte den Neandertaler und Monat. »Die beiden gehören wohl auch zu Ihrer Bande, wie? Ich habe von ihnen gehört; man sagt, daß das Monster von einem anderen Stern kommt. Es soll um das Jahr 2000 herum auf der Erde gelandet sein.«

»Er wird Ihnen nichts tun«, versicherte Burton. »Ebensowenig wie der Vormensch. Was sagen Sie zu meinem Angebot?«

»Ich bin nur eine Frau«, sagte sie. »Was kann ich Ihnen schon bieten?«

»Alles, was eine Frau anzubieten hat«, sagte Burton und grinste.

Überraschenderweise brach sie in lautes Lachen aus. Dann berührte sie seine Brust und sagte: »Gehören Sie etwa nicht zu den cleveren Burschen? Welchen Fehler haben Sie, daß Sie noch kein eigenes Weibchen haben?«

»Ich hatte eine Frau und verlor sie wieder«, erwiderte Burton, obwohl das nicht ganz der Wahrheit entsprach. Er wußte noch immer nicht, was Alice zu tun beabsichtigte, und verstand keinesfalls, weshalb sie die Gruppe nicht verließ, wenn sie sie wirklich abstoßend und entsetzlich fand. Aber möglicherweise lag ihr Bleiben nur daran, daß sie das bekannte Schlechte dem Unbekannten vorzog. Burton selbst fühlte im Moment nichts anderes als eine Art Ekel vor ihrer Dummheit, aber dennoch wünschte er sich, daß sie mit ihnen ging. Auch wenn das Gefühl der Liebe, das er in der vergangenen Nacht kennengelernt hatte, möglicherweise in großem Maße von der Wirkung der Droge abhängig gewesen war, hatten sich seine Sehnsüchte nicht in ihr Gegenteil verkehrt. Irgend etwas war noch in ihm. Aber warum bat er dann diese Frau, sich seiner Gruppe anzuschließen? Vielleicht nur, um Alice eifersüchtig zu machen, aber möglicherweise auch nur deswegen, damit er jemanden hatte, auf den er zurückgreifen konnte, wenn Alice sich ihm auch in der kommenden Nacht verweigerte. Vielleicht . . . Burton kam zu dem Schluß, daß er keine Ahnung hatte, warum er es tat.

Alice stand am Ufer und probierte mit den Zehen das Wasser. An dieser Stelle erhob sich das Land nur knappe fünf Zentimeter über die Wasserfläche. Das kurze Gras, das die gesamte Ebene bedeckte, wuchs bis in den Fluß hinein und bildete unter Burtons nackten Füßen einen festen Teppich. Er warf die Seife ans Ufer, schwamm etwa fünfzehn Meter weit in den Fluß hinaus und tauchte unter. Die Strömung war hier stärker und das Becken tiefer. Mit offenen Augen bahnte er sich einen Weg nach unten, bis es um ihn herum dunkel wurde und er einen schmerzhaften Druck auf den Ohren verspürte. Dennoch gab er nicht eher auf, bis seine Fingerspitzen den Grund berührten. Auch hier wuchs das kurze Gras noch.

Als er wieder auftauchte und ihm das Wasser nur noch bis an die Hüften reichte, stellte er fest, daß Alice sich ihrer Bekleidung entledigt hatte. Sie hielt sich in Ufernähe auf, schien aber im Wasser zu sitzen, da nur noch ihr Kopf aus den Fluten ragte. Sie war soeben dabei, sich Kopf und Gesicht einzuseifen.

»Warum kommen Sie nicht auch herein?« fragte Burton den am Ufer stehenden Frigate.

»Ich passe solange auf die Grale auf.«

»Ausgezeichnet!«

Er hätte selbst auf den Gedanken kommen sollen, daß jemand zurückblieb und auf die Grale achtete, während die anderen badeten, dachte er. Es war kein gutes Zeichen für einen Führer, wenn er den Dingen erlaubte, einfach ihren Lauf zu nehmen. Auf der Erde war er als Leiter vieler Expeditionen bekanntgeworden, von denen sich ebenfalls keine dadurch ausgezeichnet hatte, daß sie unter einer allzu strengen Leitung stand. Dennoch, während des Krim-Krieges, als er Beatsons Freischärler angeführt und die wilde türkische Kavallerie trainiert und die Bashi-Bazouks ausgebildet hatte ... Niemand konnte ihm etwas nachsagen. Er hatte seine Arbeit gut gemacht, viel besser als die meisten anderen. Vielleicht war er einfach zu streng mit sich selbst ...

Lev Ruach tauchte aus dem Wasser auf und rieb sich mit beiden Händen die Wassertropfen von seinem knochigen Körper. Burton folgte ihm und setzte sich. Alice wandte ihm den Rücken zu. War es Absicht oder Zufall?

»Es ist nicht allein die neu errungene Jugend, die mir Spaß macht«, sagte Ruach in seinem stark akzentuierten Englisch. »Ich freue mich, daß ich dieses Bein wieder besitze.«

Er klopfte auf sein rechtes Knie.

»Ich verlor es bei einem Verkehrsunfall in New Jersey, als ich fünfzig Jahre alt war.« Er lachte und fuhr fort: »Es war irgendwie eine Ironie des Schicksals, daß mir das passierte. Zwei Jahre vorher, als ich in der Negev-Wüste nach Mineralien suchte, wurde ich von den Arabern gefangengenommen, verstehen Sie?«

»Sprechen Sie von Palästina?« fragte Burton.

»Die Juden gründeten 1948 einen eigenen unabhängigen Staat«, erklärte Lev. »Natürlich können Sie davon nichts wissen. Irgendwann könnte ich Ihnen die ganze Geschichte erzählen. Jedenfalls wurde ich gefangengenommen und von den arabischen

Guerillas gefoltert. Ich habe keine Lust, in die einzelnen Details zu gehen; mir wird schlecht, wenn ich nur daran denke. In der gleichen Nacht gelang es mir, zu entfliehen. Ich ging allerdings nicht, ohne vorher den beiden Folterknechten mit einem Stein den Schädel eingeschlagen und zwei weitere erschossen zu haben. Die anderen machten sich sofort aus dem Staub, und so entkam ich. Ich hatte einfach Glück. Eine Patrouille der Armee las mich auf. Jedenfalls zwei Jahre später, als ich mich in den Staaten aufhielt und mich durch den Verkehr zu wursteln versuchte, raste einer von diesen riesigen Sattelschleppern in meinen Wagen und zerquetschte ihn auf der Stelle. Ich war ziemlich schwer verletzt, und man mußte mir das rechte Bein bis zum Knie hinauf abnehmen. Aber der Witz an der ganzen Geschichte war, daß der Lastwagenfahrer ein geborener Syrer war. Sie sehen also, daß die Araber mich letztlich doch noch erwischten, auch wenn ich dabei nicht draufgig. Meinen Tod verdanke ich unserem Freund von Tau Ceti, auch wenn ich dazu sagen muß, daß er der Menschheit nicht mehr antat, als daß er ihren Untergang etwas beschleunigte.«

»Was meinen Sie damit?« fragte Burton.

»Millionen starben damals an einer weltweiten Hungersnot, und selbst die Vereinigten Staaten hatten eine Lebensmittelrationierung angeordnet. Das Wasser war vergiftet und das Land, und viele Menschen starben einfach an der Verschmutzung der Luft. Die Wissenschaftler behaupteten, daß zehn Jahre später der Sauerstoffgehalt der Erde um fünfzig Prozent reduziert sein würde, weil das Phytoplankton der Ozeane – das die Welt mit der Hälfte des benötigten Sauerstoffs versorgte – dabei wäre, abzusterben. Die Meere waren ebenfalls vergiftet.«

»Die *Meere*?«

»Sie glauben mir wohl nicht? Nun, Sie starben 1890, und da kann ich mir vorstellen, daß das für Sie unglaublich klingt. Aber es gab schon 1968 Leute, die genau das voraussagten, was 2008 eintraf. Ich glaubte ihnen, schließlich war ich selbst Biochemiker. Aber der größte Teil der Bevölkerung, speziell jener, auf den es ankam, nämlich die Politiker, weigerten sich, daran zu glauben, bis es zu spät war. Man versuchte in letzter Minute etwas gegen die drohende Katastrophe zu unternehmen, aber alles, was man tat, war entweder zu wenig oder zu ineffizient und wurde sogar noch von bestimmten Gruppen sabotiert, denen es an den Geldbeutel gegangen wäre. Es ist eine lange und traurige Geschichte«, seufzte er. »Aber wenn wir wirklich vorhaben, heute noch ein paar Unterstände zu bauen, sollten wir damit sofort nach dem Mittagessen beginnen.«

Alice kam aus dem Wasser und wischte mit den Händen das Wasser vom Körper. Die Sonne und die Brise trockneten sie schnell. Zwar hob sie ihre Graskleider vom Boden auf, legte sie aber nicht an. Wilfreda erkundigte sich nach dem Grund, und sie erwiderte, daß sie zu arg kratzen würden, um sie ständig zu tragen. Auf jeden Fall aber wolle sie sie behalten, falls es in den Nächten zu kühl würde. Sie war zu dem Mädchen zwar freundlich, blieb jedoch zurückhaltend. Zwar hatte sie einen Großteil der morgendlichen Konversation am Lagerfeuer überhört, aber daß Wilfreda ein Arbeitermädchen und später eine Hure gewesen war, die an Syphilis starb, schien sie zu wissen. Zumindest glaubte Wilfreda, daß die Syphilis ihren Tod verursacht hatte, denn Genaues wußte sie nicht. Sie erinnerte sich nicht an ihren Tod, da sie vorher den Verstand verloren hatte.

Als Alice dies erfuhr, zog sie sich noch weiter von ihr zurück. Burton grinste und fragte sich, wie sie sich wohl verhalten würde, wenn sie erführe, daß er an genau der gleichen Krankheit gestorben war. Er hatte sich die Syphilis von einem Sklavenmädchen geholt, dem er während seiner Reise als falscher Moslem nach Mekka im Jahre 1853 begegnet war. Obwohl man ihn »geheilt« hatte und sein Gehirn nicht angegriffen wurde, waren die Folgen dieser Infektion gleichwohl schrecklich genug gewesen. Aber was jetzt zählte, war die Tatsache, daß er über einen neuen, jungen, kräftigen Körper verfügte. Was er auf der Erde gewesen war, sollte jedem anderen völlig egal sein und sein Verhalten ihm gegenüber nicht beeinflussen.

Aber *sollte* bedeutete offenbar nicht, daß man es nicht *konnte*.

Er konnte Alice Hargreaves wirklich keinen Vorwurf machen. Sie war das Produkt ihrer Umwelt – und wie alle Frauen stellte sie das dar, was Männer aus ihr gemacht hatten, auch wenn sie über einen starken Charakter verfügte und flexibel genug schien, sich selbst über gewisse Erscheinungen ihrer Zeit und Klasse zu erheben. Sie hatte sich mit der allgemeinen Nacktheit mehr schlecht als recht abgefunden und zeigte sich dem anderen Mädchen gegenüber weder offen feindselig noch ablehnend. Was sie nicht verwinden konnte, war, daß sie sich mit Burton auf Dinge eingelassen hatte, die extrem dem widersprachen, was man ihr ein Leben lang eingetrichtert hatte. Und daß dies ausgerechnet in der ersten Nacht passierte, nachdem sie von den Toten auferstanden war, in der sie eigentlich hätte niederknien und Hosianna singen sollen, weil sie ihr Leben lang »gesündigt« hatte.

Als sie über die Ebene wanderten, dachte Burton weiter über sie nach. Dann und wann drehte er sich um und blickte sie an. Während der kahle Kopf sie viel älter machte, als sie war, erweckte sie unterhalb des Nabels einen eher kindlichen Eindruck. Aber es war dieser Widerspruch, der sie einte: Daß sie alle oberhalb des Halses aussahen wie Greise und kindlich unterhalb des Nabels.

Er blieb etwas zurück, bis er wieder an ihrer Seite ging. Vor ihm befanden sich Frigate und Loghu, und auch wenn sein Gespräch mit Alice zu nichts führen würde, der Anblick Loghus entschädigte ihn auf jeden Fall. Sie besaß wohlgerundete Formen und ein reizendes Hinterteil. Und sie bewegte sich mit der gleichen Grazie wie Alice.

Mit leiser Stimme sagte Burton: »Wenn die letzte Nacht mit mir Sie so mitgenommen hat, warum bleiben Sie dann bei mir?«

Ihr hübsches Gesicht verzerrte sich augenblicklich zu einer häßlichen Fratze.

»Ich bleibe nicht bei *Ihnen*! Ich bleibe bei der *Gruppe*! Außerdem habe ich über die Nacht nachgedacht, auch wenn mir das einige Schmerzen bereitete. Ich will ganz ehrlich sein. Es hat an diesem Narkotikum gelegen, das schuld daran war, daß wir uns so... benahmen. Zumindest weiß ich jetzt, daß mein Benehmen schuld war. Ich bin bereit, Ihnen in dieser Beziehung meinen Irrtum einzugestehen.«

»Aber es besteht keine Hoffnung auf eine Wiederholung?«

»Was erlauben Sie sich? Natürlich nicht! Wie können Sie es nur wagen?«

»Ich habe Sie zu nichts gezwungen«, sagte Burton. »Wie ich bereits sagte, haben Sie nur das getan, was Sie getan hätten, wenn Sie nicht Ihren eigenen Hemmungen unterlegen gewesen wären. Solche Hemmungen haben manchmal auch ihre guten Seiten – unter gewissen Umständen. Wenn Sie zum Beispiel die gesetzlich angetraute Ehefrau eines von Ihnen geliebten Mannes in England auf der Erde sind. Aber die Erde, wie wir sie kannten, existiert nicht mehr. Ebensowenig die englische Gesellschaft. Und wenn die gesamte Menschheit wiedererweckt worden ist und an diesem Fluß verstreut lebt, werden Sie Ihren Mann möglicherweise niemals wiedersehen. Sie sind nicht mehr verheiratet. Erinnern Sie sich? *Bis daß der Tod uns scheidet?* Sie sind gestorben – und damit geschieden. Und außerdem: *Im Himmel werden keine Ehen geschlossen.*«

»Sie sind ein Ketzer, Mr. Burton. Ich habe über Sie in den Zeitungen gelesen und auch einige Ihrer Bücher über Afrika, Indien und die Mormonen in den Vereinigten Staaten studiert. Mir sind unglaubliche Geschichten über Sie zu Ohren gekommen. Reginald war ziemlich entsetzt, als er Ihr Buch *Kasidah* las. Er sagte, er hätte noch nie in seinem Leben ein solch schmutziges und atheistisches Werk in seinem Hause gehabt. Er hat daraufhin alle Ihre Bücher in den Kamin geworfen.«

»Wenn Sie mich für einen Unhold und sich selbst für ein gefallenes Mädchen halten, warum verlassen Sie uns dann nicht?«

»Haben Sie mir eben nicht zugehört? Wer sagt mir, daß ich in der nächsten Gruppe nicht auf noch größere Unholde stoße. Und außerdem haben Sie – wie Sie eben so freundlich ausführten – mich zu nichts gezwungen. Ich glaube, daß sich unter dem harten Kern, den Sie öffentlich herauskehren, doch noch so etwas wie ein Herz befindet. Ich habe gesehen, daß Sie weinten, als Sie Gwenafra auf den Armen trugen und sie sich an Sie klammerte.«

»Sie haben mich also durchschaut«, sagte Burton und lächelte. »Na gut. Von mir aus. Ich werde mich ritterlich verhalten und von nun an keinen Versuch mehr unternehmen, Sie in irgendeiner Weise zu belästigen oder zu Dingen zu verleiten, die Ihnen nicht gefallen. Aber wenn Sie mich das nächste Mal ein Stück Gummi kauen sehen, stünde es Ihnen gut, wenn Sie sich versteckten. Was das Jetzt anbetrifft, so kann ich Ihnen versichern, daß Sie zumindest so lange nichts von mir zu befürchten haben, solange ich nicht unter dem Einfluß der Droge stehe.«

Mit aufgerissenen Augen blieb sie stehen. »Sie haben vor ... diese Droge noch einmal zu sich zu nehmen?«

»Warum nicht? Im Gegensatz zu einigen anderen hat sie aus mir keine tobende Bestie gemacht. Ich habe nicht das Gefühl, daß ich sie dringend benötigen würde, also kann man davon ausgehen, daß es nicht suchterzeugend wirkt. Früher pflegte ich dann und wann eine Pfeife Opium zu rauchen, wissen Sie? Auch davon bin ich nie süchtig geworden. Ich bin also allem Anschein nach nicht anfällig für Drogen.«

»Ich habe gehört, daß Sie sich sehr oft in die tiefsten Niederungen der menschlichen Seele hinabbegeben haben, Mr.

Burton. Sie und diese widerliche Kreatur namens Swinburne ...«

Sie schwieg plötzlich. Ein Mann rief ihr etwas zu, und obwohl sie sein Italienisch nicht verstand, kapierte sie doch seine eindeutige Geste. Mit feuerrotem Gesicht stampfte sie von dannen, während Burton den Mann in Augenschein nahm. Es war ein gutgebauter, braunhäutiger Bursche mit einer großen Nase, einem weichen Kinn und einem Schlafzimmerblick. Sein Akzent deutete darauf hin, daß er aus der Gegend von Bologna stammte und dem Lumpenproletariat zuzurechnen war. Burton hatte sich während seines Medizinstudiums lange in dieser Stadt aufgehalten. Hinter dem Mann standen zehn andere, von denen jeder einzelne die gleiche gefährliche Aura ausstrahlte wie ihr Anführer. Burton sah fünf Frauen bei ihnen und kam zu dem Schluß, daß die Bande damit offensichtlich nicht genug hatte. Ebenso offensichtlich erschien es ihm, daß sie auf die Waffen, die er und seine Leute bei sich trugen, scharf waren. Die anderen verfügten selbst lediglich über ihre Grale und ein paar Bambusknüppel.

11

Burton gab einen knappen Befehl. Sofort schlossen seine Leute auf. Kazz, der zwar nichts von dem verstand, was er gesagt hatte, schien dennoch sofort zu begreifen, was sich hier anbahnte. Er kam zurück und bildete gemeinsam mit Burton die Nachhut. Seine urwelthafte Erscheinung schien – zusammen mit dem Steinbeil, das er in den klobigen Händen hielt – den Mut der Bologneser sichtlich abzukühlen. Dennoch hefteten sie sich an ihre Fersen, gaben laute Kommentare und Flüche von sich und blieben in ständiger Sichtweite. Allerdings wagten sie nicht, sich Burtons Gruppe weiter zu nähern. Als sie das Hügelgebiet erreichten, änderte sich jedoch die Situation. Der Anführer der Bande rief einen Befehl, und der Angriff begann.

Der Bursche mit dem Schlafzimmerblick schwang seinen Gral und rannte brüllend auf Burton zu. Burton wartete, bis der Metallzylinder sich gerade in der Luft befand, und stieß dann blitzschnell mit dem Bambusspeer zu. Die Steinspitze drang in den Solarplexus des Angreifers. Der Mann stürzte hin, und der Speer blieb in ihm stecken. Kazz schlug einem anderen Angreifer den Gral mit einem Knüppel aus der Hand, machte einen Sprung nach vorn und holte mit seinem Steinbeil aus. Er traf den Schädel des Mannes; blutüberströmt ging der andere zu Boden.

Der kleine Lev Ruach drosch einem Gegener den Gral so lange in den Magen, bis dieser mit schmerzverzerrtem Gesicht in die Knie ging. Dann machte er einen Luftsprung und begann auf dem Burschen herumzutrampeln, ungeachtet der Tatsache, daß der Untenliegende Anstalten machte, sich wieder zu erheben. Ruach trat ihm ins Gesicht. Der Mann fiel erneut zurück. Ruach ließ von ihm ab, zog sein Messer und verletzte den Angreifer an der Schulter. Der Bursche stieß einen schrillen Schrei aus, sprang hastig auf und suchte sein Heil in der Flucht.

Frigate schlug sich besser, als Burton es von ihm erwartet hatte. Beim Auftauchen der Bande war er zunächst einmal blaß geworden und hatte angefangen zu zittern. Während er seinen Gral an der linken Hand befestigt hatte, schwang er in der rechten Hand ein Steinbeil. Er drang tapfer in die fremde Gruppe ein, wurde an der Schulter von einem fremden Gral getroffen und fiel auf die Seite. Glücklicherweise hatte er den Schlag mit seinem eigenen Behälter etwas abmildern können. Jemand versuchte in diesem Augenblick, mit einem Bambusknüppel auf ihn einzuschlagen, aber Frigate schwang seinen Gral, wehrte den Schlag ab, rollte sich weg und war sofort wieder auf den Beinen. Mit ungeheurer Wucht rannte er dem Angreifer seinen Kopf in den Leib, warf ihn um und stürzte sich, die Axt in der Hand, auf ihn. Er schlug zweimal zu.

Alice hatte einem weiteren Angreifer inzwischen ebenfalls einen heftigen Schlag mit dem Gral ins Gesicht verpaßt und drang jetzt mit einem feuergehärteten Bambusspeer auf ihn ein. Loghu griff den Burschen gleichzeitig von hinten an und versetzte ihm mit einem Knüppel einen solchen Schlag auf den Schädel, daß er zu Boden ging.

Der Kampf dauerte nicht länger als eine Minute, dann gaben die restlichen Angreifer auf und suchten, gefolgt von ihren Frauen, das Weite. Burton drehte den vor Schmerz schreienden Führer der Bande auf den Rücken und zog ihm die Speerspitze aus dem Bauch. Sie war nicht mehr als anderthalb Zentimeter eingedrungen.

Der Mann erhob sich, hielt die blutende Wunde und taumelte hinter den anderen her. Zwei seiner Leute waren ohne Besinnung, würden möglicherweise aber überleben. Der Mann, den Frigate niedergemacht hatte, war tot.

Der Amerikaner wurde blaß, dann rot und schließlich wieder blaß. Aber er machte weder einen reumütigen Eindruck noch schien ihn Übelkeit zu übermannen. Wenn sein Gesicht überhaupt etwas ausdrückte, war es eher Erleichterung. Und Stolz. Laut sagte er: »Das war der erste Mensch, den ich jemals umgebracht habe. Der erste!«

»Ich zweifle nicht daran, daß es bei diesem einen nicht bleiben wird«, erwiderte Burton. »Es sei denn, Sie werden vorher umgebracht.«

Ruach warf einen Blick auf die Leiche und meinte: »Ein toter Mann sieht hier auch nicht anders aus als auf der Erde. Ich frage mich jetzt allerdings, was mit denjenigen geschieht, die nach ihrer Auferstehung erneut getötet werden.«

»Wenn wir lange genug leben, finden wir es vielleicht heraus«, sagte Burton. Und zu Alice und Loghu gewandt: »Ihr habt euch prächtig geschlagen.«

»Ich habe nur das getan, was getan werden mußte«, erwiderte Alice und wandte sich ab. Sie war bleich und zitterte. Loghu schien der Anblick offensichtlich nichts auszumachen.

Etwa eine halbe Stunde vor Mittag kehrten sie zu ihrem Gralstein zurück. Aber es hatte sich einiges geändert. Etwa sechzig Leute tummelten sich in der kleinen Vertiefung zwischen den

Hügeln und waren dabei, irgendwelche Steine zu bearbeiten. Ein Mann, der sich dabei verletzt hatte, hielt sich das blutende Auge. Noch eine ganze Reihe anderer Eindringlinge blutete und hatte verletzte Finger.

Burton war wütend, aber er wußte genau, daß er im Moment nichts tun konnte. Ihre einzige Hoffnung war jetzt, daß der Durst die Fremden irgendwann wieder in die Ebene hinunter treiben würde. Aber die Hoffnung verließ ihn schnell. Eine Frau berichtete, man habe etwa drei Kilometer westlich einen Wasserfall entdeckt, der von den Bergen in einen pfeilförmigen Canyon schäumte und von dort aus in ein großes Loch, das nur bis zur Hälfte gefüllt war. Es war möglich, daß das Wasser sich später, wenn das Loch gefüllt war, einen neuen Weg suchen und sich in Richtung auf die Ebene hin ausbreiten würde. Vorausgesetzt natürlich, man verbaute ihm nicht mit Steinen den Weg und leitete es in einen Kanal.

»Wir könnten aus den dickeren Bambusstäben eine Wasserleitung bauen«, sagte Frigate.

Sie stellten ihre Grale auf den Pilzfelsen, merkten sich sorgfältig den jeweiligen Standort und warteten ab. Burton beabsichtigte, später, wenn die Grale gefüllt waren, weiterzuziehen. Ein Lagerplatz, der zwischen dem Gralstein und dem Wasserfall lag, schien ideal zu sein. Zumindest war es dort nicht so sehr überlaufen.

Im gleichen Moment, in dem die Sonne den Zenit erreichte, schossen aus dem Felsen brüllende, blaue Flammen empor. Diesmal enthielten die Behälter Salat, Schwarzbrot mit Kräuterbutter, Spahetti, Hamburger, einen Becher mit Rotwein, Zitronen, Kaffeepulver, zehn Zigaretten, ein Marihuanatäfelchen, eine Zigarre, Toilettenpapier, Seife und vier Schokoladenriegel. Obwohl sich einige Leute darüber aufregten, daß ihnen das italienische Essen nicht schmeckte, lehnte doch keiner ab, es zu verzehren.

Zigaretten paffend setzte die Gruppe sich anschließend in Richtung Wasserfall in Bewegung. Sie fanden ihn am Ende eines dreieckigen Canyons, wo sich bereits mehrere Männer und Frauen in einem Lager versammelt hatten. Das Wasser, das aus der Höhe in das Felsenloch stürzte, war eiskalt. Sie spülten ihre Grale aus, ließen sie trocknen, füllten die Wasserbehälter und machten sich dann in Richtung auf den Rückweg. Etwa einen Kilometer weiter fanden sie, was sie suchten: einen mit Pinien bestandenen Hügel, auf dessen Gipfel ein mächtiger Eisenbaum wuchs. Überall stand Bambus in Massen. Unter der Führung von Kazz und Frigate, der einige Jahre in Malaysia verbracht hatte und deshalb Erfahrung hatte, begannen sie Bambus zu schneiden und Hütten zu bauen: runde Gebilde mit einer Tür, einem einzigen Fenster auf der Rückseite und konisch zulaufenden Dächern. Da sie den ganzen Nachmittag über durcharbeiteten und sich nicht die kleinste Verschnaufpause gönnten, waren am Abend die Hütten bis auf die Dächer fertig. Während Frigate und Monat als Wachen ihres neuen Lagers zurückblieben, machten die anderen sich mit den Gralen auf den Weg. Als sie den Stein erreichten, war die Menschenansammlung auf mindestens dreihundert Personen angewachsen. Überall wurden Hütten und Überdachungen gebaut. Burton hatte das erwartet. Die meisten Leute würden nicht einmal einen Kilometer – und das dreimal am Tag – zurücklegen, um zu ihren Mahlzeiten zu kommen, sondern es bevorzugen, sich in Scharen um einen Gralstein zu drängen. Die Hütten, die sie errichteten, waren chaotisch angeordnet und standen enger beieinander als nötig. Da sie allerdings das Frischwasserproblem noch nicht gelöst hatten, wunderte er sich, warum sie sich ausgerechnet hier in solch dicken Trauben ansiedelten. Dann erfuhr er von einer hübschen Slowenin, daß man erst vor ein paar Stunden in unmittelbarer Nähe eine Quelle entdeckt hatte. Es war nur ein Rinnsal, das der nackten Felswand entsprang. Burton untersuchte es. Das Wasser kam geradewegs aus dem Fels und lief in ein Becken von etwa zwölf Metern Durchmesser, das zweieinhalb Meter tief war, und Burton fragte sich, ob jene, die für die Anlage dieses Ortes verantwortlich waren, damit nicht eine bestimmte Absicht verfolgten.

Er erreichte den Gralstein gerade im richtigen Augenblick: Die blauen Flammen donnerten in die Höhe.

Kazz, der eben dabei war, sein Wasser abzuschlagen, schien nicht auf den Gedanken zu kommen, sich dazu eine bestimmte Stelle zu suchen. Loghu kicherte, Tanya wurde rot, die Italienerinnen, die es gewohnt waren, daß Männer sich einfach gegen die nächste Hauswand stellten, wenn die Natur sie überkam, reagierten gar nicht; Wilfreda war mit irgend etwas beschäftigt, während Alice ihn keines Blickes würdigte. Für sie war er nicht mehr als ein Hund. Möglicherweise erklärte das ihre Ignoranz: Kazz war für sie kein Mensch, also konnten auch die von Menschen gemachten Verhaltensnormen von ihm nicht erwartet werden.

Dennoch gab es keinen Grund, Kazz für das, was er sich soeben geleistet hatte, verantwortlich zu machen. Schließlich verstand er ja nicht einmal eine der ihnen geläufigen Sprachen. Aber sobald er sich das nächste Mal anschickte, sein Geschäft zu verrichten, während die anderen auf dem Boden saßen und damit begannen zu essen, mußte er sich ihm irgendwie mit Zeichen verständlich machen. Es mußten jedem seine Grenzen klargemacht werden, und alles, was die anderen beim Essen störte, sollte tunlichst vermieden werden. Und das, dachte Burton, schließt ebenso Streitigkeiten während der Mahlzeiten ein, schon aus dem Grund, weil Burton, wenn er sich gegenüber ehrlich war, zugeben mußte, daß er davon im Laufe seines Lebens wahrlich genug miterlebt hatte.

Als er an Kazz vorbeiging, versetzte er dem Neandertaler einen leichten Klaps auf den mächtigen Quadratschädel. Kazz sah ihn erstaunt an, und Burton schüttelte den Kopf. Er wollte ihm zu verstehen geben, daß er ihm den Grund für diesen Klaps spätestens dann mitteilen würde, wenn er genügend Englisch gelernt habe. Plötzlich vergaß er seine Absicht jedoch, blieb stehen und fuhr mit den Fingern über seine Glatze. Ja, er hatte sich nicht getäuscht. Da wuchs etwas.

Burton berührte sein Gesicht, aber es war so glatt wie immer. Unter seinen Armen begann es ebenfalls zu sprießen, während von seinem Schamhaar noch immer nichts zu sehen war. Möglicherweise wuchs es in diesen Regionen langsamer als auf dem Kopf. Er wies die anderen auf seine Entdeckung hin, die sich selbst zu untersuchen begannen. Und es stimmte: Ihr Haar begann wieder zu wachsen, zumindest auf den Köpfen und in den Achselhöhlen. Kazz stellte die einzige Ausnahme dar: Er hatte am ganzen Körper neuen Bewuchs zu verzeichnen; lediglich sein Gesicht war davon ausgenommen.

Diese Entdeckung versetzte sie in Hochstimmung. Fröhlich wanderten sie im Schatten des Berges zurück, wandten sich nach Osten und marschierten durch das hohe Gras auf den Hügel zu, den sie allmählich als ihre neue Heimat zu betrachten begannen. Als sie ihn zur Hälfte erklommen hatten, blieben sie schweigend stehen. Frigate und Monat hatten ihre Rufe nicht erwidert.

Nachdem er die Gruppe angewiesen hatte, sich zu verteilen und keinerlei Geräusche zu machen, schlichen sie unter seiner Führung bergan. Die Hütten waren verwüstet und niedergetrampelt worden. Burton war, als streife ihn ein eiskalter Wind.

Die Stille, die zerstörten Unterkünfte und das Fehlen von Frigate und Monat wirkten erschreckend auf ihn.

Eine Minute später hörten sie jemanden rufen und blickten ins Tal. Die kahlen Köpfe Monats und Frigates tauchten aus dem hohen Gras auf und näherten sich ihnen schnell. Monat sah deprimiert aus, aber der Amerikaner grinste. Auf der rechten Wange glänzte Blut, und die Knöchel seiner Hände waren aufgesprungen und blutig.

»Wir haben vier Männer und drei Frauen verfolgt, die sich unsere Hütten unter den Nagel reißen wollten«, berichtete er. »Ich sagte ihnen, daß sie ebensogut ihre eigenen bauen könnten und daß sie bald zurückkämt und wir ihnen zeigen würden, was 'ne Harke ist, wenn sie nicht bald das Weite suchten. Sie verstanden mich prächtig, denn sie sprachen selber Englisch. Sie sind an einem Gralstein, der etwa anderthalb Kilometer nördlich von unserem liegt, unten am Fluß aufgewacht. Obwohl die meisten Leute hier, die zu Ihrer Zeit gelebt haben, aus Triest stammten, gab es auch zehn aus Chicago, die etwa 1985 starben. Es ist wirklich merkwürdig, wie die Verstorbenen hier verteilt sind, nicht wahr? Jedenfalls sagte ich den Leuten, daß sie das beherzigen sollten, was Mark Twain dem Teufel in den Mund legte: *Ihr Chicagoer haltet euch immer für die Besten, aber die Wahrheit ist, ihr fallt bloß immer durch eure Anzahl auf.* Das aber schien ihnen nicht zu schmecken, denn nachdem sie herausgefunden hatten, daß sie einen Landsmann vor sich hatten, tendierten sie zur der Ansicht, wir seien doch wohl alle Kumpels. Eine der Frauen bot sich mir sogar an – unter der Voraussetzung, daß ich die Fronten wechseln und ihnen dabei helfen würde, die Hütten zu übernehmen. Sie lebte mit zwei Männern gleichzeitig zusammen. Ich sagte nein, und daraufhin sagten die anderen, sie würden schon auf andere Weise an die Hütten herankommen, selbst wenn sie dazu erst meine Leiche aus dem Weg räumen müßten.

Aber offenbar war ihr Mundwerk größer als ihr Mut. Als Monat auftauchte und sie nur mal finster ansah, schienen sie schon genug zu haben. Und außerdem hatten wir die Steinwaffen und die Speere. Dennoch hörte der Führer dieser Bande nicht auf, die anderen aufzuhetzen, bis ich plötzlich einen der anderen Burschen etwas näher in Augenschein nahm.

Sein Kopf war spiegelglatt, er hatte also das dicke, schwarze Haar nicht mehr. Zudem hatte ich ihn erst kennengelernt, als er fünfunddreißig Jahre alt gewesen war. Er trug damals ziemlich dicke Brillengläser, und ich hatte ihn seit fünfundvierzig Jahren nicht mehr gesehen. Aber als ich näherkam und ihm ins Gesicht schaute, das noch das gleiche Grinsen wie immer ausdrückte, erkannte ich dieses elende Stinktier und sagte zu ihm: ›Lem? *Lem Sharkko! Du bist Lem Sharkko, nicht wahr?*‹

Da öffnete er die Augen, grinste noch unverschämter und nahm meine Hand, *meine Hand*, nach alldem, was er mir angetan hatte, und rief, als seien wir zwei Brüder, die sich seit Jahrzehnten aus den Augen verloren haben: ›Er ist es! Er ist es! Wahrhaftig! Es ist Peter Frigate! Mein Gott, Peter Frigate!‹

Ich war beinahe glücklich, ihn hier wiederzusehen, und aus irgendeinem obskuren Grund heraus sagte er dasselbe zu mir. Aber dann sagte ich mir, dies ist der lausige Verleger, der dich, als du am Anfang deiner Karriere standest, um 4000 Dollar betrog und beinahe ruinierte. Dies ist der schleimige Halunke, der neben dir noch mindestens vier weitere Autoren auf dem Gewissen hat, der seinen Laden zumachte, den Bankrott erklärte und mit all dem Geld verschwand. Der schließlich noch ein nettes Sümmchen von irgendeinem Onkel erbte und glücklich bis an das Ende seiner Tage lebte, weil sich das Verbrechen für ihn *doch* auszahlte. Dies ist der Mann, den du niemals vergessen konntest, und das nicht nur wegen dem, was er dir antat, sondern weil dich jeder weitere betrügerische Verleger, dem du später noch in die Hände fielst, dich an ihn erinnerte.«

Burton grinste und meinte: »Ich habe einmal gesagt, daß weder Priester noch Politiker oder Verleger jemals das Himmelstor von innen sehen würden. Aber wenn das hier der Himmel ist, habe ich mich wohl geirrt.«

»Yeah«, sagte Frigate. »Ich weiß. Ich habe nie vergessen, daß Sie das einmal sagten. Jedenfalls unterdrückte ich die Freude, endlich ein bekanntes Gesicht zu sehen, und sagte: ›Sharkko* . . .‹«

»Sie haben wirklich einem Menschen getraut, der so einen Namen trägt?« fragte Alice.

»Er erklärte mir, das sei ein tschechischer Name und bedeute *vertrauenswürdig*. Aber wie alles andere, das er mir erzählte, war auch das eine Lüge. Na ja, ich hatte mich innerlich schon halb dazu entschieden, ihnen die Hütten zu überlassen und mich mit Monat zurückzuziehen. Irgendwann nach eurer Rückkehr hätten wir es ihnen schon gezeigt. Es wäre einfach gewesen. Aber als ich Sharkko erkannte, *drehte ich durch*! Lächelnd sagte

---
* Shark = Hai

ich zu ihm: ›Mensch, das ist ja 'ne wahre Freude, nach all diesen Jahren mal wieder dein Gesicht zu sehen! Und ganz besonders hier, wo es weder Bullen noch Gerichtshöfe gibt!‹

Und dann verpaßte ich ihm eins auf die Nase! Er legte sich sofort auf den Rücken, während ihm das Blut übers Gesicht lief. Dann nahmen Monat und ich uns die anderen vor, versetzten ihnen ein paar kräftige Tritte, und dann traf mich einer dieser Burschen mit seinem Gral an der Wange. Ich war beinahe k. o., aber Monat machte einen von ihnen mit einem Lanzenende fertig und brach dem anderen ein paar Rippen. Er ist zwar ziemlich dünn, aber ungeheuer schnell, und was er nicht über Selbstverteidigung weiß, macht er durch Angriff wett! Sharkko stand dann wieder auf, und ich verpaßte ihm noch eins unters Kinn, was mir aber weher getan hat als ihm, denn er drehte gerade den Kopf auf die Seite. Er haute ab, und ich rannte hinter ihm her. Auch die anderen machten sich dünn, während Monat hinter ihnen her war und sie mit der Speerspitze von hinten kitzelte. Ich erwischte Sharkko schließlich auf der Spitze des nächsten Hügels und warf ihn herunter. Als er unten ankam, krabbelte er davon und winselte um Gnade, die ich ihm dann auch mit einem besonders kräftigen Arschtritt verpaßte.«

Frigate zitterte immer noch vor Aufregung, aber allem Anschein nach freute er sich ungeheuer.

»Ich hatte eigentlich befürchtet, daß ich mich auch hier wieder mal als das Häschen entpuppen würde«, fügte er hinzu. »Aber nach allem, was geschehen ist – vor langen Zeiten in einer anderen Welt –, sollten wir jetzt allmählich dazu übergehen, unseren Feinden – und auch manchen von unseren Freunden – endlich zu vergeben. Aber andererseits habe ich mir überlegt, daß wir hier zum ersten Mal die Chance haben, all denen, die uns einst das Leben zur Hölle machten, ein klein wenig zurückzuzahlen. Was halten Sie davon, Lev? Würde es Ihnen nicht Spaß machen, Adolf Hitler auf kleiner Flamme zu rösten?«

»Ich glaube nicht, daß man einen schurkischen Verleger mit einem Hitler vergleichen kann«, erwiderte Ruach. »Nein, ich würde keine Lust dazu verspüren, ihn auf kleiner Flamme zu rösten. Eher würde ich ihn verhungern lassen – oder ihm gerade soviel zu Essen geben, daß er am Leben bleibt. Aber auch das würde ich wahrscheinlich nicht tun. Was würde es schon bringen? Würde er dadurch etwa seine Ansichten ändern? Würde er dadurch endlich anerkennen, daß auch wir Juden menschliche Wesen sind? Nein, ich würde nichts anderes tun, als ihn töten, wenn er sich in meiner Gewalt befände – um zu verhindern, daß er anderen etwas antut. Obwohl ich nicht glaube, daß er, nachdem ich ihn umgebracht hätte, auch tot bliebe. Nicht hier.«

»Sie sind ein wahrer Christ«, versicherte Frigate grinsend.

»Ich dachte, Sie wären mein Freund!« erwiderte Ruach tadelnd.

12

Es war jetzt bereits das zweite Mal, daß Burton von den Nazis und den Namen Hitler hörte. Er nahm sich vor, mehr über diesen Mann herauszufinden, aber im Moment war es wohl wichtiger, das Gespräch abzubrechen und die Hütten wieder instandzusetzen. Glücklicherweise sahen die Beschädigungen aus der Nähe weniger schlimm aus als auf den ersten Blick. Mit Scheren, Steinbeilen und Messern bewaffnet, schnitten sie Äste, Zweige und hohes Gras und machten sich daran, die Unterkünfte mit Dächern auszustatten. Was dabei herauskam, befriedigte Burton zwar nicht hundertprozentig, aber für den Anfang würde es schon genügen. Vielleicht stießen sie irgendwann auf einen herumstreunenden Dachdecker, der ihnen zur Hand gehen konnte. Die fehlenden Betten würden – zumindest für einige Zeit – durch Grashaufen ersetzt werden müssen, und mit dem gleichen Material konnte man sich auch zudecken, sollte es zu kalt werden.

»Wir können Gott – oder wem auch immer wir dieses Leben zu verdanken haben – dafür dankbar sein, daß es hier keine Insekten gibt«, sagte Burton.

Er hob den kleinen Metallbehälter, der noch immer einige Schlucke von dem ausgezeichnet schmeckenden Scotch enthielt.

»Ich möchte auf ihn anstoßen. Hätte er uns auf einer Welt, die ein exaktes Duplikat der Erde gewesen wäre, ins Leben zurückgerufen, müßten wir unsere Betten jetzt mit einer Armee von beißendem, kneifendem, stechendem und blutsaugendem Getier teilen.«

Sie nahmen um ein rasch entzündetes Feuer Platz, an dem sie noch für eine Weile rauchten, tranken und sich unterhielten. Die Schatten verdunkelten sich allmählich, der Himmel verlor die Bläue, und die großen Sterne tauchten wie vor dem Hintergrund eines nachtschwarzen Tuches am Firmament auf. Sie leuchteten in allen Farben des Spektrums. Es war ein atemberaubender Anblick.

»Wie eine Zeichnung von Sime«, sagte Frigate.

Burton hatte den Namen Sime noch nie gehört, also war es kein Wunder, daß die Hälfte jeglicher Konversation mit den Leuten aus dem neunzehnten Jahrhundert daraus bestand, ihnen bestimmte Dinge und Ausdrücke zu erklären.

Schließlich stand Burton auf, ging um das Feuer herum und hockte sich neben Alice auf den Boden. Sie war gerade aus der benachbarten Hütte zurückgekehrt, wo sie Gwenafra zu Bett gebracht hatte.

Burton bot ihr ein Stück Kaugummi an und sagte: »Ich habe nur eine Hälfte genommen. Wollen Sie die andere?«

Sie sah ihn ausdruckslos an und erwiderte: »Nein, danke.«

»Wir haben hier acht Hütten«, sagte Burton, »und es gibt keinen Zweifel daran, wer mit wem unter einem Dach schlafen wird – ausgenommen Wilfreda, Sie und ich.«

»Ich glaube, es gibt auch über uns drei keine Zweifel«, entgegnete Alice.

»Sie schlafen also bei Gwenafra?«

Sie wandte das Gesicht von ihm ab. Burton blieb noch einige Sekunden lang neben ihr hocken, dann stand er auf, kehrte an seinen alten Platz zurück und setzte sich neben Wilfreda.

»Sie können gleich weitergehen, Sir Richard«, sagte das Mädchen zu ihm. Sie preßte die Lippen aufeinander. »Der Herr möge mir verzeihen, aber ich habe keine Lust, hier als Notlösung angesehen zu werden. Es wäre besser gewesen, Sie hätten sie gefragt, wenn niemand Ihnen hätte zuhören können. Schließlich habe auch ich meinen Stolz.«

Burton schwieg betreten. Hätte er seinem ersten Impuls nachgegeben, wäre sie jetzt wahrscheinlich noch mehr beleidigt. Er war zu geringschätzig mit ihr umgegangen. Selbst wenn sie in ihrem vorherigen Leben eine Hure gewesen war, hatte sie ein Recht auf menschenwürdige Behandlung, ganz besonders seit er wußte, daß es der Hunger gewesen war, der sie auf die Straße getrieben hatte, was er anfangs nicht so einfach hatte glauben können. Viele Prostituierte suchten nach einer Entschuldigung für ihren Beruf – und es hatte immer eine Menge gegeben, die sich davon eine Menge versprochen hatten. Aber ihre Wut auf Smithson und das Verhalten, das sie ihm selbst gegenüber an den Tag legte, deuteten darauf hin, daß sie es ehrlich meinte.

Er stand auf und sagte: »Ich hatte nicht vor, Ihre Gefühle zu verletzen.«

»Lieben Sie sie?« fragte Wilfreda und sah zu ihm auf.

»Ich habe in meinem Leben nur einer einzigen Frau gesagt, daß ich sie liebe«, wich Burton aus.

»Ihrer Frau?«

»Nein. Das Mädchen starb, bevor ich sie heiraten konnte.«

»Und wie lange waren Sie verheiratet?«

»Neunundzwanzig Jahre, aber das gehört wohl nicht hierher.«

»Gott verzeihe mir! Sie waren so lange verheiratet, ohne Ihrer Frau einmal zu sagen, daß Sie sie liebten?«

»Es war nicht nötig«, erwiderte Burton und ließ sie stehen. Die Hütte, in die er ging, war von Kazz und Monat besetzt. Während Kazz bereits selig schnarchte, lag Monat auf einen Ellbogen gelehnt und paffte eine Marihuanazigarette. Er gab diesem Stoff dem Tabak gegenüber den Vorzug, weil es dem Tabak, den er von seinem Heimatplaneten kannte, ähnlicher war. Jedenfalls wirkte die Droge so gut wie überhaupt nicht auf ihn. Irdischer Tabak hingegen gaukelte ihm, wie er sagte, gelegentlich farbige Visionen vor.

Burton entschloß sich, den Rest des – wie er es nannte – Traumgummis aufzuheben. Statt dessen zündete er sich eine Zigarette an, er sagte sich wohl, daß Marihuana seine unterdrückte Wut und Frustration nur noch verschlimmern würde, aber es war ihm gleichgültig. Er stellte Monat einige Fragen über seinen Heimatplaneten Ghuurrk. Obwohl ihn das Thema interessierte, begann das Marihuana allmählich zu wirken. Monats Stimme wurde leiser und schien sich immer weiter von ihm zu entfernen.

»... und jetzt, Jungs«, sagte Gilchrist in seinem breiten, schottischen Akzent, »haltet euch die Augen zu!«

Richard musterte Edward. Edward grinste. Er bedeckte zwar die Augen mit den Händen, ließ es sich aber nicht nehmen, zwischen den Fingern hindurchzulugen. Richard tat es ihm gleich und blieb weiterhin auf den Zehenspitzen stehen. Obwohl er und sein Bruder auf zwei Kisten standen, mußten sie trotzdem den Kopf recken, wenn er über die Köpfe der vor ihnen stehenden Erwachsenen hinweg etwas sehen wollten.

Der Kopf der Frau lag jetzt auf dem Block, und das lange, braune Haar fiel ihr übers Gesicht. Richard wünschte sich, jetzt in ihr Gesicht zu sehen. Er fragte sich, welchen Ausdruck es angesichts des Korbes zeigte, der direkt vor ihr stand und auf sie – oder vielmehr ihren Kopf – wartete.

»Guckt jetzt nicht hin, Jungs!« sagte Gilchrist erneut.

Trommelwirbel setzte ein. Irgend jemand stieß einen Schrei aus. Die Klinge schoß nach unten. Die Menge brüllte auf, und da und dort stöhnte jemand. Der Kopf fiel nach vorn. Blut spritzte aus dem offenen Hals und würde niemals versiegen: Es floß über die Menge hinweg, hüllte sie ein, bedeckte sie völlig, obwohl sie mindestens zwanzig Meter vom Ort des Geschehens entfernt stand. Es benetzte Richards Hände, floß über seine Fin-

ger, lief über sein Gesicht in die Augen hinein und blendete ihn. Er schmeckte es auf den Lippen. Es war salzig. Entsetzt schrie er auf ...

»Aufwachen, Dick!« sagte Monat und schüttelte Burtons Schulter. »Wach auf! Hast du einen Alptraum gehabt?«

Schluchzend und zitternd setzte Burton sich auf. Er rieb aufgeregt die Hände aneinander und berührte dann sein Gesicht. Alles fühlte sich feucht an. Aber es war nur Schweiß, kein Blut.

»Ich habe geträumt«, sagte er. »Ich war sechs Jahre alt und befand mich in Tours. In Frankreich, wo wir damals lebten. Mein Privatlehrer, John Gilchrist, nahm mich und meinen Bruder Edward zur Hinrichtung einer Frau mit, die ihre ganze Familie vergiftet hatte. Es sei ein *Vergnügen*, sagte er.

Ich war natürlich neugierig, und als die letzten Sekunden anbrachen und er uns bat, nicht hinzusehen, wie die Guillotine herabsauste, schaute ich durch meine Finger. Ich konnte einfach nicht anders. Ich erinnere mich, daß mir ein klein wenig übel wurde, aber das war alles, was diese schreckliche Szene in mir an Wirkung auslöste. Irgendwie schien ich bei dieser Sache gar nicht richtig anwesend zu sein; mir schien, als sähe ich alles durch eine dicke Glasscheibe. Es war irgendwie unwirklich. Vielleicht war ich auch wirklich nicht da. Auf jeden Fall hat es mir keinen großen Schreck eingejagt.«

Monat zündete sich ein weiteres Marihuanastäbchen an. Das Licht der Zigarette gab genug Helligkeit ab, daß Burton ihn den Kopf schütteln sah. »Wie barbarisch! Ihr habt eure Kriminellen also nicht nur getötet, sondern ihnen auch noch die Köpfe abgeschlagen! Und das in aller Öffentlichkeit! Und habt auch noch zugelassen, daß Kinder dabei zusahen!«

»In England war man ein bißchen humaner«, sagte Burton. »Da hat man die Verbrecher gehenkt.«

»Zumindest die Franzosen erlaubten dem Volk, dabei zu sein, wenn sie das Blut von Verbrechern vergossen«, sagte Monat. »Das Blut war damit auch an ihren Händen. Aber offenbar ist das niemandem bewußt geworden. Und jetzt, viele Jahre – sind es dreiundsechzig? – später sitzt du hier, rauchst etwas Marihuana und erschreckst dich über ein Ereignis, von dem du glaubtest, es würde dir niemals Probleme bereiten. Und erlebst plötzlich das Entsetzen, von dem du damals nichts bemerktest. Du hast geschrien wie ein verängstigtes Kind. Ich glaube, daß die Droge in dir eine Mauer zum Einsturz gebracht hat, die du bereits vor dreiundsechzig Jahren in deinem Kopf errichtet hast, um dieses Erlebnis zu verdrängen.«

»Vielleicht«, gab Burton zu.

Er blieb ruhig sitzen. In der Ferne war rollender Donner zu vernehmen. Es blitzte. Dann rauschte der Regen herab und prasselte auf das blätterbedeckte Hüttendach. Auch in der vergangenen Nacht hatte es um diese Zeit – Burton schätzte sie auf drei Uhr morgens – zu regnen begonnen. Das vom Himmel herabstürzende Wasser machte dem Dach der Hütte arg zu schaffen, aber da man beim Bau mit äußerster Sorgfalt zu Werke gegangen war, regnete es nicht durch. Was den Boden anbetraf, so sah es ein wenig anders aus: Von der dem Hügel zugewandten Seite drang Wasser ein, auch wenn es nicht genug war, um sie ernsthaft zu durchnässen. Zum Glück hatten sie ihre Lagerstätten so hoch gemacht, daß das Regenwasser sie nicht erreichte.

Burton unterhielt sich mit Monat, bis der Regen eine halbe Stunde später aufhörte. Dann schlief Monat ein; Kazz war überhaupt nicht aufgewacht. Obwohl sich Burton bemühte, wieder einzuschlafen, gelang es ihm nicht. Noch nie im Leben hatte er sich so einsam gefühlt und sich davor gefürchtet, wieder in einen Alptraum zu sinken. Nach einer Weile stand er auf, ging hinaus und auf die Hütte zu, die Wilfreda sich ausgesucht hatte. Noch bevor er über die Schwelle trat, roch er den Duft von Marihuana. Die Spitze einer Zigarette glühte in der Finsternis. Auf der aus Gräsern und Zweigen aufgeschütteten Lagerstatt saß eine nur in Umrissen erkenntliche Gestalt.

»Hallo«, sagte sie. »Ich habe darauf gehofft, daß du doch noch kommst.«

»Es ist einfach eine Sache des Instinkts, persönliches Eigentum zu besitzen«, sagte Burton.

»Ich bezweifle, daß es überhaupt irgendwelche Instinkte im Menschen gibt«, erwiderte Frigate. »In den sechziger Jahren – des zwanzigsten Jahrhunderts natürlich – gab es einige Leute, die zu beweisen versuchten, daß der Mensch über Instinkt verfügt, den sie den *territorrialen Imperativ* nannten. Aber . . .«

»Der Ausdruck gefällt mir«, sagte Burton.

»Ich dachte mir, daß er Ihnen gefällt«, meinte Frigate. »Aber Ardrey und andere versuchten nicht nur zu beweisen, daß der Mensch einem Instinkt folgte, wenn er gewisse Gebiete für sich selbst beanspruchte, sondern auch, daß er von einem Killer-Affen abstammte, was nationalen Grenzen, National- und Lokalpatriotismus, Kapitalismus, Kriege, Morde, Kriminalität und so weiter erklären sollte. Aber es gab auch eine Gegenseite, und die war der Ansicht, daß all diese Dinge lediglich eine natürliche Folge der kontinuierlichen Entwicklung der Menschen und ihrer Gesellschaftssysteme seien, die sich schon von Anbeginn der Zeit mit Kriegen, Morden, Kriminalität und so weiter hätten auseinandersetzen müssen. Ändere die Kultur, und der Killer-Affe wird von selbst verschwinden. Und zwar deswegen, weil es ihn ebensowenig je gegeben hat wie den kleinen Mann auf der Straße. Der Killer ist nichts anderes als die Gesellschaft selbst, die mit jedem Schwung Neugeborenen weitere Killer hervorbringt. Allerdings hat es Formen gesellschaftlichen Zusammenlebens gegeben, in denen diese Phänomene nicht aufgetreten sind. Gut, es hat sich dabei um analphabetische Kulturen gehandelt, aber immerhin – sie standen als Beweis dafür an, daß der Mensch sich nicht auf einen Killer-Affen als Vorfahr berufen konnte. Vielleicht sollte ich besser sagen, daß er im Laufe seiner Entwicklung seine Tötungsinstinkte verlor, ebenso wie er sich in seinem Aussehen weitgehend veränderte.«

»Das scheint mir alles sehr interessant zu sein«, sagte Burton. »Und wir sollten uns irgendwann, wenn wir mehr Zeit haben, etwas tiefer in diese Theorie hineinknien. Ich möchte jedenfalls dazu noch sagen, daß beinahe jedes Mitglied der wiedererweckten Menschheit einer Kultur zugehörig war, die Kriege, Morde, Kriminalität, Vergewaltigung und Wahnsinn förderte. Und daß es diese Leute sind, die uns umgeben und mit denen wir auszukommen haben. Möglicherweise wird es eines Tages ganz andere Generationen geben, ich weiß es nicht. Es ist zu früh, darüber etwas Endgültiges zu sagen, nachdem wir uns erst sieben Tage hier befinden. Aber ob es Ihnen gefällt oder nicht, wir befinden uns auf einer Welt, in der die meisten Menschen sich benehmen, als *seien* sie Killer-Affen. Und jetzt sollten wir uns wieder auf unser Modell konzentrieren.«

Sie saßen auf kleinen Bambusstühlen vor Burtons Hütte, und vor ihnen, auf einem aus dem gleichen Material gefertigten Tisch stand das Modell eines Bootes, das sie aus Pinienholz und Bambus gebastelt hatten. Das Boot verfügte über eine Reling, einen einzelnen Mast und eine Kommandobrücke, auf der ein Steuerrad zu sehen war. Sie hatten einige Zeit gebraucht, es zusammenzubekommen, und mit Hilfe ihrer Steinmesser und Scheren eine Menge Arbeit investiert. Sobald das Boot, das nach diesem

Modell gebaut werden würde, vom Stapel lief, wollte Burton es *Hadji* nennen. Denn es würde sich auf eine Pilgerfahrt begeben, wenngleich das Ziel nicht Mekka war. Burton beabsichtigte, es soweit den Fluß hinauf zu steuern, wie es möglich war.

Das Gespräch über den *territorialen Imperativ* war deswegen aufgekommen, weil die beiden einige Schwierigkeiten beim Bau des geplanten Bootes auf sich zukommen sahen. Die Leute in der Umgebung hatten sich mittlerweile zum größten Teil fest irgendwo niedergelassen und beschäftigten sich damit, ihre Besitztümer von anderen abzugrenzen. Einige Gemeinschaften waren mit dem Aufbau fester Siedlungen beschäftigt oder arbeiteten daran, solche anzulegen. Ansammlungen von einfachen Unterständen, Kolonien kleiner Bambushütten oder relativ große Holzhäuser, die teilweise sogar zwei Stockwerke aufwiesen. Die meisten dieser Gemeinschaften hatten das Gebiet um die Gralsteine am Fluß okkupiert, während andere den Fuß der Berge zu bevorzugen schienen. Eine Rundreise, die Burton zwei Tage zuvor abgeschlossen hatte, erbrachte das Resultat, daß sich auf nahezu jedem Quadratkilometer Land an die achtzig bis hundert Menschen tummelten. Jedem Quadratkilometer Flachland standen etwa zweieinhalb Quadratkilometer Hügelgelände gegenüber, das sich aber teilweise in solche Höhen erstreckte, daß es in Wirklichkeit gut dreimal soviel Raum bot wie die Ebene zu beiden Seiten des Flusses. In den drei Zonen, die Burton untersucht hatte, hatte sich ein Drittel der Menschen für Ansiedlungen in der Nähe der Gralsteine am Fluß entschieden, während ein weiteres Drittel es vorgezogen hatte, ein wenig weiter landeinwärts zu ziehen. Obwohl eine Bevölkerungsdichte von achtzig bis hundert Menschen pro Quadratkilometer in den Hügeln verhältnismäßig hoch war, fühlte man sich doch durch den dichten Baumbestand soweit voneinander getrennt, daß man sich beinahe isoliert vorkam. Aber auch die Flußebene erweckte – ausgenommen zu den Mahlzeiten – einen beinahe unbewohnten Eindruck, da die meisten Bewohner dieses Gebietes sich tagsüber in den Wäldern aufhielten, die es zu erforschen galt, oder sich die Zeit mit Fischen vertrieben. Einige waren dabei, Flöße oder Boote zu bauen, mit denen man in der Flußmitte auf Jagd gehen konnte. Oder – wie Burton – Pläne hegten, den Fluß selbst zu erforschen.

Die Bambusgewächse in der näheren Umgebung waren bereits verschwunden, obwohl es offensichtlich war, daß sie bald nachwachsen würden, denn das Zeug wuchs mit einer beinahe beängstigenden Schnelligkeit, und Burton schätzte, daß es nicht länger als zehn Tage benötigte, um sich vom Schößling bis zur ausgewachsenen, fünfzehn Meter hohen Pflanze zu entwickeln.

Die Gruppe hatte hart gearbeitet und alles herangeschleppt, was man zum Bau des Bootes benötigte. Um Diebe abzuhalten, war es unerläßlich, einen hohen Zaun um das Lager zu bauen: Also benötigten sie noch mehr Holz. Am Tag, als das Modell seiner Vollendung entgegenging, war auch die Umzäunung fertig. Ärgerlich würde lediglich sein, daß sie das Boot auf der Ebene würden bauen müssen. Es war unmöglich, es nach Fertigstellung durch den Wald zum Fluß zu schleppen.

»Ja, aber wenn wir uns jetzt nach unten auf die Ebene absetzen und dort ein neues Lager errichten, würden wir schon in die ersten Schwierigkeiten hineingeraten«, hatte Frigate gesagt. »Es gibt dort unten keinen Quadratmeter mehr, den nicht schon jemand für sich in Anspruch genommen hätte. Bis jetzt hat sich noch niemand stur gestellt, wenn man ihr Gebiet durchquerte, aber die Lage kann sich jeden Tag ändern. Und wenn wir das Schiff am Waldrand bauen, müßten wir Tag und Nacht Wachen aufstellen, damit man uns das Baumaterial nicht stiehlt. Oder es zerstört. Sie kennen doch diese Barbaren.«

Er erinnerte Burton an einige Hütten, die Fremde eingerissen hatten, während ihre rechtmäßigen Besitzer sich anderswo aufhielten. Auch das unterhalb des Wasserfalls befindliche Becken stank mittlerweile zum Himmel. Manchen Leuten war einfach nicht beizubringen, daß sie ihre Notdurft an den dafür aufgestellten Waldtoiletten verrichteten.

»Wir bauen neue Häuser und einen Unterstand für das Boot«, erklärte Burton. »Und zwar so nahe wie möglich am Waldrand. Dann fällen wir jeden Baum, der uns im Wege steht, und bahnen uns einen Weg an jedem vorbei, der uns das Recht, zum Fluß hinunterzugehen, streitig machen möchte.«

Es war Alice, die zu einigen Leuten, die ihre Hütten hart an der Grenze zwischen der Ebene und den Hügeln aufgestellt hatten, hinunterging und ihnen einen Handel anbot, ohne darüber zu reden, welche Ziele man wirklich verfolgte. Da sie drei Paare kennengelernt hatte, die wenig glücklich darüber waren, daß sie ihre Unterkünfte mit einer Reihe anderer Leute zu teilen hatten, schlug sie ihnen einfach vor, zu Burtons Gruppe überzuwechseln, was sie am Donnerstag, dem zwölften Tag nach der Erweckung, dann auch taten. Man hatte sich inzwischen allgemein darauf geeinigt, den Erweckungstag als Sonntag anzuerkennen und mit dem Datum des Ersten zu versehen. Ruach hatte zwar vorgeschlagen, den ersten Tag entweder Samstag – oder noch besser – den Ersten Tag zu nennen, stieß damit aber in seiner vorwiegend christlichen Umgebung auf wenig Gegenliebe und gab schließlich auf. Er hatte einen Bambusstab organisiert, den er neben seiner Hütte in den Boden rammte. Jeden Morgen ritzte er in ihn eine Kerbe ein.

Allein der Transport des Bauholzes für das Schiff kostete sie vier volle Tage harter Arbeit. Danach behaupteten die italienischen Paare, genug Knochenarbeit geleistet zu haben. Warum sollten sie überhaupt an Bord eines Schiffes gehen und irgendwohin fahren, wenn es anderswo möglicherweise ebenso aussah wie hier? Sie gelangten zu der Ansicht, daß man sie deswegen wieder zum Leben erweckt hatte, damit sie es endlich genießen konnten. Und dafür schienen ihnen der Alkohol, die Zigaretten, das Marihuana, das Traumgummi und die Nacktheit zu genügen.

Sie verließen die Gruppe, ohne daß es deswegen zu Streitigkeiten gekommen wäre. Ganz im Gegenteil – man veranstaltete ihnen zu Ehren sogar eine Abschiedsparty. Am nächsten Tag, dem zwanzigsten des Jahres 1, geschahen zwei Dinge. Eins davon verursachte einige Verwirrung, und das andere fügte – auch wenn es nicht von Wichtigkeit war – noch weitere Konfusion hinzu.

Im Morgengrauen begab sich die Gruppe über die Ebene zu einem der Gralsteine hinab. In der Nähe des Felsens stießen sie auf zwei unbekannte Leute, die beide schliefen, jedoch schnell erwachten und einen gleichzeitig verstörten und gereizten Eindruck machten. Einer der beiden – ein großer, braunhäutiger Mann – benutzte eine unbekannte Sprache. Der andere war ebenfalls hochgewachsen, sah ziemlich gut aus, besaß starke Muskeln, graue Augen und schwarzes Haar. Die Sprache, derer er sich bediente, war zunächst allen unverständlich, bis Burton auffiel, daß es Englisch war – und zwar ein Dialekt, den man zur Zeit der Herrschaft König Edwards I. in Cumberland gesprochen hatte. Nachdem Burton und Frigate dies wußten und sich den Rest zusammenreimten, kam es endlich zu einer halbwegs verständlichen Konversation. Obwohl Frigate einige Leseerfahrung in frühem Mittelenglisch hatte, waren doch viele der Worte, die der Mann von sich gab, neu für ihn.

John de Greystock war in einem Landhaus seiner Familie in Cumberland County zur Welt gekommen. Er hatte König Edward bei seiner Invasion der Gascogne nach Frankreich begleitet und war dort, wenn man seinen Worten Glauben schenken konnte, zu Ruhm und Ehren gekommen. Nach seiner Rückkehr wurde er ins Parlament berufen. Später unternahm er einen weiteren Feldzug nach Frankreich, diesmal im Gefolge von Bischof Anthony Bec, dem Patriarchen von Jerusalem. Im achtundzwanzigsten und neunundzwanzigsten Jahr von Edwards Herrschaft hatte er gegen die Schotten gekämpft und war 1305 kinderlos gestorben. Sein Baronat hatte er auf seinen Vetter Ralph, einen Sohn des Lords Grimthorpe von Yorkshire, übertragen.

Dann war er irgendwo am Fluß aufgewacht – und zwar innerhalb einer Gruppe von Menschen, von denen neunzig Prozent sich in einem Englisch des vierzehnten Jahrhunderts oder Schottisch unterhalten hatten, während der Rest vorsintflutlichen Tischsitten huldigte. Die Leute auf der anderen Seite des Flusses waren eine Mischung aus Mongolen der Ära Kublai Khans und einer Ansammlung von Dunkelhäutigen, deren genaue Identität Greystock nicht herausfand. Seiner Beschreibung nach konnten es allerdings nordamerikanische Indianer sein.

Am neunten Tag des allgemeinen Erwachens waren die Barbaren von der anderen Flußseite zu ihnen herübergekommen und hatten sie angegriffen. Der Grund? Greystock wußte keinen, außer daß sie vielleicht Lust auf einen guten Kampf hatten, den man ihnen dann auch liefern konnte. Da sich in der Umgebung der Schotten und Engländer so gut wie keine Steine befanden, mußte man sich mit Gralen und Knüppeln zur Wehr setzen. Zehn der Mongolen hatten den Kampf mit ihm nicht überstanden, dann war ein Gral von hinten gegen De Greystocks Schädel geprallt, und er war zu Boden gegangen. Jemand hatte ihn mit einer feuergehärteten Speerspitze durchbohrt. Er war ohnmächtig geworden, gestorben – und neben diesem Gralstein wieder zu sich gekommen.

Dem anderen Mann blieb nichts anderes übrig, als seine Erlebnisse mittels Zeichensprache und einer Art Pantomine zu verdeutlichen. Irgendein großer Fisch hatte ihn beim Angeln ins Wasser gerissen. Er war untergetaucht und auf dem Weg nach oben mit dem Kopf gegen die Unterseite seines Bootes geprallt. Dabei hatte er das Bewußtsein verloren und war ertrunken.

Damit schien die Frage, was mit den Menschen geschah, die in dieser Welt starben, gelöst zu sein. Aber aus der Erklärung erwuchs nun prompt eine neue Frage: Warum kamen sie beim zweiten Erwachen in einer völlig neuen Umgebung zu sich?

Das zweite seltsame Ereignis dieses Tages war, daß die Grale sich offensichtlich weigerten, ihnen eine Mittagsmahlzeit zu liefern. Statt dessen fanden sie in ihren Behältern sechs verschiedene Kleidungsstücke in unterschiedlichen Farbtönen, Größen und Mustern. Vier davon schienen dazu bestimmt zu sein, als Kilts getragen zu werden, und waren mit magnetischen Verschlüssen versehen. Die anderen beiden waren aus dünnerem Material und stellten wohl Büstenhalter dar, obwohl man sie auch für andere Zwecke verwenden konnte. Die Stoffe, aus denen die Kleidungsstücke bestanden, fühlten sich weich und bequem an, dennoch gelang es keinem, sie zu zerreißen oder zu zerschneiden.

Die Menschheit stieß über die Lieferung dieser Textilien einen kollektiven Jubelschrei aus. Auch wenn sie sich in der Zwischenzeit an die Nacktheit gewöhnt hatten – manche auch mit einem Seufzer der Ergebenheit –, schien ihnen dennoch diese Kompromißlösung in bezug auf Kleidung nicht unwillkommen zu sein. Jetzt besaßen sie Kilts, Büstenhalter und Turbane. Mit letzteren war es möglich, die Köpfe zumindest solange zu bedecken, bis das Haar wieder nachgewachsen war. Später würden die Turbane möglicherweise zu einem allgemein getragenen Kopfschmuck werden.

Und das Haar wuchs bereits – außer in ihren Gesichtern.

Burton war darüber ein bißchen frustriert. Er hatte zeit seines Lebens einen prächtigen Schnauzer und einen Kinnbart getragen, auf den er nicht wenig stolz gewesen war. Ohne Bart kam er sich jedenfalls nackter vor als ohne Hosen.

Aber Wilfreda lachte nur und sagte: »Ich bin froh, daß das Zeug nicht mehr wächst. Männer mit haarigen Gesichtern habe ich noch nie leiden können. Jedesmal wenn ich einen bärtigen Mann küßte, kam ich mir vor, als würde ich mein Gesicht in ein Gewirr zerbrochener Sprungfedern stecken.«

Sechzig Tage waren vergangen. Man hatte das Boot auf dicken Bambusrollen über die Ebene transportiert. Der Tag des Stapellaufs brach an. Die *Hadji* war etwa dreizehn Meter lang. Sie lief am Bug spitz zu und war mit einer großen Plattform ausgerüstet, die als Deck diente. Sie besaß ein Bugspriet mit einem Ballonsegel, einen einzelnen Mast mit Segeln aus gewebten Bambusblättern und wurde mit einer Ruderfinne gesteuert, da es sich erwiesen hatte, daß der Bau eines Steuerrades mit ihrem begrenzten Wissen und dem Mangel an geeignetem Material unmöglich war. Das einzige, aus dem sie hatten Seile herstellen können, war das Gras gewesen, aber es war jetzt schon absehbar, daß man sie in Kürze durch gegerbtes Leder, das man aus der Haut größerer Fische gewinnen konnte, ersetzt werden würden. Ein Einbaum, den Kazz aus einem Baumstamm herausgearbeitet hatte, war auf dem Vordeck befestigt.

Bevor sie das Boot allerdings zu Wasser lassen konnten, gab es einige Schwierigkeiten mit Kazz. Er war jetzt in der Lage, einige Dinge in Englisch auszudrücken, und beherrschte auch schon mehrere Brocken Arabisch, Baluchi, Suaheli und Italienisch, das Burton ihm beigebracht hatte.

»Brauchen wir noch ... Wie ihr nennen? ... *Wallah!* ... Wie heißen Wort? ... Jemand töten, bevor bringen Boot in Wasser ... Du weißt ... *Merda* ... Wie heißen Wort, Burton-*naq* ... Mir sagen, Burton-*nag* ... Wort ... Wort ... Mensch töten, daß Gott ... *Kabburqanaqruebemss* ... Wassergott ... machen Boot nicht sinken ... Gott nicht wütend ... Wir nicht ertrinken ... und Gott uns nicht fressen.«

»Ein Opfer?« fragte Burton.

»Viel blutiger Dankeschön, Burton-*nag*«, sagte Kazz. »Opfer! Kehle schneiden durch ... Blut schmieren an Boot ... auf Holz ... Dann Wassergott uns verschonen ...«

»Das werden wir nicht tun«, sagte Burton.

Kazz schien das zwar nicht ganz recht zu sein, aber schließlich willigte er dann doch ein, an Bord zu gehen. Er machte allerdings ein ziemlich beunruhigtes Gesicht und schien jeden Moment auf den Ausbruch des göttlichen Zorns zu warten, aber als Burton ihm erklärte, daß dies hier nicht die Erde sei – was er auch an den fremdartigen Himmelskörpern erkennen könne – und die irdischen Götter hier keinerlei Macht besäßen, hellte sich seine Miene nach und nach auf. Er lächelte sogar schüchtern, wandte aber dennoch seinen Blick nicht von der Wasseroberfläche ab. Irgendwie schien er immer noch darauf zu warten, daß die Fluten sich teilten und aus den Tiefen das grünbärtige Gesicht mit den Fischaugen des Wassergottes *Kabburqanaqruebemss* auftauchte, um sie zu verschlingen.

An diesem Morgen wimmelte es auf der Ebene in der Nähe des Bootes von Menschen. Offenbar hatte sich hier alles versammelt, was im Umkreis von mehreren Kilometern lebte, denn der Stapellauf eines Schiffes gehörte zweifellos zu den ungewöhnlichen Ereignissen des neuen Lebens und stellte somit für die Menschen eine willkommene Abwechslung im täglichen Einerlei dar. Man rief den Bootsbauern Boshaftigkeiten zu, riß Witze und lachte. Obwohl einige der Kommentare reichlich bissig klangen, verlor niemand seinen guten Humor. Bevor das Boot auf den Rollen ins Wasser geschoben wurde, erklomm Burton die »Brücke« und hob die Hand, um anzuzeigen, daß er Ruhe wünschte. Das Geschwätz der Menge verstummte, und er sagte auf Italienisch: »Freunde und Bewohner des Tals im Verheißenen Land! Wir werden euch in wenigen Minuten verlassen . . .«

»Wenn das Boot seinen Stapellauf übersteht«, murmelte Frigate leise.

». . . um den Fluß hinaufzusegeln, gegen den Wind und die Strömung. Wir werden diesen schweren Weg auf uns nehmen, weil die kompliziertesten Routen stets die größte Belohnung für die Entdecker aufzuweisen hatten, wenn man den Worten der Moralisten auf Erden Glauben schenken kann. Und ihr wißt jetzt, wieviel man denen glauben konnte!«

Gelächter. Die fanatischen Gläubigen warfen Burton finstere Blicke zu.

»Wie einige von euch vielleicht wissen, führte ich auf der Erde einst eine Expedition ins finsterste Afrika, um die Quellen des Nil zu finden. Ich habe sie zwar nicht entdeckt, aber ich bin ihnen ziemlich nahe gekommen. Ausgestochen hat mich damals ein Mann namens John Hanning Speke. Sollte ich ihm während meiner diesmaligen Reise flußaufwärts begegnen, werde ich wissen, wie ich mit ihm fertig werde . . .«

»Herrgott!« sagte Frigate. »Wollen Sie, daß er sich ein zweites Mal aus lauter Scham und Gewissensbissen das Leben nimmt?«

». . . aber Tatsache ist«, fuhr Burton fort, »daß dieser Fluß hier viel, viel größer ist als der Nil, der, wie ihr wißt oder vielleicht auch nicht wißt, der längste Fluß der Erde war, auch wenn die

Amerikaner nicht müde werden zu behaupten, daß ihr Mississippi-Missouri-Komplex noch mehr aufzuweisen hätte. Einige von euch werden sich fragen, warum wir diese Fahrt unternehmen; warum wir uns auf eine Reise zu einem Ziel begeben, von dem wir nicht einmal wissen, ob es überhaupt existiert. Ich will euch sagen, daß wir unsere Segel deswegen setzen, weil wir wissen, daß das Unbekannte existiert, und es unser Bestreben ist, es zu Bekanntem zu machen. Das ist alles! Weil hier – im Gegensatz zu unseren frustrierenden Erfahrungen auf der Erde – das Geld nicht die Welt regiert und es keiner Finanzierung bedarf, eine solche Expedition auszurüsten. Ebensowenig bedarf es zahlloser Eingaben, des Ausfüllens von Formularen, des Bettelns um Audienzen bei einflußreichen Persönlichkeiten oder des Katzbuckelns vor miesen kleinen Beamten oder irgendwelchen verknöcherten Bürokraten, um die Erlaubnis zu erhalten, diesen Fluß zu befahren. Es gibt keine nationalen Grenzen ...«

»... jedenfalls jetzt noch nicht«, murmelte Frigate.

»... keine Paßformalitäten und keine Amtsärsche, die man bestechen muß. Alles, was wir zu tun hatten, um eine Lizenz zu bekommen, war, dieses Boot zu bauen. Und so beginnen wir unsere Fahrt ohne irgendwelche Auflagen oder den Erlaubnisschein selbstgerechter Fürsten oder ihrer Vertreter. Zum ersten Mal in der Geschichte der Menschheit sind wir frei! Frei! Und deswegen entbieten wir euch allen unser Adieu, weil wir auf Wiedersehen nicht sagen wollen ...«

»... was er sowieso niemals täte«, murmelte Frigate.

»... weil es nicht unmöglich ist, daß wir erst in tausend Jahren zu euch zurückkehren! So sage ich Adieu zu euch, ebenso wie meine Mannschaft. Wir danken euch für eure Hilfe, die ihr uns beim Bootsbau erwiesen habt. Hiermit übergebe ich meinen Posten als Konsul Ihrer Britischen Majestät in Triest demjenigen, der bereit ist, ihn an meiner Stelle anzunehmen, und erkläre mich selbst zum freien Bürger der Flußwelt! Ich werde niemandem einen Tribut zollen, niemandem etwas schuldig sein und meine Treue nur mir selbst erweisen!«

Frigate sang:

»Tu nur, was deine Männlichkeit gebietet,
Erwart' von niemandem Applaus,
Im Leben nimm dir, was sich bietet,
Such dir das Dasein selber aus.«

Burton warf dem Amerikaner einen kurzen Blick zu, unterbrach jedoch seine Rede nicht. Was Frigate gesungen hatte, war ein Zitat aus seinem Buch *Der Kasidah des Haji al-Yazdi.* Es war nicht das erste Mal, daß Frigate etwas aus Burtons Werk zitierte, und obwohl Burton das, was der Amerikaner von sich gab, manchmal recht irritierend fand, war er doch nicht in der Lage, sich über jemanden, der seine Bücher so gut kannte, allzusehr aufzuregen.

Ein paar Minuten später, nachdem die Menge das Boot mit einem gewaltigen Hauruck in den Fluß befördert hatte und die Menschen jubelnd am Ufer standen, zitierte Frigate Burton erneut. Er schaute auf mindestens eintausend gutaussehende junge Leute mit bronzener Haut, die Büstenhalter, Turbane und Kilts trugen, die farbenprächtig im Wind flatterten, und sagte:

»*Ah! Der Tag ist hell, die Sonne scheint,
Es glänzt die See, wir sind vereint.
Wir liefen herum und spielten im Wind,
Am Ufer des Flusses; ich war noch ein Kind.*«

Das Boot glitt über das Wasser, der Wind bauschte die Segel. Burton brüllte Befehle. Die *Hadji* kämpfte gegen die Strömung an, die Segel flappten unschlüssig. Burton bediente die Ruderpinne, das Boot schwang die Nase herum, dann lagen sie richtig. Die *Hadji* hob und senkte sich, fuhr gegen die Wellen an, während der Bug das Wasser zischend zerteilte. Die Sonne schien, und es war warm, eine leichte Brise kühlte die heißen Gesichter. Alle an Bord fühlten sich glücklich und gleichzeitig ein wenig betrübt, als das heimatliche Gestade sich immer weiter von ihnen entfernte und die Gesichter der Menschen allmählich zu unkenntlichen Flecken wurden. Sie besaßen weder Karten noch andere Unterlagen, die in der Lage gewesen wären, ihnen ihren Kurs zu weisen; es war, als würde die Welt mit jedem Kilometer, den sie zurücklegten, von neuem erschaffen.

An diesem Abend, kurz nachdem sie zum ersten Mal wieder angelegt hatten, geschah etwas, das Burton einigermaßen verwunderte. Kazz hatte gerade das Boot verlassen, um sich unter eine Gruppe neugieriger Menschen zu mischen, als er von größter Aufregung erfaßt wurde. Er begann in seiner Sprache unverständliche Töne auszustoßen und sich eines Mannes, der in der Nähe stand, zu bemächtigen. Der Mann entwischte ihm und tauchte blitzschnell in der Menge unter.

Als Burton Kazz fragte, was der Grund seines rätselhaften Verhaltens sei, erwiderte dieser: »Er hatte kein ... äh ... Wie heißt es? Kein ... kein ...« Er deutete auf seine Stirn und zeichnete eine Reihe von unverständlichen Symbolen in die Luft. Burton, der damit beschäftigt war, seinem seltsamen Gebaren zu folgen, wurde plötzlich durch Alice abgelenkt, die einen klagenden Ruf ausstieß und auf einen Mann zurannte. Wie sich herausstellte, glaubte sie einen ihrer im Ersten Weltkrieg gefallenen Söhne wiedererkannt zu haben. Es kam zu einigen Verwicklungen. Alice stellte schließlich fest, daß ihr ein Irrtum unterlaufen war, aber bis dahin war Burton bereits mit anderen Dingen beschäftigt und hatte Kazz aus den Augen verloren. Der Frühmensch kam nicht wieder auf das ihn beschäftigende Thema zu sprechen, und so vergaß Burton es. Aber er würde sich daran erinnern.

Genau vierhundertfünfzehn Tage später hatten sie eine Strecke zurückgelegt, die einer Anzahl von 24900 Gralsteinen entsprach. Mithin hatten sie während dieser Zeit – die gelegentlich dadurch unterbrochen worden war, daß man zu den Essenszeiten anlegte und die Grale in die dafür vorgesehenen Vertiefungen steckte, die Nächte vor Anker liegend verbrachte oder auch ganze Tage damit verbummelte, mit Leuten zu reden, die einem unterwegs begegneten – siebenundsechzigtausend Kilometer zurückgelegt. Auf die Erde bezogen bedeutete das, daß man eine Strecke hinter sich gebracht hatte, die länger war als der anderthalbfache Erdumfang. Nicht einmal der Mississippi-Missouri-Komplex mit dem Nil, dem Kongo, dem Amazonas, dem Jangtse, der Wolga, dem Amur, dem Hwang, der Lena und dem Sambesi zusammen wies die Strecke auf, die man auf diesem Fluß bewältigt hatte. Und immer noch führte er weiter und weiter, machte hie und da einen Knick, nur um sich noch in weitere Fernen dahinzuziehen. Und zu beiden Seiten erstreckte sich die bekannte Ebene, an die sich das baumbestandene Hügelgebiet anschloß, das am Fuße mächtiger, sich auftürmender Berge, die weder passierbar noch durchquerbar waren, endete.

Ab und zu verengte sich die Ebene sosehr, daß die Berge bis an das Wasser heranreichten. Dann verbreitete sich der Fluß wieder und wurde zu einem See, der manchmal sieben, neun oder gar zehn Kilometer breit war. Es kam auch vor, daß die Berge zu beiden Seiten ihn dermaßen einengten, daß die *Hadji* sich durch einen felsigen Canyon kämpfte, während gefährliche Wirbel und Strömungen der Besatzung allerhand zu schaffen machte und sich über ihnen das Blau des Himmels verfinsterte und die zu beiden Seiten aufragenden schwarzen Wälle sie zu erdrücken schienen.

Und überall stießen sie auf Menschen. Ob bei Tag oder bei Nacht, überall wimmelte es an den Uferzonen von Männern, Frauen und Kindern, die die Ebene bevölkerten oder sich in die Hügel zurückgezogen hatten.

Schließlich fanden sie heraus, daß immer wieder eine Regelmäßigkeit auftauchte. Die Menschheit waren in der Umgebung des Flusses nach einem groben Muster – was die Chronologie ihrer Existenz auf der Erde sowie ihre nationale Abstammung anging – wiedererweckt worden. Nachdem das Boot ein Gebiet passiert hatte, in dem sich vorzugsweise im letzten Jahrzehnt des neunzehnten Jahrhunderts gestorbene Slowenen, Italiener und Österreicher aufhielten, waren sie in Zonen vorgerückt, die von Ungarn, Norwegern, Finnen, Griechen, Albanern und Iren bevölkert waren. Ab und zu war man auch auf Gebiete gestoßen, in denen Menschen aus anderen Zeiten und Landschaften lebten. Eins davon – es war etwa dreißig Kilometer lang gewesen – befand sich im Besitz australischer Ureinwohner, die zu ihren Lebzeiten auf der Erde noch nie einen Europäer zu Gesicht bekommen hatten. Eine andere – etwa hundertfünfzig Kilometer lange – Zone war von Tochariern besiedelt worden, einem Volksstamm, dem auch Loghu angehörte und der sich zu Beginn der Zeitrechnung in einem Gebiet aufgehalten hatte, das man später Chinesisch-Turkestan nannte. Dieses Volk stellte die am weitesten östlich lebende, auf indo-europäischen Wurzeln fußende Gemeinschaft einer frühzeitlichen Epoche dar. Ihre Kultur hatte eine Weile geblüht und war dann unter dem Ansturm von Barbaren und den Schwierigkeiten, die aus der wüstenhaften Umwelt erwuchsen, zusammengebrochen.

Obwohl die Forschungsergebnisse Burtons natürlich nur sporadisch erfolgten, hatte er doch herausgefunden, daß jedes Gebiet in der Regel eine zu sechzig Prozent homogene Bevölkerungsstruktur aufwies, was Nationalität und Herkunft aus einer bestimmten Zeitepoche anbetraf. Dreißig Prozent der jeweiligen Zonenbewohner gehörten entweder anderen Völkern an oder stammten aus einer unterschiedlichen Zeit. Der Rest war ein buntes Gemisch aus Angehörigen verschiedener Nationalitäten oder Epochen.

Während die Männer alle beschnitten wiedergeboren worden waren, wiesen die Frauen ausnahmslos den Zustand der Jungfräulichkeit auf, der sich allerdings beim größten Teil nicht über die erste Nacht hinaus erhalten hatte.

Allerdings hatte man bisher weder eine schwangere Frau gesehen noch von einer gehört. Wer immer für ihr Hiersein verantwortlich war, mußte sie sterilisiert haben, und das mit gutem Grund. Wäre die Menschheit in der Lage gewesen, sich zu vermehren, das Flußtal wäre innerhalb eines einzigen Jahrhunderts übervölkert gewesen.

Zunächst hatte man angenommen, daß es außer den Menschen keinerlei tierisches Leben auf diesem Planeten gab. Doch bald war allgemein bekannt, daß es viele verschiedene Arten von Würmern gab, die bei Nacht aus dem Erdreich gekrochen kamen. Und was den Fluß anbetraf: Er enthielt mindestens Hunderte verschiedene Arten Fisch, angefangen von Geschöpfen, die nicht länger waren als zwölf Zentimeter, bis hinauf zu dem als »Flußdrachen« bekannten, walähnlichen Monstrum, das auf dem Grund des Flusses, dreihundert Meter unter dem Wasserspiegel, hauste. Frigate war der Ansicht, daß die Fische den Fluß aus gutem Grund bevölkerten: Sie seien dafür da, ihn sauberzuhalten. Einige der Würmer schienen ähnliche Aufgaben zu haben: Sie fraßen Abfälle, Kot und die Leichen. Andere hingegen nahmen die gleiche Funktion wahr wie ihre Vettern auf der Erde.

Gwenafra begann größer zu werden. Wie alle anderen Kinder wuchs auch sie heran. Innerhalb von zwölf Jahren würde es im Flußtal kein Kind und keinen Halbwüchsigen mehr geben, wenn die Bedingungen die gleichen blieben.

Burton, der über diesen Punkt nachdachte, fragte plötzlich Alice: »Dieser Reverend Dodgson, Ihr Freund von damals, der nur kleine Mädchen liebte – für ihn wird das über kurz oder lang bestimmt zu einer frustrierenden Situation werden, nicht wahr?«

»Dodgson war keiner von diesen Perversen«, erwiderte Frigate. »Aber ich frage mich dennoch, was mit all denen geschehen wird, die ihre sexuelle Erfüllung wirklich nur an Kindern finden. Was werden sie tun, wenn einfach keine mehr da sind? Und was tun jene, die sich vorzugsweise mit Tieren abgeben? Ich bedauere übrigens auch, daß es hier keine Tiere gibt, wissen Sie? Ich habe Katzen und Hunde immer gern gehabt, sogar Bären und Elefanten; na, eben die meisten Tiere außer den Affen, die mir zu menschenähnlich sind. Andererseits freut es mich, daß sie nicht hier sind. So kann man sie wenigstens nicht mißbrauchen. Niemand wird ihnen Schmerzen zufügen. Und sie werden weder verhungern noch verdursten, weil irgendein gedankenloses menschliches Wesen sie einfach vergißt. Jetzt nicht mehr.«

Er tätschelte Gwenafras bereits auf zwanzig Zentimeter angewachsenes blondes Haar.

»Die gleichen Gefühle habe ich auch stets all diesen hilflosen und mißbrauchten Kleinen entgegengebracht.«

»Welch eine Welt ist das, auf der es keine Kinder gibt?« fragte Alice. »Und ebenso keine Tiere? Ob Mißbrauch oder Tierquälerei, man kann sie auch nicht mehr streicheln und liebhaben.«

»So bildet eine Sache auf dieser Welt das Gleichgewicht zu einer anderen«, führte Burton aus. »Man kann keine Liebe ohne Haß haben, keine Freundlichkeit ohne Niedertracht, keinen Frieden ohne Krieg. Auf jeden Fall haben wir auf diese Dinge keinen Einfluß. Die unsichtbaren Herren dieser Welt haben entschieden, daß wir weder über Tiere verfügen noch daß unsere Frauen jemals Kinder gebären werden. Und so sei es.«

Der Morgen des vierhundertsechzehnten Tages ihrer Reise unterschied sich in nichts vom vorhergehenden. Die Sonne erhob sich über die Berggipfel zu ihrer Linken. Der Gegenwind betrug etwa einundzwanzig Kilometer in der Stunde – wie immer. Mit der Sonne stieg auch die Temperatur, die am Nachmittag gegen zwei Uhr dreißig Grad erreichen würde. Die *Hadji* bewegte sich auf einem Zickzackkurs vorwärts, während Burton auf der »Brücke« stand und mit beiden Händen die Ruderpinne bediente. Der Wind und die Sonnenstrahlen huschten über sein bereits tiefgebräuntes Gesicht. Er trug einen scharlachrot und schwarz karierten Kilt, der ihm fast bis zu den Knien reichte, und um den Hals eine Kette, die er sich aus den Wirbelknochen eines Hornfisches gebastelt hatte. Hornfische erreichten in der Regel eine Länge von zwei Metern, und man hatte ihnen diesen Namen verliehen, weil sie auf der Stirn spitze Auswüchse trugen, die an ein Einhorn erinnerten und etwa fünfzehn Zentimeter lang wurden. Sie lebten dreißig Meter unter dem Wasserspiegel und waren gemeinhin schwer zu fangen. Aber ihre Wirbelknochen eigneten sich fabelhaft zur Herstellung von Halsketten. Aus der Fischhaut machte man feste Sandalen, Waffen oder Schilde, wenn man sie nicht zur Verwendung von starken Tauen oder Gürteln benutzte. Das Fleisch dieser Fische hatte einen köstlichen Geschmack, aber das Wichtigste, was sie ihnen lieferten, stellte das Horn dar: Aus ihm machte man entweder Speerspitzen, Messerklingen oder mit hölzernen Handgriffen versehene Stiletts.

In Burtons unmittelbarer Nähe, eingehüllt in die Blase eines Fisches, lag ein Bogen. Er war aus einem gebogenen Knochen gemacht, der den Kieferbogen des walähnlichen Drachenfisches bildete. Versehen mit einer Darmsaite des gleichen Fisches stellte er eine Waffe von ungeheurer Durchschlagskraft dar, und nur ein sehr starker Mann konnte ihn bedienen. Burton hatte dem vorherigen Besitzer des Bogens nicht weniger als vierzig Zigaretten, zehn Zigarren und einen ganzen Liter Whisky dafür geboten. Aber der Mann hatte abgelehnt. Schließlich hatte Burton – zusammen mit Kazz – das herrliche Stück gestohlen – oder eingetauscht, denn er hatte sich zumindest verpflichtet gefühlt, dafür seinen Eibenholzbogen zurückzulassen.

Mittlerweile war er allerdings zu dem Schluß gelangt, daß er sich wegen dieses Diebstahls keine Gedanken zu machen brauchte, denn der vorherige Besitzer hatte mehrfach damit geprahlt, durch einen Mord in den Besitz der Waffe gelangt zu sein. Und einen Dieb und Mörder zu bestehlen stellte in Burtons Augen kein Verbrechen dar. Dennoch bekam er gelegentlich, wenn er sein Gewissen befragte – was nicht allzuoft der Fall war, wie er zugeben mußte –, ein ungutes Gefühl, wenn er daran zurückdachte.

Burton steuerte die *Hadji* sicher durch eine enge Stelle. Nach etwa vier bis fünf Kilometern weitete sich der Fluß zu einem fünf Kilometer breiten See aus. Auf der anderen Seite wurde er wieder enger. Er war jetzt kaum noch achthundert Meter breit und bahnte sich seinen Weg durch die hochaufragenden Felswände eines Canyons.

Es würde einige Schwierigkeiten wegen der Wirbel und Strömungen geben, weil die Möglichkeiten eines Ausweichens in einer Enge wie dieser begrenzt waren. Dennoch machte Burton sich keine Sorgen: Er hatte Wasserstraßen wie diese bereits Dutzende von Malen durchfahren, ohne daß etwas Bemerkenswertes geschehen war. Dennoch erschien jede Durchfahrt dieser Art wie eine Neugeburt des Bootes. Es war, als würden die Wasser es aus irgend etwas herausspülen, und ebenso bestand bei jeder dieser Passagen die Möglichkeit, ein Abenteuer zu erleben, einer Offenbarung teilhaftig zu werden.

Sie glitten an einem Gralstein vorüber, der sich nicht mehr als sechs Meter von ihnen entfernt befand. Auf der Ebene zu ihrer Rechten, die kaum mehr als siebenhundert Meter breit war, hielten sich viele Menschen auf, die ihnen etwas zuschrien, winkten, drohend die Fäuste hoben oder Obszönitäten herüberbrüllten. Dennoch schienen die Leute ihnen nicht feindselig gesinnt zu sein; andere Völker benutzten eben andere Formen der Begrüßung. Der hier lebende Stamm bestand aus kleinen, dunkelhäutigen, schwarzhaarigen und zerbrechlich aussehenden Menschen, deren Sprache laut Ruachs Ansicht einem Volk zugeschrieben werden mußte, das möglicherweise proto-hamitisch-semitische Wurzeln hatte. Auf der Erde hatte es irgendwo in Nordafrika oder Mesopotamien gelebt, in einer Zeit, in der diese Landschaften noch weitaus fruchtbarer gewesen waren. Zwar trugen sie ebenfalls Kilts, aber die Frauen liefen barbusig herum und benutzten die Büstenhalter entweder als Halsschmuck oder als Kopftücher. Sie bevölkerten das ganze rechte Ufer auf einer Länge von sechzig Gralsteinen, was neunzig Kilometern gleichkam. Vor ihnen hatte sich eine Zone befunden, deren Einwohner Ceylonesen des zehnten Jahrhunderts gewesen waren. Aber auch diese waren keine homogene Gruppe gewesen. Auf dem einhundertzwanzig Kilometer langen Uferstreifen hielt sich noch eine Minorität präkolumbianischer Mayas auf.

»Dieser zeitliche Schmelztiegel«, hatte Frigate über die dermaßen verstreut lebenden Völker gesagt, »stellt das größte anthropologische und sozialwissenschaftliche Unternehmen dar, das je gestartet wurde.«

Seine Feststellung traf zu, denn in der Tat hatte es den Anschein, als habe man alle je existierenden Völker der Erde hier zusammengebracht, damit sie etwas voneinander lernten. Und es gab tatsächlich einige Fälle, wo es sich anfangs ratlos gegenüberstehende Gruppen geschafft hatten, in einem relativ guten Einvernehmen zusammenzuleben. Natürlich gab es auch Fälle, wo man sich weiterhin die Köpfe einschlug und alles tat, um den Gegner auszurotten und seine Überlebenden zu versklaven.

Eine Zeitlang war nach dem Erwachen die Anarchie die gebräuchlichste Herrschaftsform gewesen. Die Menschen hatten sich in kleinen Gruppen zusammengeschlossen, waren auf Entdeckungsreisen gegangen und deswegen beieinandergeblieben, um sich gegenseitig vor Außenstehenden zu schützen. Aber dann waren nach und nach die Führergestalten an die Macht zurückgedrängt, während sich in ihrem Dunstkreis die ersten willigen Untertanen versammelten, die ohne einen Führer nicht auszukommen glaubten. Viel öfter kam es allerdings vor, daß ausgeprägte Führernaturen dazu übergingen, sich ein ihnen genehmes Volk zu erwählen.

Eines der politischen Systeme hatte man mit der Bezeichnung »Gralsklavenschaft« versehen. In ihm gebot eine dominierende Gruppe über eine größere Anzahl schwächerer Gefangener, denen man gerade soviel Nahrung zubilligte, um zu verhindern, daß sie verhungerten, weil mit ihrem Tod auch die ihnen gehörenden Grale aufgehört hätten zu funktionieren. Aber alles andere – Zigaretten, Zigarren, Marihuana, Traumgummi, Alkohol und die gelegentlichen Leckerbissen – nahm man ihnen weg.

Mindestens dreißigmal, wenn die *Hadji* sich einem am Ufer gelegenen Gralstein genähert hatte, war man mit solchen Sklavenkolonien aneinandergeraten. Jetzt war man vor diesen Leuten auf der Hut, und es kam des öfteren vor, daß an solche Landstriche anrainende Gruppen die Besatzung des Bootes vor einer Weiterreise warnten. Zwanzigmal hatten Sklavenhaltergruppen der *Hadji* vom Ufer aus Boote entgegengeschickt, und daß es Burton und seinen Leuten gelungen war, sie ausnahmslos abzuschütteln, war mehr als einmal ein reiner Glücksfall gewesen. Fünfmal hatten sie sich allerdings auch gezwungen gesehen, das Boot zu wenden und wieder flußabwärts zu segeln. Natürlich war die *Hadji* den Verfolgern auf diese Weise immer ohne Schwierigkeiten entkommen, zumal diese noch eine gewisse Scheu zeigten, die Grenzen ihrer eigenen Domäne zu überschreiten. In diesen Fällen hatte man stets die Nacht abwarten müssen, um sich an den Sklavenkolonien vorbeizuschmuggeln.

Auch die Bewohner dieses Gebietes waren, nachdem sie herausgefunden hatten, daß das Auftauchen der *Hadji* nichts Böses bedeutete, äußerst zuvorkommend. Ein aus dem achtzehnten Jahrhundert stammender Moskowiter warnte Burton allerdings davor, weiterzureisen, da es auf der anderen Seite des Flusses mehrere Sklavenhaltergruppen gäbe. Allerdings wußte der Mann nichts Genaues; auch hier reichte das Gebirge bis an das Wasser heran und schnitt die Menschen von ihren Nachbarn ab. Es seien aber bereits mehrere Boote durch die Enge gefahren. Die meisten von ihnen seien niemals zurückgekehrt. Forscher, denen die Flucht aus diesen Gebieten gelungen wäre, hätten ausnahmslos von schrecklichen Zuständen berichtet, die auf der anderen Seite der Enge herrschten.

Man belud daraufhin die *Hadji* mit Bambusschößlingen, getrocknetem Fisch und anderen Dingen, da man damit rechnete, über eine Zeitperiode von wenigstens vierzehn Tagen von jedem Gralstein abgeschnitten zu sein.

Es würde noch eine halbe Stunde dauern, bis man in die Enge

eindrang. Burton richtete seine Aufmerksamkeit auf den vor ihnen liegenden Wasserweg und schaute der Besatzung zu, die sich auf dem Vordeck verteilt hatte und irgendwelchen Beschäftigungen nachging. Manche lagen einfach nur faul in der Sonne und genossen die leichte Brise, die ihre Körper umschmeichelte.

John de Greystock befestigte die dünnen Gräten eines Hornfisches an den Enden seiner Pfeife. In einer Welt, in der keine Vögel existierten – und es somit auch keine Federn gab –, boten sie einen günstigen Ersatz. Greystock – oder Lord Greystoke, wie Burton ihn aus einem etwas amüsierten Gefühl heraus zu nennen pflegte – hatte sich als guter Mann entpuppt, wenn es zu Kämpfen kam oder harte Arbeit zu tun war. Er war ein interessanter Unterhalter, hatte eine Menge von unanständigen Geschichten auf Lager und steckte voller Anekdoten über die Gascogne, die Frauen oder seinen ehmaligen König Edward. Natürlich war er auch die beste Informationsquelle über seine Zeit, die man sich nur wünschen konnte. Aber er konnte ebenso dickköpfig und in gewissen Dingen auch engstirnig sein. An Sauberkeit schien es ihm auch nicht sonderlich zu liegen. Er behauptete zwar, in seinem früheren Dasein ausgesprochen fromm gewesen zu sein – was möglicherweise der Wahrheit entsprach; würde er sonst dem Gefolge des Patriarchen von Jerusalem angehört haben? –, aber nun, nachdem sich sein Glaube als Luftblase erwiesen hatte, gehörten Priester zu den beliebtesten Objekten seines Hasses. Nichts machte ihm mehr Spaß, als Priester, die ihm über den Weg liefen, mit seinem Hohn und Spott zu reizen – in der Hoffnung, daß sie ihn angreifen würden. Manche, die dies taten, waren danach dem Tod näher als dem Leben. Zwar hatte Burton versucht, dies zu unterbinden (allerdings in sanftem Tonfall; denn wer einem Greystock gegenüber ausfällig wurde, tat das besser nur, wenn er auch bereit war, auf Leben und Tod mit ihm zu kämpfen), aber alles, was er ihm vermitteln konnte, war, daß man sich als Gast in einem fremden Land benahm, wie es sich für Gäste geziemte – zumal wenn die Gastgeber ihnen zahlenmäßig überlegen waren. De Greystock gab Burton in dieser Beziehung recht, aber er konnte es sich dennoch nicht verkneifen, jedem Betbruder zumindest einige bissige Bemerkungen an den Kopf zu werfen. Glücklicherweise hielten sie sich nicht oft in Gebieten auf, wo es christliche Priester gab, und die meisten von ihnen gaben sich ohnehin nicht als solche zu erkennen.

Neben dem Briten stand dessen derzeitige Frau. Sie war 1637 als Mary Rutherford geboren worden und 1674 als Lady Warwickshire gestorben. Auch sie war Engländerin, stammte aber aus einer Zeit dreihundert Jahre nach De Greystocks Leben, weswegen es ständig zu heftigen Differenzen in ihrem Handeln und wegen des Benehmens kam. Burton rechnete damit, daß die beiden nicht mehr allzulange zusammenbleiben würden.

Kazz hatte sich auf dem Deck ausgestreckt. Sein Kopf lag auf dem Schoß Fatimas, einer türkischen Frau, die der Neandertaler vierzig Tage zuvor während einer Essenspause an einem Gralstein kennengelernt hatte. Fatima war, wie Frigate es ausdrückte, »geil auf Haare«, und das schien in der Tat die einzige Erklärung dafür zu sein, daß die ehemalige Frau eines Bäckers aus Ankara – die dem siebzehnten Jahrhundert entstammte – mit einer ungewöhnlichen Besessenheit an Kazz hing. Obwohl sie nahezu alles an ihm aufregend fand, war es doch Kazz' Haar, das sie in wahre Ekstase versetzte. Das verwunderte nicht nur die anderen, sondern auch Kazz selbst. Während der ganzen langen Schiffsreise hatte er nicht ein einziges Mal eine Frau seiner Spezies gesehen, obwohl er davon gehört hatte, daß es einige geben sollte. Die meisten Frauen hielten sich – seines tierhaften Äußeren und der starken Behaarung wegen – von ihm fern. Bevor er auf Fatima gestoßen war, war es ihm nicht gelungen, eine ständige Gefährtin zu finden.

Der kleine Lev Ruach lehnte sich gegen die Bugreling und bastelte aus der Haut eines Hornfisches eine Schleuder. Neben ihm auf dem Boden stand ein kleiner Beutel, der etwa dreißig ausgewählte Steine enthielt, die er an ihrem letzten Haltepunkten gesammelt hatte. Er unterhielt sich mit Esther Rodriguez, deren weiße Zähne blitzten, während sie ununterbrochen redete. Esther hatte Tanya ersetzt, die Lev, noch bevor die *Hadji* erneut aufgebrochen war, unter dem Pantoffel gehabt hatte. Obwohl Tanya eine hübsche und respektgebietende kleine Frau gewesen war, hatte sie dennoch nicht damit aufhören können, Lev nach ihren Maßstäben zu erziehen. Nachdem Lev herausgefunden hatte, daß sie bereits ihren Vater, einen Onkel, zwei Brüder und ebenso ihre beiden Ehemänner nach ihrem Gusto zu formen pflegte, konnte er sich den Konsequenzen nicht mehr widersetzen. Ihre laute Stimme, die keinerlei Rücksicht darauf nahm, ob gerade jemand in der Nähe war, wenn sie dem armen Lev ihre Ansichten aufdrängte, war überall zu hören gewesen. Schließlich hatte Lev eines Tages, als die *Hadji* zum Auslaufen bereit war, einen Riesensprung an Bord gemacht, sich umgedreht und gesagt: »Lebewohl, Tanya. Ich kann es einfach nicht mehr länger mit einer Großschnauze aus der Bronx aushalten. Such dir einen anderen, möglichst einen, der in deinem Sinne perfekt ist.«

Tanya hatte geschluckt, war blaß geworden, und dann ging ihre Stimme in einem hohen Kreischen über. Sie hatte noch gekeift, als die *Hadji* bereits munter flußaufwärts fuhr und längst außer Hörweite war. Die Mannschaft hatte gelacht und Lev gratuliert, der lediglich traurig lächelte. Zwei Wochen später war er dann in einem Gebiet, in dem sich vorwiegend Libyer aufhielten, auf Esther, eine dem fünfzehnten Jahrhundert entstammende sephardische Jüdin gestoßen.

»Warum versuchst du dein Glück nicht mal mit einer Nichtjüdin?« hatte Frigate ihn gefragt.

Lev zuckte die mageren Schultern. »Das habe ich schon. Aber früher oder später gerät man immer wieder in einen Riesenkrach hinein, und sie verlieren ihre gute Erziehung und nennen einen Judenlümmel. Nicht daß das jüdische Frauen nicht auch täten, aber bei denen macht mir das eben weniger aus.«

»Paß auf, mein Freund«, sagte Frigate. »An den Ufern dieses Flusses leben Milliarden von Nichtjuden, die nie im Leben etwas von einem Juden gehört haben. Die können dich nicht beleidigen. Du solltest da wirklich mal dein Glück versuchen.«

»Ich bin nun mal vernarrt in die Gemeinheiten, die ich kenne.«

»Du willst sagen, du bist geradezu erpicht drauf«, erwiderte Frigate.

Manchmal fragte sich Burton, warum Ruach überhaupt bei ihnen auf dem Boot blieb. Er hatte nie wieder eine Anspielung auf sein Buch *Der Jude, der Zigeuner und der Islam* gemacht, obwohl er Burton ein paarmal nach gewissen anderen Aspekten seiner Vergangenheit fragte. Er war nicht übertrieben freundlich, aber auch nicht direkt reserviert. Trotz seiner kleinen Gestalt war Ruach ein wertvoller Mitstreiter, besonders in Kampftechniken wie Judo, Karate und Jukado, wovon er auch Burton ein paar Tricks beibringen konnte. Seine Traurigkeit, die ihn umgab wie eine Nebelwolke und nicht einmal von ihm wich, wenn er lachte oder liebte – wie Tanya behauptet hatte –, rührte von Narben her, die tief in seinen Geist eingeprägt waren. Und diese waren Erinnerungen an die Konzentrationslager der Faschisten. Tanya hatte einmal behauptet, Lev sei bereits traurig geboren worden; in ihm vereinigten sich alle Sorgen seiner babylonischen Vorfahren.

Monat war ein anderer trauriger Fall, auch wenn er seinen Gemütszustand dann und wann überspielen konnte. Ihn beschäftigte in der Hauptsache die Frage nach dem Verbleiben der dreißig anderen männlichen und weiblichen Besatzungsmitglieder seines Raumschiffes, die der Mob gelyncht hatte. Er rechnete sich keine große Chance aus, einen von ihnen zu finden. An diesem Fluß lebten schätzungsweise fünfunddreißig oder sechsunddreißig Milliarden Menschen – und aus ihren Reihen dreißig bestimmte Gestalten herauszufinden, war nahezu ein Ding der Unmöglichkeit. Dennoch gab er die Hoffnung nicht auf.

Alice Hargreaves saß ebenfalls auf dem Vordeck. Sie tauchte nur gelegentlich auf, und zwar immer dann, wenn das Boot dem Ufer nahe genug kam, daß man an Land individuelle Gesichter ausmachen konnte. Sie suchte nach Reginald, ihrem Ehemann, ihren drei Söhnen und nach ihren Eltern und Geschwistern. Für Burton war es klar, daß sie, sobald sie auf einen der Gesuchten stieß, das Boot verlassen würde. Zwar hatte er sie deswegen noch nicht angesprochen, aber allein der Gedanke daran erzeugte Schmerzen in seiner Brust. Einerseits wünschte er sich, daß sie ging. Andererseits aber wieder auch nicht. Möglicherweise würde Alice – befand sie sich erst einmal außerhalb seines Blickfeldes – auch aus seinem Bewußtsein verschwinden. Burton wußte, daß dies unvermeidlich war, aber er wollte es nicht darauf ankommen lassen. Die Gefühle, die er Alice gegenüber hegte, waren die gleichen, die er einst seiner persischen Geliebten entgegengebracht hatte. Sie zu verlieren, bedeutete den Neubeginn einer lebenslangen Folter seines Gemüts.

Trotzdem hatte er Alice bisher nicht gesagt, was er für sie empfand. Sicher, sie hatten miteinander geredet und gescherzt. Die Beziehung zwischen ihnen hatte sich zu einem gewissen Grad sogar gelockert, aber das galt nur solange, wie sie sich in der Gesellschaft der anderen befanden. Sobald sie allein waren, versteifte sich ihre Haltung mit Regelmäßigkeit.

Seit jener ersten Nacht hatte sie sich geweigert, jemals wieder von dem Traumgummi zu kosten. Burton selbst hatte es in dieser Zeit dreimal genommen, später dann damit aufgehört, seinen Anteil gehortet und gegen andere Dinge eingetauscht. Beim letzten Mal, als er es genommen hatte – vor einer erhofften, ekstatischen Liebesnacht mit Wilfreda –, war er in einem irren Alptraum gelandet, der große Ähnlichkeit mit den Fiebervisionen aufwies, denen er während seiner Expedition zum Tanganjikasee erlegen war. Speke war in diesem Alptraum aufgetaucht, und Burton hatte ihn getötet. Aber Speke war während einer Jagd umgekommen. Jedermann hätte seinen Tod – wäre er nicht als Unfall deklariert worden – für einen Selbstmord gehalten. Das Gewissen hatte Speke keine Ruhe gelassen. Der Betrug an Burton hatte dazu geführt, daß er sich selbst nicht mehr ins Gesicht sehen konnte. Aber in seinem Alptraum hatte Burton Speke in dem Moment erwürgt, als dieser sich über ihn beugte und fragte, wie er sich fühle. Im gleichen Moment, in dem die Vision verschwand, hatte er Spekes tote Lippen geküßt.

14

Nun, er war sich stets darüber im klaren gewesen, daß er Speke gleichzeitig geliebt und gehaßt hatte. Aber das Wissen um seine Liebe war nur unregelmäßig und schwach ausgeprägt in seinem Bewußtsein aufgeschienen und hatte Burton nicht sonderlich berührt. Während des Alptraums war die Erkenntnis, daß seine Liebe den Haß so stark überdeckte, so offensichtlich geworden, daß er laut aufgeschrien hatte. Er erwachte in Wilfredas Armen. Sie schüttelte ihn, verlangte zu wissen, was geschehen sei. Obwohl sie es in ihrem Leben auf der Erde gewöhnt gewesen war, Opium zu rauchen oder es im Bier zu trinken, hatte in der neuen Welt ein einziger Versuch mit Traumgummi ausgereicht, sich fortan vor der Droge zu fürchten. Das Wiedererleben des Todes ihrer Schwester, die an Tuberkulose gestorben war, erweckte in ihr die schrecklichen Stunden ihrer ersten Versuche, mit dem Körper Geld zu verdienen.

»Es ist eine psychedelische Droge«, hatte Ruach Burton erklärt. Er informierte ihn, was das Wort bedeutete. »Sie scheint traumatische Zwischenfälle in einer Mischung aus Realität und Symbolismus ins Gedächtnis zurückzurufen. Natürlich nicht immer. Manchmal funktioniert sie auch wie ein Aphrodisiakum. Gelegentlich nimmt sie einen mit auf einen wundervollen Trip. Ich würde annehmen, daß man uns den Traumgummi aus therapeutischen, wenn nicht gar aus kathartischen Gründen gibt. Es liegt lediglich an uns herauszufinden, wie wir es am besten verwenden.«

»Warum nimmst du es nicht öfter mal?« hatte Frigate ihn gefragt.

»Aus den gleichen Gründen, aus denen sich Leute weigern, sich in psychotherapeutische Behandlung zu begeben oder sie wieder verlassen, bevor sie damit fertig sind. Ich fürchte mich davor.«

»Yeah«, sagte Frigate gedehnt. »Genauso ist das mit mir. Aber eines Tages, wenn wir uns dafür entschieden haben sollten, irgendwo länger zu bleiben, werde ich es jede Nacht tun. Selbst wenn es dazu führt, daß ich alle meine Gefühle offen zeige. Es ist natürlich leicht, jetzt so etwas zu sagen.«

Peter Jairus Frigate war nur achtundzwanzig Jahre nach Burtons Tod geboren worden, aber dennoch existierte zwischen den beiden Welten, denen sie entstammten, eine tiefe Kluft. Sie sahen sehr viele Dinge unterschiedlich, und es war nur Frigates Charakter zu verdanken, daß er und Burton sich bei der Diskussion ihrer Ansichten nicht in die Haare gerieten. Nicht daß ihre Ansichten über die Disziplin der Gruppe oder die Instandhaltung der Steuerung des Bootes besonders differiert hätten. Was sie wirklich trennte, war ihr gegensätzliches Weltbild. Dennoch ähnelte Frigate Burton in mancher Hinsicht stark, und dies schien auch der Grund dafür zu sein, weshalb der irdische Burton ihn so fasziniert hatte. Im Jahre 1938 war Frigate auf die Taschenbuchausgabe von Fairfax Downeys Buch, *Burton, Abenteurer aus Tausendundeiner Nacht*, gestoßen. Die Titelillustration zeigte Burton im Alter von fünfzig Jahren. Das urwüchsig anmutende Gesicht, die hohen Augenbrauen, die langen, schwarzen Wimpern, die streng wirkende Nase, die lange Narbe auf der Wange und die vollen, genießerischen Lippen, der schwere, nach unten hängende Schnauzbart, der in mehreren Spitzen endende Kinnbart und die ganze Aggressivität und Unnachgiebigkeit seiner Gesichtszüge hatten ihn regelrecht dazu gezwungen, das Buch zu kaufen.

»Ich hatte vorher nie von dir gehört, Dick«, gestand Frigate. »Aber ich las das Buch in einem Zug aus und war davon gepackt. Irgend etwas faszinierte mich an dir, und das hatte gar nichts mit deinen ungeheuerlichen Erlebnissen zu tun. Egal, ob du nun ein fähiger Schwertfechter warst, viele Sprachen beherrschtest, dich als eingeborener Arzt verkleidetest oder als Kaufmann, ob du als Pilger maskiert nach Mekka gingst oder als der erste Europäer galtst, der mit heiler Haut aus der heiligen Stadt Harrar zurückkehrte, ob du den Tanganjikasee entdecktest und beinahe auch die Quellen des Nil, ob du Mitbegründer der Königlichen Anthropologischen Gesellschaft warst oder Erfinder des Ausdrucks ESP, Übersetzer von *Tausendundeiner Nacht*, die Sexualpraktiken des Ostens erforschtest, und so weiter ...

Neben all diesem – und das ist schon faszinierend genug – hattest du eine seltsame Ähnlichkeit mit mir. Ich ging damals in die Öffentliche Bibliothek – Peoria war eine Kleinstadt, aber es gab dort eine Menge Bücher von dir und über dich, die irgendeiner deiner Verehrer zur Verfügung gestellt hatte – und las alles, was ich bekommen konnte. Schließlich fing ich an, alle erreichbaren Erstausgaben deiner Werke – und auch die Bücher, die man über dich geschrieben hatte – zu sammeln. Obwohl ich mich schließlich als Romanautor etablierte, gab ich nie den Plan auf, eine umfassende Biographie deines Lebens zu schreiben. Ich wollte deine Reisen nachvollziehen, die Orte, an denen du dich aufgehalten hattest, fotografieren, mir Notizen über sie machen und eine Gesellschaft gründen, die Gelder sammeln sollte, um deine Grabstätte in Ordnung zu halten . . .«

Es war das erste Mal, daß Frigate sein Grab erwähnte. Verwundert sagte Burton: »Wo?« Und dann: »Oh, natürlich! Mortlake! Ich hatte es vergessen. Hatte es wirklich die Form eines Araberzeltes, wie Isabel und ich es vorhatten?«

»Sicher. Aber der Friedhof lag in einer Gegend, die später zu einem Slumgebiet wurde. Halbstarke hatten deinen Grabstein umgestürzt. Das Unkraut wucherte meterhoch. Man sprach einmal darüber, den ganzen Friedhof aufzugeben und die Toten umzubetten. Aber zu dieser Zeit herrschte bereits eine ziemliche Raumknappheit.«

»Und hast du diese Gesellschaft zur Betreuung meiner Grabstätte gegründet?« fragte Burton.

Obwohl er sich mit dem Gedanken, bereits einmal gestorben zu sein, abgefunden hatte, war es dennoch ein seltsames Gefühl, mit jemandem zu sprechen, der die Lage seines Grabsteins kannte. Burton fühlte, wie es ihm kalt den Rücken hinunterlief.

Frigate holte tief Luft. Beinahe entschuldigend erwiderte er: »Nein. Als ich endlich dazu in der Lage gewesen wäre, hätte ich mich schuldig gefühlt, Geld für die Toten auszugeben. Dazu befand sich die Welt schon in einem zu schlimmen Zustand. Die Lebenden erforderten meine gesamte Aufmerksamkeit. Luftverschmutzung, Elend und Unterdrückung – das waren die wichtigen Dinge, die damals jeden denkenden Menschen beschäftigten.«

»Und die umfassende Biographie?«

Erneut sah Frigate ihn entschuldigend an. »Als ich zum ersten Mal etwas über dich las, dachte ich, daß ich der einzige sei, der sich für dich interessierte und der Besonderheit deines Lebens bewußt war. Aber in den sechziger Jahren stieg das allgemeine Interesse an dir plötzlich an. Es wurde eine ganze Reihe Bücher über dich geschrieben – und sogar eins über deine Frau.«

»Isabel? Jemand hat ein Buch über sie geschrieben? Aber warum?«

Frigate hatte gegrinst. »Sie war eine sehr interessante Frau. Sie erschwerte die Burton-Forschung ziemlich, weil sie all deine Manuskripte und Tagebuchaufzeichnungen verbrannte. Ich glaube, es gibt eine Menge Leute, die ihr das niemals verzeihen werden.«

»Was?« hatte Burton gebrüllt. »Sie hat . . .«

Frigate nickte und sagte: »Dein Arzt, Dr. Grenfell Baker, beschrieb sie als ›rächenden Sturmwind‹, der deinem bedauernswerten Tod auf dem Fuß folgte. Sie verbrannte deine Übersetzung des *Parfümierten Gartens* und behauptete, daß du sie nie angefertigt hättest, wärest du nicht in Geldschwierigkeiten gewesen. Nun, da du kein Geld mehr bräuchtest, sehe sie auch keinen Grund mehr, die Übersetzung zu veröffentlichen.«

Burton war sprachlos. Und das war in seinem bisherigen Leben noch nicht allzuoft vorgekommen.

Frigate warf ihm aus den Augenwinkeln einen Blick zu und grinste. Irgendwie schien ihm Burtons Kummer ein freudiges Gefühl zu vermitteln.

»Daß sie den *Parfümierten Garten* verbrannt hat, war zwar zu bedauern, aber nicht das Schlimmste. Viel mehr Erschrecken rief die Tatsache hervor, daß sie auch deine privaten Notizen den Flammen übergab; all jene Aufzeichnungen, in die du deine geheimsten Gedanken, deine intimsten Gefühle und deinen brennendsten Haß schonungslos offenlegtest. Nun, *ich* habe ihr das jedenfalls nie verziehen. Einer ganzen Reihe anderer Leute erging es in dieser Beziehung nicht anders. Es war ein großer Verlust; nur eines deiner Notizbücher, ein ziemlich kleines, entging ihr. Aber auch das wurde während einer Bombardierung Londons im Zweiten Weltkrieg vernichtet.«

Frigate machte eine Pause und fragte: »Stimmt es eigentlich, daß du noch auf Bitten deiner Frau kurz vor deinem Tod zur katholischen Kirche übergetreten bist?«

»Ich hätte es fast getan«, erwiderte Burton. »Isabel drängte mich jahrelang dazu, auch wenn sie mich nie stark unter Druck setzte. Als ich dann schwerkrank dalag, hätte ich ihr gern gesagt, daß ich dazu bereit sei, weil es sie sicher glücklicher gemacht hätte. Sie war so voller Sorgen und Kummer und fürchtete, meine Seele würde sonst ewig in der Hölle braten.«

»Dann hast du sie geliebt?« hatte Frigate gefragt.

»Ich hätte dasselbe auch für einen Hund getan.«

»Für einen Menschen, der so offen ist wie du, kannst du manchmal sehr zweideutig reden.«

Dieses Gespräch hatte zwei Monate nach dem Ersten Tag stattgefunden. Das Resultat war in etwa das gleiche, das sich ergeben hätte, wäre Dr. Johnson einem zweiten Boswell begegnet.

Damit erreichten sie das zweite Stadium ihrer ungewöhnlichen Beziehung. Obwohl Frigate ihm etwas nähergekommen war, fiel er Burton gleichzeitig auf die Nerven. Aber der Amerikaner hielt sich, was Burtons Ansichten betraf, weitgehend zurück. Er tat das zweifellos, weil ihm nicht daran gelegen war, einen Streit zu provozieren. Auch den anderen gegenüber nahm er diese Position ein, obgleich er offensichtlich bestrebt schien, unter ihnen die Rolle des Antagonisten zu spielen. Seine Feindseligkeit kam jedoch meist nur in zweideutig auslegbaren Worten, weniger in Handlungen zum Vorschein. Burton gefiel das nicht, da er selbst in seinem Benehmen offen und direkt war und sich vor Streit nicht fürchtete. Vielleicht war er sogar, wie Frigate meinte, zu begierig, Konfrontationen offen auszutragen.

Eines Abends, als sie unter einem Gralstein um ein Feuer herum versammelt waren, sprach Frigate über Karatschi. Dieser Ort, der später zur Hauptstadt von Pakistan geworden war, hatte zu Burtons Lebzeiten nur 2000 Einwohner gehabt. Im Jahre 1970 war die Bevölkerung auf 2 000 000 angestiegen. Das führte Frigate zu der Frage nach einem Bericht, den Burton seinerzeit seinem General, Sir Robert Napier, über männliche Prostitution in dieser Stadt geliefert hatte. Der Bericht verschwand zwar zunächst in den Tresoren der Ostindischen Armee, aber einer der zahlreichen Feinde Burtons hatte ihn schließlich doch ans Tageslicht befördert. Obwohl er in der Öffentlichkeit niemals erwähnt wurde, hatte man ihn zeit seines Lebens gegen Burton verwandt. Burton hatte sich damals in der Verkleidung eines Eingeborenen in eines dieser Bordelle begeben und war Zeuge von Dingen geworden, die die Augen eines Europäers vor ihm nie zu Gesicht bekommen hatten. Er hatte diese Aufgabe nur deswegen übernommen, weil er der einzige war, der ihn ausführen konnte, und weil sein geliebter General Napier ihn darum gebeten hatte. Und er war tatsächlich zurückgekommen, ohne entdeckt zu werden.

Burton sagte irgend etwas Mürrisches darauf. Alice hatte ihn einige Zeit vorher verärgert – dies schien ihr seit einigen Tagen immer leichter zu gelingen, und so dachte er darüber nach, wie er sich an ihr rächen könnte. Automatisch übertrug sich seine Wut auf Frigate, und er berichtete in zynischem Tonfall über das, was er in diesen Bordellen zur Kenntnis hatte nehmen müssen. Ruach gab schließlich auf und verschwand, während Frigate, dem es offenbar kurz darauf schlecht wurde, sich dazu zwang, sitzenzubleiben. Wilfreda lachte, bis sie umkippte und sich vor Vergnügen am Boden wälzte, während Kazz und Monat blöde vor sich hinstierten. Da Gwenafra auf dem Boot bereits eingeschlafen war, brauchte Burton auf sie keinerlei Rücksicht zu nehmen. Loghu schienen seine Erzählungen gleichwohl zu faszinieren und abzustoßen.

Und Alice, derentwegen er überhaupt damit begonnen hatte, wurde zuerst blaß und dann rot. Schließlich sagte sie: »Also wirklich, Mr. Burton . . . Ich habe an sich nie eine besonders hohe Meinung von Ihnen gehabt, aber das . . . das was Sie uns jetzt bieten, ist wirklich der Gipfel der Dekadenz. Sie sind schmutzig und abstoßend. Nicht daß ich etwa auch nur ein Wort von dem, was Sie hier vor uns ausbreiten, glauben würde. Es ist einfach unmöglich, daß jemand all diese Dinge wirklich erlebt hat und anschließend auch noch damit prahlt. In Wirklichkeit haben Sie doch nichts anderes im Sinn, als sich der Geschichten, die man sich über Sie erzählt, als würdig zu erweisen.«

Sie stand auf und verschwand in der Dunkelheit.

Frigate sagte: »Irgendwann wirst du mir vielleicht erzählen, was von dem alles der Wahrheit entspricht. Ich hätte früher nicht anders über dich gedacht als Alice. Aber je älter und abgeklärter ich wurde, desto eingängiger erschienen mir die Analysen deiner verschiedenen Biographen. Einer fertigte sogar anhand deiner Werke eine recht brauchbare psychologische Studie über dich an.«

»Und welche Schlüsse zog er?«

»Das sage ich dir später einmal, Dick«, hatte Frigate erwidert. »Alter Wüstling«, fügte er hinzu und tauchte dann ebenfalls im Dunkel unter.

Jetzt, wo Burton an der Ruderpinne stand und die Sonnenstrahlen auf die Gruppe niederbrennen sah und dem Zischen des Wassers lauschte, das die beiden mächtigen Ausleger des Bootes zerteilten, fragte er sich, was sie am anderen Ende des Canyons erwarten mochte. Natürlich nicht das Ende des Flusses, das war klar. Er zweifelte nicht daran, daß er seinen Lauf bis in die Unendlichkeit fortsetzte. Aber es war nicht auszuschließen, daß sich das Ende seiner Gruppe dahinter abzeichnete. Sie waren schon jetzt zu lange beisammen. Es gab zu wenig Arbeit und zuwenig Gesprächsstoff für sie. Wohin man auch ging an Bord – überall traf man auf dieselben Gesichter und ging sich gegenseitig auf die Nerven. Selbst Wilfreda war seit einiger Zeit merkwürdig still und teilnahmslos. Aber möglicherweise hatte er sich das selbst zuzuschreiben. Offengestanden – er war ihrer müde. Auch wenn er sie noch nicht haßte oder ihr etwas Schlechtes wünschte, er war ihrer einfach überdrüssig, und die Tatsache, daß er zwar sie, nicht aber Alice Hargreaves haben konnte, brachte ihn innerlich noch mehr gegen sie auf.

Lev Ruach hielt sich von ihm fern oder sprach nur das Nötigste; dessenungeachtet stritt er sich sogar über die geringsten Kleinigkeiten mit Esther.

Frigate schien ihm wegen irgendeiner Sache böse zu sein, und doch würde dieser Feigling niemals auf ihn zukommen und ihm sagen, was ihn bedrückte – außer man trieb ihn in die Enge und versetzte ihn in rasende Wut.

Loghu wiederum schien mit Frigate Krach zu haben, möglicherweise aus dem Grunde, weil er sie nicht anders behandelte als die anderen. Burton gegenüber schien sie seit jenem Tag, als sie in den Hügeln gewesen waren und Bambus geschnitten hatten, ebenfalls Haßgefühle entwickelt zu haben. Sie hatte ihm ein eindeutiges Angebot gemacht, und er hatte abgelehnt. Es war bereits einige Wochen her. Er hatte ihr auch seine Gründe dargelegt: Es halte ihn zwar keine Moral davon ab, mit ihr zu schlafen, aber er habe nicht die Absicht, Frigate oder irgendeinen anderen Mann aus der Gruppe zu hintergehen. Loghu hatte gesagt, es habe nichts damit zu tun, daß sie Frigate nicht mehr liebe, sondern ihr sei nur daran gelegen, die Eintönigkeit ebenso dann und wann zu durchbrechen, wie dies Frigate tat.

Alice hatte mittlerweile die Hoffnung, jemals ein bekanntes Gesicht am Ufer zu sehen, aufgegeben. Sie waren schätzungsweise an 44 370 000 Leuten vorbeigekommen, ohne daß ihr das ersehnte Glück widerfahren war. Sie wurde von Tag zu Tag depressiver, saß auf dem Vordeck herum und langweilte sich.

Burton wollte es sich selbst zwar nicht eingestehen, aber tatsächlich fürchtete er sich davor, daß sie die Gruppe verließ. Sie brauchte nur an ihrem nächsten Halteplatz aufzustehen, ihre Siebensachen zu packen, an Land zu springen und Lebewohl zu sagen. Bis in hundert Jahren, oder so etwas. Vielleicht. Alles, was sie bis jetzt an Bord zurückgehalten hatte, schien Gwenafra zu sein. Sie erzog die kleine, aus uralten Zeiten stammende Britin wie eine viktorianische Lady.

Burton selbst wurde der ziellosen Reise auf dem kleinen Schiff mehr und mehr satt. Er wünschte sich, irgendwo auf ein bewohnbares Gebiet zu stoßen, sich dort zur Ruhe zu setzen, Studien zu betreiben, sich in lokalen Aktivitäten zu engagieren, wieder festes Land unter die Füße zu bekommen und es seinen Trieben zu gestatten, sich auszuleben. Aber er wollte es mit Alice gemeinsam tun. Sie sollte in seiner Hütte leben.

»Das Glück eines seßhaften Mannes ist ebenfalls unbeweglich«, murmelte er. Er würde bald zur Aktion schreiten müssen, was Alice anbetraf. Schließlich war er lange genug ein Gentleman gewesen. Er würde sie umschmeicheln und sie im Sturm erobern. Als junger Mann war er ein recht zielbewußter Liebhaber gewesen, was sich nach seiner Ehe ins Gegenteil verkehrt hatte: Er hatte sich lieben lassen. Aber die alten Umgangsformen, die man anwenden mußte, um eine Frau zu erobern, die danach verlangte, waren noch in ihm. Er hatte sie nicht vergessen, auch wenn er jetzt einen neuen Körper besaß.

Die *Hadji* drang in den finsteren Canyon ein. Das Wasser war voller Turbulenzen. Blauschwarze Felsen erhoben sich zu beiden Seiten des Bootes. Die *Hadji* nahm eine Kurve, und der in ihrem Rücken liegende See verschwand aus ihrem Blickfeld. Plötzlich war jedes Mitglied der Besatzung beschäftigt. Die Leute sprangen auf und beeilten sich, im gleichen Moment als Burton sich alle Mühe gab, den Strömungen und Strudeln auszuweichen, die Segel in die richtige Position zu bringen. Der Bug des Bootes hob sich, tauchte wieder ein und knirschte leise, als der Kurs geändert wurde. Mehrere Male kam es den Felswänden gefährlich nahe, die dem ununterbrochenen Ansturm klatschender Wellen ausgesetzt waren. Aber da Burton die *Hadji* nun schon so lange steuerte, empfand er sich beinahe als Teil von ihr. Die Mannschaft war so aufeinander eingespielt, daß sie jeder seiner Anweisungen augenblicklich folgte. Manchmal schienen sie geradezu im voraus zu wissen, was er anordnen würde.

Die Durchfahrt dauerte etwa dreißig Minuten. Sie erregte Furcht in den Gemütern der Leute – daß Frigate und Ruach sich die größten Sorgen machten, konnte man an ihren Gesichtern ablesen –, stürzte sie jedoch gleichzeitig auch in einen Zustand freudiger Euphorie. Zumindest war die Langeweile verschwunden.

Vor ihnen breitete sich im Sonnenschein ein See aus, der etwa sechs Kilometer breit war und sich, soweit der Blick reichte, nach Norden erstreckte. Die Berge endeten hier ganz plötzlich; die Ebenen zu beiden Seiten hatten die übliche Breite von anderthalb Kilometer.

Mehr als fünfzig Wasserfahrzeuge kamen in Sicht. Es waren alle möglichen Typen, von einfachen Flößen bis zu aus Bambus gefertigten Zweimastern. Es waren offenbar Fischerboote. Zu ihrer Linken, mehr als einen Kilometer von ihnen entfernt, erhob sich der allgegenwärtige Gralstein. Am Ufer des Sees waren Gestalten auszumachen, hinter denen sich, verstreut über die Ebene wie auch die dahinterliegenden Hügel, Hütten im – wie Frigate sich auszudrücken pflegte – neopolynesischen Stil erhoben.

Rechts von ihnen – etwa siebenhundert Meter vom Ausgang des Canyons entfernt – entdeckten sie ein aus Palisaden errichtetes Fort. Davor standen zehn massive, aus dem gleichen Material hergestellte Docks, die große und kleine Boote verschiedenster Bauweise enthielten. Wenige Minuten nach dem Auftauchen der *Hadji* war dröhnender Trommelwirbel zu vernehmen. Vor dem Fort hatte sich bereits eine größere Menschenmenge versammelt, aber immer noch strömten aus den dahinterliegenden Hütten mehr zusammen, die sich in die bereitliegenden Boote stürzten und losruderten.

Auf der linken Seite des Ufers wurden ebenfalls Boote zu Wasser gebracht. Die dunklen Gestalten schoben Flöße, Auslegerboote und Kanus in die Fluten. Es sah ganz so aus, als fände hier ein Wettstreit darüber statt, wer die *Hadji* als erster erreichte.

Burton steuerte einen waghalsigen Zickzackkurs, der ihn mehrmals bis in die Nähe der sie umschwärmenden Boote brachte. Die Männer von der rechten Uferseite kamen immer näher. Sie waren Weiße und gut bewaffnet, aber sie machten dennoch keine Anstalten, ihre Bogen einzusetzen. Ein Mann, der sich jetzt am Bug eines von dreißig Ruderern vorwärtsgejagten Kriegskanus erhob, bedeutete ihnen anzuhalten und schrie auf Deutsch: »Euch wird nichts geschehen!«

»Wir kommen in Frieden!« brüllte Frigate zurück.

»Als ob er das nicht selber wüßte«, knurrte Burton wütend. »Es ist doch wohl offensichtlich, daß wir viel zu wenige sind, um sie anzugreifen!«

Jetzt erklangen auf beiden Seiten des Flusses die Trommeln. Es hörte sich an, als säßen die Trommler überall am Seeufer verstreut. Es wimmelte nur so von bewaffneten Menschen. Man brachte weitere Boote zu Wasser, um der *Hadji* den Weg abzuschneiden. Hinter ihnen verloren die ersten Verfolger den Anschluß. Zwar setzten sie ihren Weg fort, verloren jedoch an Geschwindigkeit.

Burton zögerte. Sollte er die *Hadji* wenden, durch den engen Kanal zurückfahren und im Schutz der Dunkelheit einen erneuten Vorstoß wagen? Es würde nicht ungefährlich sein, da die hohen Felswände mit Sicherheit das Licht der Sterne verdunkelten. Ebensogut konnte er das Steuer einem Blinden überlassen.

Davon abgesehen schien die *Hadji* wirklich schneller zu sein als jedes Boot, über das ihre Gegner verfügten. So weit, so gut. Aber in weiter Ferne tauchten plötzlich Segel auf, die sich genau auf sie zubewegten. Immerhin hatte die *Hadji* wohl den Wind im Rücken als auch die Strömung überwunden – aber konnte sie den neu auftauchenden Gegner auch dann noch ungefährdet entkommen, wenn sie an ihnen vorbeikam und die anderen ihr nachsetzten?

Alle Schiffe, die er bisher gesehen hatte, waren mit Bewaffneten überladen. Deshalb waren sie zu langsam. Nicht einmal ein Schiff, das über die gleiche Schnelligkeit wie die *Hadji* verfügt hätte, konnte ihnen mit einer solchen schweren Ladung gefährlich werden.

Er entschied sich deshalb, weiter flußaufwärts zu fahren.

Zehn Minuten später kreuzte ein weiteres Kriegskanu ihren Kurs. Es wurde von zweiunddreißig Ruderern bewegt und verfügte an Bug und Heck über kleine Decks, auf denen sich jeweils zwei Männer hinter aus Holz gefertigten Katapulten aufhielten. Einer der Männer am Bug lud die Waffe mit einem rauchenden Gegenstand, während der andere sie spannte. Plötzlich sauste das Geschoß durch die Luft. Die Ruderer stellten ihre Arbeit ein. Das rauchende Objekt flog in hohem Bogen auf die *Hadji* zu und explodierte dann mit einem lauten Krach in einer Entfernung von etwa acht Metern. Dicker Rauch quoll auf und wurde schnell von der Brise auseinandergetrieben.

Die Frauen kreischten; ein Mann schrie auf. Sie haben in diesem Gebiet also Sulfat entdeckt, dachte Burton, sonst wären sie nicht in der Lage, Schießpulver herzustellen.

Er rief nach Loghu und Esther, damit sie die Ruderpinne übernahmen. Beide Frauen waren bleich, aber sie waren ungeachtet der Tatsache, daß keine von beiden je eine Explosion miterlebt hatte, gefaßt genug, seinem Befehl sofort Folge zu leisten.

Man hatte Gwenafra in die kleine Kajüte gebracht. Alice bewaffnete sich mit ihrem Eibenholzbogen und griff nach den Pfeilen. Ihre weiße Haut kontrastierte stark mit dem blutroten Lippenstift und dem grünen Augenmake-up, das sie aufgelegt hatte. Sie hatte bisher mehr als zehn solcher Angriffe mitgemacht, ohne die Nerven verloren zu haben. Außerdem war sie der beste Bogenschütze der gesamten Mannschaft. Burton war Zeit seines Lebens ein guter Schütze gewesen, aber im Bogenschießen ging ihm einiges ab. Und Kazz war zwar fähig, den Bogen aus dem Knochen des Drachenfisches stärker als Burton zu spannen, aber seine Zielkünste waren einfach schrecklich. Frigate behauptete, daß aus ihm wahrscheinlich niemals ein guter Bogenschütze werden würde: Wie allen Analphabeten fehlte ihm der Sinn für die richtige Perspektive.

Die Katapultschützen verzichteten darauf, eine weitere ihrer Bomben abzufeuern. Mit ziemlicher Sicherheit hatte man also nur einen Warnschuß abgegeben. Also verzichtete Burton erst recht darauf, das Boot zu stoppen. Die Bogenschützen des Gegners hätten bereits mehr als einmal die Möglichkeit gehabt, die *Hadji* mit einem Pfeilhagel einzudecken. Daß sie es nicht taten, bewies eindeutig, daß sie die Mannschaft lebend wollten.

Das Kanu zerteilte das Wasser. Die Ruderer legten sich ins Zeug und brachten ihr Boot dem Heck der *Hadji* näher. Die beiden am Bug stehenden Männer sprangen plötzlich ab. Einer von ihnen fiel ins Wasser. Seine Fingerspitzen hatten lediglich den äußersten Decksvorsprung der *Hadji* erreichen können. Der andere landete auf den Knien an Deck. Er hielt ein Bambusmesser zwischen den Zähnen, und an seinem Gürtel hatte er eine kleine Steinaxt und ein Hornfisch-Stilett. Einen Moment lang blickte er Burton in die Augen. Das Haar des Fremden war strohblond, seine Augen waren von einem blassen Blau, und sein Gesicht war von geradezu klassischer Schönheit. Sicher beabsichtigte er, ein paar Männer der *Hadji* zu verwunden und sich einer der Frauen zu bemächtigen, damit die Mannschaft beschäftigt war, während seine Kollegen mit dem Entern des Schiffes begannen. Es wäre ein leichtes Spiel gewesen. Aber die Chance, seinen Plan jetzt noch auszuführen, war nicht groß, und möglicherweise wußte er das auch. Aber das schien ihn wenig zu kümmern. Die meisten Menschen fürchten den Tod, weil die Angst sich der Zellen ihres Körpers bemächtigt, und reagieren rein instinktiv. Einigen wenigen gelingt es, diese Angst zu überwinden, während andere sie niemals verspüren.

Burton sprang auf ihn zu und versetzte ihm einen Schlag mit der Axt auf den Kopf. Der Angreifer öffnete den Mund, verlor das Bambusmesser und fiel aufs Gesicht. Burton nahm das Messer an sich, löste den Gurt des Mannes und stieß den Bewußtlosen mit dem Fuß ins Wasser. Die Männer in dem Kriegskanu brüllten auf und änderten ihren Kurs. Burton stellte fest, daß sie sich rasch dem Ufer näherten und gab den Befehl, die *Hadji* zu wenden. Das Schiff schwang herum, und ein Teil der Verfolger raste an ihnen vorbei. Immer mehr Boote tauchten auf. In ihrer unmittelbaren Nähe befanden sich drei kleinere, jeweils mit vier Mann besetzte Paddelboote, vier große Kriegskanus und fünf Zweimastschoner, die über eine ganze Reihe schußbereiter Katapulte verfügten und auf deren Decks es von Kriegern nur so wimmelte.

In der Mitte des Flusses befahl Burton, die *Hadji* erneut herumzuschwenken. Dieses Manöver erlaubte es den Segelschiffen zwar näherzukommen, aber damit hatte er durchaus gerechnet. Die *Hadji* durchpflügte das Wasser zwischen zweien der Verfolger und kam ihnen dabei so nahe, daß er die Gesichter der Leute, die sich an Bord der gegnerischen Schiffe befanden, genau erkennen konnte. Die meisten wiesen kaukasische Züge auf, und ihre Hautfarbe differierte von dunkel bis hell. Der Kapitän eines der Verfolgerschiffe schrie Burton auf deutsch zu, daß er sich ergeben solle.

»Wenn ihr aufgebt, wird euch nichts geschehen – aber wenn ihr weiterkämpft, habt ihr die schlimmste Folter zu erwarten!« Er sprach Deutsch mit ungarischem Akzent.

Anstelle einer Anwort deckten Burton und Alice den Gegner mit einem Pfeilhagel ein. Alices erster Pfeil verfehlte zwar den Kapitän, traf aber den Steuermann, der zurücktaumelte und über die Reling fiel. Auf der Stelle begann das gegnerische Schiff abzudrehen. Mit einem Sprung übernahm der Kapitän das Ruder, und im gleichen Moment traf ihn ein Pfeil Burtons in die Kniekehle.

Mit einem ungeheuren Krach prallten die beiden Verfolgerschiffe aufeinander. Holz knirschte und barst. Burton sah Männer über Bord fallen und hörte Gegner schreien. Die kleineren Boote gerieten in das Getümmel hinein, versuchten ihm zu entgehen und trugen schwere Schäden davon. Selbst wenn die Schiffe der Angreifer nicht sanken, sie waren zumindest außer Gefecht gesetzt.

Aber noch bevor sie sich ineinander verkeilten, war es einigen Bogenschützen gelungen, die *Hadji* mit Schüssen einzudecken. Eine Salve Brandpfeile traf die Grassegel, die sofort Feuer fingen. Der Wind verbreitete die Flammen schnell.

Burton übernahm wieder die Ruderpinne und schrie Befehle. Die Mitglieder der Gruppe schöpften in aller Eile mit ihren Gralen Wasser und versuchten das Feuer zu löschen. Loghu, die wie ein Affe klettern konnte, bestieg, ein zusammengerolltes Seil über der Schulter, den Mast. Von oben herab warf sie das Seilende auf das Deck und zog die Wasserbehälter zu sich hinauf.

Mehrere der Schoner und ein paar der Kriegskanus begannen jetzt aufzuschließen. Ein Schiff befand sich genau auf dem Kurs der *Hadji*. Burton warf erneut das Steuer herum, mußte aber erkennen, daß das Boot ihm wegen des zusätzlichen Gewichts Loghus auf dem Mast nicht mehr in der gewünschten Weise gehorchte. Es drehte sich. Sogleich feuerten die Verfolger eine neue Brandpfeilsalve auf das Segel ab. Das Feuer breitete sich immer weiter aus. Mehrere der Pfeile trafen das Deck, so daß Burton schon glaubte, der Gegner habe es sich anders überlegt und lege es nun darauf an, sie alle zu töten. Aber das war ein Irrtum. Es hatte sich lediglich um Fehlschüsse gehandelt.

Und wieder befand sich die *Hadji* zwischen zwei feindlichen Schonern. Die Kapitäne der gegnerischen Schiffe grinsten. Offenbar lag eine lange und kampflose Zeit hinter ihnen; sie schienen sich beide auf einen Kampf zu freuen. Die Mannschaften hielten sich geduckt hinter der Reling verborgen; nur die Offiziere, Steuerleute und Bogenschützen waren dem Pfeilhagel von der *Hadji* ausgesetzt. Die Luft war von einem lauten Schwirren erfüllt, dann ergoß sich eine neue Ladung brennender Pfeile über das Deck. Das Segel brannte nun an einem Dutzend verschiedener Stellen. Einige Pfeile trafen den Mast, ein ganzes Dutzend versank zischend im Wasser, während ein einzelner nur um wenige Zentimeter Burtons Kopf verfehlte.

Während Esther das Ruder übernahm, schossen Alice, Ruach, Kazz, De Greystock, Wilfreda und Burton, was das Zeug hielt. Loghu verharrte auf der Mastspitze und wartete auf einen günstigen Moment, um sich wieder herunterzulassen. Mit fünf Pfeilen trafen die Verteidiger der *Hadji* drei Ziele: einen Kapitän, einen Rudergänger und einen Matrosen, der seinen Kopf im falschen Moment erhob.

Esther schrie auf. Burton wirbelte herum. Das Kriegskanu hatte sich nun am Heck der *Hadji* vorbeimanövriert und näherte sich dem Bug des Schiffes. Es gab keine Möglichkeit, der bevorstehenden Kollision auszuweichen. Die beiden am Bug stehenden Männer machten sich sprungbereit, während die Ruderer aufstanden. Der Bug der *Hadji* krachte gegen das Kanu, riß es in der Mitte auf und sorgte dafür, daß die abwartende Mannschaft über Bord ging. Der Aufprall führte dazu, daß auch die Besatzung der *Hadji* zeitweilig das Gleichgewicht verlor. De Greystock verlor die Balance und fiel ins Wasser. Auch Burton stürzte. Er fiel der Länge nach auf die Planken und riß sich die Haut auf.

Esther hatte die Gewalt über die Ruderpinne verloren und rollte hilflos über das Deck, bis sie gegen die Kajütenwandung prallte. Unbeweglich blieb sie dort liegen.

Burton schaute nach oben. Das Segel stand jetzt in hellen Flammen und konnte nicht mehr gerettet werden. Loghu war verschwunden; möglicherweise hatte sie im Moment des Zusammenpralls den Halt verloren. Er sprang auf und sah De Greystock zur *Hadji* zurückschwimmen. In seiner Umgebung wurde das Wasser von den wild um sich schlagenden Gegnern aufgewühlt. Den Schreien nach zu urteilen, die die Männer ausstießen, konnten nur wenige von ihnen schwimmen.

Während Burton sich die Beschädigungen ansah, befahl er den anderen, De Greystock an Bord zu ziehen und nach Loghu Ausschau zu halten. Der Bug der *Hadji* wies ein großes Leck auf. Wasser drang in das Schiff ein. Der Qualm, den das lichterloh brennende Segel erzeugte, legte sich schwer auf ihre Lungen. Alice und Gwenafra husteten bereits.

Aus nördlicher Richtung raste ein weiteres Kriegskanu auf sie zu. Die beiden Schoner näherten sich ebenfalls wieder.

Entweder kämpften sie jetzt weiter, in der Hoffnung, möglichst viele ihrer Gegner zu töten, und begaben sich anschließend in Gefangenschaft – oder sie versuchten schwimmend zu entkommen. Was sie auch taten: Es würde unweigerlich damit enden, daß man sie gefangennahm.

Sie hatten inzwischen Loghu und De Greystock wieder an Bord gezogen. Frigate meldete, daß Esther noch immer besinnungslos sei. Ruach fühlte ihren Puls, schaute ihr in die Pupille und kehrte dann zu Burton zurück.

»Sie ist nicht tot; aber sie ist völlig erledigt.«

Burton sagte: »Die Frauen sollten sich darüber im klaren sein, was sie erwartet. Es ist natürlich ihre eigene Sache, aber ich würde vorschlagen, daß sie sich ins Wasser stürzen und sich nicht gegen das Ertrinken wehren. Sie würden schon morgen wieder irgendwo aufwachen, ohne Schaden zu nehmen.«

Gwenafra kam aus dem Kajütenaufbau, legte die Arme um Burtons Hüften und sah ihn mit fragendem Blick an. Sie fürchtete sich. Burton streichelte ihren Rücken und rief: »Alice! Nimm sie mit dir!«

»Wohin denn?« fragte Alice. Sie warf einen Blick auf das sich nähernde Kanu und dann auf Burton. Eine Qualmwolke hüllte sie plötzlich ein und erzeugte einen Hustenanfall.

»Ins Wasser«, sagte Burton.

Er deutete auf den Fluß.

»Ich kann nicht«, erwiderte Alice.

»Du würdest es ebenfalls nicht zulassen, daß die Kleine den Männern in die Hände fiele. Auch wenn sie nur ein kleines Mädchen ist – das würde diese Burschen nicht davon abhalten, über sie herzufallen.«

Alice sah ihn an, als sei sie kurz davor, in Tränen auszubrechen. Aber kein klagender Laut drang über ihre Lippen.

Schließlich sagte sie: »Na gut. Es ist jetzt keine Sünde mehr, sich selbst das Leben zu nehmen. Ich hoffe nur . . .«

»Ja«, sagte Burton.

»Der Platz, an dem wir nachher wieder aufwachen, kann genauso schlimm und schrecklich sein wie dieser hier«, gab Alice zu bedenken. »Und außerdem wird Gwenafra dann allein sein. Du weißt, daß die Chance, daß wir beide am gleichen Ort wieder zu uns kommen, sehr gering ist.«

»Daran kann man nichts ändern«, sagte Burton.

Alice biß sich auf die Lippen. »Ich werde bis zum letzten Augenblick kämpfen. Und dann . . .«

»Dann könnte es bereits zu spät sein«, entgegnete Burton. Er nahm seinen Bogen und zog einen Pfeil aus dem Köcher. De Greystock hatte seine Waffe verloren und benutzte die von Kazz. Der Neandertaler legte einen Stein in seine Schleuder und begann, sie über seinem Kopf herumzuwirbeln. Auch Lev besaß eine solche Waffe. Monat benutzte Esthers Bogen, da sein eigener ebenfalls verschwunden war.

Der Kapitän des Kriegskanus schrie plötzlich auf deutsch: »Legt die Waffen nieder! Euch wird nichts geschehen!«

Eine Sekunde später traf ihn ein Pfeil Alices in die Brust. Er stürzte zwischen seine Ruderer. Ein weiteres Geschoß – es stammte von De Greystock – traf einen zweiten Mann, der über Bord fiel und im Wasser landete. Kazz' Schleuder traf einen der Ruderer an der Schulter, und der Mann brach mit einem Schrei zusammen. Ein weiterer Stein verletzte einen seiner Kollegen am Kopf. Der Mann ließ sein Paddel los.

Dennoch näherte sich das Kanu unentwegt. Die beiden auf der rückwärtigen Plattform stehenden Männer feuerten die Ruderer an und hielten ihre Waffen bereit.

Burton sah sich um. Die beiden Schoner holten jetzt die Segel ein. Offenbar hatten sie vor, auf die *Hadji* zuzugleiten und sie zu entern. Da sie Angst vor dem brennenden Segel hatten – immerhin konnten die Flammen auf das eigene Schiff übergreifen –, würden sie nicht allzu nahe herankommen können. Ohne Rücksicht auf die mittlerweile vierzehn Verletzten und Toten zu nehmen, die sich bereits in ihrer Mitte befanden, steuerte die Besatzung des Kanus ihr Boot in die *Hadji* hinein. Kurz bevor der Bug des Bootes mit der *Hadji* kollidierte, rissen die Angreifer kleine runde Lederschilde empor und schützten sich so gegen die Pfeile. Dennoch wurden zwei der Männer getroffen. Aber immer noch war das Verhältnis zwanzig zu zwölf: Auf der *Hadji* befanden sich sechs Männer, fünf Frauen und ein Kind.

Aber einer von ihnen war ein haariger Kerl, einen Meter fünfzig groß, mit unermeßlichen Kräften und einer großen Steinaxt. Kurz bevor das Kanu die Wandung der *Hadji* berührte, sprang Kazz in die Höhe und landete an Bord des Kanus. Seine Axt wirbelte durch die Luft. Er spaltete zwei Männern den Schädel, dann drosch er auf den Boden des Bootes ein. Es begann augenblicklich zu sinken. Mit einem Schlachtruf landete De Greystock neben Kazz. Er war mit einem Stilett und einem Morgenstern bewaffnet.

Die Bogenschützen der *Hadji* schossen Salve auf Salve ab. Kazz und De Greystock schwangen sich auf ihr Schiff zurück und ließen das mit Verwundeten und Sterbenden beladene Kanu der Angreifer hinter sich. Die Verfolger versuchten hastig, sich in Sicherheit zu bringen, dennoch ertranken viele. Andere wiederum versuchten unentwegt, an Bord der *Hadji* zu gelangen. Einige Tritte auf ihre Finger sorgten dafür, daß sie diesen Plan recht schnell wieder aufgaben.

Irgend etwas knallte auf das Deck. Burton fuhr herum. Etwas legte sich um seinen Hals. Er griff nach der Lederschlinge und riß sie zu sich heran. Der Mann, der sie am anderen Ende festhielt, war so überrascht, daß er über die Reling fiel. Er schrie, ruderte wild mit den Armen und knallte mit der Schulter auf das Deck der *Hadji*. Burton schlug ihm mit der Axt auf den Schädel.

Jetzt fluteten von beiden Seiten die Angreifer auf das Deck der *Hadji*. Von überallher wurden Seile geworfen. Obwohl der Rauch und die Flammen das Chaos noch vergrößerten, nützten sie im Endeffekt doch der Besatzung der *Hadji* mehr als den Gegnern.

Burton wollte Gwenafra zurufen, sich ins Wasser zu stürzen, aber er konnte sie nicht finden und sah sich dann auch schon gezwungen, einen riesigen Schwarzen mit einer Lanze abzuwehren. Der Mann schien völlig vergessen zu haben, daß er Burton lebendig fangen sollte, und versuchte ihn zu töten. Burton schlug den Kurzspeer zur Seite, brach nach links aus, fühlte plötzlich einen stechenden Schmerz zwischen den Rippen, schlug zwei weitere Angreifer nieder und lag plötzlich im Wasser. Er fiel zwischen den Schoner und die *Hadji*, tauchte unter, griff nach der Axt und riß sein Stilett aus der Scheide. Als er wieder auftauchte, erblickte er genau vor sich einen hochgewachsenen, grobknochigen, rothaarigen Mann, der gerade die schreiende Gwenafra mit beiden Händen hochriß und über seinem Kopf durch die Luft wirbelte. Dann warf er sie ins Wasser.

Burton tauchte erneut, und als er wieder hochkam, sah er Gwenafras Kopf genau neben sich. Ihr Gesicht war grau, und ihre Augen blickten stumpf. Das Wasser um sie herum verfärbte sich plötzlich rot, und dann versank sie, ohne daß Burton eine Chance gehabt hätte, sie zu halten. Er holte tief Luft, glitt hinter ihr her und zog sie mit sich an die Oberfläche. Die Spitze eines Hornfischmessers steckte in ihrem Rücken.

Burton ließ sie los. Er verstand nicht, warum der Mann sie getötet hatte. Sie wäre eine leichte Beute gewesen. Vielleicht hatte Alice es getan; und der Mann, dem sie in die Hände gefallen war, glaubte sie so gut wie tot und hatte sie den Fischen überlassen.

Aus der Rauchwolke heraus kam der Körper eines Mannes geflogen, dem sogleich ein zweiter folgte. Der erste war tot; sein Genick war gebrochen. Der zweite lebte noch. Burton stieß ihm das Messer in den Hals. Der Mann hörte auf zu zappeln und versank in der Tiefe.

Frigate sprang aus der Rauchwolke hervor. Gesicht und Schultern waren blutverschmiert. Er sprang ins Wasser und tauchte unter. Burton schwamm hinter ihm her, um zu helfen. Es hatte jetzt keinen Sinn mehr, den Versuch zu unternehmen, auf die *Hadji* zurückzukehren. Auf dem Deck des Bootes wimmelte es von kämpfenden Gestalten. Und immer mehr Kanus und Auslegerboote näherten sich dem Schlachtfeld.

Frigates Kopf tauchte plötzlich aus den Wellen auf. Burton schwamm auf ihn zu und fragte: »Sind die Frauen entkommen?«

Frigate schüttelte den Kopf. Dann rief er: »Vorsicht!«

Es gelang Burton eben noch, hinabzutauchen. Irgend etwas traf seine Beine. Er sank tiefer, aber es gelang ihm nicht, soviel Wasser zu schlucken, daß er ertrank. Er würde weiterkämpfen, und den anderen würde nichts übrigbleiben, als ihn zu töten.

Als er wieder den Wasserspiegel durchbrach, wimmelte es um

ihn herum von Menschen, die es ihm und Frigate gleichgetan hatten. Der Amerikaner – er war allem Anschein nach halb bewußtlos – wurde gerade in ein Kanu hineingezogen. Drei Männer kesselten Burton ein. Er tötete zwei von ihnen. Dann näherte sich von hinten ein Auslegerboot. Ein Mann schwang eine lange Stange und traf ihn genau auf den Kopf.

15

Man brachte sie in ein Gebäude, das hinter einer Umzäunung aus Palisaden lag. Jeder Schritt, den Burton machte, erzeugte in seinem Kopf einen dumpfen Schmerz. Obwohl seine Schulterwunde ebenso wie seine Verletzung an der Brust aufgehört hatten zu bluten, taten sie noch immer weh. Die Festung, zu der man sie führte, war ebenfalls aus Pinienstämmen errichtet worden. Sie verfügte über ein zweites Stockwerk und war schwer bewacht. Man führte die Gefangenen durch ein gewaltiges, aus mächtigen Stämmen gefertigtes Tor, hinter dem sich ein zwanzig Meter langes, grasbewachsenes Gelände erstreckte. Durch ein weiteres Tor betraten sie schließlich einen Saal, der zehn Meter breit und achtzehn Meter lang war. Außer Frigate, der zu schwach war, um sich noch auf den Beinen halten zu können, blieben sie vor einem großen, runden Eichentisch stehen. Es war kühl und dunkel. Die Gefangenen blinzelten und stellten fest, daß an dem Tisch vor ihnen lediglich zwei Männer saßen.

Mit Speeren, Knüppeln und Äxten bewaffnete Wachen waren jetzt überall. Am Ende des Saales führte eine hölzerne Treppe nach oben auf eine Galerie. Hinter den hohen Geländern drängten sich Frauen, die neugierig zu ihnen herunterblickten.

Einer der beiden Männer am Tisch war untersetzt und muskulös. Sein Körper war stark behaart, während Augen und Nase etwas Adlerhaftes hatten. Der andere war größer, hatte blondes Haar und – soweit das in dem schlechten Licht erkennbar war – helle Augen. Sein Gesicht war breit und wirkte teutonisch. Ein kleiner Bauch und die verwitterten Gesichtszüge deuteten darauf hin, daß er zu sehr dem Alkohol frönte, den die Grale seiner Sklaven ihm lieferten. Er schien auch ein Freund guten Essens zu sein.

Frigate hatte sich zunächst auf dem Grasboden niedergelassen, wurde aber auf ein Signal des Blonden hin sofort wieder hochgerissen. Frigate blickte den blonden Mann an und sagte: »Sie sehen aus wie eine jüngere Ausgabe von Hermann Göring.«

Dann schrie er auf und fiel auf die Knie. Einer der hinter ihm stehenden Männer hatte mit dem stumpfen Ende seiner Lanze zugeschlagen.

In englischer Sprache und einem hörbaren deutschen Akzent sagte der Blonde: »Hört auf damit, bis ich euch entsprechende Befehle gebe. Laßt sie reden.« Er musterte seine Gefangenen mehrere Minuten lang und meinte schließlich: »Ich *bin* Hermann Göring.«

»Wer ist Hermann Göring?« fragte Burton.

»Ihr Freund kann Ihnen das später erzählen«, sagte der Deutsche. »Falls es ein Später für Sie gibt. Ich empfinde allerdings keinen Zorn wegen des Kampfes, den Sie uns lieferten, ganz im Gegenteil. Ich mag Menschen, die gut zu kämpfen verstehen. Ich kann zudem jederzeit Leute gebrauchen, die so gut wie Sie mit Lanzen umgehen können. Ich mache Ihnen ein Angebot. Kämpfen Sie auf meiner Seite, und ich biete Ihnen neben genügender Nahrung, gutem Alkohol, Tabak und Frauen alle Annehmlichkeiten, die das Leben anzubieten hat. Die Alternative dazu lautet: Ihr werdet für mich als Sklaven arbeiten.«

»Für uns«, warf der andere Mann in gebrochenem Englisch ein. »Du vergißt, Hermann, daß ich darüber genausoviel zu bestimmen habe wie du.«

Göring lächelte, kicherte und sagte schließlich: »Natürlich! Wie konnte ich das nur vergessen. Also gut, für uns. Wenn ihr schwört, *uns* zu dienen – und es würde euch sicherlich besser anstehen, dies zu tun –, gehört eure Loyalität mir, Hermann Göring, und dem ehemaligen König von Rom, Tullius Hostilius.«

Burton sah sich den anderen etwas genauer an. War es wirklich möglich, daß er hier einem der legendären römischen Könige gegenüberstand? Tullius Hostilius mußte einer Epoche entstammen, in der Rom noch eine kleine Ortschaft gewesen war und sich ständig gegen andere italische Stämme – der Sabiner, der Aequi und Volsci – hatte erwehren müssen. Diese Stämme hatten wiederum die Umbrier, deren Hauptgegner die mächtigen Etrusker gewesen waren, zum Feind gehabt. War dieser Mann wirklich Tullius Hostilius, der kriegerische Bezwinger des friedfertigen Numa Pompilius? Es gab nichts an ihm, was ihn von den Tausenden von Männern in den Straßen Sienas unterschied. Aber wenn er war, was er vorgab, stellte dieser Mann eine unbezahlbare Quelle historischer und sprachwissenschaftlicher Erkenntnisse dar. Tullius würde – da er möglicherweise selbst von Geburt her ein Etrusker war – diese Sprache beherrschen und sicherlich über umfassende Kenntnisse des vorklassischen Latein, des Sabinerischen und des Altgriechischen verfügen. Unter Umständen hatte er sogar Romulus, den legendären Gründer der Stadt Rom, noch gekannt. Welche Geschichten würde er erzählen können!

»Nun?« sagte Göring.

»Was hätten wir zu tun, wenn wir uns Ihnen anschließen würden?« fragte Burton.

»Zuerst müßte ich . . . müßten wir sichergehen, daß Sie wirklich die Voraussetzungen, die wir an unsere Leute stellen, erfüllen. Mit anderen Worten: Wir müßten uns davon überzeugen, ob ihr die Leute seid, die ohne zu zögern sofort unseren Befehlen nachkommen. Wir würden euch einer kleinen Prüfung unterziehen.«

Er gab einen Befehl. Einige Minuten später wurde eine Gruppe von Männern in den Saal geschoben. Sie waren ausnahmslos klapperdürr, und jeder einzelne von ihnen verkrüppelt.

»Sie sind während der Bauarbeiten für diese Gebäude in Unfälle verwickelt worden«, erklärte Göring. »Außer zweien, die sich ihre Verletzungen während eines Fluchtversuchs zuzogen. Sie werden für ihre Vergehen zu büßen haben. Sie nützen uns nichts mehr und werden deswegen getötet. Wer von Ihnen also den festen Willen hat, uns zu dienen, sollte jetzt nicht zögern.«

Und er fügte hinzu: »Nebenbei: Es handelt sich ausnahmslos um Juden. Vielleicht macht Ihnen das die Sache leichter.«

Campbell, der Rotschopf, der Gwenafra in den Fluß geworfen hatte, hielt Burton eine langschaftige Keule entgegen, auf deren Spitze mehrere Steinscherben prangten. Zwei der Wachen zwangen einen der Sklaven auf die Knie. Es handelte sich um einen großen blonden Mann mit griechischem Profil. Plötzlich warf er Göring einen haßerfüllten Blick zu und spuckte ihn an.

Göring lachte. »Er verfügt über die übliche Arroganz seiner Rasse. Wenn ich wollte, könnte ich ihn so erniedrigen, daß er nur noch als um Gnade winselnder Wurm vor meinen Füßen herumrutscht. Aber mir liegt wirklich nichts an Folterungen. Ich bin sicher, daß Tullius ihn gern ein wenig über einer Flamme rösten würde, aber was mich angeht, so bin ich im Grunde meines Herzens Humanist.«

»Ich bin bereit zu töten, wenn es zur Verteidigung meines Lebens oder um andere zu beschützen notwendig ist«, sagte Burton. »Aber ich bin kein Mörder.«

»Einen Juden zu töten ist nichts anderes als ein Akt der Selbstverteidigung«, erwiderte Göring. »Wenn Sie es nicht tun wollen, werden Sie an seiner Stelle sterben – auch wenn es etwas länger dauert.«

»Ich werde es nicht tun«, sagte Burton.

Göring seufzte. »Ihr Engländer! Nun, ich hätte euch lieber an meiner Seite gehabt. Aber wenn ihr euch weigert, rational zu handeln, dann eben nicht.« Zu Frigate gewandt, sagte er: »Und was ist mit Ihnen?«

Frigate, der immer noch nicht wieder ganz Herr seines Körpers war, erwiderte: »Nach dem, was Sie angerichtet haben, landete Ihre Asche auf einer Müllkippe von Dachau. Haben Sie vor, dieselben verbrecherischen Dinge, die Sie schon auf der Erde trieben, hier zu wiederholen?«

Göring lachte und sagte: »Ich weiß, was aus mir wurde. Eine Menge meiner jüdischen Sklaven hat mir darüber berichtet.« Er deutete auf Monat: »Wer ist dieses Ungeheuer?«

Burton erklärte ihm, wer Monat war. Göring schaute ihn sich verwundert an und meinte schließlich: »Er kommt ebenfalls zu den Sklaven. Ich könnte ihm nicht über den Weg trauen. He, du da, Affenmensch. Wie entscheidest du dich?«

Zu Burtons Überraschung trat Kazz vor. »Ich für dich töten. Will kein Sklave sein.«

Während die Wachen die Lanzen auf ihn richteten, nahm er die Keule in die Hand. Offenbar trauten die Männer ihm nicht so recht und fürchteten, er werde sie angreifen. Kazz warf ihnen einen finsteren Blick zu, dann hob er die Waffe. Er führte einen heftigen Schlag, dann fiel der Sklave mit dem Gesicht in den Schmutz. Kazz gab Campbell die Keule zurück und stellte sich zur Seite. Er vermied es, Burton anzusehen.

Göring sagte: »Wir werden die Sklaven heute abend zusammentreiben und ihnen zeigen, was mit ihnen geschieht, wenn sie einen Fluchtversuch unternehmen. Wir werden die Flüchtlinge für eine Weile über dem Feuer rösten und dann von ihren Leiden erlösen. Mein werter Kollege wird es sich nicht nehmen lassen, persönlich die Keule zu führen. Er mag solche Dinge gern.«

Dann deutete er auf Alice. »Diese da. Die nehme ich.«

Tullius stand auf. »Nein, nein. Sie gefällt mir. Nimm du die anderen, Hermann. Ich gebe dir alle. Aber die ... die möchte ich gerne haben. Sie sieht aus wie – wie sagst du? – eine Aristokratin. Ist sie ... eine Königin?« Sein Englisch war entsetzlich. Burton brüllte auf, riß die Keule aus Campbells Hand und sprang mit einem Satz auf den Eichentisch. Göring zuckte zurück; die Keulenspitze hatte seine Nase nur um einen Zentimeter verfehlt. Gleichzeitig warf der Römer Burton eine Lanze entgegen, die ihn an der Schulter verletzte. Aber er ließ die Keule nicht fallen, wirbelte herum und schlug Tullius eine andere Waffe aus der Hand.

Brüllend warfen sich die Sklaven auf die Wachen. Frigate

hatte plötzlich einen Speer in der Hand und drosch Kazz mit dem stumpfen Ende über den Schädel. Kazz taumelte. Monat trat einem der Wächter in den Magen und entriß ihm den Speer.

Was danach geschah, entzog sich Burtons Kenntnis. Als er wieder zu sich kam, war es dunkel. Sein Kopf schmerzte noch mehr als zuvor, und Schultern und Rippen waren beinahe gefühllos geworden. Er lag innerhalb eines von Palisaden umzäunten Hofes, etwa zwanzig mal zwanzig Meter groß. Fünf Meter über ihnen befand sich ein Wehrgang, auf dem bewaffnete Wächter patrouillierten.

Stöhnend setzte er sich auf. Frigate, der neben ihm kniete, sagte: »Ich hatte schon befürchtet, du würdest nie mehr erwachen.«

»Wo sind die Frauen?« fragte Burton.

Frigate begann zu weinen. Burton schüttelte benommen den Kopf und sagte: »Hör mit dem Gewinsel auf. Wo sind sie?«

»Wo, zum Teufel, vermutest du sie denn?« fuhr Frigate ihn an. »Oh, mein Gott!«

»Du solltest besser nicht daran denken«, sagte Burton. »Wir können jetzt doch nichts für sie tun. Jedenfalls nicht jetzt. Wieso hat man mich nicht umgebracht, nachdem ich Göring angriff?«

Frigate wischte sich die Tränen ab und sagte: »Ich habe keine Ahnung. Vielleicht sparen sie dich und mich für das Feuer auf. Als abschreckendes Beispiel. Ich wünschte, sie hätten uns umgebracht.«

»Was denn«, erwiderte Burton verächtlich. »Da hast du gerade erst ein Paradies gewonnen und wünschst dir schon, es wieder zu verlieren?« Er lachte, hielt es aber wegen der starken Kopfschmerzen nicht allzulange durch.

Als Burton mit Robert Bruce, einem 1945 in Kensington geborenen Engländer sprach, stellte sich heraus, daß Göring und Tullius sich erst seit weniger als einem Monat an der Macht befanden. Bisher hatten sie ihre Nachbarn in Frieden gelassen. Es gab allerdings Pläne, den Machtbereich auszuweiten und die angrenzenden Territorien zu erobern. Besonderen Wert schienen sie auf das Gebiet der Onondaga-Indianer zu legen, die auf der anderen Seite des Flusses lebten. Und bis jetzt war noch keinem Sklaven, der die anderen Regionen von Görings Absichten hätte unterrichten können, die Flucht gelungen.

»Aber die Leute in den anderen Gebieten können doch selber sehen, daß diese Palisaden von Sklaven aufgebaut wurden«, sagte Burton.

Bruce grinste trocken und erwiderte: »Göring hat verbreiten lassen, daß seine Sklaven ausschließlich Juden sind und daß sie die einzigen sind, die er zu versklaven gedenkt. Warum sollten sich die anderen Gruppen also Sorgen machen? Aber Sie können selbst sehen, daß seine Worte nicht der Wahrheit entsprechen. Die Hälfte seiner Sklaven sind Nichtjuden.«

Als der Morgen graute, brachte man Burton, Frigate, Ruach, de Greystock und Monat aus der Umzäunung heraus und führte sie im Gänsemarsch zu einem Gralstein. Hier stießen sie auf mehr als zweihundert bereits versammelte Sklaven, die von etwa siebzig Göringisten bewacht wurden. Man zwang sie, die leeren Grale in die dafür vorgesehenen Vertiefungen zu stellen, und hieß sie abwarten. Die blauen Flammen taten aufbrüllend ihre Arbeit. Die Sklaven nahmen die Grale wieder an sich, öffneten sie und händigten dem Wachpersonal Tabak, Alkohol und die Hälfte der Nahrung aus.

Einige der Wunden, die Frigates Schultern und Kopf zierten, sahen aus, als sei es erforderlich, sie zu nähen. Wenigstens war inzwischen die Blutung zum Stillstand gekommen. Er war noch immer blaß und klagte über starke Rücken- und Leberschmerzen.

»Jetzt sind wir also auch Sklaven«, sagte er zu Burton. »Du hast doch früher mal einiges Positive an der Sklaverei gesehen, wenn ich mich recht erinnere, Dick. Haben sich deine Ansichten inzwischen geändert?«

»Dabei ging es um die *orientalische* Form der Sklaverei«, erwiderte Burton. »In der hiesigen Gesellschaft besteht für einen Sklaven aber wohl nicht die geringste Chance, irgendwann die Freiheit zu gewinnen. Es gibt hier auch keine Gefühle zwischen Sklaven und Eigentümer – ausgenommen Haß. Im Orient war die Situation ganz anders. Aber natürlich hatte auch die orientalische Sklaverei – wie jede menschliche Institution – ihre Nachteile.«

»Du bist ein sturer Bursche«, sagte Frigate. »Hast du schon bemerkt, daß mindestens die Hälfte der Sklaven Juden sind? Es handelt sich, nehme ich an, in der Hauptsache um Israelis aus dem späten zwanzigsten Jahrhundert. Ein Mädchen hat mir erzählt, Göring habe die Gralsklaverei damit begonnen, daß er in den Leuten, die dieses Gebiet bevölkerten, antisemitische Gefühle erweckte. Natürlich müssen diese Gefühle schon vor seinem Auftauchen existiert haben, sonst hätte er sie nicht zielgerichtet einsetzen können. Nachdem er mit Tullius' Hilfe an die

Macht gekommen war, hat er eine ganze Reihe seiner ehemaligen Parteigänger zu den Juden in die Sklaverei geworfen.«

Er machte eine Pause und fuhr fort: »Das Schlimmste an allem ist aber, daß dieser Göring – relativ gesehen – keiner der üblichen Antisemiten ist. Er soll sich einst sogar Himmler gegenüber eingesetzt haben, Juden zu retten. Aber in gewisser Weise ist er noch schlimmer als einer der gewöhnlichen Judenhasser: Er ist ein Opportunist. Der Antisemitismus war in Deutschland zeitweilig eine Welle der öffentlichen Meinung; wer es zu etwas bringen wollte, hatte keine andere Wahl, als sie mitzumachen. Also führte Göring sich damals genauso auf wie heute hier, ganz im Gegensatz zu Leuten wie Goebbels oder Frank, die wirklich glaubten, was sie sagten. Sie folgten pervertierten Prinzipien irgendwelcher obskuren Rassentheorien. Im Gegensatz zu ihnen war dem fetten Göring völlig egal, was mit den Juden geschah. Er tat nichts anderes, als sie zu benutzen, um seine Schäfchen ins trockene zu bringen.«

»Das ist ja alles plausibel«, sagte Burton. »Aber ich frage mich, was das mit mir zu tun hat? Oh, ich verstehe! Du hast vor, mich zu schulen.«

»Dick, ich verehre dich, wie ich nur wenige andere Menschen in meinem Leben verehrt habe. Ich habe dich so gern, wie ein Mann einen anderen nur haben kann. Und ich bin wirklich ebenso glücklich, dich getroffen zu haben, wie es Plutarch gewesen wäre, wäre ihm Alkibiades oder Theseus über den Weg gelaufen. Aber ich bin nicht blind. Ich kenne deine Fehler. Es sind nicht wenige, und ich bedauere sie.«

»Und welchen meinst du jetzt konkret?«

»Dieses Buch. *Der Jude, der Zigeuner und der Islam*. Wie hast du es nur schreiben können? Es ist ein einziges Dokument des Hasses, voll von borniertem Unsinn, Vorurteilen und Mißtrauen. Es gleicht einem Ritualmord!«

»Ich war wütend über die Erniedrigungen, die ich hatte in Damaskus hinnehmen müssen. Es war einfach eine Antwort auf all die Lügen meiner Gegner, unter denen . . .«

»Das erklärt immer noch nicht, warum du diese Lügen über ein ganzes Volk verbreiten mußtest!«

»Lügen! Ich schrieb die Wahrheit!«

»Vielleicht hast du sie nur für Wahrheiten gehalten. Ich entstamme einem Zeitalter, in dem man längst herausgefunden hatte, was die Wahrheit war. Niemand, der zu deiner Zeit seine fünf Sinne beisammenhatte, hätte diesen Unsinn glauben können?«

»Tatsache ist«, sagte Burton, »daß die jüdischen Geldverleiher in Damaskus die Armen mit ungeheuren Wucherzinsen ausplünderten. Tatsache ist auch, daß sie dies nicht nur der christlichen und islamischen Bevölkerung, sondern sogar ihrem eigenen Volk antaten. Tatsache ist ebenso, daß viele jüdische Bewohner von Damaskus mich verteidigten, als man mich aufgrund meiner Angriffe in England des Antisemitismus beschuldigte. Und es entspricht der Wahrheit, daß ich auf das schärfste dagegen protestierte, daß die Türken die Synagoge von Damaskus an die Griechen verkauften, die daraus eine orthodoxe Kirche machen wollten. Ich habe mit eigener Hand achtzehn Moslems niedergemacht, die gegen Juden vorgingen. Ich habe christliche Missionare vor den Drusen geschützt und die Drusen davor gewarnt, als dieser fette und ölige Türke Rashid Pascha beabsichtigte, sie zu einer Revolte zu provozieren, damit er sie um so leichter abschlachten konnte. Und eine weitere Tatsache ist, daß mir, als ich wegen der gegen mich gerichteten Propaganda christlicher Missionare und Priester, Rashid Paschas und einiger jüdischer Wucherer, Tausende von Christen, Moslems und Juden zu Hilfe eilten, obwohl es bereits zu spät und ich meines Konsulatspostens enthoben war. Und außerdem sehe ich keinen Grund, der mich dazu verpflichten könnte, meine Handlungen vor dir oder irgendeinem anderen Menschen zu verteidigen!«

Es war wieder einmal typisch Frigate, daß er ein solches Thema an einem solchen Ort zu solcher Zeit aufwarf. Vielleicht unternahm er aber auch nur den Versuch, seine eigene Unzulänglichkeit damit zu überdecken, daß er seine Wut auf Burton richtete. Oder er konnte es nicht überwinden, daß auch derjenige, der bisher sein Held gewesen war, über menschliche Schwächen verfügte.

Lev Ruach, der die ganze Zeit dagesessen und sein Gesicht in den Händen verborgen hatte, straffte sich plötzlich und sagte in klagendem Tonfall: »Willkommen im Konzentrationslager, Burton. Sie werden noch merken, daß das, was Sie bis jetzt erlebten, nur ein Vorgeschmack dessen ist, was noch kommt. Für mich ist es eine alte Geschichte; so alt, daß ich schon keine Lust mehr habe, sie jemandem zu erzählen. Ich war in einem Konzentrationslager der Nazis und in einem der Russen, aber ich überlebte und entkam. In Israel schnappten mich die Araber, und ich entkam ebenfalls. Und vielleicht gelingt es mir hier wieder, wer weiß? Aber wohin sollte ich gehen? In ein anderes Lager? Es scheint, daß man überall auf sie stößt, wo immer es Menschen gibt. Der Mensch baut fleißig an ihnen weiter und läßt sich in alle Ewigkeit keine Möglichkeit entgehen, seinesgleichen zu erniedrigen und zu versklaven. Selbst hier, wo wir alle Möglichkeiten eines Neubeginns hatten, wo wir alle Religionen und Ansichten hätten vergessen können, tut man dasselbe wie auf der Erde. Es hat sich nichts geändert.«

»Halt die Schnauze«, sagte ein Mann, der sich in Ruachs Nähe befand. Er hatte rotes, gekräuseltes Haar, blaue Augen und ein Gesicht, das hübsch hätte sein können, wäre nicht das gebrochene Nasenbein gewesen. Der Mann war über einen Meter achtzig groß und hatte die Figur eines Ringers.

»Ich bin Dov Targoff«, sagte er mit leichtem Oxfordakzent. »Ehemaliger Commander der israelischen Marine. Sie sollten diesem Mann hier keine Aufmerksamkeit schenken. Er ist einer dieser altmodischen Juden, die sich hauptsächlich durch ihren Pessimismus auszeichnen. Eine Heulsuse. Anstatt aufzustehen und wie ein Mann zu kämpfen, würde er sich eher schluchzend an die Klagemauer lehnen.«

Ruach schnappte nach Luft und fauchte: »Du arroganter Sabra! Ich habe gekämpft und getötet! Ich bin keine Heulsuse! Was tust du denn jetzt, du tapferer Krieger? Bist du nicht genauso ein Sklave wie wir alle?«

»Es ist immer wieder die gleiche alte Geschichte«, sagte eine Frau. Sie war groß und dunkelhaarig, aber zu hager, um schön zu sein. »Die gleiche alte Geschichte. Wir streiten uns untereinander, während unsere Gegner die Eroberungen machen. Als Titus in Jerusalem einfiel, töteten wir mehr von unserem eigenen Volk als die Römer. Und als . . .«

Die beiden Männer wandten sich ihr zu und begannen so laut mit der Frau zu streiten, daß ein Wächter herbeieilte und mit einem Knüppel auf sie eindrosch.

Später sagte Targoff mit geschwollenen Lippen: »Ich kann es nicht mehr allzulange aushalten. Bald . . . Nun, dieser Wächter jedenfalls gehört mir«, knirschte er.

»Haben Sie einen Plan?« sagte Frigate interessiert. Aber Targoff antwortete nicht.

Kurz vor dem Morgengrauen des nächsten Tages weckte man die Gefangenen erneut und führte sie zum Gralstein. Auch diesmal ließ man ihnen lediglich ein Minimum an Nahrung. Nach dem Essen teilte man sie in mehrere Gruppen auf und führte sie weg. Burton und Frigate landeten an der nördlichen Grenze, wo sie zusammen mit tausend anderen Sklaven arbeiten mußten und den ganzen Tag über nackt der Sonne ausgesetzt waren. Die einzige Arbeitspause bestand darin, daß man sie zu einem Gralstein brachte, als die Mittagszeit nahte, und ihnen zu essen gab.

Göring beabsichtigte, zwischen den Bergen und dem Fluß eine Mauer zu bauen; ebenso war es sein Plan, eine zweite Mauer zu errichten, die zwanzig Kilometer am Flußufer entlangführen sollte, während eine dritte den Süden hermetisch abriegelte.

Es war die Aufgabe Burtons und der anderen Sklaven, einen tiefen Graben auszuheben und die ausgehobene Erde zu einem Wall aufzuschütten. Die Arbeit war hart, zumal man lediglich steinerne Hacken zur Verfügung hatte. Da die Graswurzeln derart stark mit dem Boden verwachsen waren, konnte man sie nur unter größten Schwierigkeiten lösen. Die Erde und die Grasschollen wurden mit hölzernen Schaufeln auf Tragbahren aus Bambusstäben getürmt. Trägergruppen beförderten die Erde dann auf die anwachsenden Wälle, wo sie mit Schaufeln verteilt und festgeklopft wurde. Auf diese Weise wurde die Mauer ständig höher und dicker.

Während der Nachtzeit wurden die Gefangenen wieder in die Umzäunung zurückgetrieben. Die meisten von ihnen fielen sofort in tiefen Schlaf. Lediglich Targoff, der rothaarige Israeli, kniete sich neben Burton auf den Boden.

»Gelegentlich dringen einige Gerüchte zu einem durch«, sagte er leise. »Ich habe von dem Kampf gehört, den Sie und Ihre Mannschaft hinter sich haben. Ich weiß auch, daß Sie sich weigerten, sich in Görings Truppen einreihen zu lassen.«

»Haben Sie auch von meinem infamen Buch gehört?« fragte Burton zurück.

Targoff lächelte und sagte: »Ich hatte keine Ahnung davon, bis Ruach mir davon erzählte. Ich pflege die Leute allerdings aufgrund ihrer Taten einzuschätzen. Ruach ist in dieser Beziehung wesentlich empfindlicher. Aber nach dem, was er alles durchgemacht hat, kann man ihn vielleicht verstehen. Aber ich kann mir nicht vorstellen, daß Sie sich anders benehmen würden, selbst wenn Sie der wären, für den Ruach Sie hält. Ich halte Sie für einen guten Mann. Sie sind genau der Typ, den wir brauchen. Also . . .«

Tage und Nächte vergingen. Die Nahrung war knapp, die Arbeit dafür um so härter. Schließlich erfuhr Burton sogar etwas über die Frauen. Es hieß, daß Wilfreda und Fatima sich in Campbells Räumen aufhielten. Loghu war bei Tullius. Göring hatte Alice eine Woche lang bei sich gehalten und sie dann an einen seiner Leutnants, einen gewissen Manfred von Kreyscharft, weitergereicht. Die Gerüchte besagten, daß Göring, wütend über die Kälte, die sie ihm gegenüber gezeigt hatte, drauf und dran gewesen war, sie an seine Leibwächter zu verschenken. Von Kreyscharft hatte ihn gebeten, Alice ihm zu überlassen.

Ein ungeheurer Schmerz begann Burton zu peinigen. Die Vorstellung, daß sie mit Göring und von Kreyscharft zusammengewesen war, versetzte ihn beinahe in Raserei. Er mußte diesen Ungeheuern Einhalt gebieten oder würde versuchen zu sterben. Spät in der Nacht kroch er aus der großen Hütte, die er mit fünfundzwanzig anderen Sklaven teilte, und schlich sich zu Targoff hinüber, der in einer anderen Unterkunft hauste. Er mußte ihn wecken.

»Sie sagten einmal, ich sei der richtige Mann, um an Ihrer Seite zu kämpfen«, flüsterte Burton leise. »Und jetzt frage ich Sie, wann Sie damit anfangen wollen, mich in Ihr Vertrauen zu ziehen. Wenn Sie das nicht tun wollen, kann ich Ihnen schon jetzt sagen, daß ich beabsichtige, eine eigene Gruppe zu formieren. Ich werde einen Ausbruch wagen, und zwar mit jedem, der bereit ist, sich uns anzuschließen.«

»Ruach hat mir einiges mehr über Sie erzählt«, erwiderte Targoff. »Zuerst verstand ich gar nicht, was er meinte. Aber . . . kann ein Jude wirklich einem Mann vertrauen, der ein solches Buch geschrieben hat? Kann man sich darauf verlassen, daß er sich nicht gegen seine Kampfgefährten wendet, nachdem der gemeinsame Feind besiegt ist?«

Burton öffnete den Mund. Er hatte eine scharfe Erwiderung auf der Zunge, hütete sich aber dann doch, sie auszusprechen. Einen Moment lang herrschte Schweigen. Mit kühler Stimme sagte er schließlich: »Ich bin der Meinung, daß man mich an meinen Taten auf der Erde messen sollte, nicht an den gedruckten Worten. Ich kannte sehr viele Juden gut und habe in meinem Leben viele von ihnen beschützt. Ich hatte sogar eine Reihe von Freunden unter Ihren Leuten.«

»Ihre letzte Feststellung hat in der Vergangenheit stets zur Vorbereitung eines Angriffs auf die Juden gedient«, sagte Targoff.

»Vielleicht. Selbst wenn das, was Ruach glaubt, der Wahrheit entsprochen hätte – der Richard Burton, den Sie hier vor sich sehen, ist nicht mehr derselbe wie der auf der Erde. Ich glaube, die Erfahrungen dieser Welt haben jeden einzelnen Menschen ziemlich verändert. Und wem das nicht so ergangen ist, der ist möglicherweise unveränderbar und wäre besser bei den Toten geblieben, bei denen er erwachte. Während der vierhundertsiebenundsechzig Tage, die ich auf diesem Fluß verbracht habe, habe ich eine Menge gelernt. Ich gehöre nicht zu denen, die unfähig sind, ihren Sinn zu ändern. Ich habe Ruach und Frigate zugehört. Ich habe ab und zu sogar mit ihnen gestritten. Und auch wenn ich es während unserer Gespräche nicht zugab – ich habe über das, was sie mir erzählten, sehr oft nachdenken müssen.«

»Judenhaß«, sagte Targoff, »ist etwas, das man im allgemeinen schon kleinen Kindern einimpft. Nach und nach geht es einem in Fleisch und Blut über. Es ist keine Sache des Willens, sich davon zu befreien, außer wenn die Haßgefühle nicht sonderlich tief sind oder man über einen sehr starken Willen verfügt. Wenn die Glocke bimmelt, beginnen die Pawlowschen Hunde zu geifern. Sprechen Sie das Wort *Jude* aus, und das Nervensystem der Nichtjuden schaltet das Gehirn ab. Bei mir setzt es aus, wenn ich das Wort *Palästinenser* höre. Aber ich habe einen realistischen Grund dafür, sie zu hassen.«

»Ich habe jetzt genug geredet«, sagte Burton. »Entweder akzeptieren Sie mich, oder Sie lehnen mich ab. Wie dem auch sei – Sie wissen jetzt, was ich tun werde.«

»Ich akzeptiere Sie«, sagte Targoff. »Wenn Sie in der Lage sind, Ihr Bewußtsein zu ändern, will ich nicht zurückstehen. Ich habe mit Ihnen zusammengearbeitet und das gleiche Brot gegessen. Ich halte mich für einen einigermaßen guten Menschenkenner. Aber sagen Sie mir: Wenn Sie die Sache zu planen hätten – was würden Sie tun?«

Targoff hörte ihm aufmerksam zu. Als Burton geendet hatte, nickte er. »Ich hätte es kaum anders gemacht. Aber jetzt . . .«

Am nächsten Tag, kurz nach dem Frühstück, tauchten mehrere Wachen auf und suchten nach Burton und Frigate. Targoff warf Burton einen seltsamen Blick zu, und Burton glaubte zu wissen, was der Israeli jetzt dachte. Aber sie hatten keine andere Wahl, als zu Görings »Palast« hinüberzumarschieren. Er erwartete sie in einem großen, hölzernen Sessel und rauchte eine Pfeife. Nachdem er ihnen gestattet hatte, sich zu setzen, bot er ihnen Zigarren und Wein an.

»Ab und zu«, sagte Göring, »habe ich das Verlangen, mich gemütlich hinzusetzen und ein wenig mit Leuten zu plaudern, die nicht zu meinen Kollegen gehören. Vielleicht liegt es daran, daß meine Kameraden nicht sonderlich helle sind. Besonders gefällt es mir, mich mit Leuten zu unterhalten, die lebten, *nachdem* ich starb. Aber auch Berühmtheiten anderer Zeiten interessieren mich. Ich habe schon interessante Typen beider Kategorien getroffen.«

»Viele Ihrer israelischen Gefangenen lebten nach Ihnen«, sagte Frigate.

»Ach, die Juden!« Göring schwenkte abschätzig seine Pfeife. »Das ist ja eben das ärgerliche. Sie kennen mich viel zu gut. Sie sind mürrisch, wenn ich mit ihnen spreche, und zu viele haben versucht, mich umzubringen, als daß ich mich unter ihnen noch sicher fühlen könnte. Nicht etwa, daß ich etwas gegen sie hätte. Ich liebe nur bestimmte Juden nicht und hatte unter ihnen sogar einige Freunde . . .«

Burton schoß das Blut ins Gesicht.

Göring saugte an seiner Pfeife und fuhr fort: »Der Führer war ein großer Mann, aber manchmal handelte er geradezu idiotisch. Zum Beispiel als er gegen die Juden vorging. Mir selbst war das eigentlich völlig egal. Aber in Deutschland herrschte damals eben eine antijüdische Stimmung, und ein Mann, der Karriere machen wollte, hatte sich dem Zeitgeist anzupassen. Aber genug davon. Selbst hier kann man ihnen nicht aus dem Wege gehen.«

Er redete noch einiges belangloses Zeug und fragte Frigate dann, wie es nach dem Krieg einigen seiner Kollegen ergangen sei. Auch wie Deutschland sich weiterentwickelt hatte, schien ihn zu interessieren.

»Hättet ihr Amerikaner auch nur eine Prise gesunden Menschenverstandes gehabt, wäret ihr mit uns zusammen gegen die

Russen gezogen. Mit uns zusammen wäre es ein leichtes gewesen, diese Bolschewiken zu zerschmettern.«

Frigate antwortete nicht. Göring ging dann dazu über, eine Reihe »lustiger«, zumeist jedoch obszöner Geschichten zu erzählen, und fragte Burton schließlich über das seltsame Erlebnis aus, das dieser gehabt hatte, bevor er am Fluß wieder zu sich gekommen war.

Burton war überrascht. Hatte Göring durch Kazz von diesem sonderbaren Erlebnis erfahren? Oder gab es etwa einen Spitzel unter den Sklaven?

Er berichtete schließlich – ohne irgendwelche Details auszulassen –, was ihm von dem Augenblick an zugestoßen war, in dem er in einem fantastischen Nichts aufgewacht und die Menschen wie auf einem unsichtbaren Grill aufgereiht gesehen hatte. Auch die seltsamen Wesen in ihrem fliegenden Boot ließ er nicht aus.

»Der Extraterrestrier Monat hat über diese Geschöpfe eine Theorie aufgestellt, derzufolge sie die Menschheit bereits seit dem Anfang ihrer Geschichte, seit zwei Millionen Jahren, ununterbrochen beobachten. Diesen Überwesen muß es gelungen sein, die Zellfrequenz jedes Menschen, der je auf der Erde lebte, aufzuzeichnen. Das hört sich natürlich fantastisch an, aber die Tatsache, daß wir uns alle in neuen Körpern an den Ufern dieses Flusses wiederfanden, klingt nicht weniger haarsträubend. Entweder hat man die Aufzeichnungen angefertigt, als alle Menschen noch lebten, oder die Überwesen sind in der Lage, sich die Vibrationen der Vergangenheit nutzbar zu machen, etwa wie wir auf der Erde das Licht von Sternen sehen konnten, die Tausende von Jahren zuvor existiert hatten. Monat schwört allerdings auf die erste Theorie, da er nicht an die Möglichkeiten der Zeitreise glaubt; nicht einmal in begrenztem Umfang. Die Überwesen haben ihre Aufzeichnungen schließlich wieder ›abgespielt‹ und die Informationen in Materie verwandelt. Auch dieser Planet wurde für uns neu geformt. Er stellt allem Anschein nach eine riesengroße Flußwelt dar, und während unserer Fahrt flußaufwärts haben wir zahlreiche Gespräche mit Leuten geführt, die keinerlei Zweifel daran erweckten, daß sie von überallher aus den verschiedensten Gebieten der Erde kamen. Eine Gruppe stammte von der nördlichen Hemisphäre, eine andere aus dem tiefsten Süden. Wenn man alle unsere Erkenntnisse zusammensetzt, ergeben sie das Bild einer Welt, die hauptsächlich aus einem sich in Zickzacklinien dahinziehenden Flußtal besteht. Wir sprachen mit einer Menge von Leuten, die auf dieser Welt bereits ein zweites Mal gestorben waren – durch Unfälle oder Gewalteinwirkung. Anschließend waren sie in völlig anderen Gebieten wieder zu sich gekommen. Monat ist der Ansicht, daß auch wir Wiedererweckten irgendeiner Kontrolle unterliegen. Und wenn einer von uns stirbt, wird seine Aufzeichnung automatisch wieder in einen Energie-Materie-Konverter gespeist, der sich möglicherweise unter der Oberfläche dieses Planeten befindet. Sein Körper wird im Moment des Todes erneut reproduziert, vielleicht sogar in der gleichen Kammer, von der ich soeben berichtete. Sie werden dort restauriert, wenn es nötig sein sollte, und anschließend zerstört. Ihre Aufzeichnungen können dann erneut ausgestrahlt werden, durchlaufen ein Energie-Materie-System, das möglicherweise den heißen Kern dieser Welt als Energiequelle anzapft, und läßt sie in der Nähe der Gralsteine neu entstehen. Ich habe keine Ahnung, warum sie bei der zweiten Wiedererweckung stets in anderen Gebieten auftauchen, und ich weiß ebenfalls nicht, wieso sie hinterher alle haarlos sind und den Männern das Barthaar nicht mehr wächst, sie außerdem beschnitten sind und die Frauen erneut ihre Jungfräulichkeit besitzen. Mir ist nicht einmal klar, warum wir überhaupt wiedererweckt werden. Welche Ziele verfolgt man damit? Wer immer dafür verantwortlich ist, er ist noch nicht aufgetaucht, um es uns zu erzählen.«

»Tatsache ist«, sagte Frigate, »daß wir nicht mehr *dieselben* Leute sind, die wir auf der Erde waren. Ich starb. Burton starb. Sie starben ebenfalls, Hermann Göring. Jedermann starb. Und wir *können* nicht wieder ins Leben zurückgerufen werden!«

Göring saugte geräuschvoll an seiner Pfeife, starrte Frigate an und meinte: »Warum nicht? Lebe *ich* nicht wieder? Wollen Sie das etwa abstreiten?«

»Ja – ich streite es ab, in einem gewissen Sinn. *Sie* leben. Aber Sie sind nicht der Hermann Göring, der im Marienbad-Hospital im bayerischen Rosenheim am 12. Januar 1893 geboren wurde. Sie sind nicht der Hermann Göring, dessen Pate ein zum Christentum konvertierter Jude namens Dr. Hermann Eppenstein war. Sie sind *nicht* der Göring, der von Richthofen nach dessen Tod überflügelte und seine Flieger sogar dann noch ausschickte, als die Alliierten den Krieg bereits gewonnen hatten. Sie sind *weder* der Reichsmarschall Hitlerdeutschlands *noch* der Flüchtling, den Leutnant Jerome N. Shapiro festnahm. Eppenstein und Shapiro, ha! Und Sie sind ebenfalls nicht der Hermann Göring, der eine Giftkapsel verschluckte, als man ihn als Kriegsverbrecher in Nürnberg vor Gericht stellte!«

Göring stopfte seine Pfeife mit frischem Tabak und sagte in versöhnlichem Ton: »Sie wissen wirklich eine ganze Menge über mich. Ich sollte mich beinahe geschmeichelt fühlen. Zumindest hat man mich nicht vergessen.«

»Im Grunde hat man das doch«, erwiderte Frigate. »Im nachhinein erinnerte man sich Ihrer lediglich als eines uniformversessenen Clowns, eines Versagers und eines Speichelleckers.«

Burton war überrascht. Er hätte sich niemals träumen lassen, daß der Amerikaner angesichts der Tatsache, daß Göring hier der Herr über Leben und Tod war, sich zu solchen Bemerkungen hinreißen lassen könnte. Aber möglicherweise legte er es nur darauf an, umgebracht zu werden.

Es war allerdings auch nicht auszuschließen, daß er Görings Neugier erwecken wollte.

Göring sagte: »Erklären Sie mir das genauer. Sagen Sie nichts über meinen Ruf. Jeder Mann von Wichtigkeit muß erwarten, daß die hirnlosen Massen ihn stets falsch einschätzen. Erklären Sie mir, wieso ich nicht derselbe Mann bin wie auf der Erde.«

Frigate lächelte leicht und erwiderte: »Sie sind das Produkt der Aufzeichnung eines Energie-Materie-Konverters. Sie verfügen über alle Erinnerungen des toten Hermann Görings, und jede Zelle Ihres Körpers ist ein Duplikat der seinen. Sie sind ihm in allem gleich. Also *glauben* Sie, Göring zu sein. Aber Sie sind es nicht! Sie sind ein Abziehbild, und das ist alles! Der echte Hermann Göring besteht aus nichts anderem als Molekülen, die das Erdreich, die Luft, die Pflanzen absorbiert haben, die wiederum menschlichen Körpern oder Tieren zugeführt werden, schließlich wieder als Exkremente ausgeschieden werden – und so weiter. Sie, wie Sie hier vor mir stehen, sind ebensowenig das Original, wie eine Schallplatte oder eine Bandaufzeichnung eine echte Stimme sind, die von den Vibrationen eines Mundes stammen, aber mit elektronischen Mitteln aufgezeichnet und wieder abgespielt werden.«

Da Burton bereits 1888 in Paris einen der von Edison konstruierten Phonographen gesehen hatte, verstand er, was Frigate meinte. Dennoch empfand er die Ausführungen seines Freundes als beleidigend.

Görings weitaufgerissene Augen und sein sich rötendes Gesicht deuteten ebenfalls darauf hin, daß Frigates Behauptung ihn in seinem Innersten getroffen hatten. Er räusperte sich und sagte dann: »Und aus welchen Gründen sollten diese Überwesen sich der Mühe unterziehen, lediglich Duplikate herzustellen?«

»Ich weiß es nicht.« Frigate zuckte die Achseln.

Göring wuchtete sich aus dem Sessel hoch und richtete anklagend das Mundstück seiner Pfeife auf den Amerikaner. »Du lügst!« schrie er auf deutsch. »Du lügst, du Schweinehund!«

Frigate zog, als erwarte er Prügel, den Kopf ein. Dann entgegnete er: »Was ich sage, stimmt. Natürlich brauchen Sie meinen Worten keinerlei Glauben zu schenken. Aber ich kann mir sehr gut vorstellen, was Sie jetzt fühlen. Auch ich *weiß*, daß ich Peter Jairus Frigate bin, daß ich 1918 geboren wurde und 2008 starb. Aber ich glaube ebenfalls daran – die Logik läßt gar keinen anderen Schluß zu –, daß ich lediglich ein Geschöpf bin, das die *Erinnerungen* dieses Frigate, der in Wahrheit niemals von den Toten auferstanden ist, besitzt. Ich bin in gewisser Weise ein Sohn dieses Frigate, obwohl ich weder von seinem Fleisch noch von seinem Blut bin. Aber ich bin von seinem Geist. Aber ich bin *nicht* der Mann, der von einer Frau auf einer verlorenen Welt namens Erde geboren wurde. Ich stelle das Produkt einer Wissenschaft und einer Maschine dar. Wenn es nicht . . .«

Göring sagte: »Wenn es nicht *was*?«

»Wenn es nicht eine Entität gibt, die sich im menschlichen Körper aufhält, die in Wirklichkeit das menschliche Wesen *ist*. Ich meine damit etwas, das das Individuum erst ausmacht und auch dann nicht zu existieren aufhört, wenn man den Körper des Menschen zerstört. Etwas, das man nach der Zerstörung eines menschlichen Körpers dazu bringen könnte, in einen neuen hineinzuschlüpfen und über alle Informationen zu verfügen, die der Originalkörper besaß. Auf diese Weise würde das originale Individuum erneut leben und stellte mithin kein Duplikat dar.«

Burton sagte entsetzt: »Um Gottes willen, Peter! Spielst du etwa auf die *Seele* an?«

Frigate nickte. »Irgend etwas, das der Seele entspricht. Irgend etwas, das Primitive gefühlsmäßig erfassen und ›Seele‹ nennen.«

Göring brüllte vor Lachen. Burton war nahe daran, es ebenfalls zu tun, aber er hatte nicht die Absicht, Göring in moralischer oder intellektueller Hinsicht zu unterstützen.

Nachdem Göring sich von seinem Lachanfall erholt hatte, sagte er: »Selbst hier, in einer Welt, die einwandfrei das Resultat einer Wissenschaft darstellt, können die Supernaturalisten mit ihren Versuchen einfach nicht aufhören. Nun, genug davon.

Kehren wir zu einigen praktischeren und dringenderen Dingen zurück. Ich möchte wissen, ob Sie inzwischen Ihre Entscheidung noch einmal überprüft haben. Sind Sie bereit, für mich zu arbeiten?«

Burton sah ihn kurz an und erwiderte: »Ich habe nicht die Absicht, einem Mann zu dienen, der Frauen vergewaltigt. Des weiteren respektiere ich die Israelis. Ich ziehe es vor, mit ihnen zusammen Sklave zu sein. Ich schämte mich, in Ihrer Gegenwart frei zu sein.«

Göring sah ihn finster an und sagte mit rauher Stimme: »Na schön. Ich hätte es mir denken können. Aber ich hoffte . . . Nun, ich habe einigen Ärger mit dem Römer. Wenn er es schafft, seinen Kurs durchzusetzen, werden Sie recht schnell bemerken, daß ich Ihnen gegenüber noch ziemlich gnädig verfahren bin. Sie kennen ihn noch nicht. Die Sklaven haben es nur meinen Einsprüchen zu verdanken, daß er sich nicht jede Nacht einen von ihnen holt und zu seinem Privatvergnügen massakriert.«

Gegen Mittag kehrten Burton und Frigate zu ihren Arbeitsplätzen in den Hügeln zurück. Es war ihnen nicht möglich, mit Targoff oder einem der anderen Sklaven zu reden, da es ihre unterschiedlichen Tätigkeiten verhinderten, miteinander in Kontakt zu kommen. Um den prügelbesessenen Wärtern keine Chance zu geben, vermieden sie es, ganz offen zu Targoff hinüberzugehen.

Am Abend führte man sie in die Umzäunung zurück, wo Burton den anderen berichtete, was am Morgen geschehen war.

»Wie ich Targoff kenne, wird er sich weigern, unsere Geschichte zu glauben. Er wird uns für Spione halten. Und selbst wenn er sich seiner Sache nicht hundertprozentig sicher sein sollte, wird er das Risiko nicht eingehen. Es wird Ärger geben. Schade, daß das passieren mußte. Unser Fluchtplan für diese Nacht muß auf jeden Fall verschoben werden.«

Zunächst geschah nichts Besonderes. Die Israelis zogen sich von Burton und Frigate, als diese sich ihnen näherten und mit ihnen zu reden versuchten, allerdings zurück. Die Sterne tauchten am Himmel auf und überfluteten das Lager innerhalb der Umzäunung mit einem Lichtschein, der dem des Mondes auf der Erde in keiner Weise nachstand.

Die Gefangenen verschwanden in den Baracken, steckten die Köpfe zusammen und tuschelten. Obwohl jeder einzelne von ihnen müde war, gelang es keinem zu schlafen. Die Spannung war so groß, daß die Wachen sie durch die Hüttenwände hindurch hätten spüren müssen. Aber sie marschierten weiterhin in ihren Laufgängen, unterhielten sich und warfen ab und zu einen Blick in das unter ihnen liegende Gehege.

»Bevor es nicht regnet, wird Targoff nichts unternehmen«, sagte Burton. Er gab einige Befehle. Frigate sollte die erste Wache übernehmen, Spruce die zweite, er selbst die dritte. Er legte sich auf seinen Strohsack, ignorierte das Gemurmel der Stimmen und die Schritte derjenigen, die auf und ab gingen, und schlief sofort ein.

Als Spruce ihn berührte, hatte Burton den Eindruck, die Augen eben erst geschlossen zu haben. Rasch stand er auf, gähnte und reckte sich. Die anderen waren bereits alle wach. Innerhalb weniger Minuten erschienen die ersten Wolken am Himmel. Sie verschluckten das Sternenlicht. Zehn Minuten später rollte der Donner, und über den Bergen zuckten die ersten Blitze.

Bald wurden sie heller. In ihrem Schein konnte Burton erkennen, daß die Wachen sich in den überdachten Türmen der Umzäunung untergestellt hatten und sich zusätzlich mit ihren Turbanen vor dem Regen schützten.

Schnell eilte er von seiner Baracke zu nächsten. Targoff stand am Eingang. Burton baute sich vor ihm auf und fragte: »Gilt der Plan noch immer?«

»Du solltest es besser wissen«, versetzte Targoff wütend. Ein plötzlicher Blitz zeigte Burton sein verzerrtes Gesicht. »Du Judas!«

Er machte einen Schritt nach vorn, und ein gutes Dutzend Männer folgte ihm. Burton wartete nicht ab; er griff an. Im gleichen Moment, in dem er sich nach vorne warf, hörte er ein seltsames Geräusch. Er hielt inne, und auch Targoff warf einen Blick hinaus. Ein erneuter Blitz erhellte die Umgebung so stark, daß sie unterhalb der Umzäunung einen Wächter liegen sehen konnten. Er lag mit dem Gesicht nach unten im Schmutz.

Als Burton sich umwandte, ließ Targoff die Fäuste sinken und sagte: »Was geht da vor, Burton?«

»Warte«, erwiderte der Engländer. Er hatte zwar ebensowenig Ahnung von dem, was sich dort abspielte, wie der Israeli, aber alles Unerwartete konnte ihnen jetzt nur zum Vorteil gereichen.

Die Helligkeit eines Blitzes beleuchtete plötzlich die quadratische Gestalt Kazz', der über die hölzerne Galerie der Umzäunung lief. Eine große Steinaxt schwingend, stürmte er auf eine Gruppe von Wächtern zu, die sich jetzt genau in dem Winkel der

Umzäunung aufhielten, an dem zwei der Palisadenwände zusammentrafen. Wieder ein Blitz. Die Wächter versuchten zu flüchten. Dunkelheit. Als es erneut helle wurde, lag einer von ihnen am Boden; die letzten beiden rannten den Gang in verschiedenen Richtungen davon.

Eine Ansammlung von Männern auf der anderen Seite der Umzäunung deutete jetzt darauf hin, daß das Wachpersonal endlich begriff, was sich hier abspielte. Schreiend rannten sie mit erhobenen Speeren den Gang entlang.

Kazz, der sie völlig ignorierte, kletterte eine Bambusleiter in die Umzäunung hinab und zog dabei ein Bündel Lanzen hinter sich her. Im Licht des nächsten Blitzes konnte man erkennen, wie er sich erneut einem Rudel von Bewachern entgegenwarf.

Burton schnappte sich eine der Lanzen und kletterte die Leiter hinauf. Die anderen folgten ihm auf dem Fuße. Auch die Israelis ließen es sich nicht nehmen, Rache zu üben. Der Kampf war blutig, aber kurz. Als die Wachtposten entweder verwundet oder tot am Boden lagen, blieben nur noch die in den Wachttürmen übrig. Jemand brachte Leitern. Man stellte sie auf und lehnte sie gegen das Tor. Binnen weniger Sekunden hatten die ersten Männer die Palisadenwand überklettert, sprangen auf der anderen Seite hinab und öffneten das Tor. Zum ersten Mal hatte Burton wieder eine Chance, mit Kazz zu sprechen.

»Ich hatte schon angenommen, du hättest uns verkauft.«

»Nein. Nicht ich, Kazz«, erwiderte Kazz vorwurfsvoll. »Du weißt, ich lieben dich, Burton-*nag*. Du bist mein Freund, mein Häuptling. Ich nur gegangen zu Feinde über, weil wollte gute Gelegenheit abwarten. Ich mich wundern, warum du nicht das gleiche tun. Du kein Dummkopf.«

»Du bist auch keiner«, erwiderte Burton. »Aber ich konnte es einfach nicht über mich bringen, die Sklaven zu töten.«

Ein Blitzstrahl zeigte, daß Kazz die Achseln zuckte. Er sagte: »Mir nicht weh tun. Ich sie nicht kennen. Und Göring sagen, daß sie sowieso sterben.«

»Es war gut, daß du dir ausgerechnet diese Nacht aussuchtest, um uns zu retten«, sagte Burton, ohne Kazz darüber zu informieren, warum. Er wollte ihn nicht verwirren. Außerdem gab es im Moment wichtigere Dinge zu erledigen.

»Nacht heute ist gute Nacht«, sagte Kazz. »Große Schlacht wird bald sein. Tullius und Göring beide betrunken und streiten. Sie kämpfen; ihre Männer kämpfen. In Zeit, wo sie einander töten, Eindringlinge kommen. Braune Männer von anderes

Ufer... Wie ihr sie nennen? Onondagas, ja. Ihre Boote kamen kurz vor Regen. Sie kommen und stehlen Sklaven. Vielleicht wollen auch nur kämpfen. So ich dachte, Nacht gut für Plan für befreien mein Freund Burton-*nag*.«

So plötzlich, wie er gekommen war, versiegte der Regen wieder. Aus der Ferne drangen Schreie zu ihnen herüber. Sie schienen aus der Richtung des Flußufers zu kommen. Überall erklang dröhnender Trommelschlag. Zu Targoff gewandt sagte Burton: »Wenn wir fliehen wollen, sollten wir es schnell tun. Aber wir können sie auch angreifen.«

»Ich habe vor, diese Ungeheuer, die uns versklavten, auszurotten«, erwiderte Targoff grimmig. »Zudem gibt es in der Nähe noch andere Umzäunungen. Ich habe bereits Männer ausgesandt, um die Tore zu öffnen. Die meisten sind zu weit entfernt, als daß wir sie schnell erreichen könnten, denn sie liegen kilometerweit auseinander.«

Inzwischen war die Baracke der Freiwache gestürmt worden. Die Sklaven bewaffneten sich und machten sich auf, den Kampfgeräuschen entgegenzuziehen. Burtons Gruppe marschierte auf der rechten Flanke. Man hatte noch keine siebenhundert Meter zurückgelegt, als man auf die ersten Toten und Verwundeten stieß. Es waren ebenso Weiße wie Onondagas.

Trotz des heftigen Regengusses war irgendwo ein Feuer ausgebrochen. Im Schein der immer heller lodernden Flammen entdeckte Burton, daß es sich um das Langhaus handelte. In seinem Schatten kämpften mehrere Gestalten. Die geflohenen Gefangenen rannten über die Ebene, was unter den Kämpfenden beim Langhaus zu einer Panik führte. Ein Teil von ihnen brach aus und rannte davon. Sogleich heftete sich ein Sklaventrupp jubelnd an seine Fersen.

»Da ist Göring«, sagte Frigate. »Sein Fett wird ihm jedenfalls nicht dabei dienlich sein, zu entkommen, soviel steht mal fest.«

Burton konnte den dicken Deutschen erkennen, der seinen Beinen offenbar das Letzte abverlangte. Dennoch vergrößerte sich der Abstand zwischen ihm und seinen fliehenden Leuten immer mehr. »Ich möchte nicht, daß die Indianer die Ehre, ihn getötet zu haben, für sich beanspruchen«, sagte Burton. »Wir schulden es Alice einfach, ihn uns zu schnappen.«

Da Campbells große Gestalt die der anderen um mehrere Köpfe überragte, gab er für Burtons Speer ein geradezu ideales Ziel ab. Für den Schotten schien die Lanze aus dem Nichts zu kommen. Er versuchte sich im letzten Moment zur Seite zu werfen, aber es war zu spät. Die Spitze drang zwischen Brust und rechter Schulter ein, und er stürzte zu Boden. Einen Moment später versuchte er wieder aufzustehen, aber Burton schlug ihn nieder.

Campbell rollte die Augen, von seinen Lippen tropfte Blut. Er deutete auf eine weitere Wunde, ein tiefes Loch unterhalb der Rippen. »Du ... deine Frau ... Wilfreda ... hat das getan«, röchelte er. »Aber ich habe sie umgebracht, diese Hündin ...«

Burton wollte ihn danach fragen, wo sich Alice aufhielt, aber Kazz, der wütende Schreie in seiner unverständlichen Sprache ausstieß, hob die Keule und ließ sie auf den Schädel des Schotten niedersausen. Burton nahm seinen Speer auf und lief hinter ihm her. »Laß Göring in Frieden!« schrie er. »Überlaß ihn mir!«

Kazz hörte ihn nicht, da er im gleichen Moment in einen Kampf mit zwei Indianern verwickelt wurde. Burton sah Alice plötzlich an sich vorbeilaufen, streckte einen Arm aus, erwischte sie und wirbelte sie herum. Sie schrie auf und wehrte sich. Burton brüllte sie an. Plötzlich erkannte sie ihn, brach in seinen Armen zusammen und weinte. Unter anderen Umständen hätte Burton alles dafür getan, sie zu trösten. Jetzt aber bekam er plötzlich Angst, Göring könne ihm entwischen. Er ließ Alice stehen, rannte auf den Deutschen zu und warf seinen Speer. Der Schaft knallte gegen Görings Kopf. Er schrie auf, blieb stehen, hielt sich den Schädel und warf einen Blick auf die Waffe. Dann war Burton über ihm. Sie stürzten zusammen auf den Boden, rollten hin und her und versuchten sich gegenseitig zu erwürgen.

Irgend etwas traf plötzlich Burtons Hinterkopf. Er war wie gelähmt und lockerte unbewußt seinen Griff. Sofort warf Göring ihn zur Seite und tastete nach dem Speer. Mit der erbeuteten Waffe in der Hand machte er kehrt und kam auf Burton zu, der immer noch bewegungsunfähig am Boden hockte.

Burton versuchte aufzustehen, aber seine Beine gehorchten ihm nicht. Sie schienen aus Gummi zu sein, und um ihn herum drehte sich alles. Ehe Göring ihn erreichte, tauchte plötzlich Alice auf und stellte ihm ein Bein. Göring taumelte und fiel hin. Erst in diesem Augenblick wurde Burton sich wieder seiner Umwelt bewußt. Er warf sich zur Seite und landete genau auf Görings Körper. Erneut verkrallten sie sich ineinander und rollten über den Boden. Göring erwischte Burton an der Kehle und drückte zu. In diesem Moment glitt etwas an Burtons Schulter vorbei, ritzte ihm die Haut auf und traf Görings Hals. Die Klinge eines Steinmessers. Burton stand auf, zog die nächstbeste Lanze aus der Erde und rammte sie mit aller Kraft in den fetten Leib des Mannes. Göring versuchte sich aufzusetzen, aber er fiel röchelnd zurück und starb. Alice kauerte sich zu Boden und weinte.

Erst im Morgengrauen war die Schlacht beendet. Die befreiten Sklaven erlösten diejenigen aus ihrer Gefangenschaft, die noch in ihren Pferchen saßen. Die Krieger, die Tullius und Göring befehligt hatten, waren fast ganz aufgerieben. Die Indianer, die allem Anschein nach lediglich herübergekommen waren, um Sklaven zu rauben und sich somit in den Besitz ihrer Grale zu bringen, zogen sich zurück, kletterten in ihre Boote und verschwanden zum anderen Ufer. Niemand sah einen Grund dafür, sie zu verfolgen.

Die folgenden Tage brachten ihnen eine Menge Arbeit. Eine grobe Berechnung ergab, daß mindestens zwanzigtausend Bewohner von Görings kleinem Königreich während der Kämpfe umgekommen waren. Eine ganze Reihe war verwundet, von den Indianern entführt worden oder hatte das Heil in der Flucht gesucht. Der Römer Tullius Hostilius war allem Anschein nach entkommen. Die Überlebenden wählten eine provisorische Regierung, der Targoff, Burton, Spruce, Ruach und zwei andere angehörten. Es galt zunächst, die wichtigsten Dinge zu regeln. John de Greystock war verschollen. Man hatte ihn zu Anfang der Kämpfe zwar noch gesehen, aber anschließend war er aus ihrem Gesichtsfeld verschwunden.

Eines Tages zog Alice Hargreaves wortlos in Burtons Hütte. Später sagte sie zu ihm: »Frigate meint, wenn der gesamte Planet so konstruiert ist wie die Gebiete, die wir bisher sahen, muß der Fluß mindestens sechzig Millionen Kilometer lang sein. Es ist unvorstellbar, aber das gleiche gilt für unsere Wiedererweckung und alles andere auf dieser Welt. Des weiteren müßten fünfunddreißig bis sechsunddreißig Milliarden Menschen auf dieser Welt leben. Welche Chance besäße ich da, meinen irdischen Ehemann hier jemals wiederzutreffen?« Und dann: »Ich liebe dich. Ja, ich weiß, daß ich mich nicht so benommen habe. Aber irgend etwas in mir hat sich verändert. Vielleicht ist all das, was ich bisher erlebt habe, dafür verantwortlich. Ich glaube nicht, daß ich dich auf der Erde hätte lieben können. Vielleicht wäre ich von dir fasziniert gewesen, vielleicht abgestoßen, vielleicht hätte ich mich vor dir gefürchtet. Ich wäre dir zumindest auf der Erde keine gute Frau geworden. Hier kann ich das. Das heißt, da wir hier keine religiösen Institutionen oder sonstige Autoritäten haben, die uns miteinander verheiraten könnten, kann ich nur versuchen, dir eine gute Gefährtin zu sein. Das allein zeigt schon, wie sehr ich mich verändert habe. Daß ich mit einem Mann zusammenleben kann, mit dem ich nicht verheiratet bin . . .«

»Wir leben nicht mehr im Viktorianischen Zeitalter«, erwiderte Burton. »Aber wie würdest du unsere jetzige Epoche bezeichnen? Das Zeitalter der Würze? Die Ära der Vermischung? Vielleicht wird man sie die Flußkultur nennen, die Welt der Uferbewohner, wenn nicht gar die Fluß*kulturen*.«

»Vorausgesetzt, sie existieren weiter«, sagte Alice. »Begonnen haben sie von einem Tag auf den anderen. Vielleicht enden sie ebensoschnell auch wieder.«

Aber der grüne Fluß, dachte Burton, die grasbewachsene Ebene, die bewaldeten Hügel und die weithin sichtbaren Berge sehen nicht so aus wie etwas, das man uns so einfach wieder nehmen kann. All das war solide und real, ebenso wie die Männer, die sich jetzt auf ihn zubewegten: Monat, Frigate, Kazz und Ruach. Er ging zu ihnen hinaus und begrüßte sie.

Kazz war es, der das Wort ergriff. »Viele Zeit her, wo ich noch nicht Englisch sprechen, ich sehe etwas. Ich versuchen dir zu sagen damals, aber du mich nicht verstehen. Ich sehen einen Mann, der nicht hatte das auf der Stirn.«

Er deutete auf den Mittelpunkt seiner eigenen Stirn und dann auf die der anderen.

»Ich weiß«, fuhr Kazz fort, »daß nicht können es sehen. Peter und Monat auch nicht. Keiner kann sehen. Aber ich sehen es auf Stirn von alle Menschen. Nur nicht auf Stirn von Mann, wir treffen lange Zeit her. Dann ich sah Frau, die nicht hatte das. Aber ich nicht sagen zu dir. Und jetzt ich sehen dritter Mensch, der es hat auch nicht.«

»Er will damit ausdrücken«, sagte Monat, »daß er irgendwelche Symbole oder Zeichen auf unseren Stirnen erkennen kann, die uns unsichtbar bleiben. Er kann diese Dinge nur bei hellem Sonnenschein und von einem bestimmten Blickwinkel aus sehen. Und bisher hat jeder Mensch, der ihm über den Weg lief, diese Symbole aufgewiesen – außer die drei, von denen er eben sprach.«

»Offenbar schaut er ein wenig tiefer in das Spektrum hinein als wir«, meinte Frigate. »Und allem Anschein nach sind diejenigen, die uns hierherbrachten, nicht über diese seltsame Fähigkeit von Kazz' Spezies informiert. Was bedeutet, daß sie zumindest nicht allwissend sind.«

»Offenbar«, sagte Burton. »Und nicht unfehlbar. Sonst wäre ich sicher nicht bereits wach gewesen, bevor man uns alle zum Leben erweckte. Und wer ist diese Person, die nicht mit dem Symbol ausgestattet ist?«

Obwohl er sich äußerlich den Anschein größter Gelassenheit gab, klopfte Burtons Herz heftig. Wenn Kazz' Beobachtung zutraf, war es möglich, daß er einen Agenten jener Leute entdeckt hatte, die für ihr Hiersein verantwortlich waren. Würde er sich als verkleideter Gott entpuppen?

»Robert Spruce!« sagte Frigate.

»Bevor wir vorschnelle Urteile fällen«, warf Monat ein, »sollten wir vielleicht berücksichtigen, daß es ein Zufall sein kann, wenn er nicht dieses Zeichen trägt.«

»Das werden wir herausfinden«, sagte Burton mit unheilverkündender Stimme. »Aber warum tragen wir diese Symbole überhaupt? Aus welchem Grund markiert man uns?«

»Entweder um uns zu identifizieren oder zu numerieren«, erwiderte Monat. »Wer kann das schon wissen, außer denen, die uns hierherschafften?«

»Laßt uns zu Spruce hinübergehen«, schlug Burton vor.

»Zuerst müssen wir ihn fangen«, sagte Frigate. »Kazz hat leider den Fehler begangen, Spruce gegenüber von seiner Entdeckung zu sprechen. Er tat das heute morgen, während des Frühstücks. Ich war nicht dabei, aber die anderen sagten, Spruce sei dabei ganz schön blaß geworden. Ein Paar Minuten später zog er sich zurück, und seither hat ihn niemand mehr gesehen. Wir haben Suchtrupps flußauf- und flußabwärts ausgeschickt. Andere Leute suchen den See und die Hügel ab.«

»Das ist beinahe ein Eingeständnis seiner Schuld«, sagte Burton. Er war wütend. War die Menschheit etwa für diese Leute eine Rinderart, daß man sie wegen irgendwelcher dunkler Ziele mit einem Brandzeichen versah?

Am Nachmittag berichteten die Trommeln, daß man Spruce gefangengenommen hatte. Und drei Stunden später stand er in der neuerbauten Versammlungshalle vor dem Rat. Die Abgeordneten nahmen hinter einem großen Tisch Platz, und die Türen wurden, da die Ratsangehörigen vermuteten, daß ihr Verhör noch nicht abschätzbare Konsequenzen haben könnte, geschlossen. Monat, Kazz und Frigate war der Zutritt allerdings gestattet worden.

»Ich will Ihnen gleich sagen«, führte Burton Spruce gegenüber aus, »daß wir bereits beschlossen haben, alle verfügbaren Mittel anzuwenden, um aus Ihnen die Wahrheit herauszubekommen. Es ist gegen die Prinzipien eines jeden von uns, irgendeine Art der Folter anzuwenden, aber die Sache, wegen der wir hier zusammengekommen sind, stellt für uns einen solchen Wichtigkeitsfaktor dar, daß wir uns dazu entschieden haben, unsere üblichen Prinzipien aus diesem Grund zu ignorieren.«

»Man darf seine Prinzipien niemals preisgeben«, erwiderte Spruce gleichmütig. »Der Zweck heiligt nie die Mittel. Man sollte sich an sie halten, auch wenn sie Niederlage oder Tod nach sich ziehen.«

»Für uns steht einfach zuviel auf dem Spiel«, sagte Targoff. »Ich bin in der Vergangenheit mehr als einmal das Opfer prinzipienloser Menschen geworden. Ruach ist gefoltert worden; dennoch sind sogar er und die anderen damit einverstanden, daß wir nicht zögern werden, Sie mit einer Messerspitze oder Feuer zu bearbeiten, wenn es sich nicht vermeiden läßt. Es ist für uns absolut unerläßlich, daß wir die Wahrheit herausfinden. Und jetzt sagen Sie mir: Gehören Sie zu den Leuten, die für unsere Wiedererweckung verantwortlich sind?«

»Wenn Sie mich foltern«, sagte Spruce, »sind Sie auch nicht besser als Göring und seine Leute.« Seine Stimme klang etwas belegt. »Ich würde sogar noch weitergehen und behaupten, daß Sie viel schlimmer sind als er und etwas herauszufinden versuchen, das vielleicht gar nicht existiert. Und wenn doch, rechtfertigt dies noch immer nicht die Mittel, die Sie anwenden wollen.«

»Sagen Sie uns die Wahrheit«, sagte Targoff. »Und lügen Sie uns nicht an. Wir wissen, daß Sie wahrscheinlich ein Agent sind; möglicherweise sind Sie sogar einer derjenigen, die persönlich für alles verantwortlich sind.«

»Auf dem Gralstein da hinten«, warf Burton ein, »brennt gerade ein Feuer. Wenn Sie jetzt nicht sofort anfangen zu reden, werden wir Sie . . . Nun, es kann ziemlich schmerzhaft werden. Ich bin eine unbedingte Autorität in der Anwendung chinesischer und arabischer Foltermethoden. Und ich kann Ihnen versichern, daß die Mittel, über die ich verfüge, bisher noch jeden zum Reden gebracht haben. Ich habe keine Skrupel, mein Wissen in die Praxis umzusetzen.«

Spruce wurde weiß. Er schwitzte plötzlich stark. »Wenn Sie das tun, sprechen Sie sich selbst das ewige Leben ab. Ich könnte zumindest dafür sorgen, daß Sie an den Ausgangspunkt Ihrer Reise zurückversetzt würden. Damit würde sich das endliche Ziel immer weiter von Ihnen entfernen.«

»Was meinen Sie damit?« wollte Burton wissen.

Spruce ignorierte seine Frage. »Wir können keine Schmerzen ertragen«, murmelte er leise vor sich hin. »Wir sind zu sensitiv dafür.«

»Sie wollen also sprechen?« fragte Targoff.

»Schon der Gedanke an einen Selbstmord ist so schmerzhaft, daß ich ihn nicht fassen kann«, sagte Spruce. »Ich kann es einfach nicht tun, auch wenn ich weiß, daß ich später weiterleben werde.«

»Dann legt ihn auf das Feuer«, sagte Targoff zu den beiden Männern, die Spruce zwischen sich hielten.

Monat meldete sich zu Wort. »Einen Augenblick. Spruce, die Wissenschaft meiner Rasse war weiter entwickelt als die der Erde. Vielleicht kann ich es mir deswegen erlauben, hier einige Überlegungen anzustellen. Wenn Sie sich dazu bereiterklären könnten, das was ich sage, einfach nur zu bestätigen, ersparen wir Ihnen die Folter. Auf diese Weise würden Sie Ihre Auftraggeber nicht kompromittieren. Wir hingegen werden unsere Schlüsse selbst ziehen.«

Spruce sagte: »Ich höre.«

»Ich nehme an«, begann Monat, »daß Sie von der Erde kommen. Sie leben in einem Zeitalter, das chronologisch gesehen weit hinter dem Jahr 2008 liegt. Sie stammen von den wenigen Menschen ab, die den von mir ausgelösten Todesstrahl überlebten. Müßte ich mir eine Technologie vorstellen, die in der Lage ist, die Oberfläche eines Planeten wie diesem hier umzugestalten, würde ich sagen, daß diese Welt sehr spät nach dem einundzwanzigsten Jahrhundert existieren muß. Ich nehme an, sie entstammen dem fünfzigsten Jahrhundert?«

Spruce warf einen Blick auf das Feuer und sagte dann: »Zählen Sie zweitausend Jahre dazu.«

»Wenn diese Welt in etwa die Größe der Erde aufweist, ist sie lediglich in der Lage, eine ganz bestimmte Anzahl von Menschen zu beherbergen. Wo befinden sich also die anderen – die Totgeburten; die Kinder, die vor dem fünften Lebensjahr starben; die Geistesschwachen und Idioten und jene, die die Katastrophe des einundzwanzigsten Jahrhunderts überstanden und erst später starben?«

»Sie halten sich anderswo auf«, erwiderte Spruce. Er warf einen erneuten Blick auf das Feuer und preßte die Lippen aufeinander.

»Auf meiner Heimatwelt«, fuhr Monat fort, »wurde die Theorie vertreten, daß man eines Tages möglicherweise dazu in der Lage sei, einen Blick in die eigene Vergangenheit zu tun. Ich will Sie jetzt nicht mit Details langweilen, aber es war damals schon möglich, Geschehnisse der Vergangenheit visuell aufzuspüren und aufzuzeichnen. Die Zeitreise blieb natürlich auch weiterhin ein Produkt der Fantasie. Was ist aber, wenn Ihre Kultur fähig ist, das zu tun, was für uns lediglich ein Spekulationsobjekt darstellte? Was ist, wenn Sie die Möglichkeit besitzen, jedes jemals auf der Erde geborene menschliche Wesen aufzuzeichnen? Richteten Sie daraufhin diesen Planeten ein und konstruierten das Flußtal? Befindet sich irgendwo unter der Oberfläche dieses Planeten eine Energiequelle, die es erlaubt, in einem Energie-Materie-Verfahren die Körper der Toten zu regenerieren? Benutzen Sie irgendwelche Biotechniken, um die Körper perfekt wiederherzustellen und sogar physische Defekte zu beheben?« Monat machte eine Pause und fuhr dann fort: »Und gingen Sie schließlich dazu über, von den restaurierten Körpern erneut Aufzeichnungen zu machen, um sie in einer Datenbank zu lagern? Zerstörten Sie später die in den Tanks befindlichen Körper? Schufen Sie sie neu mittels des leitenden Metalls, das ebenfalls dazu benutzt wird, die Grale zu füllen? Man könnte das Metall relativ einfach unter dem Boden verbergen. Die Wiedererweckung käme auf diese Weise ganz leicht in den Ruch des Übernatürlichen. Aber die Frage, die uns alle beschäftigt, ist: Warum tun Sie das alles?«

»Wenn Sie die Macht besäßen, all dies zu tun, würden Sie es nicht für Ihre *ethische* Pflicht halten?« fragte Spruce zurück.

»Ja. Aber ich würde nur jene ins Leben zurückrufen, die es auch wert sind.«

»Und was wäre, wenn die anderen mit Ihren Auswahlkriterien nicht einverstanden sind?« fragte Spruce. »Halten Sie sich wirklich für weise genug, eine solche Sache allein zu entscheiden? Würden Sie sich mit Gott auf eine Stufe stellen? Nein, man sollte jedem eine zweite Chance ermöglichen, egal wie selbstsüchtig, bestialisch oder dumm er sich zuvor verhalten hat. Und dann würde es an ihnen selbst liegen . . .«

Er verstummte plötzlich, als würde er seinen Ausbruch schon bedauern. Er schien nicht die Absicht zu haben, noch ein weiteres Wort zu sagen.

»Ein Motiv könnte sein«, sagte Monat, »daß Sie die Absicht haben, eine Studie der ehemaligen Menschheit anzufertigen. Daß Sie alle jemals existierende Sprachen erforschen wollen und ebenso alle Philosophien und Biographien. Und um das zu tun, benötigen Sie Agenten, die sich unter die Wiedererweckten mischen, sich als ihresgleichen ausgeben, damit sie Aufzeichnungen machen und beobachten können. Wie lange wird die Arbeit an einer solchen Studie dauern? Tausend Jahre? Zwei? Zehn? Eine Million? Und was ist unsere Bestimmung, wenn sie abgeschlossen ist? Werden wir für immer hierbleiben?«

»Sie werden solange hierbleiben, wie es erforderlich ist, um die Menschheit zu rehabilitieren«, schrie Spruce. »Und dann . . .«

Er schloß den Mund, sah sich um und sagte schließlich: »Der fortgesetzte Kontakt mit euch bringt manchmal selbst den Besonnensten von uns dazu, eure Charakteristika anzunehmen. Es wird uns nichts anderes übrigbleiben, als uns selbst einer Rehabilitation zu unterziehen. Ich fühle mich jetzt schon schmutzig . . .«

»Legt ihn über das Feuer«, sagte Targoff. »Wir wollen die gesamte Wahrheit wissen.«

»Nein – das werdet ihr nicht tun!« schrie Spruce. »Ich hätte es schon lange tun sollen. Wer weiß, was . . .«

Er stürzte zu Boden, und seine Haut nahm eine graublaue Farbe an. Dr. Steinberg, eines der Ratsmitglieder, untersuchte ihn sofort, konnte aber nur Spruces Tod feststellen.

»Bringen Sie ihn besser hinaus, Doktor«, meinte Targoff. »Sezieren Sie ihn. Wir warten auf Ihren Bericht.«

»Welche Art von Bericht erwarten Sie denn, wenn ich als Werkzeuge gerade über Steinmesser verfüge?« fragte Steinberg. »Ich habe keinerlei Chemikalien und auch kein Mikroskop.« Er zuckte die Achseln. »Ich werde mein Bestes versuchen.«

Der Leichnam Spruces wurde hinausgetragen. Burton sagte: »Ich bin froh darüber, daß er uns nicht dazu gezwungen hat, unseren Bluff zuzugeben. Hätte er den Mund gehalten, wären wir die Blamierten gewesen.«

»Dann habt ihr also gar nicht vorgehabt, ihn zu foltern?« fragte Frigate erleichtert. »Ich habe die ganze Zeit über gehofft, daß ihr das nicht ernst meintet. Ich glaube, ich wäre hinausgegangen und hätte keinen von euch mehr ansehen können, wenn ihr es doch noch getan hättet.«

»Natürlich haben wir es nicht ernstgemeint«, sagte Ruach. »Spruce hätte auf jeden Fall recht gehabt mit dem, was er sagte. Wir wären nicht besser gewesen als Göring. Aber wir hätten andere Mittel einsetzen können. Etwa Hypnose. Burton, Monat und Steinberg kennen sich auf diesem Gebiet ganz gut aus.«

»Das Dumme ist nur, daß wir jetzt immer noch nicht wissen, ob wir der Wahrheit auf der Spur sind«, warf Targoff ein. »Er kann natürlich auch gelogen haben, als er Monats Überlegungen nicht widersprach. Vielleicht hat er uns damit nur auf eine falsche Fährte locken wollen. Ich bin jedenfalls der Ansicht, daß wir uns dessen, was wir zu wissen glauben, nicht allzu sicher sein sollten.«

In einer Sache waren sich jedoch alle einig. Die Chance, daß sie noch einmal einen dieser Agenten aufspüren würden, war vorbei. Nun da die anderen – wer immer sie waren – über die Sichtbarkeit der Symbole zumindest in den Reihen von Kazz' Spezies unterrichtet waren, würden sie andere Abwehrmaßnahmen ergreifen.

Steinberg kehrte drei Stunden später zu ihnen zurück. »Außer diesem kleinen Ding«, sagte er, »gibt es an ihm nichts, was ihn von einem Angehörigen der Gattung *homo sapiens* unterscheidet.«

Er zeigte eine kleine, schimmernde Kugel vor, die die Größe eines Streichholzkopfes aufwies.

»Ich entdeckte sie auf der Oberfläche seines Gehirns, wo sie mit Drähten befestigt war, die so winzig sind, daß man sie nur erkennen konnte, wenn in bestimmtem Winkel Licht auf sie fiel. Sie war mit einigen Nerven verbunden. Ich nehme an, daß Spruce sich mit diesem Gerät selbst tötete, indem er buchstäblich sein Ableben herbeiwünschte. Irgendwie hat dieses Kügelchen seinen Gedanken in die Tat umgesetzt. Ich nehme an, daß es ein Gift freisetzte, das ich allerdings aufgrund meiner mangelnden Ausrüstung nicht analysieren kann.«

Das war sein ganzer Bericht. Dann reichte er das Kügelchen herum.

18

Dreißig Tage später kehrten Burton, Frigate, Ruach und Kazz von einer Reise zurück, die sie flußaufwärts geführt hatte. Es war kurz vor Anbruch des Tages.

Schwere Nebelbänke, die die letzten Nachtstunden hervorgebracht hatten, lagen in einer Höhe von zwei bis drei Metern über dem Fluß. Die Männer konnten kaum die Hand vor den Augen sehen, aber dennoch wußte Burton, der am Bug des aus Bambus gefertigten Einmasters stand, daß sie dem westlichen Ufer ziemlich nahe waren. Je seichter das Gewässer wurde, desto mehr ließ die Strömung nach.

Wenn seine Berechnungen stimmten, mußten sie sich in der Nähe der Palastruine Görings befinden. Er wartete darauf, jeden Moment aus der Dunkelheit eine Landmasse aufragen zu sehen; die Uferzone jenes Gebietes, das für ihn mittlerweile zur Heimat geworden war. Heimat – das Wort bedeutete für einen Mann wie Burton nichts anderes, als einen Ort zu haben, an den man sich nach einer weiten Reise wieder zurückziehen konnte. Wo man Ruhe und Entspannung fand, eine vorübergehende Festung, in der man ein Buch über die letzte Expedition schreiben, sich die Wunden lecken und die nächste Reise planen konnte.

Zwei Tage nach Spruces Tod hatte er plötzlich das Bedürfnis verspürt, sich andere Gegenden anzusehen. Zudem besagten einige Gerüchte, daß man flußaufwärts, am westlichen Ufer in einer Entfernung von etwa hundertsechzig Kilometern, auf eine Kupferader gestoßen sei. In dem umliegenden Gebiet lebten hauptsächlich Sarmaritaner aus dem fünften Jahrhundert vor Christi und dem dreizehnten Jahrhundert entstammende Friesen.

Natürlich hatte Burton diese Meldungen nicht sonderlich ernst genommen. Immerhin aber motivierten sie ihn für eine längere Reise. Alices Bitte, sie doch mitzunehmen, hatte er abgelehnt. Er war ohne sie aufgebrochen.

Und nun, einen Monat später, eine Reihe von Abenteuern hinter sich, näherte er sich wieder den heimatlichen Gefilden. Die Gerüchte über die Kupferader hatten sich als maßlose Übertreibungen erwiesen. Es gab zwar Kupfer in dem angegebenen Gebiet, aber lediglich in winzigen Mengen. So hatten sie wieder die Segel gesetzt und waren flußabwärts gefahren. Die Rückreise hatte ihrer Entspannung gedient, und sie waren nur zu den Mahlzeiten an Land gegangen, wenn die Bewohner des Uferstreifens, an dem sie gerade entlangfuhren, den Eindruck erweckt hatten, als seien sie freundlich genug, auch Fremde ihren Gralstein benutzen zu lassen.

Die letzte Strecke des Weges hatten sie nach Sonnenuntergang zurückgelegt, wobei sie eine Zone hatten durchqueren müssen, an deren beiden Ufern große Gefahren lauerten: Auf der einen Seite befanden sich sklavenjagende Mohawks aus dem achtzehnten Jahrhundert, auf der anderen ihnen gleichgesinnte Karthager aus dem dritten Jahrhundert vor Christi. Doch der Nebel, in dessen Umhüllung sie gereist waren, hatte sie sicher nach Hause gebracht.

Burton sagte plötzlich: »Da ist die Küste. Peter, hol das Segel ein! Kazz und Lev – die Riemen zurücknehmen, schnell!«

Ein paar Minuten später legten sie an und zogen das leichtgebaute Boot aus dem Wasser. Jetzt, wo sie das Nebelfeld verlassen hatten, konnten sie den über den östlichen Bergen heller werdenden Himmel sehen.

»Es geht nichts über gute Berechnung«, sagte Burton. »Wir sind nicht mehr als zehn Schritte von dem Gralstein bei der Ruine entfernt.« Er deutete auf die Bambushütten, die sich deutlich von der Ebene abhoben und den Gebäuden, die sich an das Grasland und zwischen die Hügel schmiegten.

Nirgendwo war jemand zu erblicken. Das Tal schien noch zu schlafen.

Burton meinte: »Kommt es euch nicht auch seltsam vor, daß um diese Zeit noch kein Mensch auf sein soll? Es hat uns auch noch kein Wachtposten angerufen.«

Frigate deutete auf einen der zu ihrer Rechten liegenden Wachttürme.

Burton stieß einen Fluch aus. »Sie schlafen! Oder sind desertiert!«

Aber schon im gleichen Moment wurde ihm klar, daß es sich hier nicht um Beispiele von Pflichtvergessenheit handelte. Obwohl er den anderen gegenüber nichts erwähnt hatte, war ihm im Augenblick des Anlegens schon aufgefallen, daß hier etwas nicht stimmte. Plötzlich begann er zu rennen. Er eilte auf die Hütte zu, die Alice und ihm gehörte.

Alice schlief in der rechten Hälfte der Hütte auf ihrem aus Bambus und Gras gefertigten Bett. Da sie unter der Zudecke lag, war ausschließlich ihr Kopf zu sehen. Burton riß die Decke beiseite, kniete sich neben das niedrige Bett und zog Alice in eine sitzende Position. Ihr Kopf fiel kraftlos nach vorne, ihre Arme hingen schlaff herab. Dennoch wies sie keine ungesunde Farbe auf. Auch ihr Atem ging normal.

Burton rief dreimal ihren Namen, aber sie schlief weiter. Dann versetzte er ihr zwei nicht allzufeste Ohrfeigen. Rote Flecken zeigten sich auf ihren Wangen. Ihre Lider flatterten, aber sie wachte noch immer nicht auf.

Dann tauchten Frigate und Ruach auf. »Wir haben uns einige der anderen Hütten angesehen«, erklärte Frigate. »Und dort sieht es nicht anders aus. Ich habe versucht, ein paar Leute aufzuwecken, aber ohne Erfolg. Sie sind völlig weggetreten. Was hat das zu bedeuten?«

Burton erwiderte: »Wer, glaubst du, hat die Macht, so etwas zu tun? Spruce! Spruce und seine Leute, wer immer sie auch sein mögen!«

»Aber weswegen?« Frigates Stimme hörte sich ängstlich an.

»Sie haben nach mir gesucht! Irgendwie haben sie sich im Schutze des Nebels an Land geschlichen und alle Leute hier in einen tiefen Schlaf versetzt!«

»Mit einem Schlafgas könnten sie das ganz leicht bewerkstelligt haben«, warf Ruach ein. »Wenn wir auch daran denken sollten, daß Leute, die so mächtig sind wie sie, vielleicht über Waffen verfügen, von denen wir nicht einmal träumen können.«

»Sie haben nach mir gesucht!« schrie Burton.

»Was bedeuten könnte – vorausgesetzt es stimmt –, daß sie noch in dieser Nacht zurückkommen könnten«, erwiderte Frigate. »Aber warum sollten sie nach dir suchen?«

Diesmal war es Ruach, der für Burton antwortete. »Weil er – soweit wir wissen – der einzige Mensch ist, der aufwachte, bevor man uns wieder zum Leben erweckte. Burton gibt ihnen Rätsel auf, und offensichtlich ist ihnen klar, daß etwas schiefgelaufen ist. Nur wissen sie nicht, was. Ich nehme an, daß sie zunächst einmal darüber diskutiert haben und dabei zu der Entscheidung gelangten, hier nach dem Rechten zu sehen. Vielleicht wollten sie Burton hier wegholen und beobachten. Vielleicht verfolgen sie aber auch ganz andere Ziele.«

»Möglicherweise haben sie die Absicht, all das, was ich damals zu sehen bekam, aus meinen Erinnerungen zu löschen«, sagte Burton. »Ich glaube, daß sie aufgrund ihrer Wissenschaften durchaus dazu in der Lage wären.«

»Aber du hast diese Geschichte einer ganzen Reihe anderer Leute erzählt«, wandte Frigate ein. »Ich kann mir nicht vorstellen, daß sie in der Lage sind, all diese Leute zu finden und in gleicher Weise zu behandeln.«

»Würde das überhaupt nötig sein? Wieviele Leute haben meiner Geschichte überhaupt Glauben geschenkt? Ich zweifle manchmal schon selbst daran, daß ich sie überhaupt erlebt habe.«

Ruach sagte: »All diese Spekulationen sind sinnlos. Die Frage ist: Was tun wir jetzt?«

Alice schrie plötzlich: »Richard!« Sie setzte sich auf und starrte ihn und die anderen an.

Es dauerte einige Minuten, bis man ihr beigebracht hatte, was eigentlich vorgefallen war. Schließlich sagte Alice: »Deswegen also war der Nebel nicht nur wie sonst über dem Wasser! Es kam mir von Anfang an verdächtig vor, aber an so etwas hätte ich natürlich niemals gedacht.«

»Nehmt eure Grale«, sagte Burton. »Packt alles ein, was euch wichtig erscheint. Wir werden so schnell wie möglich von hier verschwinden. Auf jeden Fall sollten wir weg sein, ehe die anderen aufwachen.«

Alice sah ihn fragend an. »Wohin gehen wir?«

»Auf jeden Fall erst einmal weg von hier. Normalerweise ist es nicht meine Art, einfach wegzulaufen, aber gegen Leute, die über Möglichkeiten verfügen wie diese, kann man nicht ankämpfen. Jedenfalls nicht, wenn sie wissen, wo ich mich aufhalte. Ich werde euch sagen, was ich vorhabe: Wir müssen den Ursprungsort dieses Flusses ausmachen. Er *muß* einen Anfang und ein Ende haben, und es *muß* einen Weg geben, an seine Quelle heranzukommen. Wenn es überhaupt einen Weg gibt, dann garantiere ich dafür, daß ich ihn finden werde, darauf könnt ihr Gift nehmen! In der Zwischenzeit sollen sie sonstwo nach mir suchen. Die Tatsache, daß sie bis jetzt nicht in der Lage gewesen sind, mich aufzuspüren, kann bedeuten, daß sie über keine Möglichkeit verfügen, jemand von einem zentralen Ort aus ständig zu überwachen. Auch wenn sie uns wie eine Herde Rindvieh gebrandmarkt haben.« Damit spielte er auf die für ihre Augen unsichtbare Markierung an. »Doch auch Rinder brechen gelegentlich aus ihren Umzäunungen aus und müssen einzeln wieder zusammengesucht werden. Und im Gegensatz zu geflüchteten Rindern besitzen wir Köpfchen.«

Er wandte sich zu den anderen um. »Wenn ihr mit mir kommen wollt, seid ihr mehr als willkommen. Ich würde mich sogar sehr geehrt fühlen.«

»Ich gehen Monat holen«, sagte Kazz. »Er bestimmt nicht allein hierbleiben wollen.«

Burton verzog das Gesicht und sagte: »Der gute alte Monat! Es tut mir leid, daß ich ihm das antun muß, aber es geht nicht. Er kann nicht mitkommen. Er sieht einfach zu auffällig aus. Es wäre für ihre Agenten keine Schwierigkeit, jemanden auszumachen, der aussieht wie er. Es tut mir leid, aber es geht nicht.«

Tränen liefen über Kazz' hervorstehende Backenknochen. Mit heiserer Stimme sagte er: »Burton-*naq*, ich kann auch nicht mit dir gehen. Ich bin auch zu auffällig.«

Burton spürte, wie seine Augen ebenfalls feucht wurden, und sagte: »Das Risiko gehen wir ein. Es gibt noch mehr Leute, die so aussehen wie du. Während unserer Reisen haben wir mindestens dreißig davon gesehen.«

»Aber keine Frauen, Burton-*naq*«, erwiderte Kazz in klagendem Tonfall. Dann lächelte er. »Vielleicht finden wir eine, wenn wir den Fluß hinauffahren.« Aber sein Lächeln verschwand ebenso schnell, wie es erschienen war. »Nein, verdammt, ich gehe nicht! Ich kann Monat nicht verletzen. Er und ich – für alle sind wir häßlich. Deswegen wurden wir gute Freunde. Er ist nicht mein *naq*, aber fast. Ich bleibe.«

Er machte einen Schritt auf Burton zu und riß ihn mit einer solchen Kraft in seine Arme, daß Burton nach Luft schnappte. Dann ließ er ihn wieder frei, verabschiedete sich mit einem Händeschütteln von den anderen und verschwand.

Ruach, der mit verzerrtem Gesicht seine halbzerquetschte Hand schüttelte, sagte: »Sie sind wirklich ein unglaublicher Narr, Burton. Können Sie sich eigentlich vorstellen, daß Sie auf diesem Fluß Tausende von Jahren dahinsegeln können und dennoch immer Millionen von Kilometern von seinem Ursprung entfernt sind? Ich bleibe hier. Mein Volk braucht mich. Außerdem hat Spruce in mir den Eindruck erweckt, daß wir uns, anstatt jene, die uns ein Weiterleben ermöglichten, zu bekämpfen, lieber unserer geistigen Vervollkommnung widmen sollten.«

Burton fletschte die Zähne. Sie leuchteten in seinem finsteren Gesicht geradezu auf. Er schwang den Gral wie eine Waffe in der Hand.

»Ich habe ebensowenig darum gebeten, hier zu leben, wie ich darum gebeten habe, auf der Erde zu existieren. Ich habe jedenfalls keine Lust, mich dem Diktat irgendwelcher Unbekannten zu unterwerfen! Ich will das Ende des Flusses erreichen. Und wenn ich das nicht schaffe, so kann ich immerhin unterwegs noch einiges lernen und meinen Spaß dabei haben!«

Mittlerweile begannen die ersten Leute ihre Hütten zu verlassen. Sie gähnten und rieben sich die Augen. Ruach schenkte ihnen keinerlei Aufmerksamkeit, sondern schaute dem Boot nach, auf dem man bereits die Segel setzte, um sich auf die Reise zu begeben. Burton übernahm das Ruder; er drehte sich nur einmal um und winkte mit dem Gral, auf dessen Hülle die Reflexe der Sonnenstrahlen kleine Blitze schleuderten.

Ruach hatte das Gefühl, daß Burton glücklich darüber war, vom Schicksal zu diesem Schritt gezwungen worden zu sein. Nun war es ihm möglich, sich den Verpflichtungen, die ihr kleiner Staat ihnen auferlegte, zu entziehen. Er konnte aus seinem Leben machen, was er wollte, und sich geradewegs ins nächste große Abenteuer stürzen.

»Ich glaube, es ist am besten so«, murmelte Ruach vor sich hin. »Während der eine sein Glück in seinem Heim findet, existiert es für den anderen nur auf der staubigen Landstraße. Es ist allein seine Sache, zu entscheiden, wo er sich wohler fühlt. Ich gleiche wohl eher diesem Charakter, den Voltaire einst beschrieb – wie hieß er doch gleich? Ich glaube, die irdischen Dinge beginnen mir bereits zu entgleiten, dem, der zu Hause bleibt und seinen kleinen Garten kultiviert.«

Er schwieg und schaute dem entschwindenden Boot nach.

»Wer weiß? Vielleicht wird er Voltaire sogar eines Tages treffen.«

Ruach stieß einen Seufzer aus. Dann lächelte er.

»Andererseits ist es natürlich auch möglich, daß ich ihm begegnen werde!«

»Ich hasse dich, Hermann Göring!«

Die Stimme donnerte in seinen Ohren und verstummte so plötzlich, als habe sie nie existiert.

Auf dem Höhepunkt seines beinahe hypnotischen Schlafes angekommen, wußte Burton, daß er träumte. Aber er konnte nichts dagegen tun.

Der erste Traum kehrte zurück.

Die Geschehnisse waren nebelhaft und verschwommen. Ein Blitzstrahl zuckte auf ihn nieder. Er schwebte wieder in dem mysteriösen Nichts, in dem sich die schwebenden Körper langsam drehten wie in einem Grill. Ein weiterer Blitz der namenlosen Wächter traf ihn und schläferte ihn wieder ein. Eine stark geraffte Fassung seines damaligen Traumes vor der Wiedererweckung zog an seinem inneren Auge vorüber.

Gott – ein gutaussehender Mann in der Kleidung eines Gentlemans der Viktorianischen Ära – schlug ihm mit einem eisernen Stock in die Rippen und erzählte ihm, daß er die *Schuld des Fleisches* zu begleichen habe.

»Was?« fragte Burton. »Welchen Fleisches?« Ganz schwach wurde ihm bewußt, daß er im Schlaf sprach. In seinem Traum waren die Worte nicht zu hören.

»*Zahl sie zurück!*« sagte Gott. Sein Gesicht schmolz dahin und verwandelte sich in das Burtons.

In dem Traum, der nun fünf Jahre zurücklag, hatte Gott nicht geantwortet. Diesmal sagte er: »*Du solltest die Mühe meiner Arbeit zu schätzen wissen, du Narr! Es hat mich eine Menge Zeit und noch viel mehr Schmerzen gekostet, dir und all diesen anderen unwürdigen Tölpeln eine zweite Chance zu geben.*«

»Eine zweite Chance?« fragte Burton. »Wozu?« Er fürchtete sich vor Gottes Antwort. Aber noch mehr ängstigte es ihn, daß Gott, der All-Vater – erst jetzt sah Burton, daß das Auge Jahwe-Odins verschwunden war und aus der leeren Höhle nichts anderes als das Höllenfeuer leuchtete, ihm keine Antwort gab. Er war gegangen. Nein – er hatte sich in einen riesigen grauen Turm verwandelt, der sich zylindrisch aus den gleichfarbenen Nebelfeldern erhob und sich dem Brüllen der See entgegenstemmte.

»Der Gral!«

Erneut sah er den Mann, der ihm von dem Großen Gral erzählt hatte. Aber auch er wußte davon lediglich durch einen anderen

Mann, der sich seinerseits auf die Erzählungen einer Frau berief, die . . . und so fort. Der Große Gral stellte eine der Legenden dar, die man sich unter Milliarden von Menschen an den Flußufern erzählte. Wo man auch hinkam – sie existierte.

Angeblich hatte es ein Mann – oder ein Frühmensch – geschafft, das Gebirge zu bezwingen. Er hatte den Nordpol erreicht – und war dort auf den Großen Gral gestoßen, einen dunklen Turm, eine im Nebel liegende Burg. Und dann war er gestolpert. Oder man hatte ihn gestoßen. Er war kopfüber in die tiefen eiskalten Gewässer gestürzt und gestorben.

Aber der Mensch – oder Frühmensch – war irgendwo am Flußufer wieder erwacht. Der Tod war in dieser Welt nicht endgültig, auch wenn man die Furcht vor ihm nicht verloren hatte.

Der Mann behielt diese Geschichte nicht für sich. Schneller, als ein Boot segeln konnte, hatte sie sich an den Ufern des großen Flusses ausgebreitet.

Und deswegen hatte sich Richard Francis Burton, der ewige Pilger und Wanderer, aufgemacht, die Mauern des Großen Grals zu erstürmen. Er würde die Geheimnisse der Wiedererweckung und die dieser Welt entschleiern, denn es galt für ihn als sicher, daß die Wesen, die diesen Planeten geformt hatten, auch für die Existenz des Turmes verantwortlich waren.

»Stirb, Hermann Göring! Stirb und laß mich in Frieden!« rief jemand in deutscher Sprache.

Burton öffnete die Augen. Außer den hell leuchtenden Sternen, die bleich durch das offene Fenster der Hütte schienen, war nichts zu sehen.

Die Vision schwand. Er sah die schlafenden Körper von Frigate und Loghu auf den Matten an der gegenüberliegenden Wand und drehte den Kopf, um die unter einer Decke liegende Alice zu betrachten. Ihr helles Gesicht war ihm zugewandt, während das dunkle Haar sich kaum von der Matte, auf der sie ruhte, abhob.

Am vorhergehenden Abend hatte das mit nur einem Mast ausgerüstete Boot, auf dem er und die anderen geflohen waren, eine freundlich wirkende Uferzone angelaufen. Der kleine Staat, der sich Sevieria nannte, beherbergte hauptsächlich Engländer des sechzehnten Jahrhunderts, die einen aus dem frühen neunzehnten Jahrhundert stammenden Amerikaner zu ihrem Führer gewählt hatten. John Sevier, der Gründer des »verlorenen Staates« Franklin, aus dem später Tennessee geworden war, hatte sich Burton und seinen Leuten gegenüber als ausgenommen gastfreundlich entpuppt. Er und seine Anhänger waren gegen die Sklaverei und hielten keinen Gast länger, als dieser bleiben wollte. Nachdem er ihnen erlaubt hatte, die Grale zu füllen, lud Sevier Burton und die anderen zu einer Feier ein, die dem Erweckungstag galt; anschließend war man in ein Gästehaus gebracht worden.

Burton war zwar immer ein Mann des leichten Schlafes gewesen, aber diesmal war es ihm einfach unmöglich, Ruhe zu finden. Noch während die anderen längst schnarchten, hatte er sich herumgewälzt und nachgedacht. Erst als der Traum gekommen war, wurde ihm bewußt, daß er nicht länger an die Decke starrte. Und die Stimme, die seinen Traum zerrissen hatte, machte seinen Geist jetzt vollends klar.

Hermann Göring, dachte Burton. Er hatte ihn getötet – aber er lebte natürlich irgendwo an diesem Fluß weiter. Und der Mann, der irgendwo in einer der Nebenhütten Görings Namen rief – war er ihm irgendwo begegnet? Oder plagten ihn lediglich die Erinnerungen seines irdischen Daseins?

Burton warf die Decke zurück und erhob sich lautlos und schnell, legte einen mit Magnetverschlüssen versehenen Kilt an, legte den aus Menschenhaut gefertigten Gürtel um, bewaffnete sich und ging hinaus.

Obwohl der Himmel mondlos war, überschütteten die dicht beieinanderstehenden Sterne die Ebene mit einer Helligkeit, die jene der mondbeschienenen Erde übertraf. Weithin war die Umgebung von verschiedenfarbigen Sternen und Wolken kosmischen Gases erleuchtet.

Man hatte die Gästehäuser etwa sechshundert Meter vom Flußufer entfernt aufgestellt. Sie lagen auf der zweiten Hügelkette, und es gab insgesamt sieben dieser aus einem Raum bestehenden Bambushütten. In einiger Entfernung, unter den gewaltigen Ästen der Eisenbäume, Pinien und Eichen, erstreckten sich weitere Unterkünfte. Beinahe einen Kilometer weiter, auf der Spitze eines hohen Berges, lag ein kreisförmiger, von einer Palisadenwand umgebener Bezirk, dem man den offiziellen Namen ›Das Rundhaus‹ gegeben hatte. Dort schliefen die Führungskader des Staates Sevieria.

Alle sechshundert Meter entlang dem Flußufer hatte man Wachttürme errichtet. Auf den Plattformen brannten Feuer. Wächter hielten Ausschau nach etwaigen Invasoren.

Burton vergewisserte sich, daß niemand ihn beobachtete, und

machte sich dann zur nächsten Hütte auf. Er vermutete, daß das Stöhnen und die Schreie von dort gekommen waren.

Als er den Grasvorhang an einem der Fenster beiseiteschob, fiel das Sternenlicht auf das Gesicht eines Schläfers. Burton unterdrückte einen überraschten Ausruf. Die Gesichtszüge des blonden jungen Mannes, der da vor ihm lag, waren ihm nicht unbekannt.

Langsam verließ er seinen Standort und betrat auf nackten Sohlen die Hütte. Der schlafende Mann murmelte etwas, drehte sich etwas zur Seite und legte einen Arm über sein Gesicht. Burton blieb stehen, zog das Messer und drückte die Spitze sanft gegen die Kehle des anderen. Der Arm des Mannes fuhr zurück. Er öffnete die Augen und starrte Burton an, der sofort eine Hand auf den Mund des Überraschten preßte.

»Hermann Göring! Versuchen Sie nicht, sich zu bewegen oder zu schreien! Ich werde Sie auf der Stelle töten!«

Obwohl Görings hellblaue Augen in der schattigen Dunkelheit kaum zu erkennen waren, blieb Burton ihr entsetzter Blick nicht verborgen. Der Mann versuchte sich zitternd aufzusetzen, sank aber, als die Messerspitze näherkam, sofort wieder zurück.

»Wie lange sind Sie schon hier?« fragte Burton.

»Wer . . .?« Göring sprach Englisch. Er riß die Augen auf. »Richard Burton? Träume ich? Sind Sie es wirklich?«

Burton, der Görings Atem riechen konnte, erkannte den Duft von Traumgummi. Der Deutsche war viel dünner als früher.

»Ich weiß nicht, wie lange ich hier bin«, sagte Göring dann. »Welchen Tag haben wir heute?«

»Eine Stunde vor Morgengrauen, würde ich sagen. Gestern war die Feier des Erweckungstages.«

»Dann bin ich drei Tage hiergewesen. Könnte ich einen Schluck Wasser haben? Meine Kehle ist so trocken wie die einer Mumie.«

»Kein Wunder. Sie selbst sind eine lebende Mumie – wenn Sie dem Traumgummi verfallen sind.«

Burton stand auf und deutete mit seiner Lanze auf einen in der Nähe stehenden Tontopf. »Trinken Sie, wenn Sie wollen. Aber ich rate Ihnen, keinerlei verdächtige Bewegungen zu machen.«

Göring stand langsam auf und tastete sich taumelnd an den Tisch heran. »Ich bin zu schwach, um mit Ihnen zu kämpfen. Ich könnte es nicht einmal, wenn ich es wollte.« Er trank schlürfend das Wasser und griff dann nach einem Apfel. Während er hineinbiß sagte er: »Was tun Sie eigentlich hier? Ich hatte gedacht, ich sei Sie endlich los.«

»Zuerst werden Sie meine Fragen beantworten«, erwiderte Burton, »und ich hoffe, ziemlich schnell. Sie stellen mich vor ein Problem, das ich gar nicht mag, wissen Sie das?«

Göring aß weiter, hörte jedoch plötzlich auf, starrte ihn an und fragte erstaunt: »Aber wieso denn? Ich besitze in dieser Gegend nicht die geringste Autorität. Ich könnte Ihnen überhaupt nichts tun. Ich bin nur ein Gast hier. Es sind verdammt freundliche Leute hier. Sie haben mich völlig in Ruhe gelassen und mich nur ab und zu gefragt, ob alles in Ordnung sei. Allerdings weiß ich nicht, wie lange sie mich noch hierbehalten werden.«

»Sie haben diese Hütte noch nicht verlassen?« fragte Burton. »Wer hat dann Ihren Gral für Sie aufgefüllt? Wie sind Sie an soviel Traumgummi gekommen?«

Göring lächelte listig. »An dem Ort, wo ich mich zuletzt aufhielt, hatte sich eine beträchtliche Menge angesammelt. Etwa zweitausend Kilometer flußaufwärts.«

»Ich zweifle nicht daran, daß Sie es irgendwelchen armen Sklaven abnahmen«, sagte Burton. »Warum sind Sie dort weggegangen, wenn die Sache für Sie so gut stand?«

Göring begann plötzlich zu weinen. Seine Augen füllten sich mit Tränen, die über seine Wangen hinabliefen und seine Brust benetzten. Er zitterte.

»Ich . . . mußte einfach gehen. Ich hatte keinen guten Einfluß auf die anderen. Nach und nach verlor ich meine Gewalt über sie. Ich verbrachte zuviel Zeit mit Trinken, Marihuana und Traumgummi. Sie sagten, ich sei mir selbst gegenüber einfach zu nachgiebig. Sie hätten mich entweder beizeiten umgebracht oder zu den Sklaven geworfen. Darum floh ich . . . nahm mir in der Nacht ein Boot. Ich kam ohne Schwierigkeiten dort weg und wurde während der Fahrt nicht behelligt. So kam ich hierher und tauschte einen Teil meines Besitzes für zwei Wochen Unterkunft ein.«

Burton starrte Göring mißtrauisch an.

»Wollen Sie mir erzählen, daß Sie keine Ahnung hatten, welche Auswirkungen der Traumgummi auf den menschlichen Geist haben kann? Daß Sie nichts von den Alpträumen, Halluzinationen, Wahnzuständen wußten? Sie haben keine Ahnung gehabt, daß die Einnahme eine mentale und physische Desorientierung hervorruft? Allein schon das Beispiel der anderen hätte Ihnen das sagen müssen.«

»Auf der Erde war ich morphiumsüchtig!« schrie Göring. »Ich habe lange Zeit dagegen angekämpft und es schließlich auch geschafft, davon loszukommen, aber als die Lage für das Dritte

Reich – und damit auch für mich – immer prekärer wurde und Hitler mich beschuldigte, fing ich wieder damit an!«

Er machte eine Pause und fuhr fort: »Aber als ich hier in einem neuen Körper erwachte, ein ganz neues Leben vor mir lag und alles den Anschein erweckte, als läge eine nie endende Jugend vor mir glaubte ich, daß weder Gott im Himmel noch ein Teufel in der Lage wäre, mich zu stoppen, und wollte endlich das werden, was ich mir schon lange erhofft hatte. Ein noch größerer Mann als Hitler! Das kleine Gebiet, in dem wir einander zum erstenmal begegneten, sollte nur der Anfang sein. Ich sah vor mir ein Imperium, das sich zu beiden Seiten des Flusses in unendliche Fernen erstreckte. Ich wollte Herrscher über ein Gebiet werden, das zehnmal größer sein sollte als das, von dem Hitler jemals träumte!«

Er brach erneut in Tränen aus, hielt inne, um einen weiteren Schluck Wasser zu trinken, und schob sich schließlich einen Gummistreifen zwischen die Lippen. Göring begann zu kauen; nach und nach wurden seine Züge entspannter.

»Ich wurde ständig von dem Alptraum verfolgt, daß Sie mir eine Lanze in den Leib rammten«, fuhr er nach einer Weile fort. »Wenn ich aufwachte, verspürte ich echten Schmerz. Und so fing ich schließlich an, Gummi zu kauen, um dieses schreckliche Gefühl zu verdrängen. Zunächst half es mir wirklich. Es machte mich innerlich groß. Ich fühlte mich wie der Herr der Welt, wie Hitler, Napoleon, Julius Cäsar, Alexander der Große, Dschingis Khan und wer weiß was in einer Person. Ich wurde zum Kommandanten von Richthofens Geschwader; es war eine herrliche Zeit, sicherlich die bisher schönste in meinem Leben. Aber dann schwand die Euphorie, und ich fiel in eine Hölle. Ich wurde zu meinem eigenen Ankläger, während sich hinter mir eine Million weiterer befand, die die Opfer dieses großen und glorreichen Helden, dieses wahnsinnigen Hitler repräsentierten, den ich unterstützt hatte. Und in dessen Auftrag ich so viele Verbrechen beging.«

»Sie geben zu, Verbrechen begangen zu haben?« fragte Burton. »Diese Feststellung unterscheidet sich allerdings stark von dem, was Sie früher behaupteten. Früher sagten Sie, daß alle Ihre Taten zu begründen wären und daß gewisse Kreise Sie hereinge...«

Burton stoppte seinen Redefluß in dem Moment, in dem er bemerkte, daß er vom Thema abschweifte. »Das Ihnen das Gewissen zu schaffen machen soll, ist fast unglaublich. Aber vielleicht erklärt das die Verwirrung der Puritaner, weshalb man ihnen zusätzlich zu der Nahrung in den Gralen Alkohol, Tabak, Marihuana und Traumgummi anbietet. Beim Traumgummi scheint es sich zumindest für diejenigen um ein gefährliches Geschenk zu handeln, die tölpelhaft genug sind, es zu verwenden.«

Er trat näher an Göring heran. Die Augen des Deutschen waren halb geschlossen. Sein Unterkiefer hing herunter.

»Sie sind über meine Identität informiert, Göring. Aber ich reise aus guten Gründen unter einem falschen Namen. Erinnern Sie sich an Spruce, einen Ihrer Sklaven? Nach Ihrem Tod wurde er aus Zufall als einer derjenigen entlarvt, die für unsere Wiedererweckung verantwortlich sind. Wir nennen diese Leute, weil wir noch keine passendere Bezeichnung für sie gefunden haben, die ›Ethiker‹. Göring, hören Sie mir überhaupt zu?«

Göring nickte.

»Bevor wir herausbekamen, was uns interessierte, brachte dieser Spruce sich selbst um. Später drangen einige seiner Leute in unser Gebiet ein und betäubten – möglicherweise unter Zuhilfenahme eines Gases – die gesamte Bevölkerung. Ihr Plan war, mich zu ihrem Hauptquartier – wir wissen nicht, wo es liegt – zu verschleppen. Aber sie fanden mich nicht, denn ich befand mich zu dieser Zeit auf einer Reise. Als ich zurückkam und feststellte, daß sie hinter mir her waren, floh ich. Ich bin seit diesem Tag unterwegs. Hören Sie mir zu, Göring?«

Burton versetzte ihm eine schallende Ohrfeige. Göring sagte: »Au!« Er taumelte ein paar Schritte zurück und hielt sich die schmerzende Wange. Seine Augen waren weit aufgerissen, und er verzog unwillig das Gesicht.

»Natürlich habe ich Ihnen zugehört«, knurrte er wütend. »Ich hielt es nur nicht für notwendig, darauf eine Antwort zu geben. Nichts ist notwendig, gar nichts. Ich will nichts anderes, als sanft dahinfließen; weg von hier und weg von . . .«

»Halten Sie den Mund und hören Sie zu!« sagte Burton. »Die Ethiker haben überall ihre Spione sitzen, die nach mir Ausschau halten. Ich kann es mir nicht leisten, Sie leben zu lassen, ist Ihnen das klar? Ich kann Ihnen nicht trauen. Selbst wenn Sie ein Freund wären, wäre mir das nicht möglich – denn Sie sind ein Gummikauer!«

Göring kicherte, taumelte auf Burton zu und versuchte ihm die Arme um den Hals zu legen. Es gelang ihm nicht. Burton stieß ihn so fest zurück, daß er zurückfiel und gegen den Tisch prallte.

Lediglich ein schnelles Zugreifen seiner Hände verhinderte, daß Göring auf dem Boden landete.

»Es ist alles sehr amüsant«, sagte Göring. »An dem Tag, an dem ich hier ankam, fragte mich nämlich ein Mann, ob ich Sie kennen würde. Er beschrieb Sie ziemlich genau und nannte auch Ihren Namen. Ich berichtete ihm, daß ich Sie gut kennen würde – zu gut sogar – und daß es meine Hoffnung sei, Ihnen niemals wieder über den Weg zu laufen; nicht einmal dann, wenn ich über genügend Macht verfügte. Der Mann sagte, ich solle ihn informieren, wenn ich Sie wiedersähe, und daß er es mir gut vergelten würde.«

Burton verlor nicht die geringste Zeit. Er sprang auf Göring zu und packte ihn mit beiden Händen. Göring winselte vor Angst.

»Was haben Sie vor?« keuchte er. »Wollen Sie mich ein zweites Mal umbringen?«

»Nicht, wenn Sie mir den Namen des Mannes nennen, der Sie über mich ausgefragt hat. Wenn Sie es nicht tun . . .«

»Dann töten Sie mich doch!« sagte Göring laut. »Glauben Sie, das macht mir was aus? Ich werde irgendwo an einem anderen Ort wieder aufwachen und ein neues Leben beginnen. Tausend Kilometer von hier entfernt, außerhalb Ihrer Reichweite . . .«

Burton deutete auf das kleine Bambuskästchen, das neben Görings Schlafgelegenheit stand. Der Geruch, den es ausströmte, hatte ihm schon beim Eintritt in die Hütte verraten, daß Göring darin seinen Gummivorrat aufbewahrte.

»Aber Sie würden ohne dieses Kästchen dort aufwachen«, sagte er zynisch. »Und wie ich Sie kenne, wäre es Ihnen unmöglich, innerhalb kurzer Zeit erneut einen solchen Vorrat zusammenzuraffen.«

»Verdammt sollen Sie sein!« fluchte Göring. Er versuchte allen Ernstes, sich loszureißen und auf das Kästchen zu stürzen.

»Seinen Namen!« verlangte Burton hart. »Oder ich nehme das Kästchen und werfe es in den Fluß!«

»Agneau. Roger Agneau. Er schläft in einer Hütte neben dem Rundhaus.«

»Wir reden später noch miteinander«, sagte Burton und versetzte Göring einen gezielten Handkantenschlag in den Nakken.

Als er sich umwandte, sah er einen Mann von draußen auf die Hütte zukriechen. Plötzlich erhob er sich und tauchte unter. Burton eilte hinter ihm her und fand sich eine Minute später zwischen riesigen Eichen und Pinien wieder. Der Unbekannte verschwand im hüfthohen Gras.

Burton verlangsamte seinen Schritt etwas und sah in der Finsternis einen hellen Punkt – den Rücken des Flüchtlings. Sofort nahm er die Verfolgung wieder auf. Hoffentlich tötete der Ethiker sich nicht, ehe er seiner habhaft werden und mittels Hypnose einige Fragen stellen konnte. Aber bevor Burton seinen Plan ausführen konnte, mußte er den Ethiker zuerst einmal haben. Möglicherweise war der Mann gerade dabei, mittels irgendeines in seinen Körper transplantierten Gerätes mit seinen Kollegen in Verbindung zu treten. Wenn ihm das gelungen war, würden sie bald mit ihren Flugmaschinen auftauchen und Burton jagen, was gleichbedeutend mit seinem Ende war.

Burton blieb stehen. Er hatte den Flüchtling plötzlich aus den Augen verloren. Alles, was ihm jetzt noch zu tun übrig blieb, war Alice und die anderen zu wecken und schleunigst das Weite zu suchen. Vielleicht konnten sie sich dieses Mal in die Berge zurückziehen und dort für eine Weile untertauchen.

Aber zuerst würde er zu Agneaus Hütte hinübergehen. Es bestand zwar keine sonderlich große Chance, daß er den Mann dort antreffen würde, aber nachsehen kostete ja nichts.

Burton hatte sich der Hütte gerade bis auf Sichtweite genähert, als er in ihr einen Mann verschwinden sah. Er änderte seinen Kurs und schlich sich an die Seite der Hütte heran, die im Schatten der Berge lag. Die Bäume boten ihm einige zusätzliche Deckung. Er bewegte sich zunächst kriechend fort, stand aber auf und lief auf den Eingang zu.

Hinter ihm – in einiger Entfernung – ertönte plötzlich ein lauter Schrei. Burton wirbelte herum. Es war Göring, der auf ihn zuhastete und dabei auf deutsch laute Warnrufe ausstieß. Aber er meinte nicht Burton, sondern Agneau. In einer Hand hielt er einen langen Speer, mit dem er dem Engländer wütend drohte.

Burton drehte sich wieder um und warf sich gegen die nicht allzu starke Bambustür. Ein einziger Stoß seiner Schulter reichte aus, um sie aus den Angeln zu reißen. Die Türfüllung flog in den Raum hinein und knallte gegen Agneau, der offenbar direkt hinter ihr gestanden hatte, und riß den Mann zu Boden. Agneau schrie auf. Dann schwieg er. Burton räumte die Tür beiseite und stellte fest, daß sein Gegner die Besinnung verloren hatte. Gut! Wenn der Lärm nicht die Wache alarmiert hatte und er schnell mit Göring fertig werden konnte, stand der Ausführung seines Planes nichts mehr im Wege.

Er blickte auf und sah im Licht der Sterne ein langes, dunkles Objekt, das sich auf ihn zubewegte.

Burton warf sich zur Seite. Krachend bohrte sich eine Lanze in den Boden, genau an der Stelle, wo er soeben noch gestanden hatte. Ihr Schaft vibrierte wie der Hals einer Klapperschlange, bevor sie zum Angriff ansetzt.

Er trat in den Eingang, schätzte die Entfernung zu Göring ab und rannte auf ihn zu. Sein Assegai bohrte sich in den Bauch des Deutschen. Göring warf die Arme in die Luft, schrie und stürzte hin. Burton lud sich Agneaus leichten Körper über die Schulter und verließ die Hütte.

Vom Rundhaus drangen jetzt die ersten aufgeregten Rufe zu ihm herüber. Fackeln flammten auf; der Wächter auf dem nächsten Turm schrie etwas herüber. Göring hatte sich aufgesetzt. Sein Körper war vornübergebeugt, und er umklammerte mit beiden Händen den Schaft der in seinem Leib steckenden Waffe.

Mit aufgerissenem Mund starrte er Burton an und stieß hervor: »Sie ... haben ... es ... schon wieder ... Sie ...«

Dann fiel er aufs Gesicht. Ein letztes Röcheln erstarb in seiner Kehle.

Agneau, der jetzt wieder zu sich kam, befreite sich blitzschnell aus Burtons Griff und glitt zu Boden. Im Gegensatz zu Göring machte er nicht den geringsten Laut, denn er hatte zumindest ebensoviele Gründe wie Burton, sich leise zu verhalten. Burton war im ersten Moment so überrascht, daß er stumm mit dem in seiner Rechten zurückgebliebenen Lendentuch seines Gefangenen stehenblieb. Ein erster Impuls hieß ihn, das Stück Bekleidung fallen zu lassen, aber dann wurde ihm klar, daß dies kein gewöhnlicher Kilt war. Er fühlte sich anders an. Burton holte sich aus der Leiche Görings sein Assegai zurück und nahm die Verfolgung auf.

Der Ethiker hatte inzwischen eines der verstreut am Ufer herumliegenden Kanus ins Wasser geschoben und versuchte verzweifelt paddelnd mehr Abstand zwischen sich und das Ufer zu bringen. Mehrere Male sah er sich furchtsam um. Burton schwang die langschäftige Waffe über seinem Kopf, gab ihr großen Schwung und schleuderte sie über das Wasser. Sie bohrte sich in Agneaus Rücken. Der Ethiker klappte zusammen und fiel nach vorne. Das Kanu kippte um und trieb kieloben weiter. Agneau tauchte nicht mehr auf.

Burton stieß einen Fluch aus. Er hatte den Mann lebend fangen wollen, aber es wäre närrisch gewesen, ihn entkommen zu lassen. Und die Chance, daß sich Agneau mit den anderen Ethikern noch nicht in Verbindung gesetzt hatte, bestand schließlich immer noch.

Burton wandte sich wieder den Gasthütten zu. Trommeln wurden geschlagen, und Menschen mit brennenden Fackeln bewegten sich zwischen den Hütten dahin auf das Rundhaus zu. Er hielt eine Frau an und fragte sie, ob sie ihm einen Moment lang ihre Fackel leihen könne. Die Frau kam seiner Bitte zwar nach, überschüttete ihn jedoch gleichzeitig mit Fragen. Burton sagte, daß man vermute, ein Überfall der Nachbarn stünde bevor, und schaffte sie sich damit vom Hals. Wie alle anderen auch eilte die Frau dem sicheren Rundhaus entgegen.

Als sie weg war, steckte Burton das spitze Ende der Fackel in den weichen Boden am Ufer und untersuchte in ihrem Schein den erbeuteten Kilt Agneaus. Auf der Innenseite des Kleidungsstükkes stieß er auf einen Saum, der – von Magnetklips verschlossen – leicht zu öffnen war. Der Gegenstand, der sich darin befand, entpuppte sich im Schein der Flamme als . . .

Burton blieb eine ganze Weile in der Nähe des flackernden Feuers sitzen und starrte auf das, was er erbeutet hatte. Er war beinahe gelähmt vor Überraschung. Natürlich war eine Fotografie in einer Gegend, in der es keine Kameras gab, schon erstaunlich genug. Aber daß es sich um ein Foto handelte, das *ihn* zeigte, war beinahe unglaublich – zumindest wenn man berücksichtigte, daß man es nicht auf dieser Welt aufgenommen hatte! Es war auf der Erde entstanden, auf jener Erde, die sich irgendwo draußen im Sternendschungel befand, den nur Gott durchqueren konnte. Und in einer Zeit, die Tausende von Jahren zurücklag. Und weiter türmte sich Unmöglichkeit auf Unmöglichkeit. Man hatte das Bild an einem Ort und zu einer Zeit gemacht, über die Burton hundertprozentig Bescheid wußte. Niemand hatte damals eine Kamera auf ihn gerichtet. Zwar zeigte das Bild ihn ohne Schnurrbart, aber der Retuscheur hatte darauf verzichtet, den Hintergrund und seine Kleidung der neuen Welt anzupassen. Da war er nun von der Hüfte an aufwärts auf einer flachen Folie abgebildet. Auf einer flachen... Burton hielt das Bild ein wenig zur Seite und sah sich plötzlich im Profil. Je mehr er es wendete, desto mehr zeigte die Folie ihn auch von der Seite. Es war unglaublich.

»Im Jahre 1848«, murmelte er vor sich hin, »war ich siebenundzwanzig Jahre alt und Angehöriger der Ostindischen Armee. Diese Flußlandschaft ist Goa. Man muß das Bild aufgenommen haben, als ich mich im Lazarett befand. Aber wie? Und wer hat es gemacht? Und wie sind die Ethiker in den Besitz dieser Fotografie gelangt?«

Allem Anschein nach stellte es für Agneau eine Art Steckbrief dar. Möglicherweise trug jeder seiner Jäger ein solches Bild mit sich herum. Man suchte flußauf- und flußabwärts nach ihm; vielleicht waren es Tausende oder sogar Zehntausende, die an seinen Fersen klebten. Wer konnte schon wissen, über wieviele Agenten sie verfügten, mit welcher Verzweiflung und vor allem – *warum* sie nach ihm suchten?

Burton steckte das Foto in den Kilt zurück und machte sich auf den Weg zur Hütte. Zufällig fiel sein Blick dabei auf die hinter der Hügellandschaft aufragenden Bergspitzen, jene unbezwingbaren Wälle, die das Flußtal an beiden Seiten säumten.

Gegen den Hintergrund eines weitgezogenen Teppichs aus kosmischem Gas hob sich etwas ab und leuchtete auf. Es blitzte nur für den Bruchteil einer Sekunde.

Wenige Sekunden später tauchte wie aus dem Nichts am

Himmel ein dunkles Objekt auf, das sofort wieder verschwand.

Ein zweites Fluggerät zeigte sich. Es flog etwas tiefer als das erste und tauchte dann ebenfalls unter.

Die Ethiker würden ihn mit sich nehmen, und alles, was die Sevierianer sich später fragen konnten, war, was es wohl gewesen sein mochte, das sie in einen Kollektivschlaf hatte fallen lassen.

Er hatte jetzt keine Zeit mehr, zu der Hütte zurückzukehren und die anderen zu wecken. Wenn er auch nur noch eine Minute Zeit verschwendete, war er verloren.

Burton wandte sich um und rannte zum Fluß zurück, stürzte sich in die Fluten und schwamm auf das gegenseitige Ufer zu, das drei Kilometer entfernt war. Er hatte noch keine zwanzig Meter zurückgelegt, als er spürte, daß sich etwas über ihn dahinbewegte. Er legte sich auf den Rücken und blickte nach oben. Außer dem Glanz der Sterne war nichts zu sehen. Dann schien in einer Höhe von fünfzig Metern ein Diskus von schätzungsweise zwanzig Metern Durchmesser zu materialisieren. Er verdunkelte den Himmel und löschte die Sterne aus. Er war ganz plötzlich da. Sie verfügten also zumindest über Möglichkeiten, ihn auch in der Finsternis auszumachen.

»Ihr Schakale!« brüllte Burton wütend den Flugmaschinen entgegen. »Ihr werdet mich niemals bekommen!«

Er wälzte sich auf den Bauch, tauchte und verschwand mit kräftigen Zügen in der Tiefe. Das Wasser wurde kälter, seine Trommelfelle begannen zu schmerzen. Obwohl er die Augen weit geöffnet hielt, konnte Burton nichts erkennen. Eine Wasserwelle schob ihn unerwartet nach vorne, und er wußte, daß der Druck von dem ihm folgenden Objekt erzeugt wurde.

Das Fluggerät schickte sich an zu tauchen!

Es gab nur noch einen Ausweg. Zwar konnten sie seine Leiche bergen, aber das würde alles sein. Er konnte ihnen jetzt nur noch entkommen, wenn er die letzte Konsequenz zog, sich dem Fluß überließ und darauf vertraute, an einer anderen Stelle wieder zu erwachen und den Kampf erneut gegen sie aufzunehmen.

Burton öffnete den Mund und gestattete es dem Wasser, in seine Lungen einzudringen.

Die Flüssigkeit verursachte einen Hustenanfall. Er nahm seinen ganzen Willen zusammen und kämpfte gegen den Selbsterhaltungstrieb an. Sein Geist wußte, daß er nach dem Tod ein neues Leben beginnen würde, aber sein Körper setzte sich mit allen Mitteln gegen den Selbstmord zur Wehr. Die Zellen seines Körpers kämpften um ihren Erhalt in der Gegenwart, nicht um den in einer ungewissen Zukunft. Und sie allein waren es, die Burton dazu zwangen, einen gellenden Angstschrei auszustoßen.

22

»Yaaaaaah!«

Der Schrei riß Burton vom Boden hoch, als läge er auf einem Trampolin. Im Gegensatz zu seinem ersten Erwachen fühlte er sich diesmal weder schwach noch desorientiert. Er wußte, was auf ihn zukam, daß er auf einem grasbewachsenen Ufer zu Füßen eines Gralsteins zu sich kommen würde. Auf was er allerdings nicht vorbereitet war, waren die Giganten, die sich um ihn herum eine wilde Schlacht lieferten.

Burtons erster Gedanke galt einer Waffe. Aber in seiner Nähe befand sich nichts anderes als der mit verschiedenfarbigen Kilts gefüllte Gral, der zu jedem Neuerwachten gehörte wie die Glieder seines Körpers. Er stand auf, machte einen Schritt, wog das Instrument prüfend in der Hand und wartete ab. Wenn es sich nicht vermeiden ließ, würde ihm nichts anderes übrigbleiben, als den Gral wie eine Keule einzusetzen. Obwohl er sehr leicht war, bestand er aus einer ungewöhnlich harten Substanz und war praktisch unzerstörbar.

Die Monster, die Burton umgaben, erweckten in ihm allerdings den Eindruck, als könne er sie tagelang damit bearbeiten, ohne daß es ihnen großen Schaden zufügte.

Die meisten waren etwa zwei Meter vierzig groß; aber unter ihnen befanden sich auch solche, die die anderen um Haupteslänge und mehr überragten. Ihre Schulterbreite betrug zumindest einen Meter, während ihre Körper menschlich oder zumindest menschenähnlich genannt werden konnten. Bedeckt waren sie entweder mit rötlichem oder rötlichbraunem Fell. Sie glichen damit zwar nicht irgendwelchen Affen, ließen aber dennoch die behaartesten Menschen, denen Burton je begegnet war, als beinahe glattrasiert erscheinen.

Die vor Kampfeswut verzerrten Gesichter dieser Wesen waren allerdings dazu angetan, einen in Angst und Schrecken zu versetzen. Mächtige Knochenwülste, welche die Augen der seltsamen Gestalten überwölbten, wirkten wie tiefe, kreisförmige Höhlen. Obwohl die Augen im Verhältnis zu denen eines Menschen riesig waren, erschienen sie in den breitflächigen Gesichtern der Kämpfenden klein und unbedeutend. Die Backenknochen wölbten sich stark nach außen, um dann in schmale, eingefallene Wangen überzugehen. Ungewöhnliche aussehende Nasen gaben den Riesen das Aussehen vorsintflutlicher Affenmenschen.

Normalerweise hätte Burton sich über das Aussehen dieser Wesen mit Sicherheit amüsiert. Aber nicht jetzt. Das Gebrüll, das aus gorillaähnlichen Brustkästen drang und einem Löwen alle Ehre gemacht hätte, ernüchterte ihn auf der Stelle. Er sah Zähne, die selbst einen wütenden Kodiakbären das Fürchten gelehrt hätten. Mächtige Fäuste, von denen keine kleiner als sein Kopf zu sein schien, hielten Knüppel, die verdächtig Wagendeichseln ähnelten oder überdimensionalen Steinäxten. Sie drangen mit wütenden Schlägen aufeinander ein, und wenn sie trafen, brachen Knochen mit lautem Krachen oder erzeugten wilde Sturzbäche von Blut. Gelegentlich geschah es auch, daß einer der Knüppel brach.

Burton nutzte den Moment, um sich umzusehen. Das Licht war schwach. Die Sonne hatte sich gerade hinter die Spitzen der Berge auf der anderen Seite des Flusses geschoben, und die Luft war kälter als jede andere, mit der er bisher auf diesem Planeten in Berührung gekommen war. Sie ähnelte jedoch derjenigen, die er während verschiedener mißglückter Versuche, die Gebirgswildnis zu überwinden, kennengelernt hatte.

Einer der Kämpfer, der sich nach einem neuen Gegner umsah, entdeckte ihn.

Er riß die Augen auf. Eine Sekunde lang starrte er Burton ebenso erstaunt an wie dieser ihn. Möglicherweise erschien er dem Fremden ebenso fremdartig. Wenn das so war, brauchte er jedenfalls nicht lange, um seine Überraschung zu verwinden. Er stieß einen bellenden Laut aus, setzte mit einem Sprung über die Leiche eines erschlagenen Gegners hinweg und rannte auf Burton zu, eine gigantische Axt, die einen Elefanten hätte töten können, über dem Kopf wirbelnd.

Den Gral fest in der Hand, wandte sich Burton zur Flucht. Wenn er ihn verlor, war es aus mit ihm. Ohne den Gral würde er entweder verhungern oder sich von rohem Fisch und Bambussprossen ernähren müssen.

Er hätte es beinahe geschafft. Die Reihe der Körper öffnete sich einen Moment, als zwei der Giganten sich gegenseitig zu erwürgen versuchten und ein dritter vor einem vierten, der wild einen Knüppel schwang, zurückwich. Burton versuchte sich zwischen den Gestalten der beiden Ringer hindurchzumogeln, aber sein Plan schlug fehl. Er brachte die Kämpfer irgendwie aus dem Gleichgewicht, und sie stolperten.

Leider war Burton nicht schnell genug. Der herabsausende Arm des einen Monsters krachte gegen seine linke Ferse und brachte ihn zu Fall. Burton schrie laut auf. Er zweifelte nicht daran, daß der Fuß gebrochen und einige Muskeln zerrissen waren, so hart war der Schlag ihm erschienen.

Dennoch versuchte er sich zu erheben und auf den Fluß zuzuhumpeln. Wenn er ihn erst einmal erreicht hatte, würde er fortschwimmen können, vorausgesetzt, er fiel vor Schmerz nicht in Ohnmacht. Er schaffte nicht mehr als zwei zaghafte Schritte, dann packte ihn etwas von hinten, riß ihn vom Boden hoch und wirbelte seinen Körper in der Luft herum.

Das titanenhafte Wesen hielt ihn mit ausgestrecktem Arm von sich und umklammerte Burtons Leib mit einer ungeheuer starken Faust. Er schnappte nach Luft und rechnete jeden Augenblick damit, daß das Wesen ihm die Rippen zerquetschte.

Der Gral fiel ihm wieder ein. Burton riß ihn hoch und schmetterte ihn gegen die Schulter seines Gegners. Mühelos, als verscheuche er eine Fliege, ließ der Titan seine Axt dagegen krachen. Der Behälter entfiel Burtons Griff.

Mit einem breiten Grinsen zog das haarige Wesen seinen Gefangenen näher an sich heran. Die einhundertachtzig Pfund Lebendgewicht, die Burton auf die Waage brachte, schienen es nicht einmal sonderlich anzustrengen.

Einen Moment lang sah Burton geradewegs in die blaßblauen, von knochigen Wülsten umrahmten Augen der Kreatur. Die Nase war augenscheinlich mehrere Male gebrochen gewesen, und die Unterlippe stand deswegen so weit ab, weil sich hinter ihr ein mächtiger, die Zähne nach vorne wölbender Unterkiefer befand.

Dann stieß der Titan erneut einen bellenden Schrei aus und hob Burton in die Lüfte empor, während dieser sich alle Mühe gab, mit wildem Trommeln seiner Fäuste dem ihn gepackt haltenden Arm energischen Widerstand entgegenzusetzen. Er kam sich vor wie ein gefangenes Kaninchen, daß trotz der Erkenntnis der Sinnlosigkeit des eigenen Tuns mit aller Macht das Letzte aus sich herausholt. Doch trotz der wütenden Konzentration, die er in die Faustschläge legte, blieb Burton nicht verborgen, daß die gesamte Umgebung einen ungewöhnlichen Eindruck auf ihn machte.

Im Augenblick seines Erwachens, das wußte er genau, hatte die Sonne sich gerade angeschickt, sich über die Berghöhen zu erheben. Obwohl seit dem Zeitpunkt erst fünf Minuten vergangen waren, hätte sie die Strecke dennoch längst zurücklegen müssen. Aber nichts dergleichen war der Fall; sie befand sich noch in der exakt gleichen Position wie vorher und schien sich um keinen Millimeter bewegt zu haben.

Des weiteren gestattete ihm die Höhe, in der er sich nun befand, einen Ausblick, der mindestens sieben Kilometer weit reichte. Der Gralstein, in dessen Umgebung sich die Schlacht abspielte, war der letzte. Hinter ihm waren nur noch das Tal und der in seiner Mitte sich dahinwälzende Fluß.

Er hatte das Ende der Reise erreicht – oder den Anfang des Flusses entdeckt.

Aber jetzt war nicht der richtige Augenblick, um darüber zu spekulieren, dazu tobten in Burtons Bewußtsein zuviel Schmerz, Wut und Furcht. Gerade in dem Moment, als der Gigant die Axt hob, um ihm den Schädel einzuschlagen, versteifte sich sein Körper. Ein Schrei ertönte, der Burton an das schrille Pfeifen einer Dampflokomotive erinnerte. Der Griff um seine Hüften löste sich, und Burton fiel zu Boden. Der Schmerz, der von seinem Fuß ausging, kostete ihn beinahe die Besinnung.

Als er halbwegs wieder klar denken konnte, mußte er die Zähne aufeinanderbeißen, um nicht gleich loszuschreien. Stöhnend setzte er sich hin. Der Schmerz, der wie Feuer in seinem Bein brannte, schien die Helligkeit vor seinen Augen zu verdunkeln. Die Schlacht um ihn herum ging ohne Unterbrechung weiter, aber glücklicherweise befand er sich jetzt in einer Ecke, in der wenig Aktivität herrschte. Der gewaltige Körper des haarigen Giganten, der ihn hatte umbringen wollen, lag direkt neben ihm, und eine tiefe Kerbe zeichnete sich an seinem Hinterkopf ab.

In der Nähe des elefantenhaft großen Wesens kroch auf allen vieren ein Exemplar einer anderen Gattung herum. Als Burton es entdeckte, vergaß er einen Moment lang all seine Schmerzen. Der übel zugerichtete Mann war niemand anderes als Hermann Göring.

Sie waren beide am gleichen Ort erwacht! Burton wußte, daß jetzt nicht der richtige Zeitpunkt war, um über das, was man daraus folgern konnte, nachzudenken. Darüber hinaus machten ihm die Schmerzen arg zu schaffen.

Göring setzte zum Sprechen an. Er machte einen so mitgenommenen Eindruck, daß Burton sich wunderte, warum er die letzten ihm verbliebenen Kräfte nicht für wichtigere Dinge aufsparte. Das Gesicht Görings war blutverschmiert, sein rechtes Auge ausgeschlagen und seine Wange bis zum Ohrläppchen aufgerissen. Während eine Hand zerschmettert zu sein schien, ragte aus dem Brustkorb eine Rippe. Es war unglaublich, daß er überhaupt noch lebte.

»Du ... du ...«, keuchte Göring mit heiserer Stimme und brach zusammen. Ein Blutfontäne schoß aus seinem Mund und benetzte Burtons Füße; glasig werdende Augen starrten ihn an.

Burton fragte sich, ob er jemals herausfinden würde, was Göring ihm hatte sagen wollen. Aber andererseits war es ihm auch egal. Es gab jetzt wichtigere Dinge, denen er seine Aufmerksamkeit widmen mußte.

Etwa drei Meter von ihm entfernt hielten sich zwei der Titanen auf. Sie drehten ihm die Rücken zu, keuchten schwer und schnappten röchelnd nach Luft, ehe sie wieder aufeinander losgingen. Plötzlich sprach der eine von den beiden.

Es gab keinen Zweifel. Der Riese stieß keine unartikulierten Laute aus, sondern benutzte eine Sprache.

Obwohl Burton keines der Worte verstand, wußte er doch, daß diese Töne der gegenseitigen Verständigung dienten. Es bedurfte nicht einmal der modulierten Erwiderung des anderen, um zu diesem Schluß zu gelangen.

Also waren diese Leute keine frühzeitlichen Affen, sondern Angehörige einer Vorstufe des Menschen. Mit ziemlicher Sicherheit mußte dieses Volk der irdischen Wissenschaft des einundzwanzigsten Jahrhunderts unbekannt geblieben sein. Frigate hatte ihm alle Fossilien, die im Jahre 2008 bekannt gewesen waren, detailliert beschrieben.

Burton lehnte sich rücklings gegen den mächtigen Brustkasten des gefallenen Riesen und strich sich das verschwitzte Haar aus dem Gesicht. Er führte immer noch einen steten Kampf gegen den reißenden Schmerz in seinem Bein. Machte er zuviel Lärm, zöge er unweigerlich die Aufmerksamkeit der kämpfenden Titanen auf sich – und dann war es um ihn geschehen. Aber warum eigentlich nicht? Hatte er mit seinen zerrissenen Sehnen und dem gebrochenen Fuß in diesem Land der Ungeheuer überhaupt eine Überlebenschance?

Schlimmer als der Gedanke an den Schmerz war die Erinnerung daran, daß er schon auf dem ersten Teil des Weges, der ihn durch einen Selbstmord weitergeführt hatte, seinem angestrebten Ziel zum Greifen nahe gekommen war.

Die Chance, bis hierher zu kommen, hatte von Anfang an eins zu zehn Millionen gestanden. Es war ein reiner Glücksfall gewesen, der sich mit Sicherheit auch dann nicht wiederholen ließ, wenn er noch weitere zehntausendmal den Tod des Ertrinkens wählte. Er hatte sein Ziel gefunden und würde es bald wieder verlieren.

Die Sonne bewegte sich langsam hinter den Bergspitzen dahin. Dies war der Ort. Er war sicher gewesen, daß er existieren mußte; er hatte ihn mit dem ersten Versuch erreicht. Als Burtons Sehkraft schwächer wurde und der Schmerz verklang, wurde ihm bewußt, daß er sterben würde. Und damit hatte sein Beinbruch nichts zu tun. Er hatte starke, innere Verletzungen und schien innerlich zu verbluten.

Er versuchte sich noch einmal aufzurichten. Er wollte stehen, wenn auch nur auf einem Bein, den Giganten die Fäuste entgegenstrecken und sie verfluchen. Er wollte mit einer Verwünschung auf den Lippen sterben.

Rote Morgennebel berührten sanft seine Lider.

Er stand auf und wußte, daß seine Wunden verheilt und sein Körper gesund sein mußte, obwohl es ihm schwerfiel, daran zu glauben. In der Nähe stand ein Gral, daneben lagen sechs sauber aufgeschichtete und zusammengefaltete Kleidungsstücke in verschiedenen Größen und Farben.

Vier Meter von ihm entfernt erhob sich ein anderer, ebenfalls nackter Mann aus dem Gras. Es lief Burton kalt über den Rücken. Das blonde Haar, das breitflächige Gesicht und die hellblauen Augen ... Es war Hermann Göring.

Der Deutsche schien nicht weniger überrascht zu sein als Burton selbst. Mit schwerer Zunge, als erwache er aus einem tiefen Schlaf, sagte er: »Irgend etwas stimmt hier nicht.«

»Es ist in der Tat etwas faul hier«, erwiderte Burton, obwohl auch er nicht mehr über die Erweckungszeremonie wußte als jeder andere Mensch am Fluß auch. Er hatte zwar selbst noch nie mit eigenen Augen die Materialisation eines Wiedererweckten gesehen, wußte allerdings durch die Erzählungen anderer darüber Bescheid. Normalerweise fand sie im Morgengrauen und immer in der unmittelbaren Nähe eines Gralsteins statt. Die Luft begann zu schimmern, und innerhalb eines Sekundenbruchteils tauchte der Körper eines nackten Mannes oder einer Frau aus dem Nichts auf und lag im Gras, während neben ihm ein Stapel Kleidungsstücke und der Gral materialisierten.

In einem Flußtal, dessen geschätzte Länge zwischen zwanzig und vierzig Millionen Kilometer betrug und von fünfunddreißig bis sechsunddreißig Milliarden Menschen bevölkert wurde, konnte es pro Tag durchaus eine Million Tote geben. Obwohl es Krankheiten (ausgenommen geistige) nicht gab und auch keine Statistiken existierten, war es nicht unmöglich, daß während der Myriaden von Kleinkriegen, durch Verbrechen, Selbstmorde oder Exekutionen – und Unfälle – alle vierundzwanzig Stunden eine derartige Zahl von Menschen das Leben verlor. Ständig materialisierten jene Leute, die die »kleine Wiedererweckung«, wie man das zweite oder dritte Erwachen bezeichnete, am eigenen Leibe erfuhren.

Aber Burton hatte niemals davon gehört, daß zwei Menschen, die am gleichen Ort gestorben waren, auch gemeinsam wieder erwachten. Die Auswahl ihrer neuen Umgebung war dem Zufall unterworfen – zumindest hatte er das bisher angenommen.

Natürlich war es nicht unmöglich, daß ein solches Phänomen einmal eintrat – aber auch hier standen die Chancen nur eins zu einer Million. Wenn dies gleich zweimal hintereinander geschah, konnte man nur von einem Wunder sprechen.

Und an Wunder glaubte Burton nicht. Alles war physikalisch erklärbar – vorausgesetzt, man verfügte über die zu einer Erklärung nötigen Fakten.

Aber gerade die besaß Burton nicht, also gab es für ihn auch keinen Grund, sich über dieses Zusammentreffen den Kopf zu zerbrechen. Die Lösung eines viel wichtigeren Problems erforderte jetzt all seine Konzentration. Was sollte er mit Göring anfangen?

Der Mann kannte ihn – er würde in der Lage sein, ihn an jeden Ethiker, der nach ihm suchte, zu verraten.

Er schaute sich rasch um und stellte fest, daß sich ihnen eine offensichtlich freundliche Gruppe von Männern und Frauen näherte. Er hatte gerade noch genügend Zeit, einige Worte mit dem Deutschen zu wechseln.

»Göring, ich kann entweder Sie oder mich selbst umbringen. Aber ich möchte beides nicht tun – im Moment jedenfalls nicht. Sie wissen, aus welchen Gründen Sie eine Gefahr für mich darstellen, und ich sollte einer verräterischen Hyäne wie Ihnen eigentlich nicht eine zweite Chance gewähren. Aber irgend etwas hat sich an Ihnen verändert, das ich noch nicht verstehen kann...«

Göring, dessen Unverwüstlichkeit benahe berüchtigt war, schien den Schock jetzt überwunden zu haben. Mit einem listigen Grinsen erwiderte er: »Das nimmt Sie ganz schön mit, was?«

Burton knurrte wütend, und Göring hob hastig die Hand und sagte: »Ich schwöre, daß ich niemanden über Ihre wahre Identität informieren werde! Sie können sich auf mich verlassen. Wir sind zwar keine Freunde, aber letztlich kennen wir einander und halten uns in fremder Umgebung auf. Es ist nicht schlecht, wenn man zumindest ein bekanntes Gesicht in der Nähe hat. Ich weiß, daß ich zu lange in der Einsamkeit gewesen bin. Ich dachte, ich würde verrückt werden. Das ist einer der Gründe, weswegen ich Traumgummi kaute. Glauben Sie mir, ich habe nicht die Absicht, Ihnen irgendwie zu schaden.«

Burton glaubte ihm kein Wort. Aber vielleicht war es möglich, Göring für einen begrenzten Zeitraum über den Weg zu trauen. Der Mann suchte einen potentiellen Verbündeten, und das zumindest so lange, bis er die Leute, die in diesem Gebiet lebten, gut genug kannte, um zu wissen, was er sich ihnen gegenüber herausnehmen konnte. Und vielleicht hatte sich doch irgend etwas in ihm wirklich zum Besseren hin verändert.

Nein, sagte sich Burton. Nein. Du bist schon wieder auf dem besten Wege, dich hereinlegen zu lassen. Trotz deines verbalen Zynismus hast du den Leuten immer viel zu schnell vergeben, warst stets zu schnell bereit, dich selbst zu vergessen, um anderen eine zweite Chance zu geben. Benimm dich jetzt nicht schon wieder wie ein Trottel, Burton.

Drei Tage später war er sich über Göring noch immer im unklaren.

Burton hatte inzwischen die Identität eines gewissen Abdul Ibn Harun angenommen. Dieser Mann hatte im neunzehnten Jahrhundert in Kairo gelebt. Es gab eine ganze Reihe von Gründen, warum sich Burton ausgerechnet diese Persönlichkeit zugelegt hatte: Er sprach ausgezeichnet Arabisch, und außerdem lieferte ihm diese angenommene Herkunft ein gutes Motiv, seinen Kopf mit einem Turban zu verhüllen, was einen weiteren Teil seiner Verkleidung darstellte. Göring hatte bisher noch kein verdächtiges Wort gegenüber anderen Leuten fallen lassen. Es wäre auch unmöglich gewesen, da er die meiste Zeit in Burtons Nähe verbrachte. Man stellte ihnen eine gemeinsame Hütte zur Verfügung, damit sie die lokalen Sitten kennenlernten, um später in den Probandenstatus aufzurücken. Ein Teil ihrer Ausbildung bestand aus militärischem Unterricht, der Burton, einem der besten Schwertkämpfer seiner Zeit, nicht schwerfiel. Nachdem er während einiger Prüfungen seine Fähigkeiten unter Beweis gestellt hatte, machte man ihn zum Rekruten und versprach ihm, daß er, sobald er das Idiom gut genug beherrschte, zum Ausbilder aufrücken würde.

Göring verschaffte sich den Respekt der Leute beinahe ebenso schnell. Mochte er auch eine Reihe von Fehlern haben – er besaß Courage, das konnte ihm niemand absprechen. Er war stark, konnte mit Waffen umgehen und gab sich jovial und sympathisch, wenn es seinen Zielen zuträglich war. Und gleich Burton eignete er sich rasch umfassende Sprachkenntnisse an. So wurde er nach und nach zu einer Autorität, die der des ehemaligen Reichsmarschalls im Dritten Reich ziemlich nahekam.

Die Uferzone, in der sie jetzt lebten, wurde von einem Volk bewohnt, dessen Sprache sogar dem weitgereisten Linguisten Burton fremd war. Als er genug gelernt hatte, um Fragen zu stellen, fand er heraus, daß die Leute der frühen Bronzezeit entstammen mußten und irgendwo in Mitteleuropa zu Hause gewesen waren. Sie besaßen eine ganze Anzahl seltsamer Bräuche, von denen einer das öffentliche Kopulieren war. Und das versetzte selbst Burton, der Mitbegründer der königlich-anthropologischen Gesellschaft von 1863 gewesen war und auf seinen vielen Expeditionen eine Menge gesehen hatte, in höchstes Erstaunen. Obwohl er daran nicht persönlich teilnahm, konnte man nicht sagen, daß er über diese Sitte entsetzt gewesen wäre.

Einen Brauch, den Burton mit Freuden annahm, war der der angemalten Bärte. Da die männlichen Angehörigen des Bronzezeitvolkes gegen die totale Bartlosigkeit nichts tun konnten, waren sie auf die Idee gekommen, mittels einer Paste, die in der Hauptsache aus Asche bestand, den nichtvorhandenen Bartwuchs vorzutäuschen. Sie verwendeten diese Farbe, der sie noch einige andere Stoffe beimengten, um ihre Gesichter zu bemalen, so daß sie – zumindest aus der Ferne – bärtig wirkten. Die abgehärtetsten Männer zogen es allerdings vor, sich einer schmerzhaften Tätowierung zu unterziehen, um ihre Manneszier bis in alle Ewigkeit zu erhalten.

Burton fühlte sich jetzt doppelt gut getarnt, wenngleich er wohl oder übel noch immer dem Mann ausgeliefert war, von dem er am wenigsten Gnade erwarten durfte. Und er brannte darauf, einem der Ethiker über den Weg zu laufen, um herauszufinden, ob man ihn, so wie er jetzt aussah, noch erkannte.

Er hatte das Gefühl, als müsse er einfach den Versuch wagen, bevor man ihn erneut ausfindig machte und er sich in den Netzen der Verfolger verstrickte. Ihm war auch bewußt, daß er sich auf ein gefährliches Spiel – das man nur noch mit einem Seiltanz über einer Wolfsgrube vergleichen konnte – einzulassen im Begriff war. Aber er mußte es versuchen! Und er würde nur dann die Flucht ergreifen, wenn sie absolut unumgänglich war. Dann galt es, vom Gejagten in die Position des Jägers überzuwechseln.

Und hinter jedem Gedanken, den Burton faßte, schwebte nebelhaft die Vision des finsteren Turmes, jenes Großen Grals, von dem die Legende berichtete. Warum sollte er noch länger das Katz-und-Maus-Spiel fortsetzen, wo es ihm vielleicht ebensogut möglich war, die Wälle, hinter denen er das Hauptquartier der Ethiker vermutete, zu erstürmen? Sollte das nicht zu realisieren sein, stand es ihm immer noch frei, sich in den Turm hineinzuschleichen wie eine Maus. Wenn die Katze aus dem Haus war, gab es für eine Maus keine Schwierigkeiten mehr – und wenn sie die Mauern einmal überwunden hatte, konnte sie sich sehr leicht in einen Tiger verwandeln.

Der Gedanke daran brachte ihn zum Lachen, und die beiden Hüttenmitbewohner warfen ihm erstaunte Blicke zu. Neben Göring befand sich noch ein dritter Mann in der Unterkunft: der aus dem siebzehnten Jahrhundert stammende John Collop. Burtons Gelächter galt allerdings sich selbst. Es war wirklich lustig, sich vorzustellen, daß die Kräfte eines Tigers dazu ausreichten, gegen eine Gruppe von Wesen anzukämpfen, die nicht nur mehrere Milliarden Menschen ins Leben zurückgerufen, sondern auch einen ganzen Planeten nach ihren Wünschen gestaltet hatten. Aber dennoch mußte das Geheimnis, das zum Untergang der Ethiker führen konnte, sich irgendwo zwischen seinen Händen und dem Gehirn befinden, das ihre Bewegungen steuerte. Irgend etwas war in ihm, vor dem die Ethiker sich fürchteten. Und er mußte es unbedingt herausfinden . . .

Aber das Gelächter Burtons war nicht nur Belustigung über sich selbst gewesen. Er glaubte tatsächlich zu einem gewissen Teil daran, daß er unter den anderen Menschen eine Art Tiger darstellte. *Ein Mann ist das*, dachte er, *wofür er sich hält.*

Göring sagte plötzlich: »Sie haben eine ziemlich seltsame Lache, werter Freund. Ein wenig feminin für einen harten Burschen wie Sie. Es hörte sich an wie . . . wie ein Felsen, den man über einen zugefrorenen See schiebt. Oder wie ein Schakal.«

»Ich habe sicher etwas von einem Schakal oder einer Hyäne an mir«, erwiderte Burton. »Jedenfalls wurden meine Feinde niemals müde, das zu behaupten. Aber ich bin mehr als das.«

Er stand von seinem Bett auf und machte ein wenig Morgengymnastik, um den Schlaf aus den Muskeln zu vertreiben. In wenigen Minuten würde er mit den anderen zum Gralstein hinuntergehen und die Nahrungsbehälter füllen lassen. Anschließend warteten Reinigungsarbeiten auf sie, später militärischer Drill und Ausbildung mit der Lanze, der Keule, der Schlinge, dem Schwert, Pfeil und Bogen und der Streitaxt. Des weiteren war ein Kursus über den Kampf mit bloßen Händen und Füßen angesetzt. In der anschließenden, einstündigen Pause konnte man entweder ruhen, essen oder sich unterhalten. Später erwarteten sie zwei harte Arbeitsstunden an den Wällen, die die Grenzen ihres kleinen Reiches bildeten. Nach einer weiteren halbstündigen Pause folgte der obligatorische, einen Kilometer lange

Rücklauf zum Lager. Nach dem Abendessen begann dann für diejenigen, die weder zum Wachdienst noch zu anderen Aufgaben eingeteilt worden waren, die heißersehnte Freizeit.

Was die anderen Zwergstaaten – ob sie nun flußauf- oder flußabwärts lagen – anbetraf, sah es dort nicht anders aus. Nahezu überall befand man sich im Krieg oder bereitete sich auf bewaffnete Auseinandersetzungen vor. Man legte großen Wert darauf, daß die Bevölkerung in Form blieb und ihren Fähigkeiten gemäß an den unterschiedlichsten Waffen ausgebildet wurde. Deswegen bestand der größte Teil des Tages aus Übungen. Wie monoton der tägliche Dienst auch ablief – den meisten schien er immer noch interessanter zu sein, als einfach herumzusitzen und nach Möglichkeiten der Zerstreuung zu suchen. Aber dennoch hatte sich die Tatsache, daß man sich weder um Nahrungsbeschaffung noch Mieten oder Rechnungen mehr zu kümmern brauchte, nicht in jedem Fall als segensreich erwiesen. Überall wurde eine große Schlacht gegen die Langeweile geschlagen, und die Hauptaufgabe der einzelnen Stammesführer bestand darin, sich Beschäftigungsmöglichkeiten für ihre Leute auszudenken.

Obwohl man das Flußtal mit Leichtigkeit in ein Paradies hätte verwandeln können, herrschte überall nur Krieg, Krieg, Krieg. Von anderen Dingen abgesehen war der Krieg (wenn man manchen Leuten Glauben schenken konnte) eine wunderbare Sache. Zumindest auf dieser Welt vergeudete er keine Menschenleben und vertrieb außerdem die Langeweile. Die Menschheit, so sagten sie, hatte sich damit ein Ventil geschaffen, durch das sie sich ihrer Aggressivität entledigen konnte.

Nach dem Abendessen blieb es den Männern und Frauen des kleinen Reiches selbst überlassen, womit sie sich beschäftigten – vorausgesetzt, sie brachen keine Gesetze. Man konnte dann Tauschgeschäften nachgehen und mit den überzähligen Zigaretten und Getränken, die die Grale lieferten, manch nützlichen Gegenstand erwerben. Manche handelten sich mit Narkotika oder im Fluß gefangenen Fischen einen besseren Bogen oder Pfeile ein; andere Schilde, Becher, Tassen, Tische, Stühle, Bambusflöten oder Tonpfeifen. Aber es gab auch aus Menschen- oder Fischhaut gefertigte Trommeln, seltene Steine (die eine wirkliche Rarität darstellten); Halsketten aus den bemerkenswert schönen bunten Knochen von Fischen, aus Jade oder Holz; Obsidianspiegel, Sandalen und Schuhwerk, Kohlezeichnungen oder beinahe unerschwingliches Bambuspapier; Tinte und

Fischgrätenschreibgeräte, Hüte aus langem, zähfaserigen Gras; kleine Wagen, in denen man die Hügel hinabfahren konnte, Harfen aus Holz und den Sehnen des Drachenfisches, aus Eichenholz gefertigte Finger- und Zehenringe, Töpferwaren und zahlreiche andere Dinge, die man nutzbar oder als Zierrat verwenden konnte.

Und später fanden natürlich die Orgien statt, an denen Burton und seine Hüttengefährten erst dann würden teilnehmen dürfen, wenn man ihnen den Status eines Bürgers zugestanden hatte. Erst dann durften sie sich auch Frauen nehmen und mit ihnen allein in einer Hütte leben.

John Collop war ein kleiner und schlanker Jüngling mit langem, blondem Haar, einem hageren, aber durchaus ansehnlichen Gesicht und großen blauen Augen, über denen sich seidige, schwarze Wimpern krümmten. Während seines ersten Gesprächs mit Burton hatte er sich vorgestellt und gesagt: »Ich wurde aus der Dunkelheit in meiner Mutter Schoß – wessen auch sonst? – im Jahre 1625 in das Licht von Gottes schöner Welt hinübergeführt. Meiner Meinung nach landete ich alsbald – und viel zu schnell – erneut in einem Schoß. Diesmal war es der von Mutter Natur. Ich war natürlich auf das ewige Leben vorbereitet und keinesfalls überrascht, wie Sie sich vorstellen können. Dennoch will ich nicht verschweigen, daß es nicht allzuviel mit dem Leben zu tun hatte, das die Pfaffen mir beschrieben. Aber ach! Wie sollten sie auch nur die Wahrheit erahnen, wo sie selber auch nur Blinde sind, die eine Herde von Blinden lenken!«

Etwas später berichtete Collop Burton, daß er ein Mitglied der Kirche der Zweiten Chance sei.

Burtons Augenbrauen hoben sich. Er war dieser neuen Religion bereits an vielen Orten begegnet. Obwohl er zu den Ungläubigen zählte, interessierten ihn derartige Bewegungen immer, und er hatte es sich nie nehmen lassen, Nachforschungen über sie anzustellen. Seine Devise lautete: Wenn du etwas über einen Menschen erfahren willst, lerne zuerst seine Religion kennen. Damit weißt du die Hälfte über ihn. Die andere kannst du leicht von seiner Frau erfahren.

Diese Kirche verbreitete nur wenige einfache Thesen, von denen manche auf Tatsachen, die meisten aber auf Glauben und Hoffnungen basierten. Darin unterschieden sie sich von keiner Religion der Erde. Was die Kirche der Zweiten Chance allerdings über die Lehren sämtlicher Glaubensgemeinschaften der Vergangenheit hinaushob, war die Tatsache, daß sie ein Leben nach dem Tode vorhersagen konnte, ohne sich auf irgendwelche Vermutungen zu stützen. Es gab schließlich ein Weiterleben – und nicht einmal dieses war auf Einmaligkeit beschränkt.

»Warum hat man der Menschheit eine zweite Chance gegeben?« fragte Collop mit leiser, ernster Stimme. »Hat sie sie überhaupt verdient? Nein. Von wenigen Ausnahmen abgesehen ist der Mensch gemein, mies, engstirnig, neidisch und egoistisch. Er ist streitsüchtig und verbringt einen Großteil seiner Zeit damit, anderen an die Kehle zu fahren. Die ihn beobachtenden Götter – oder der Gott – müßte sich eigentlich bei ihrem Anblick übergeben. Aber selbst in seinem göttlichen Erbrechen findet sich, wenn Sie mir diesen Ausdruck verzeihen wollen – ein Klümpchen Mitgefühl. Die Menschheit, egal auf welche Abstammung sie sich auch berufen mag, hat in sich den Silberdraht der Göttlichkeit. Es ist nicht einfach eine selbstgefällige Phrase, daß der Mensch nach dem Ebenbilde Gottes geschaffen wurde. Es existiert in jedem von uns etwas – und das sogar unter dem schlechtesten Vertreter unserer Spezies –, das es wert ist, bewahrt zu werden; das es wert ist, aus ihm einen neuen Menschen zu machen. Und wer immer uns die Möglichkeit gegeben hat, unsere Seelen zu retten, ist über diese Wahrheit informiert. Man hat uns in dieses Flußtal gebracht – auf einen fremden Planeten, dessen Himmel nicht der unsere ist –, damit wir unser Seelenheil wiedergewinnen. Ich habe keine Ahnung, welche zeitliche Grenze man uns setzt. Nicht einmal die Führer unserer Kirche wagen es, darüber Spekulationen anzustellen. Möglicherweise haben wir die Ewigkeit, vielleicht aber auch nur ein paar hundert oder tausend Jahre, diese Aufgabe zu bewältigen. Aber wir sollten jede Sekunde dieser Zeit nutzen, mein Freund.«

Burton sagte: »Hast du nicht einmal auf einem Altar Odins gelegen und auf Nordmänner einzuwirken versucht, die dich ihm opfern wollten und die ihrem alten Glauben immer noch anhingen, obwohl sie inzwischen wußten, daß diese Welt hier nichts mit dem Walhalla zu tun hat, auf die sie ihre Priester vorbereiteten? Glaubst du nicht, daß du deine Zeit vergeudet hast, indem du zu ihnen sprachst und sie zu bekehren versuchtest? Sie glauben noch heute an die gleichen alten Götter, und das einzige, was sich an ihrer Theologie verändert hat, sind die Auswirkungen der Umwelt, denen sie jetzt gegenüberstehen. Ebenso wie du an deinem alten Glauben hingst.«

»Die Nordmänner haben keinerlei Erklärung für die neue Umgebung, in der sie sich jetzt befinden«, erwiderte Collop.

»Aber ich. Ich bin im Besitz einer vernünftigen Erklärung, die auch die Nordmänner eines Tages genauso akzeptieren werden wie ich. Sie haben mich zwar umgebracht, aber eines Tages wird ein anderes Mitglied unserer Kirche kommen und zu ihnen sprechen können, bevor sie es auf ihren Altar legen und sein Herz herausreißen. Und wenn dieser es nicht schafft, sie zu überzeugen, wird es der nächste Missionar tun. Schon auf der Erde ist das Blut der Märtyrer stets die Saat der Kirche gewesen. Auch hier wird sich diese Überzeugung als richtig erweisen. Wenn man einen Mann tötet, um ihm den Mund zu verschließen, wird er an einem anderen Ort wiedergeboren. Und ein Mann, der hunderttausend Kilometer entfernt den Märtyrertod starb, wird kommen und den Platz seines Vorgängers übernehmen. Im Endeffekt wird die Kirche siegen. Dann wird der Mensch sich von seinen haßerzeugenden Kriegen abwenden und seiner wirklichen Bestimmung entgegenstreben: der Rettung seiner Seele.«

»Was du über die Märtyrer gesagt hast«, sagte Burton, »mag zwar stimmen. Aber jeder andere Bösewicht, der umgebracht wird, erwacht ebenso wieder an einem anderen Ort.«

»Gott wird die Oberhand erringen; die Wahrheit setzt sich immer durch«, entgegnete Collop.

»Ich weiß nicht, wieviel du während deines Lebens von der Erde gesehen hast«, meinte Burton, »aber es muß sehr wenig gewesen sein. Sonst wärst du nicht dermaßen blind. Ich weiß es besser.«

Collop erwiderte: »Die Kirche ist nicht auf blinden Glauben allein errichtet worden. Sie verfügt über etwas sehr Grundsätzliches, auf das sich ihre Lehren aufbauen. Sag mir, Freund Abdul, hast du jemals davon gehört, daß jemand wiedererweckt wurde und dennoch tot war?«

»Das ist paradox!« rief Burton aus. »Was meinst du damit: wiedererweckt und dennoch tot?«

»Es gibt mindestens drei beeidete Fälle und vier weitere, von denen die Kirche zwar hörte, aber niemanden fand, der dabeigewesen ist. Es handelte sich bei diesen Personen um Menschen, die irgendwo getötet wurden und dann an anderen Orten auftauchten. Seltsamerweise befanden sich ihre Körper in unversehrtem Zustand. Aber es war kein Leben in ihnen. Nun, was sagst du dazu?«

»Ich kann es mir nicht vorstellen!« sagte Burton laut. »Aber erzähle mir davon. Ich will dir gerne zuhören.«

Natürlich konnte er es sich *doch* vorstellen, denn die gleiche Geschichte hatte er bereits anderswo aufgeschnappt. Jetzt ging es für ihn nur noch darum, ob sich Collops Bericht mit dem anderen deckte.

Und das tat er. Sogar die Namen der in totem Zustand materialisierten Personen stimmten überein. Alle waren von Menschen identifiziert worden, die ihnen bereits zu Lebzeiten auf der Erde begegnet waren. In jedem einzelnen Fall hatte es sich um prominente Persönlichkeiten gehandelt, die entweder heiliggesprochen worden waren oder einer solchen Ehrung ziemlich nahestanden. Und so nahm es nicht wunder, daß bald die Theorie Anhänger fand, es gäbe Menschen, die aufgrund eines bestimmten Lebenswandels das »Fegefeuer« – als das man den Flußplaneten ansah – nicht mehr zu durchlaufen brauchten. Ihre Seelen hatten sich auf den Weg zu einem anderen Ort begeben. Was übrigblieb, war lediglich ihre leere Hülle.

Schon bald, behauptete die Kirche, würden weitere Menschen in das Stadium der Beinahe-Heiligkeit aufrücken. Dann würden auch ihre Seelen sich aufmachen und nichts als tote Körper zurücklassen. Eventuell konnte dann – nach einer gewissen Zeit – die Bevölkerungsanzahl verringert werden. Ein jeder habe die Chance, sich auf sich selbst zu besinnen und auf Gottes Erleuchtung zu warten. Selbst die hoffnungslosesten Fälle würden die Fähigkeit erlangen, sich ihrer Körperhüllen zu entledigen, wenn sie sich darum bemühten, ihre Herzen mit Liebe zu erfüllen.

Burton seufzte, brach in lautes Gelächter aus und sagte: »*Plus ça change, plus c'est la même chose*. Schon wieder ein neues Märchen, um den Menschen Hoffnung zu machen. Die alten Religionen haben sich selbst diskreditiert – obwohl einige Leute das immer noch nicht eingesehen haben –, also ist es an der Zeit, ein paar neue zu erfinden.«

»Aber es steckt ein Sinn dahinter«, verteidigte sich Collop. »Hast du eine bessere Erklärung dafür, aus welchem Grund wir uns hier aufhalten?«

»Vielleicht. Ich bräuchte dazu nur ein paar andere Märchen zu erfinden.«

Natürlich besaß Burton eine solche Erklärung, aber er würde sich hüten, sie Collop anzuvertrauen. Spruce hatte vor seinem Tod immerhin einiges über die Identität, Geschichte und Ziele seiner Gruppe durchblicken lassen. Und einiges davon deckte sich in der Tat mit Collops Theologie.

Allerdings war Spruce gestorben, bevor er eine Erklärung

über das, was man »Seele« nannte, hatte abgeben können. Offenbar stellte die »Seele« einen wichtigen Faktor im Gesamtbild der Wiedererweckung dar. Erreichte der menschliche Körper jedoch den Zustand des »Heils«, entledigte sich die Seele ihrer Umhüllung. Da man das post-terrestrische Leben lediglich in physikalischen Termini erklären konnte, mußte die »Seele« ebenfalls eine physikalische Entität darstellen, die man nicht mit der Bezeichnung »übersinnlich«, wie es auf der Erde stets der Fall gewesen war, umschreiben konnte.

Aber es gab immer noch genug, was Burton nicht wußte. Immerhin war es ihm vergönnt gewesen, einen tieferen Einblick in den Aufbau des Flußplaneten zu tun, als den meisten anderen Menschen möglich gewesen war.

Mit dem wenigen Wissen, das er besaß, war er dennoch bereit, seinen weiteren Weg zu gehen. Und irgendwann würde er den dunklen Turm erreichen, selbst wenn er einen erneuten Selbstmord begehen mußte, um schneller dort anzukommen. Zuerst mußte ihn allerdings einer der Ethiker entdecken. Burton würde den Mann überrumpeln, dafür sorgen, daß er sich nicht selbst umbrachte, und dann die erforderlichen Informationen aus ihm herauspressen.

Bis dahin würde er weiterhin die Rolle Abdul Ibn Haruns spielen und sich als ägyptischer Physiker des neunzehnten Jahrhunderts ausgeben, der jetzt zu den Bürgern des Staates Bargawhwdzys zählte. Und als solcher, entschied er sich, würde er auch der Kirche der Zweiten Chance beitreten. Er brauchte Collop gegenüber nur durchblicken zu lassen, daß die Lehren Mohammeds ihn frustriert hätten. Schneller als Burton war in diesem Gebiet noch kein Mensch zu einem anderen Glauben konvertiert.

»Und nun«, sagte Collop, »mußt du schwören, daß du niemals wieder eine Waffe gegen einen anderen Menschen erheben wirst – nicht einmal zur Selbstverteidigung.«

Wütend entgegnete Burton, daß er es keinem Menschen ungestraft gestatten werde, Hand an ihn zu legen.

»Es ist nichts Unnatürliches, was ich von dir verlange«, sagte Collop freundlich. »Anders ja, das gebe ich zu. Aber ein Mensch, der beschlossen hat, besser zu werden als der, der er einst war, kann dies nur erreichen, wenn er die Kraft und den Willen an das Gute im Menschen auch aufbringt.«

Burton warf ihm ein entschiedenes »Nein!« an den Kopf und marschierte von dannen. Collop schüttelte zwar traurig den

Kopf, blieb aber zuvorkommend und artig wie immer. Daß er Burton gelegentlich als einen »Fünf-Minuten-Konvertierten« bezeichnete, zeugte sogar von einem gewissen Humor. Allerdings spielte er mit den fünf Minuten nicht auf die Zeit an, die er Burton agitiert hatte, sondern auf jene, die der Täufling benötigt hatte, um sich von seinem neuen Glauben wieder abzusetzen.

Der zweite Mann, der zur Kirche der Zweiten Chance überwechselte, war Göring, obwohl er zuerst nichts als Hohn und Spott für Collop übriggehabt hatte. Schließlich waren nach zu häufigem Traumgummikonsum die Alpträume wiedergekehrt.

Zwei Nächte lang hielt Göring Burton und Collop mit seinem Geheule, Gestöhne und Herumgewälze wach. Am Abend des dritten Tages fragte er Collop schließlich, ob es möglich sei, daß er ein Mitglied seiner Kirche werden könnte. Eine Beichte blieb ihm allerdings nicht erspart, da Collop darauf bestand, von ihm zu erfahren, wer und was er auf der Erde gewesen war.

Der junge Engländer hörte sich Görings mit Selbstmitleid und heftigen Selbstbeschuldigungen vermischte Worte an und sagte dann: »Freund, mich interessiert nicht, wer du früher gewesen bist. Ich will nur wissen, was du jetzt bist und was du werden willst. Nur weil eine Beichte gut für die Seele ist, habe ich dich aufgefordert, mir dein Leben zu erzählen. Ich sehe jetzt, daß du dich dessen, was du tatest, schämst; gleichzeitig sehe ich aber auch, daß du gelegentlich mit Genuß daran zurückdenkst, welch mächtiger Mann du einst unter deinesgleichen warst. Viel von dem, was du mir berichtetest, verstehe ich nicht, da ich nicht viel über die Zeit weiß, der du entstammst. Aber auch das spielt keine Rolle. Nur das Heute und das Morgen betreffen uns, und jeder folgende Tag wird für sich selbst zählen.«

Burton hatte den Eindruck, daß es Collop weder interessierte, was Göring einst gewesen war, noch daß er dem Deutschen seine Geschichte überhaupt abnahm. Es gab zu diesen Zeiten so viele Spinner, daß die wirklichen Helden und Schurken ihnen gegenüber tatsächlich weit in der Minderheit waren. Burton selbst hatte inzwischen die Bekanntschaft von zwei Leuten, die sich für Jesus Christus hielten, gemacht. Des weiteren kannte er drei Abrahams, sechs Attilas, ein Dutzend Judasse (von denen nur einer in der Lage war, aramäisch zu sprechen), einen George Washington, zwei Lord Byrons, drei Jesse James', jede Menge Napoleons, einen General Custer (mit einem wunderhübschen Yorkshire-Akzent), einen Finn MacCool (der kein mittelalterliches Irisch konnte), einen Tschaka (der allerdings den falschen Zulu-Dialekt beherrschte) und nicht weniger als sechs Leute, die für sich in Anspruch nahmen, Richard Löwenherz zu sein.

Egal, was man auf der Erde dargestellt hatte: Jedermann mußte sich auf dieser Welt seinen Platz erkämpfen. Und das war nicht leicht, zumal sich die Voraussetzungen entscheidend geändert hatten. Die Großen und Wichtigen der Erde waren aus diesen Gründen ebenso wie die Spinner ständigen Demütigungen ausgesetzt und weigerten sich daher meist, ihre wahren Identitäten preiszugeben.

Für Collop stellte die Erniedrigung allerdings so etwas wie einen Segen dar. Erst die Erniedrigung, dann die Demut, so lautete seine Devise. Und irgendwann würde dann die Menschlichkeit von selber kommen.

Und Göring hatte sich in dem Großen Plan – wie Burton es nannte – verfangen, weil es seiner Natur entsprach, sich übermäßigem Genuß hinzugeben, wie sein großer Drogenkonsum bewies. Obwohl er genau darüber Bescheid wußte, daß Dinge wie Traumgummi an seinen Wurzeln zerrten, sein Innerstes nach außen stülpten und die finsteren Kräfte, die tief in seinem Innern schlummerten, an die Oberfläche trieben, ihn zerrissen und wankelmütig machten, kaute er dennoch soviel, wie er bekommen konnte. Er war nach der neuen Erweckung zeitweise stark genug gewesen, sich dem Ruf der Droge zu widersetzen. Aber bereits ein paar Wochen nach der Ankunft in diesem Gebiet hatte sie sich als stärker erwiesen. Göring kaute wieder. Es dauerte nicht lange, dann wurde die Stille der Nacht wieder von seinem Geschrei zerrissen: »Hermann Göring, ich hasse dich!«

»Wenn das so weitergeht«, sagte Burton zu Collop, »wird er bald durchdrehen. Oder er wird sich umbringen. Vielleicht kann er auch einen anderen so weit treiben, ihn zu töten, damit er weiter vor sich davonlaufen kann. Aber auch der Tod kann ihm keinen Nutzen bringen; es wird immer so weitergehen. Sag mir, ist das nicht doch die Hölle?«

»Es ist das Fegefeuer«, sagte Collop. »Und im Fegefeuer gibt es immer noch die Hoffnung.«

Zwei Monate vergingen. Burton hatte sich angewöhnt, die verflossenen Tage mit der Spitze eines Steinmessers in einen Pinienstab zu ritzen. Er erlebte nun den vierzehnten Tag des siebten Monats im Jahre fünf N.W. – nach der Wiedererweckung. Er versuchte den Kalender akkurat zu führen, schließlich war er – unter anderem – ein Chronist. Aber es war schwierig, denn die Zeit bedeutete in der Flußwelt nicht sonderlich viel. Der Planet verfügte über eine Polachse, die neunzig Grad zur Ekliptik stand, deswegen gab es weder unterschiedliche Jahreszeiten noch die Möglichkeit, sich an den Sternen zu orientieren, die so eng beieinanderstanden, daß man dachte, sie müßten sich fast anrempeln. Sie waren so groß und hell, daß selbst die Mittagssonne, wenn sie den Zenit erreichte, nicht in der Lage war, den größten von ihnen völlig zu überstrahlen. Wie Geistererscheinungen, die sich trotzig weigerten, bei Tagesanbruch zu verschwinden, hingen sie brennend am Himmel.

Dennoch – der Mensch braucht seine Zeitrechnung wie der Fisch das Wasser. Und wenn er sie nicht hatte, erfand er sie eben. Und deshalb war es für Burton der 14. Juli des Jahres 5 N.W.

Collop führte allerdings die Zeitrechnung auf der Basis des Tages weiter, an dem er gestorben war. Für ihn war es das Jahr 1667 A.D. Viele Menschen taten es ihm in dieser Beziehung gleich; sie glaubten immer noch nicht, daß ihr heißgeliebter Jesus sie betrogen hatte. Eher schon sahen sie den Fluß als Jordan an, und das Tal als jene grüne Aue, die man erreichte, wenn man die Schattenlandschaft des Todes hinter sich gebracht hatte. Zwar gab Collop zu, daß das hiesige Leben anders war, als er es sich hatte träumen lassen, aber er mochte nichts Negatives daran entdecken. Ganz im Gegenteil: Gottes Land hatte seine Erwartungen noch übertroffen. Er zweifelte nicht daran, daß die Flußlandschaft Gottes innige Liebe zu seinen Geschöpfen zum Ausdruck brachte. Er hatte allen Menschen, ob gut oder böse, eine zweite Chance gegeben. Und wenn diese Welt nicht das Neue Jerusalem darstellte, dann war sie doch zumindest der Baugrund, auf dem man es errichten konnte. Die Ziegelsteine, die Gottes Liebe symbolisierten, mußten mit Mörtel zu einer Einheit verbunden werden.

Obwohl Burton nichts als Amüsiertheit bei dieser Art von Erklärungen empfand, konnte er nicht dagegen an, daß er den kleinen Collop gern mochte. Collop war ehrlich; das Feuer der Begeisterung, das in ihm brannte, war nicht durch irgendwelche theologischen Bücherweisheiten angefacht worden. Was er sagte, kam tief aus seinem Innersten. Er schürte die Flamme, die in ihm aufloderte, mit der Kraft der Liebe. Und Liebe empfand er noch für den verwerflichsten Charakter.

Collop erzählte Burton schließlich auch einiges über sein vorheriges Leben auf der Erde. Er war Arzt gewesen, hatte ein Landgut besessen, galt als liberaler Mensch. Sein unerschütterlicher Glaube an die Kirche hatte ihn jedoch keinesfalls selbstgefällig werden lassen. Im Gegenteil: die Fragen, die den Glauben und die großen gesellschaftlichen Probleme seiner Zeit betrafen, waren ihm nie ausgegangen. Ein Traktat über religiöse Toleranz, von ihm verfaßt und herausgegeben, hatte ihm sowohl Hochachtung als auch wütende Ablehnung eingetragen. Auch eine Reihe Gedichte hatte er veröffentlicht, die ihn zu kurzem Ruhm geführt hatten, später jedoch der Vergessenheit anheimgefallen waren.

Herr, mach all die Ungläubigen seh'n
Laß all die Wunder neu entsteh'n
Die Aussätzigen und die Blinden heile,
Und laß die Toten wieder geh'n.

»Meine Verse mögen vergessen sein«, sagte Collop zu Burton, »aber die Wahrheit, die sie enthalten, trifft immer noch zu.« Er deutete mit erhobener Hand auf die Hügel, den Fluß, die Berge und die Menschen. »Wenn du deine Augen öffnest und dich von deinen festgefaßten Vorsätzen loslöst, wirst du erkennen, daß all dies nicht das Werk von Menschen wie uns sein kann.« Er machte eine kurze Pause, dann fügte er hinzu: »Für mich steht fest, daß diese Ethiker nichts anderes als die Werkzeuge sind, derer sich der Schöpfer bedient.«

»Das andere Gedicht, das du geschrieben hast, sagt mir mehr zu«, sagte Burton.

Wohlauf, meine Seele, steig' himmelan!
Der Erd' gehörst du nicht.
Den Funken gab der Himmel dir;
Nun, Feuer kehr' zu ihm zurück!

Collop fühlte sich geehrt. Er wußte allerdings nicht, daß Burton den Sinn seines Verses ganz anders interpretierte als ihr Schöpfer.

»Nun, Feuer, kehr' zu ihm zurück!«

Für Burton bedeutete es nichts anderes, als in den dunklen Turm einzudringen, die Geheimnisse der Ethiker zu entschleiern und sie mit den eigenen Waffen zu schlagen. Er sah nicht ein, daß er sich ihnen gegenüber – nur weil sie ihm ein zweites Leben ermöglicht hatten – bescheiden verhalten sollte. Im Gegenteil: Es machte ihn wütend, daß ihn niemand um seine Meinung gefragt hatte. Wenn die Ethiker einen Dank erwarteten, warum erzählten sie dann nicht, aus welchem Grund sie ihm diese erneute Chance gegeben hatten? Welchen Grund hatten sie, ihre Motive geheimzuhalten? Er würde es herausfinden. Der Funke, den sie in ihm entzündet hatten, würde zu einer gewaltigen Flamme werden, an der sie sich schließlich verbrannten.

Burton verfluchte den Zufall, der ihn so nahe an die Quelle des Flusses herangebracht hatte, nur um ihm zu zeigen, wie kurz die Strecke zu jenem Großen Gral noch war, nur um ihn anschließend sofort wieder in eine Gegend zu transportieren, die Millionen von Kilometern von seinem Ziel entfernt lag. Aber er war einmal dort gewesen und würde es auch ein zweites Mal schaffen. Ein Boot würde ihm auf dieser Reise allerdings wenig nützen. Möglicherweise kostete sie ihn vierzig Jahre seines Lebens – wenn nicht sogar mehr. Ebenso konnte er damit rechnen, während dieser Zeit mehr als tausendmal in Gefangenschaft oder Sklaverei zu geraten. Und wenn jemand auf die Idee kam, ihn umzubringen, wachte er womöglich irgendwo wieder auf und stellte fest, daß er so weit von seinem Ziel entfernt war, daß er praktisch wieder von vorn beginnen mußte.

Auf der anderen Seite konnte es natürlich auch sein, daß der Tod ihn seinem Ziel näherbrachte. Die Versuchung, das bereits einmal erfolgreich durchgeführte Experiment zu wiederholen, wurde plötzlich wieder groß. Aber auch das Wissen darum, daß der Tod nur ein zeitweiliger war, ließ Burton nicht die notwendige Bereitschaft zu diesem Schritt finden. Auch wenn sein Bewußtsein darüber Klarheit besaß, daß der Tod lediglich eine Fahrkarte auf der langen Strecke zum Ziel darstellte, weigerte sich sein Körper, den Plan zu realisieren. Der Überlebenswille der Zellen erwies sich als stärker. Er triumphierte über den Willen.

Eine Weile redete Burton sich ein, großes Interesse an den Sitten und Gebräuchen jener Primitiven, unter denen er jetzt lebte, zu entwickeln. Aber schließlich siegte dann doch wieder seine Ehrlichkeit, und er sagte sich, daß er sich selbst etwas vorlog, um den Gedanken an den Freitod zu verdrängen. Aber auch dieses Wissen half ihm nicht weiter.

Inzwischen war er zusammen mit Collop und Göring aus der Hütte der Junggesellen ausgezogen und führte das Leben eines normalen Bürgers. Wie die anderen auch hatte Burton sich in einer eigenen Hütte niedergelassen und innerhalb einer Woche eine Frau gefunden, die bereit war, mit ihm zusammenzuleben. Collops Kirche kannte keinen Zölibat. Jedes Mitglied dieser Vereinigung konnte, wenn es wollte, zwar einen Keuschheitseid ablegen, aber man bestritt nicht, daß sowohl Männer als auch Frauen in Körpern erwacht waren, die die gleichen sexuellen Bedürfnisse hatten wir die irdischen Originale. Für sie war klar, daß die Herren der Schöpfung ihnen Sexualorgane gegeben hatten, um sie zu benutzen. Es war allgemein bekannt – auch wenn es gelegentlich Menschen gab, die es abstritten –, daß Geschlechtsorgane auch anderen Funktionen als ausschließlich denen der Reproduktion dienen konnten. Aus diesem Grund hielt man niemandem vor, wenn er mit einem Partner in den Büschen verschwand.

Ein anderes Resultat der kirchlichen Lehre (die ansonsten dem gesunden Menschenverstand Hohn sprach) besagte, daß jede Form der Liebe gestattet sei, und zwar solange, wie sie nicht erzwungen wurde und Formen der Grausamkeit und Gewalt annahm. Der Mißbrauch von Kindern war verboten, wenngleich dies auch nur ein Problem darstellte, das sich im Laufe der Zeit von selbst erledigen würde. In ein paar Jahren würde es nämlich keine Kinder mehr geben.

Collop weigerte sich, eine Gefährtin zu nehmen, die lediglich dazu diene, ihn von seiner sexuellen Spannung zu befreien. Er wollte eine Frau, die er auch liebte. Burton erklärte ihm daraufhin, daß diese unabdingbare Voraussetzung an sich leicht zu erfüllen sein müsse, da Collop jeden Menschen liebe. Theoretisch gesehen, führte er aus, müsse er sich die erstbeste Gefährtin nehmen, die ihm über den Weg liefe.

»Du wirst es nicht glauben, mein Freund«, erwiderte Collop, »aber genau das habe ich auch getan.«

»Und es ist natürlich reiner Zufall, daß die Frau, die du jetzt hast, hübsch, intelligent und anschmiegsam ist, nicht wahr?« witzelte Burton.

»Obwohl ich wirklich mit allen Kräften danach strebe, ein besserer Mensch als die anderen zu sein«, seufzte Collop, »werde ich manchmal einfach das Gefühl nicht los, noch immer allzu menschlich zu sein.« Er lächelte. »Du hättest mich natürlich lieber als Märtyrer in den Armen einer häßlichen Vettel gesehen.«

»In einem solchen Fall hätte ich dich für einen noch größeren Narren gehalten als jetzt«, erwiderte Burton. »Was mich angeht, ist alles, was ich von einer Frau verlange, Schönheit und Sinnlichkeit. Ob sie Köpfchen hat, ist mir egal. Und ich gebe allemal Blondinen den Vorzug. Sie bringen eine Saite in mir zum Klingen.«

Göring holte eine Walküre in seine Hütte, eine hochgewachsene, vollbusige und breitschultrige Schwedin aus dem achtzehnten Jahrhundert. Burton fragte sich, ob diese Frau Ähnlichkeit mit Görings erster Frau aufwies und ihm als eine Art Ersatz diente. Sie war eine Schwägerin des schwedischen Forschers Graf von Rosen gewesen, und wie Göring später zugab, war die Walküre seiner ersten Frau nicht nur wie aus dem Gesicht geschnitten, sondern hatte auch noch eine ähnliche Stimme wie seine Karin. Allem Anschein nach waren die beiden sehr glücklich miteinander.

Dann, mitten in der Nacht, während der obligatorische Frühmorgenregen auf den Planeten niederprasselte, wurde Burton durch ein lautes Geräusch aus dem Schlaf gerissen.

Zunächst hielt er es für einen Schrei, aber sobald er wacher wurde, stellte er fest, daß es die krachende Explosion eines Donnerschlages gewesen war, dem augenblicklich ein greller Blitz folgte. Burton schloß die Augen wieder. Er riß sie sofort wieder auf. In einer der umliegenden Hütten hatte ein Frau geschrien.

Er sprang auf, öffnete die Bambustür und steckte den Kopf hinaus. Der kalte Regen klatschte gegen sein Gesicht. Abgesehen von den westlichen Bergen, über denen ununterbrochen Blitze zuckten, war es dunkel. Ein unerwarteter Einschlag in nächster Nähe betäubte Burton fast. Dennoch gelang es ihm, in dem geisterhaft aufblitzenden Licht vor Görings Hütte zwei weiße Gestalten auszumachen. Der Deutsche hatte die Hände um die Kehle seiner Frau gelegt, die ihrerseits seine Unterarme umklammerte und sich zu befreien versuchte.

Burton eilte hinaus, rutschte auf dem nassen Gras aus und fiel auf die Nase. Im gleichen Moment, in dem er sich wieder aufrichtete, beleuchtete ein weiterer Blitz die Szenerie und zeigte ihm, daß die Walküre auf dem Boden kniete, den Oberkörper nach hinten gebeugt, während Göring mit verzerrten Gesichtszügen über ihr stand. Collop, nur mit einem Handtuch bekleidet, kam aus seiner Hütte. Burton, der immer noch keinen Ton von sich gegeben hatte, begann wieder zu laufen. Aber Göring war verschwunden. Burton kniete sich neben Karla auf den Boden, lauschte nach ihrem Herzschlag und stellte fest, daß er zu spät gekommen war. Erneut zuckte ein Blitz und beleuchtete das Gesicht der Frau. Ihr Mund klaffte auf, die Augen schienen aus den Höhlen zu springen.

Burton stand auf und schrie: »Göring! Wo sind Sie?«

Irgend etwas knallte von hinten gegen seinen Kopf. Er stürzte zu Boden.

Halb bewußtlos versuchte er, sich mit Hilfe der Hände auf die Knie zu erheben. Ein weiterer Schlag. Burton verlor erneut das Gleichgewicht. Sein Geist war benebelt, aber aus irgendeinem Impuls heraus schaffte er es, sich beiseite zu rollen und schützend die Arme vor den Kopf zu heben. Im Schein des nächsten Blitzes sah er die Gestalt Görings genau über sich. Das Gesicht des Mannes drückte nackten Wahnsinn aus. Er hielt eine schwere Keule in der Hand.

Dann kehrte die Dunkelheit zurück. Etwas Helles stürzte sich von hinten auf Görings Rücken. Beide Gestalten gingen zu Boden und wälzten sich neben ihm hin und her. Sie fauchten wie zwei ineinander verkrallte Wildkatzen.

Taumelnd kam Burton wieder auf die Beine. Ehe er sich versah, fiel er erneut hin, denn es war Göring offensichtlich gelungen, den Angreifer abzuschütteln und von sich zu schleudern. Burton stand wieder auf, während Collop ein zweites Mal zum Angriff überging. Ein lautes Knirschen ließ Burton zusammenfahren. Er sah, wie Collop zusammensackte, und versuchte auf Göring zuzulaufen, aber die Beine versagten ihm den Dienst. In einem weiten Winkel führten sie ihn an Göring vorbei. Wieder zuckte es am Himmel. Im Schein des Lichts sah Burton Göring wie in einer Momentaufnahme vor sich stehen. Er war gerade im Begriff, mit seiner Keule zu einem mörderischen Schlag auszuholen.

Als der Knüppel ihn traf, meinte Burton deutlich fühlen zu können, wie sein Arm taub wurde. Nicht nur die Beine, auch der linke Arm versagte ihm nun den Gehorsam. Dessenungeachtet ballte er die rechte Hand zur Faust und versuchte Göring zu treffen. Wieder erklang das häßliche Knirschen. Seine Rippen fühlten sich plötzlich an, als seien sie aus ihrer Aufhängung gerissen worden und schickten sich an, die Lunge zu durchbohren. Er schnappte verzweifelt nach Luft und fand sich erneut auf dem feuchten Gras liegend wieder.

Irgend etwas fiel neben ihm zu Boden. Trotz der schrecklichen Schmerzen streckte Burton die Hand danach aus. Es war die Keule; Göring mußte sie fallen gelassen haben. Zitternd und unter jedem Atemzug schmerzhaft zusammenzuckend, richtete Burton sich auf. Wo steckte der Verrückte? Vor seinen Augen tanzten zwei Schatten, verschmolzen ineinander und teilten sich. Die Hütte! Er sah sie doppelt. Er fragte sich, ob er ernsthafte Gehirnschäden zurückbehalten würde, vergaß den Gedanken jedoch im gleichen Augenblick, als er die von einem neuen Blitz erleuchtete Stelle sah, an der Göring sich befand. Oder zwei Görings. Der eine schien – leicht über dem Boden schwebend – den anderen zu begleiten, der mit beiden Beinen fest auf dem Boden stand. Aber eines taten beide zugleich: Sie hielten ihre Hände hochgereckt dem fallenden Regen entgegen, als wollten sie sich reinwaschen. Und als die beiden sich umdrehten und auf ihn zukamen, verstand Burton, daß dies wirklich ihr Bestreben gewesen war. Mit einer einzige Stimme riefen sie ihm zu: »Wasch mir das Blut von den Händen! Oh, mein Gott, wasch es doch ab!«

Mit erhobener Keule humpelte Burton auf Göring zu. Er hatte vor, ihn umzubringen, aber Göring wandte sich plötzlich um und ergriff die Flucht. So gut er dazu in der Lage war, nahm Burton die Verfolgung auf, jagte den ersten Hügel hinunter, den nächsten hinauf und dann über die sich vor ihm ausbreitende, flache Ebene. Der Regen hörte plötzlich auf, das Gewitter erstarb, und innerhalb von fünf Minuten verzogen sich auch die Wolken. Das Licht der Sterne brach sich auf Görings weißem Rücken.

Wie ein Phantom rannte er vor seinem Verfolger davon auf den Fluß zu. Burton blieb ihm auf den Fersen, fragte sich allerdings, weshalb. Mittlerweile hatten seine Beine ihre volle Kraft zurückgewonnen, und auch seine Augen funktionierten wieder wie zuvor. Ganz plötzlich hatte er Göring erreicht. Dieser kniete am Ufer des Flusses und starrte angestrengt auf die Wellen, in denen sich das Sternenlicht brach.

Burton sagte: »Sind Sie wieder in Ordnung?«

Göring zuckte zusammen. Er richtete sich ein wenig auf, änderte dann jedoch wieder sein Vorhaben. Stöhnend ließ er das Gesicht auf seine Knie sinken.

»Ich wußte, was ich tat, aber ich hatte keine Ahnung, warum«, sagte er mit dumpfer Stimme. »Karla sagte, daß sie morgen ausziehen würde, da sie die gräßlichen Geräusche, die ich während der Alpträume mache, nicht mehr länger ertragen könne. Ich würde sie in diesem Zustand zu Tode ängstigen. Ich bat sie zu bleiben und sagte ihr, wie sehr ich sie liebe und daß ich sterben würde, wenn sie mich verließe. Sie meinte, sie hätte mich zwar gemocht, aber lieben würde sie mich nicht. Mir erschien es plötzlich nur möglich, sie zu halten, indem ich sie umbrachte. Sie rannte schreiend aus der Hütte. Und den Rest wissen Sie selber.«

»Ich hatte die Absicht, Sie umzubringen«, sagte Burton. »Aber ich sehe jetzt ein, daß Sie genausowenig für das, was Sie taten, verantwortlich sind, wie ein Geistesgestörter. Die Leute hier werden das allerdings anders ehen. Sie wissen, was man mit Ihnen anstellen wird, nicht wahr? ›Du sollst hängen am Halse, bis der Tod eintritt‹.«

»Ich verstehe es selbst nicht!« schrie Göring plötzlich. »Was ist mit mir geschehen? Diese Alpträume! Glauben Sie mir, Burton, wenn ich je gesündigt habe, habe ich auch dafür bezahlt! Aber das Bezahlen hört für mich niemals auf. Meine Nächte sind die reinste Hölle, und es wird nicht mehr lange dauern, dann werden es auch die Tage sein! Und dann werde ich nur noch eine Möglichkeit haben, meinen Frieden zu finden! Ich muß mich töten, auch wenn es keinen Sinn hat. Die Hölle erwartet mich überall, wo ich wieder erwache!«

»Lassen Sie die Finger von den Drogen«, sagte Burton. »Irgendwie müssen Sie damit fertig werden. Sie können es schaffen. Sie haben mir erzählt, daß Sie schon auf der Erde vom Morphium loskamen.«

Göring stand auf und sah Burton an. »Aber das ist es ja gerade!« rief er aus. »Ich habe das Zeug nicht mehr angefaßt, seit wir hier ankamen!«

»Was?« fragte Burton erstaunt. »Aber ich könnte schwören, daß . . .«

»Sie sind aufgrund meines Benehmens zu dem Schluß gekommen, daß ich es noch immer benutzen müsse. Aber das stimmt nicht! Ich bin fertig damit, auch wenn sich mein jetziger Zustand nicht von meinem vorherigen unterscheidet!«

Trotz der Verachtung, die Burton Göring gegenüber an den Tag legte, empfand er plötzlich Mitleid mit ihm. »Sie haben die Büchse der Pandora geöffnet, und jetzt sieht es so aus, als seien

Sie nicht mehr in der Lage, sie zu verschließen«, sagte er. »Ich habe zwar keine Ahnung, wie das noch alles enden wird, aber ich möchte keinesfalls in Ihrer Haut stecken. Was nicht heißt, daß Sie es nicht verdient hätten.«

Mit ruhiger, gefestigt klingender Stimme sagte Göring: »Ich werde es überwinden.«

»Sie meinen, Sie werden sich selbst überwinden«, erwiderte Burton. Er machte Anstalten zu gehen, wandte sich aber noch ein letztes Mal um. »Was haben Sie jetzt vor?«

Göring deutete auf den Fluß. »Ich werde mich ertränken und einen neuen Anfang versuchen. Vielleicht erweisen sich die Umstände am nächsten Ort als besser. Ich habe ganz sicher nicht die Absicht, hier an einem Galgen zu enden.«

»Dann gute Reise«, sagte Burton. »Und viel Glück.«

»Danke. Wissen Sie, an sich sind Sie gar kein so übler Kerl. Ich möchte Ihnen noch einen Rat geben.«

»Nur zu.«

»Sie sollten besser auch die Finger von den Drogen lassen. Bis heute haben Sie einfach Glück gehabt, aber eines Tages wird das Zeug sich Ihrer in der gleichen Weise bemächtigen, wie es das bei mir getan hat. Die Plagegeister, die Ihnen zusetzen werden, sind natürlich nicht die meinigen, aber ich zweifle nicht daran, daß sie auch ihre Auswirkungen auf Sie haben.«

»Unsinn! Ich habe vor mir nichts zu verbergen«, sagte Burton und lachte. »Ich habe genug von dem Zeug genommen, um das zu wissen.«

Als er ging, dachte er allerdings noch einmal über Görings Warnung nach. Bisher hatte er zweiundzwanzig Kaugummitrips eingeworfen. Und nach jeder Reise war das Resultat das gleiche: Er schwor sich stets, von der Droge abzulassen.

Während er den Hügel hinaufstieg, wandte Burton sich noch einmal um und sah die sich von der Dunkelheit abhebende Gestalt Hermann Görings in den Fluten versinken. Er blieb stehen und salutierte, obwohl er im allgemeinen nichts von dramatischen Gesten hielt. Schließlich strich er Göring aus seinem Bewußtsein.

Die Schmerzen im Hinterkopf kehrten zurück; sie waren schärfer als je zuvor. Burtons Knie drohten mit jedem weiteren Schritt nachzugeben. Als er nur noch wenige Schritte von seiner Hütte entfernt war, mußte er sich hinsetzen.

Da er sich später nicht mehr daran erinnern konnte, aufgestanden zu sein, mußte er das Bewußtsein verloren haben. Als

Burton wieder zu sich kam, lag er auf einem Bambusbett im inneren irgendeiner Hütte.

Es war finster, und das Sternenlicht, das durch ein Fenstereck zu ihm hereindrang, wurde von den Ästen eines großen Baumes gefiltert. Burton wandte den Kopf zur Seite und sah neben sich die schattenhafte, blaßweiße Gestalt eines Mannes, der auf dem Boden kniete. Er hielt ein dünnes Metallobjekt vor den Augen, dessen leuchtendes Ende genau auf Burtons Stirn zielte.

25

Im gleichen Moment, in dem Burton den Kopf bewegte, legte der Mann das Gerät weg. In englischer Sprache sagte er: »Es hat mich eine Menge Zeit gekostet, Sie zu finden, Richard Burton.«

Burton tastete mit der linken Hand, die der Fremde nicht sehen konnte, auf dem Fußboden nach einer Waffe. Aber er berührte nichts als Erde und sagte: »Jetzt, wo du mich gefunden hast, du verdammter Ethiker, kann ich dich ja wohl fragen, was du mit mir zu tun gedenkst, wie?«

Der Mann erhob sich langsam und lachte. »Nichts.« Er schwieg eine Weile und sagte dann: »Ich bin keiner von *denen*.« Als er Burton nach Luft schnappen sah, lachte er erneut. »Obwohl das nicht ganz der Wahrheit entspricht. Ich *gehöre* zwar zu ihnen, aber ich teile nicht ihre Ziele.«

Er nahm das Gerät, durch das er Burton beobachtet hatte, in die Hand.

»Ich habe gerade herausgefunden, daß Sie an einem Schädelbruch leiden und außerdem eine Gehirnerschütterung haben. Sie scheinen ziemlich zäh zu sein, weil Sie, nach der Schwere Ihrer Verletzung zu urteilen, eigentlich schon gestorben sein müßten. Wenn Sie vorsichtig sind, werden Sie es wahrscheinlich überleben. Aber leider haben Sie nicht genügend Zeit, die Sache auszukurieren. Die anderen wissen, daß Sie sich in diesem Gebiet aufhalten. In etwa einem Tag wird man Sie spätestens ausgemacht haben.«

Burton versuchte sich hinzusetzen, mußte aber zu seiner Bestürzung feststellen, daß seine Knochen so weich geworden waren wie Butter in der Sonne. Sein Schädel schmerzte so sehr, als hätte ein Bajonett ihn geöffnet und sein Gehirn freigelegt. Stöhnend fiel er zurück.

»Wer sind Sie – und was haben Sie vor?«

»Ich kann Ihnen meinen Namen nicht sagen. Falls – oder besser gesagt *wenn* – man Sie fängt, wird man Ihre gesamten Erinnerungen bis zu jenem Tag in der Vorerweckungsblase zurückverfolgen. Auch wenn sie nicht herausfinden, aus welchen Gründen Sie bereits vor der allgemeinen Erweckung aufwachten: Die Erinnerung an unser jetziges Gespräch finden sie auf jeden Fall. Sie werden sogar in der Lage sein, mich selbst zu sehen; allerdings nur in der gleichen Art, wie Sie mich jetzt sehen – als blassen Schatten. Sie werden auch meine Stimme hören können, aber es ist unmöglich, sie zu analysieren, da ich einen

Verzerrer benutze. Es wird sie erschrecken, denn damit entpuppen sich ihre bisherigen Vermutungen als reine Wahrheit: Es gibt einen Verräter in ihren Reihen.«

»Ich wünschte, mir wäre klar, über was Sie eigentlich reden«, stöhnte Burton.

Der Fremde erwiderte: »Ich will Ihnen etwas sagen. Was den Sinn der Wiedererweckung angeht, hat man Ihnen diese Riesenlüge aufgetischt. Was Spruce sagte und die von uns geschaffene Kirche der Zweiten Chance lehrt – sind Lügen. Alles Lügen! Der einzige Grund, warum man euch das Leben geschenkt hat, ist die Tatsache, daß jeder einzelne von euch an einem gigantischen wissenschaftlichen Experiment teilnimmt. Die Ethiker – selten ist die Bezeichnung unzutreffender gewesen als diese – haben diesen Planeten mit seinem Tal erschaffen, die Gralsteine aufgestellt und euch zum Leben erweckt, weil sie nur ein einziges Ziel verfolgen: Sie wollen eure Geschichte und eure Bräuche aufzeichnen. Des weiteren interessiert es sie, wie die Leute auf die Wiedererweckung reagieren, wie sie sich aufgrund der Völkervermischung, die plötzlich herrscht, verhalten. Es geht nur um eines, das zählt: ihr wissenschaftliches Experiment. Und wenn es abgeschlossen ist und ihr euren Zweck erfüllt habt, werdet ihr dahin zurückkehren, woher ihr gekommen seid! All das Gerede über die zweite Chance und das ewige Leben und das Streben nach dem Heil sind nichts anderes als Lügen. In Wirklichkeit denken meine Leute gar nicht daran, daß ihr einer Rettung wert seid. Sie glauben nicht einmal, daß ihr über so etwas wie ›Seelen‹ verfügt!«

Burton schwieg lange Zeit. Der Bursche war offensichtlich verrückt. Falls er das nicht war, schien er zumindest nervlich stark angespannt zu sein, wie sein aufgeregtes Atmen verriet. Schließlich überwand er sich und sagte: »Ich kann mir einfach nicht vorstellen, daß jemand all diese Mühen auf sich nimmt, bloß um irgendein noch so wissenschaftliches Experiment durchzuführen.«

»Unter Unsterblichen hat die Zeit keine nennenswerte Bedeutung. Sie würden überrascht sein, was wir alles unternehmen, um die Ewigkeit ein bißchen spannender zu gestalten. Und wenn man alle Zeit der Welt zur Verfügung hat, nutzt man sie auch, gleichgültig, welche Mühen auf einen zukommen. Nachdem der letzte Terraner gestorben war, kostete es uns einige tausend Jahre, die Wiedererweckung vorzubereiten. Die letzte Phase allerdings verschlang lediglich einen Tag.«

Burton sagte: »Und Sie? Was haben Sie vor? Und aus welchem Grund tun Sie das, was Sie im Moment tun?«

»Ich bin der einzige wirkliche Ethiker innerhalb dieser ganzen monströsen Rasse! Ich mag es nicht, wenn man mit euch herumspielt, als wärt ihr Puppen – oder Objekte, die man beobachtet wie Tiere in einem Laboratorium! Wie primitiv und gewalttätig ihr auch sein mögt, immerhin seid ihr intelligente Wesen! Und in gewissem Sinne seid ihr sogar ... sogar ...«

Der schattenhafte Sprecher hob die Hand, als versuchte er, aus der Dunkelheit heraus nach einem Wort zu greifen. Er fuhr fort: »Ihr seid ebenso *menschlich* wie wir. Genauso wie die Frühmenschen, die ersten, die untereinander eine Sprache zur Verständigung benutzten, mit euch verwandt waren, seid ihr mit uns verwandt. Und ihr seid unsere Vorväter. Nach allem, was ich weiß, könnte ich durchaus einer Ihrer Nachfahren sein. Mein ganzes Volk stammt vielleicht sogar von Ihnen ab.«

»Das bezweifle ich«, sagte Burton. »Ich hatte nämlich keine Kinder. Zumindest waren mir zeitlebens keine bekannt.«

Da er eine ganze Reihe von Fragen auf Lager hatte, stellte er sie, aber der Fremde schenkte ihnen keine Aufmerksamkeit. Statt dessen hielt er wieder das seltsame Gerät gegen Burtons Kopf. Plötzlich zog er es zurück und unterbrach Burton mitten in einem Satz. »Ich bin ... ihr habt kein Wort dafür ... vielleicht ... Hören Sie zu. Sie haben meine ... *wathan* ... Ich glaube, Sie würden es Aura nennen, entdeckt. Natürlich haben sie keine Ahnung, wem sie sie zuordnen sollen, aber man kann daraus folgern, daß ich einer der ihren bin. Deswegen werden sie es innerhalb von fünf Minuten nullifizieren. Ich muß verschwinden.«

Die blasse Gestalt erhob sich. »Auch Sie sollten das lieber tun.«

»Wohin bringen Sie mich?« fragte Burton.

»Nirgendwohin. Sie müssen sterben. Man darf lediglich auf Ihre Leiche stoßen. Ich kann Sie nicht mitnehmen; das ist unmöglich. Aber wenn Sie bereit sind zu sterben, reicht das schon aus, um Ihre Spur zu verwischen. Wir werden uns anderswo wiedersehen. Und dann ...«

»Warten Sie«, warf Burton ein. »Ich verstehe das nicht. Wieso können die anderen mich nicht ausfindig machen? Sie haben doch die ganze Wiedererweckungsmaschinerie konstruiert. Müßten sie da nicht auch wissen, wo ich nach dem nächsten Erwachen ankomme?«

Der Fremde kicherte. »Nein. Alle Aufzeichnungen, die die Menschen der Erde betreffen, sind visueller, nicht hörbarer Natur. Die örtliche Anordnung derjenigen, die sich in der Vorerweckungsblase befanden, war unwichtig, da man sowieso den Plan hatte, euch Menschen am Fluß verstreut aufwachen zu lassen. Man legte lediglich Wert auf die Zusammenstellung ethnischer Gruppen und bestimmter Zeitperioden, aus denen die einzelnen Menschen stammten, damit die Erwachenden wenigstens noch einen gewissen Anhaltspunkt hatten. Die individuellen Aufzeichnungen wären später gekommen. Natürlich wußte damals noch niemand, daß ich mich gegen diese Pläne wenden würde. Oder daß ich mich der Mitarbeit einiger der ihren versicherte, um den Plan zu verhindern. Sie haben keine Ahnung, an welchem Ort Sie oder die anderen beim nächstenmal aufwachen. Sie werden sich natürlich jetzt fragen, warum ich die Maschinerie nicht so einstelle, daß Sie Ihrem Ziel mit einem einzigen Sprung näherkommen. Aber Tatsache ist, daß ich das bei Ihrem ersten Tod auf dieser Welt tat. Sie erreichten zwar den allerersten Gralstein, schafften es aber nicht, weiterzukommen. Ich nehme an, daß die Titanthropen Sie töteten. Pech, aber ich habe momentan einfach keinen triftigen Grund, in die Vorerweckungsblase hineinzukommen. Man ist ziemlich mißtrauisch geworden und vermutet bereits Sabotage. Deswegen liegt es jetzt allein an Ihnen, ob Sie es schaffen, die Polregion der Flußwelt noch einmal zu erreichen. Was die anderen angeht, so hatte ich leider nie die Möglichkeit, ihre Wiedererweckungen zu steuern. Auch sie werden sich dem Gesetz des Zufalls unterwerfen müssen. Und die stehen nun einmal zwanzig Millionen zu eins.«

»Die anderen?« fragte Burton. »Welche anderen? Nach welchen Kriterien haben Sie uns ausgewählt?«

»Ihr besitzt die richtige Aura. Glauben Sie mir, ich weiß, was ich tue. Meine Wahl war richtig.«

»Sie deuteten eben an, daß Sie dafür verantwortlich waren, daß ich in der Vorerweckungsblase erwachte«, hakte Burton ein. »Warum haben Sie das getan? Welches Ziel verfolgten Sie damit?«

»Es war die einzige Möglichkeit, Ihnen zu zeigen, daß die Wiedererweckung nicht aufgrund übersinnlicher Dinge geschehen war. Mein Eingriff führte Sie ja dann auch prompt auf die Spur der Ethiker. Habe ich nicht recht? Natürlich habe ich das. Hier!«

Er händigte Burton eine winzige Kapsel aus. »Schlucken Sie

das. Sie werden sofort tot sein und den Händen Ihrer Verfolger entgehen – zumindest für eine Weile. Außerdem ... Ihre Gehirnzellen werden dadurch so in Mitleidenschaft gezogen, daß man ihnen nichts mehr entnehmen kann. Beeilen Sie sich! Ich muß jetzt wirklich verschwinden!«

»Und wenn ich das nicht tue?« fragte Burton. »Wenn ich mich lieber ergebe?«

»Es würde Ihrer Aura nicht entsprechen«, sagte der Mann.

Burton war nahe daran, die Kapsel nicht zu schlucken. Wie kam er überhaupt dazu, auch nur den Gedanken zu erwägen, sich den Anordnungen dieses arroganten Burschen zu fügen?

Schließlich entschied er sich aber doch dazu, sich nicht ins eigene Fleisch zu schneiden. So wie die Dinge standen, hatte er nur zwei Alternativen: Entweder schloß er sich dem Spiel des Unbekannten an – oder er fiel in die Hände seiner Verfolger.

»In Ordnung«, sagte er. »Aber warum töten Sie mich nicht selbst? Aus welchem Grund muß ich es selbst tun?«

Der Mann lachte und sagte: »Es gibt in diesem Spiel einige Regeln, die ich jetzt nicht erklären kann. Aber Sie sind kein Dummkopf, Burton, und werden die meisten davon sicher bald selbst erkennen. Eine Regel besagt, daß wir Ethiker *sind*. Wir sind in der Lage, Leben zu erzeugen, aber wir können es nicht wieder durch eigene Hand nehmen. Es ist uns zwar nicht unmöglich, solche Gedanken zu haben oder sie in die Tat umzusetzen, aber doch sehr, sehr schwierig.«

Der Mann war ganz plötzlich verschwunden. Burton zögerte keine Sekunde. Er schluckte die Kapsel. Es war, als treffe ihn ein grellweißer Blitz ...

Und das Licht der gerade aufgegangenen Sonne schien ihm voll ins Gesicht. Ein schneller Blick überzeugte ihn davon, daß er neben einem Gral und einem Stapel adrett zusammengefalteter Kleidungsstücke lag. Und neben Hermann Göring.

Ehe Burton und der Deutsche noch dazu kamen, ein Wort zu wechseln, wurden sie von einer Horde kleiner, dunkelhäutiger Männer mit dicken Köpfen und krummen Beinen ergriffen. Die Fremden waren mit Speeren und Steinäxten bewaffnet. Die in der Regel als Kilts Verwendung findenden Tücher hatten sie wie Umhänge um die Schultern geschlungen. Bänder, die offensichtlich aus Menschenhaut gefertigt waren, hielten krause, schwarze Haarmähnen zusammen. Sie machten einen mongolischen Eindruck und verständigten sich in einer Sprache, die Burton nicht kannte.

Irgend jemand stülpte einen leeren Gral über seinen Kopf. Dann wurde Burton gefesselt. Blind und hilflos, mehrere Lanzenspitzen im Rücken fühlend, stolperte er über die Ebene. In der Nähe dröhnten Trommeln. Weibliche Kehlen stimmten einen Gesang an.

Nachdem er etwa dreihundert Schritte zurückgelegt hatte, wurde ihm bedeutet, anzuhalten. Die Trommeln schwiegen jetzt, und die Frauen hörten auf zu singen. Alles, was Burton hören konnte, war das Rauschen des Blutes in seinen Ohren. Was zum Teufel bahnte sich hier an? War er zum Mittelpunkt einer religiösen Zeremonie geworden, die verlangte, daß das Opfer nichts sehen konnte? Warum nicht? Es hatte auf der Erde zahlreiche Kulte gegeben, bei denen man den Opfern die Augen verbunden hatte, weil man sich davor fürchtete, daß der Geist des Toten sich an seinen Henkern rächte.

Aber auch diese Leute mußten inzwischen die Erfahrung gemacht haben, daß es keine Geister gab. Oder hielten sie etwa jeden, der in ihrem Land materialisierte, für den Geist eines von ihnen getöteten Menschen? Glaubte man, diese vermeintlichen Geister dadurch loszuwerden, daß man sie einfach ein zweites Mal umbrachte?

Göring! Auch er war hier aufgetaucht. Am gleichen Gralstein. Beim ersten Mal mochte es sich durchaus um einen Zufall gehandelt haben, auch wenn die Möglichkeit ziemlich unwahrscheinlich war. Aber dreimal hintereinander? Nein, das mußte . . .

Der erste Schlag ließ die Hülle des Grals gegen die rechte Seite seines Kopfes knallen und betäubte Burton beinahe. In seinen Ohren klingelte es, Sterne funkelten vor seinen Augen. Er fiel auf die Knie. Den zweiten Schlag spürte er nicht mehr, sondern erwachte an einem anderen Ort . . .

Und bei ihm war Hermann Göring.

»Wir müssen wahrhaft verwandte Seelen haben«, sagte Göring grinsend. »Diejenigen, die für all dies verantwortlich sind, scheinen uns aneinanderketten zu wollen.«

»Der Ochse und der Esel ziehen gemeinsam den Pflug«, sagte Burton und überließ es dem Deutschen, herauszufinden, welchen Part er in diesem Unternehmen spielte. Es dauerte nicht lange, dann waren sie wieder damit beschäftigt, sich den Leuten, in deren Land sie aufgetaucht waren, vorzustellen. Es handelte sich bei ihnen, wie Burton später herausfand, um Sumerer der Alten oder Klassischen Periode, was bedeutete, daß sie zwischen 2500 und 2300 v. Chr. in Mesopotamien gelebt haben mußten. Die Männer liefen kahlköpfig herum (trotz der schmerzhaften Prozedur des Rasierens mit einem Steinmesser), ihre Frauen waren nur von der Hüfte an abwärts bekleidet. Im allgemeinen tendierten sie zu untersetztem Körperbau, hatten Glupschaugen und (für Burtons Geschmack) häßliche Gesichter.

Ganz im Gegensatz zu diesen Leuten stellte die präkolumbianische, dreißig Prozent der Bevölkerung umfassende samoanische Minderheit einen Lichtblick an Attraktivität dar. Und natürlich gab es auch hier die übliche, zehn Prozent umfassende Mischgruppe aus Leuten aller Zeiten, Nationalitäten und Rassen. Natürlich verfügte Burton über keine wissenschaftlich abgesicherten Daten, aber während seiner Reisen war ihm klargeworden, daß die Menschen des zwanzigsten Jahrhunderts allem Anschein nach mit Absicht weiter verstreut worden waren, als dies ihrem tatsächlichen Bevölkerungsanteil entsprach. Und das war eine weitere Facette im Aufbau der Flußwelt, die er nicht verstand. Welchen Plan verfolgten die Ethiker mit dieser Verteilung?

Es gab zu viele Fragen. Er brauchte Zeit zum Nachdenken, die er aber niemals finden würde, wenn er einen Selbstmord nach dem anderen beging. Im Gegensatz zu den meisten anderen Gegenden, die er noch sehen würde, schien Burton dieses Gebiet jedoch die beste Gelegenheit zum Ausruhen und Analysieren zu bieten. Er beschloß, eine Weile zu bleiben.

Und dann war da auch noch Hermann Göring. Er mußte mehr darüber herausfinden, wieso sie stets gemeinsam an einem neuen Punkt auftauchten. Und eins der vielen Dinge, nach denen er den geheimnisvollen Fremden hatte fragen wollen, betraf das

Traumgummi. Wie paßte diese Droge ins Bild? War auch sie ein Teil des Großen Experiments?

Unglücklicherweise blieb Göring nicht lange bei ihm.

Schon in der ersten Nacht begann er im Schlaf zu kreischen, rannte aus der Hütte und lief auf den Fluß zu, wobei er einige Male stehenblieb, mit den Armen in der Luft herumfuchtelte und mit unsichtbaren Gegnern kämpfte, die ihm offensichtlich stark zu schaffen machten. Burton folgte ihm und ließ ihn nicht aus den Augen. Als Göring endlich am Flußufer angelangt war, machte er Anstalten, sich ins Wasser zu stürzen und zu ertränken. Plötzlich zuckte er zurück, begann am ganzen Leib zu zittern und fiel, steif wie eine Statue, nach hinten. Obwohl seine Augen weit geöffnet waren, schienen sie blicklos. Die Visionen, die Göring plagten, kamen von innen, unsichtbar für jeden Beobachter. Welche Schrecken ihn auch immer marterten – da er unfähig war zu sprechen, konnte er niemandem darüber etwas mitteilen.

Mit zuckenden Lippen lag er da, und sein Zustand änderte sich für die nächsten zehn Tage nicht. Burton versuchte ihn zu füttern, aber ohne Erfolg: Görings Kiefer waren fest aufeinandergepreßt. Er schrumpfte vor Burtons Augen immer mehr zusammen, sein Fleisch verfaulte, die Haut fiel ihm von den Knochen. An einem Morgen wälzte er sich unter konvulsivischen Zuckungen hin und her, versuchte sich hinzusetzen und schrie. Ein wenig später war er tot.

Neugierig geworden, versuchte Burton die Leiche mit Hilfe einiger Steinklingen zu sezieren. Dabei stellte er fest, daß Görings überfüllte Blase geplatzt und der Urin im ganzen Körper verteilt war.

Dann ging er daran, Göring die Zähne zu ziehen. Bevor er ihn beerdigte, konnte er auf diese Weise noch einige begehrte Dinge beiseitebringen, die einen gewissen Tauschwert besaßen. Dazu zählten nicht nur Zähne, aus denen man Zierstücke für Halsketten herstellte, sondern auch die Skalps der Verstorbenen. Die Sumerer hatten die Sitte des Skalpierens von den Shawnee-Indianern aus dem siebzehnten Jahrhundert übernommen, die das gegenüberliegende Ufer bewohnten. Aus den so gewonnenen, mit Haar bewachsenen Kopfhäuten ließen sich Umhänge, Jakken und sogar Vorhänge anfertigen. Zwar waren Skalps nicht so wertvoll wie Zähne, aber sie brachten auf dem Markt immerhin einiges ein.

Als Burton am Fuße der Berge für Göring eine Grube aushob,

durchzuckte ihn plötzlich die Erinnerung. Er hatte die Arbeit gerade unterbrochen, um einen Schluck Wasser zu trinken, als sein Blick auf Görings Leiche fiel. Der völlig glatte Kopf, die an einen friedlichen Schlaf erinnernden Züge öffneten unerwartet in seinem Bewußtsein eine Tür.

Er hatte dieses Gesicht schon einmal gesehen, und zwar bei seinem frühzeitigen Erwachen in der Vorerweckungsblase. Göring hatte ganz in seiner Nähe in der Luft gehangen, und sein Schädel war – wie bei allen anderen Schläfern auch – ohne jeden Haarwuchs gewesen. Er war ihm nur kurz aufgefallen, und bald darauf hatten die Wächter ihn entdeckt. Und später, nach dem großen Erwachen, hatte er den Mann nur deswegen nicht gleich erkannt, weil auf seinem Haupt bereits wieder blondes Haar sproß.

Aber er wußte, daß Göring sich vor der Erweckung in seiner unmittelbaren Nähe befunden hatte.

Konnte es möglich sein, daß zwei Erweckte, die einander körperlich ziemlich nahe gewesen waren, irgendwelchen gemeinsamen Faktoren unterlagen? War damit das Rätsel, daß sie kurz nach ihrem Tod jeweils am gleichen Gralstein erwachten, geklärt? Vielleicht war Görings scherzhaft geäußerte Vermutung von den verwandten Seelen doch nicht so falsch.

Burton beendete seine Grabarbeit mit einem kräftigen Fluch. Warum nagten an ihm so viele Fragen, auf die er keine Antwort fand? Er nahm sich vor, dem nächsten Ethiker, dem er begegnete, alle Antworten, die er suchte, zu entreißen; gleichgültig welche Mittel er dabei einsetzen mußte.

Die nächsten drei Monate verbrachte er damit, sich an die seltsame Gesellschaft, der er nun angehörte, anzupassen, und registrierte, daß die neue Sprache, die sich aus dem Sumerischen und dem Samoanischen entwickelt hatte, ihn mit Faszination erfüllte. Natürlich dominierte in diesem Idiom der Wortschatz der Sumerer, ganz allein schon deswegen, weil sie zahlenmäßig den größten Teil der Bevölkerung bildeten, auch wenn die Hauptsprache – wie in allen anderen Gebieten – sich nur auf einen Pyrrhussieg berufen konnte. Das Resultat der Versuche, miteinander zu kommunizieren, bestand aus einem Mischmasch unter primärer Benutzung von Hauptsätzen und einer vereinfachten Syntax. Grammatische Regeln gingen dabei natürlich über Bord; eine ganze Reihe von Wörtern wurde synkopiert, und man unterhielt sich vorzugsweise im Präsens, auch wenn man sich auf die Zukunft bezog. Umstandswörter der Zeit veranschaulichten die Vergangenheit. Spitzfindigkeiten drückte man mit Erklärungen aus, die sowohl die Sumerer als auch die Samoaner verstehen konnten, auch wenn sie im ersten Moment unbeholfen und naiv erschienen. Viele samoanische Worte begannen allerdings – unter mehr oder weniger großer Veränderung der Phonetik – Ausdrücke der sumerischen Sprache zu verdrängen.

Ähnliche Mischmaschsprachen hatten sich auch in allen anderen Zonen des Flußtals gebildet. Burton kam zu der Ansicht, daß die Ethiker sich beeilen mußten, wenn sie wirklich die Absicht hatten, alle irdischen Sprachen aufzuzeichnen, denn sie starben bereits aus. Aber möglicherweise hatten sie ihr Ziel auch schon erreicht. Wer konnte schon wissen, ob die Speichergeräte, die für die Materialisation der Menschen zuständig waren, nicht auch bereits jedes gesprochene Wort aufgezeichnet hatten?

An den Abenden, die Möglichkeiten zum Nachdenken in entspannter Stimmung boten, setzte Burton sich irgendwo allein hin und paffte die Zigarren, mit denen ihn sein Gral in großzügiger Weise belieferte, und versuchte, die Situation zu analysieren. Wem konnte er überhaupt trauen; den Ethikern oder dem rätselhaften Renegaten? Vielleicht belog man ihn von beiden Seiten?

Warum verlangte der Fremde von ihm, daß er Sand in das Getriebe einer kosmischen Maschinerie warf? Was konnte ein einfacher Mensch wie er, der zudem noch in diesem Tal gefangen war und nur über begrenzte Möglichkeiten verfügte, schon tun, um diesem Judas zu helfen?

Eines zumindest war sicher. Der Fremde benötigte seine Hilfe, sonst hätte er sich gar nicht erst zu erkennen gegeben. Er wollte, daß Burton den geheimnisvollen Turm am Nordpol des Planeten erreichte.

Aber warum?

Burton brauchte zwei Wochen, um zu einem akzeptablen Schluß zu kommen.

Der Fremde hatte gesagt, daß er – ebenso wie die anderen Ethiker – sich nicht dazu überwinden könne, auf direktem Wege menschliches Leben zu zerstören. Aber er hatte offensichtlich keinerlei Skrupel, des auf Umwegen zu tun, wie die Tatsache bewies, daß er Burton die Giftkapsel ausgehändigt hatte. Wenn er also Burtons Plan, den Turm zu erreichen, unterstützte, mochte das bedeuten, daß er in ihm ein potentielles Mordwerkzeug sah.

Er würde den Tiger auf seine eigenen Leute hetzen und dem gedungenen Mörder Tür und Tor öffnen.

Aber Meuchelmörder verlangten in der Regel ihren Preis. Was hatte der Fremde ihm anzubieten?

Burton inhalierte tief den Rauch seiner Zigarre, stieß ihn durch die Nasenlöcher wieder aus und nahm einen Schluck Bourbon. Na gut. Der Fremde würde versuchen, ihn zu benutzen. Aber er sollte sich in acht nehmen und aufpassen, daß sein Werkzeug nicht ihn benutzte.

Nachdem weitere drei Monate vergangen waren, entschied sich Burton, nun genug nachgedacht zu haben. Es war an der Zeit, den Schauplatz zu wechseln und zu handeln.

Da er sich gerade mitten im Wasser befand, folgte er einem Impuls und tauchte so tief unter, bis die Rebellion seines Körpers nutzlos wurde und die Chance, schnell wieder aufzutauchen, gleich Null war. Die Raubfische würden seine Leiche fressen, während seine Gebeine auf dem Grund des dreihundert Meter tiefen Flusses zu Staub zerfielen. Je tiefer sie sanken, desto besser. Er wollte nicht, daß sein Körper den Ethikern in die Hände fiel. Wenn die Aussagen des Fremden stimmten, waren sie dazu in der Lage, aus seinen Hirnwindungen alles herauszulesen, was er im Laufe seines hiesigen Lebens gesehen, gehört und gedacht hatte.

Und allem Anschein nach hatten sie seine Leiche wirklich nie gefunden. Während der nächsten sieben Jahre hatte Burton vor den Suchkommandos der Ethiker Ruhe, und wenn der Renegat wußte, wo Burton sich aufhielt, ließ er es ihn zumindest nicht spüren. Burton bezweifelte, daß überhaupt jemand über seinen Aufenthaltsort Bescheid wußte; er selbst hatte keine Ahnung, an welcher Stelle des Flußplaneten er sich aufhielt und ob er seinem Ziel, dem mutmaßlichen Hauptquartier der Ethiker, inzwischen nähergekommen war. Er machte seinen Weg. Ging weiter und weiter und weiter. Und irgendeines Tages wurde ihm klar, daß er eine Art Rekord gebrochen hatte: Der Tod war inzwischen zu seiner zweiten Natur geworden.

Wenn seine Rechnung stimmte, hatte er jetzt genau 777 Reisen im Suizid-Expreß hinter sich gebracht.

28

Manchmal hielt Burton sich für einen planetarischen Grashüpfer, der mit vollem Bewußtsein in den Tod sprang, danach in einem anderen Kosmos erwachte, an einem Grashalm knabberte und mit einem Auge ständig die schattenhafte Umgebung nach einer tödlichen Gefahr absuchte – den Ethikern. Er hatte auf dieser reichhaltigen Wiese, die die Menschheit darstellte, an vielen Grassorten geschnuppert, einige probiert und war schließlich dann doch immer weitergezogen.

Und es kam auch vor, daß er sich als ein Netz sah, das hie und da Musterexemplare der Menschheit aus einem großen See schöpfte. Gelegentlich gingen ihm große Exemplare ins Netz, aber die meisten waren einfache Sardinen, obwohl man von den kleinen Fischen ebensoviel – wenn nicht gar mehr – lernen konnte als von den großen.

Das Sinnbild des Netzes gefiel ihm weniger als das des Grashüpfers, und schuld daran war die Tatsache, daß er genau wußte, irgendwo über ihm schwebte ein noch größeres, das ganz allein ihm gewidmet war.

Mit welchen Umschreibungen man es auch ausdrücken wollte, Burton entwickelte sich zu einem Menschen, der viel herumkam. Er tauchte an unzähligen Orten auf, und bald begannen sich um sein Leben die ersten Legenden zu ranken, in denen er einmal als Burton der Zigeuner, ein anderes Mal als Richard der Wanderer, und ein drittes Mal als Ewiger Lazarus beschrieben wurde. Davon zu hören, bedrückte Burton etwas, denn es war zu befürchten, daß die Ethiker aufgrund der kursierenden Geschichten über einen geheimnisvollen Mann ihm schneller auf die Spur kamen. Vielleicht war es ihnen sogar möglich, aus seinen scheinbar ziellosen Sprüngen in die unterschiedlichsten Gebiete den Schluß zu ziehen, daß er nach etwas Bestimmtem suchte. Und das konnte böse für ihn ausgehen. Er mochte nicht daran denken, was geschähe, wenn er den letzten, alles entscheidenden Sprung hinter sich gebracht hatte und eine Gruppe bewaffneter Wächter auf ihn wartete.

Nachdem die sieben Jahre um waren, war Burton durch die ständige Beobachtung des Sternenhimmels sowie unzähliger Gespräche mit anderen Menschen nahezu in der Lage, eine geistige Landkarte über den Lauf des allesbeherrschenden Flusses anzufertigen.

Der Fluß war – wie er vermutete – kein Ding, das irgendwo

entsprang und anderswo endete. Eher konnte man ihn mit einer Midgardschlange vergleichen; einem Geschöpf, dessen Kopf sich zwar am Nordpol befand, aber dessen Körper sich in wilden Zickzacklinien um den gesamten Globus spannte, um sich am Ende wieder in das eigene Hinterteil zu beißen. Die Quelle des Flusses lag am Nordpol und bildete einen See, und wenn man den Aussagen des Frühmenschen, der zufällig in diese Gegend verschlagen worden war, glauben konnte, hatte der dunkle Turm inmitten eines Sees in einer Nebelbank gelegen. Zwar hatte Burton diese Geschichte auch nur aus zweiter Hand, aber nachdem er in der Polregion persönlich den Titanthropen begegnet war, mochte er nicht mehr ausschließen, daß es einem dieser Giganten gelungen war, wirklich das Gebirge zu bezwingen. Und wenn es einem dieser Wesen gelungen war, das Gebirge zu durchqueren – wieso sollte er dann nicht auch dem See nahe genug gekommen sein? Das bedeutete: Wo ein Mensch einmal gewesen war, konnte auch ein zweiter hingelangen.

Doch wie bewegte sich der Fluß bergauf?

Seine Geschwindigkeit schien sogar dort konstant zu bleiben, wo er sich hätte eigentlich verlangsamen oder die Kraft verlieren müssen, weiterzufließen. Also mußten irgendwo Gravitationsfelder sein, die den Transport des Wasser solange übernahmen, bis er in ein Gebiet kam, wo wieder normale Bedingungen herrschten. Irgendwo – vielleicht sogar unterhalb des Flußbettes – befanden sich Anlagen, die diese Arbeit verrichteten. Die Kraftfelder mußten sich auf ein begrenztes Gebiet erstrecken, da die veränderte Erdanziehungskraft keinerlei Auswirkungen auf die in diesem Gebiet lebenden Menschen hatte.

Fragen über Fragen. Es würde ihm nichts anderes übrigbleiben, als seine Reise solange fortzusetzen, bis er sein Ziel erreicht hatte oder auf Wesen traf, die sie ihm beantworten konnten.

So unternahm Burton seinen siebenhundertsiebenundsiebzigsten »Sprung« und verließ sich darauf, daß die Sieben sich als seine Glückszahl entpuppen würde. Nicht einmal die spöttischen Bemerkungen seiner aus dem zwanzigsten Jahrhundert stammenden Bekannten hatten ihn davon abbringen können, sich von den abergläubischen Ticks seiner irdischen Vergangenheit zu trennen. Obwohl er gelegentlich über ihre eigenen Schwächen in dieser Beziehung lachte, mochte er den Gedanken nicht missen, daß gewisse Zahlen auf sein Leben einen Einfluß hatten. So glaubte er auch weiterhin daran, daß kleine Silberstücke, auf die Augenlider gelegt, einem ermüdeten Körper neue

Kräfte schenken, und an den zweiten Gesichtssinn, der ihn auf lauernde Gefahren aufmerksam machte. Natürlich gab es auf dieser mineralienarmen Welt kein Silber, aber wäre er darauf gestoßen, hätte er sich seiner Dienste versichert.

Den ganzen Tag über hielt er sich am Ufer des Flusses auf. Er schenkte den Leuten, die mit ihm ein Gespräch anzufangen versuchten, wenig Aufmerksamkeit, lächelte ihnen höchstens kurz zu. Im Gegensatz zu den Menschen in den meisten Gebieten, die er bereist hatte, waren diese hier nicht feindlich gesinnt. Die Sonne wanderte an den östlichen Bergrücken vorbei, als wolle sie nichts anderes, als das kantige Gestein mit ihren Strahlen erleuchten. Dann glitt der flammende Ball über das Tal hinweg. Er bewegte sich langsamer als je zuvor. Lediglich an jenem Tag, an dem Burton zwischen den Titanthropen gelandet war, hatte sie noch weniger Bewegung gezeigt. Sie überflutete das Flußtal einige Zeit mit Wärme und Licht und begann sich dann auf die westlichen Berge zuzubewegen. Es wurde schattig, die Luft kühler. Die Umgebung unterschied sich extrem von Gegenden, die er im Laufe der letzten Jahre besucht hatte. Schließlich nahm die Sonne wieder die gleiche Position ein, die sie innegehabt hatte, als Burton die Augen öffnete.

Ermüdet von der vierundzwanzigstündigen Beobachtung, aber glücklich, wandte er sich ab und beschloß, nach einer Unterkunft Ausschau zu halten. Ihm war jetzt klar, daß er sich in einer arktischen Zone aufhielt, aber nicht in der Nähe der Quellflüsse. Diesmal war er am Maul der Midgardschlange gelandet – genau am anderen Ende des Flusses.

Als Burton sich aufmachte, hörte er plötzlich eine Stimme. Sie war ihm bekannt, auch wenn er sie im ersten Moment nicht identifizieren konnte.

»Wohlauf, meine Seele, steig' himmelan!
Der Erd' gehörst du nicht.
Den Funken gab der Himmel dir;
Nun, Feuer, kehr' zu ihm zurück.«

»John Collop!«

»Abdul Ibn Harun! Und da behauptet man, es gäbe keine Wunder! Was hast du erlebt, seit wir uns das letzte Mal sahen?«

»Ich starb in der gleichen Nacht wie du«, erwiderte Burton. »Und seither noch sehr viel öfter. Es gibt viele schlechte Menschen auf dieser Welt.«

»Das ist nur natürlich. Schließlich gab es sie auch schon auf der Erde. Dennoch behaupte ich, daß ihre Anzahl gesunken ist, seit die Kirche ihre Arbeit tut, Gott sei Dank. Zumindest was dieses Gebiet hier angeht. Aber komm mit mir, mein Freund, ich will dich meiner Gefährtin vorstellen. Sie ist eine liebreizende Frau und gläubig in einer Welt, die immer noch viel zuwenig Wert auf Rechtschaffenheit und Demut legt. Sie stammt aus dem zwanzigsten Jahrhundert und hat den größten Teil ihres Lebens Englisch gelehrt. Es ist seltsam, aber manchmal glaube ich, daß sie mich nicht um meiner selbst willen liebt, sondern deswegen, weil ich ihr soviel über die Sprache meiner Zeit beigebracht habe.«

Das kurze, nervöse Gelächter, das Collop ausstieß, zeigte Burton, daß er nur scherzte.

Sie überquerten die Ebene und hielten auf die Hügel zu, in denen auf steinernen Plattformen, die vor einer jeden Hütte standen, helle Feuer brannten. Die meisten der Männer und Frauen hatten, um der schattigen Kühle zu entgehen, ihre Bekleidungstücher eng um sich geschlungen.

»Ein trübseliger und zum Frösteln geeigneter Ort ist das hier«, sagte Burton. »Wie kann man nur auf die Idee kommen, sich hier niederzulassen?«

»Die meisten dieser Leute sind entweder Finnen oder Schweden aus dem späten zwanzigsten Jahrhundert. Sie sind an die Mitternachtssonne gewöhnt. Dennoch solltest du dich glücklich schätzen, hier zu sein. Ich erinnere mich an deine brennende Neugier, die Polarregion betreffend, und der Spekulationen, die du darüber anstelltest. Es hat schon eine ganze Reihe anderer Leute gegeben, die sich aufmachten, dem Strom flußabwärts zu folgen. Auch sie suchten nach einem persönlichen Ultima Thule oder – wenn du mir den Ausdruck verzeihen willst – nach dem goldenen Schlüsselchen am Ende des Regenbogens, nach dem nur Narren suchen. Aber entweder sind sie unterwegs verschollen oder kehrten zurück, weil unüberwindliche Hindernisse ein Weiterkommen unmöglich machten.«

»Welche Hindernisse waren das?« fragte Burton und zerrte aufgeregt an Collops Arm.

»Du tust mir weh, mein Freund. Es handelt sich um die Gralsteine, die plötzlich aufhören, so daß niemand mehr seinen Gral mit Nahrung füllen kann. Des weiteren rücken die Berge plötzlich derart nahe an den Fluß heran, daß man nicht mehr weiß, wohin man den Fuß setzen soll. Der Fluß zieht sich dort in die

Berge hinein und bahnt sich seinen Weg durch eiskalte Klüfte. Was dahinterliegt, weiß niemand, denn bis jetzt ist noch kein Mensch aus diesem Gebiet zurückgekehrt, um darüber zu berichten. Aber ich befürchte, daß sie das gleiche Ende ereilt hat wie alle, die die Sünde der Hybris begingen.«

»Wie weit ist das Gebiet, aus dem niemand zurückkehrte, von hier entfernt?«

»Wenn man die Flußwindungen berücksichtigt, sind es etwa vierzigtausend Kilometer. Mit einem guten Segelboot könntest du es in einem Jahr schaffen. Aber der Allmächtige Vater allein weiß, wie weit du dann noch gehen mußt, um das wirkliche Ende des Flusses zu erreichen. Vor allen Dingen ist es unmöglich, vorherzusagen, wieviel Proviant du auf das Boot laden müßtest, nachdem du den letzten Gralstein hinter dich gebracht hast, um nicht des Hungers zu sterben.«

»Es gibt eine Möglichkeit, das herauszufinden«, sagte Burton.

»Es kann dich also nichts davon abhalten, Richard Burton?« fragte Collop. »Du willst dieses fruchtlose Unterfangen also um keinen Preis aufgeben?«

Erneut griff Burton nach Collops Arm.

»Hast du mich gerade *Burton* genannt?«

»Ja. Vor einiger Zeit erzählte mir dein Freund Göring, daß dies dein wirklicher Name sei. Und er hat mir auch noch andere Dinge über dich gesagt.«

»Göring ist hier?«

Collop nickte. »Er ist jetzt seit zwei Jahren unter uns und lebt etwa eineinhalb Kilometer von hier entfernt. Wir können ihn morgen besuchen. Du wirst erstaunt sein, wenn du siehst, wie sehr er sich verändert hat. Er hat es geschafft, die Macht des Traumgummis zu brechen und aus sich einen völlig neuen Menschen zu machen. Er ist sogar zum Führer der Kirche in diesem Gebiet geworden, während du, mein Freund, einem imaginären Gral nachjagtest. Er hat einen Heiligen Gral in sich selbst errichtet, obwohl er beinahe an seinem Wahnsinn zugrundegegangen ist und fast wieder soweit war, in die Bösartigkeit seiner irdischen Existenz zurückzufallen. Aber die Gnade Gottes und sein eigenes Bemühen, sich und uns zu beweisen, daß sogar er würdig ist, die Chance des zweiten Lebens zu erhalten . . . Nun, du kannst es morgen mit deinen eigenen Augen sehen. Und ich bete darum, daß auch du von seinem Beispiel profitierst.«

Collop erklärte ihm, was er meinte. Wie Burton hatte auch

Göring fast die gleiche Anzahl von Selbstmorden aufzuweisen. Unfähig, mit den ihn plagenden Alpträumen und Selbstbeschuldigungen fertig zu werden, hatte er einen Freitod nach dem anderen praktiziert. Mit ständig gleichem Resultat: Wo er auch erwachte – die Alpträume blieben. Schließlich war er in diesem Gebiet aufgetaucht und hatte Collop, sein ehemaliges Opfer, um Hilfe gebeten. Und es war ihm gelungen, sich selbst zu besiegen.

»Das überrascht mich«, gab Burton zu. »Ich freue mich für ihn, aber ich verfolge selbst andere Ziele. Wirst du mir versprechen, meine wahre Identität weiterhin geheimzuhalten? Es ist unerläßlich, daß ich auch weiterhin als Abdul Ibn Harun auftrete.«

Collop versprach, auch weiterhin zu schweigen. Es tat ihm allerdings leid, daß Burton davon absehen wollte, Göring noch einmal zu sehen, da er so nicht erkennen würde, zu welchen Wundern Glaube und Liebe imstande waren, selbst wenn es sich um eine Seele handelte, die sich beinahe selbst aufgegeben hatte. Er nahm Burton mit in seine Hütte und stellte ihm seine Frau vor, eine kleine, zierliche Brünette, die sehr freundlich und entgegenkommend war, allerdings darauf bestand, die beiden Männer auf ihrem Weg zum örtlichen Bürgermeister, dem sogenannten *Valkotukkainen*, zu begleiten. (Das Wort bezeichnete ebenso einen Weißen Elefanten wie auch jemanden, der es zu Macht und Ansehen gebracht hatte.)

Ville Ahonen entpuppte sich als großer Mann mit einer leisen Stimme, der Burton geduldig und aufmerksam zuhörte, als dieser ihm verriet, daß er ein Boot zu bauen und damit zum Ende des Flusses zu segeln gedenke. Daß er darüber hinaus Forschungen betreiben wollte, sagte er natürlich nicht. Aber Ahonen war offensichtlich schon vielen anderen Männern begegnet, die ihm ähnliche Geschichten vorgetragen hatten.

Mit einem wissenden Lächeln erwiderte er, daß er nichts dagegen habe, wenn Burton ein solches Schiff bauen wolle. Die Leute dieser Gemeinde seien allerdings konservativ und hielten nicht sonderlich viel davon, das Land seines Baumbestandes zu berauben. Eichen und Pinien durften um keinen Preis gefällt werden, im Gegensatz dazu sei allerdings Bambus verfügbar. Aber auch dieses Material müsse er sich gegen Zigaretten und Likör einzutauschen versuchen, was bedeutete, daß Burton einige Zeit seinen Privatkonsum einstellen mußte.

Nachdem er Ahonen gedankt hatte, ging Burton wieder, legte

sich in einer Hütte nieder, die sich in der Nähe von Collops Behausung befand, ohne jedoch Schlaf zu finden.

Kurz bevor der obligatorische Nachtregen fiel, faßte er den Entschluß, hinauszugehen. Er wollte in die Berge, sein Quartier unter einem Felsüberhang aufschlagen und abwarten, bis der Regen aufhörte, die Wolkenbänke sich teilten und die ewige (wenn auch schwache) Sonne wieder sichtbar wurde. Jetzt, wo er seinem Ziel so nahe war, konnte er es nicht mehr riskieren, von den Ethikern überrascht zu werden. Und es erschien ihm plötzlich sehr logisch, daß es in diesem Gebiet nur so von ihren Spitzeln wimmeln mußte. Vielleicht war sogar Collops Frau eine der Fremden.

Burton hatte noch keine tausend Meter hinter sich gebracht, als der Regen auf ihn niederprasselte und ganz in seiner Nähe ein Blitz herabzuckte. Die plötzliche Helligkeit ließ ihn in einer Entfernung von etwa sieben Metern die Umrisse eines gerade materialisierten Objekts erkennen.

Sofort warf er sich herum und rannte auf ein kleines Wäldchen zu. Er hoffte, daß sie ihn noch nicht gesehen hatten und daß er sich dort verstecken konnte. Später würde er dann seinen Weg in die Berge fortsetzen. Und erst nachdem sie die ganze Gemeinde in einen künstlichen Tiefschlaf versetzt hatten, würden sie feststellen können, daß er ihnen erneut durch die Lappen gegangen war ...

»Sie haben uns eine ziemlich lange und schwere Verfolgungsjagd geliefert, Burton«, sagte ein Mann auf englisch zu ihm.

Burton öffnete die Augen. Der Wechsel an diesen Ort war so unerwartet gekommen, daß er sich wie betäubt fühlte. Aber nur eine einzige Sekunde lang. Er saß in einem weichen Sessel aus leuchtendem Material. Der Raum war eine perfekte Kugel; seine Wände halbtransparent und von grünlicher Farbe. In welche Richtung er auch blickte, überall erstreckten sich Kammern, die seinem eigenen Aufenthaltsort glichen. Und sie befanden sich überall – rechts, links, vorne, hinten, über ihm, und wenn Burton sich vornüberbeugte, konnte er sie sogar unter sich in der Tiefe erkennen. Verwirrend war allerdings die Tatsache, daß diese kugelförmigen Räume nicht einfach aneinandergefügt waren, sondern sich sogar überschnitten. Teile der Nachbarräume ragten in seinen hinein; es lag lediglich an der durchsichtigen Struktur, daß man sich anstrengen mußte, es zu entdecken.

Auf der Burton gegenüberliegenden Wand leuchtete ein Oval von dunkelgrüner Farbe. Es war nach innen gewölbt und paßte sich somit völlig der Raumbegrenzung an. Auf der Mitte des Dings bewegte sich der geisterhafte Schatten eines durch einen Wald trabenden Rehkitzes. Er glaubte sogar, den Geruch von Tannennadeln zu riechen.

Aber Burton war nicht allein in diesem Raum. Er registrierte plötzlich die Anwesenheit von zwölf weiteren Menschen – sechs Männern und sechs Frauen –, die auf ähnlichen Sesseln saßen und ihn musterten. Sie waren ausnahmslos gutaussehend und abgesehen von zweien schwarz- oder dunkelhaarig und von tiefbrauner Hautfarbe. Dreien der Leute glaubte er aufgrund ihrer faltigen Gesichter einen lasterhaften Lebenswandel attestieren zu können, während einer der Männer wegen seiner grotesken Frisur ausgesprochen weibisch wirkte.

Eine der Frauen hatte das blonde Haar zu einem strengen Knoten zusammengebunden, während der neben ihr sitzende Mann rothaarig war und irgendwie an einen Fuchs erinnerte. Er war hochgewachsen, hatte gemeißelte Gesichtszüge, eine Adlernase und dunkelgrüne Augen.

Bekleidet war die ganze Gesellschaft mit silbernen oder purpurnen Blusen mit Rüschenärmeln und verzierten Aufschlägen, dünnen, glitzernden Gürteln, Kilts und Sandalen. Männer wie Frauen waren geschminkt, hatten Lippenstift aufgelegt, trugen

Ohrringe und Augenmake-up, und auch ihre Finger- und Zehennägel waren angemalt.

Über dem Kopf eines jeden einzelnen schwebte, beinahe das Haar berührend, ein sich drehender, vielfarbiger Globus von etwa dreißig Zentimetern Durchmesser. Das Ding drehte sich, blitzte auf, wechselte die Farbe und bildete von Zeit zu Zeit lange, lichtstrahlähnliche Arme, die entweder grün, blau, schwarz oder von einem blendenden Weiß waren.

Burton blickte an sich hinab. Er trug lediglich ein schwarzes Tuch um die Hüften.

»Um Ihrer ersten Frage zuvorzukommen, möchte ich Ihnen sofort sagen, daß wir nicht im geringsten bereit sind, Ihnen irgendwelche Informationen über Ihren derzeitigen Aufenthaltsort zu geben.«

Es war der Rothaarige, der gesprochen hatte. Er grinste Burton an und entblößte dabei ein unmenschlich weißes Gebiß.

»Na gut«, erwiderte Burton. »Welche Fragen sind Sie denn überhaupt bereit zu beantworten? Wie haben Sie mich überhaupt gefunden?«

»Mein Name ist Loga«, sagte der Rothaarige. »Und gefunden haben wir Sie durch eine Kombination von Detektivarbeit und Glück. Es war eine komplizierte Prozedur, aber ich kann die Sache für Sie ein wenig vereinfacht darstellen. Es waren viele Agenten auf ihrer Spur, aber natürlich waren es viel zu wenige, wenn man bedenkt, daß Sie sich unter sechsunddreißig Milliarden, sechs Millionen und neuntausendsechshundertsiebenunddreißig Kandidaten verstecken konnten.«

Kandidaten? dachte Burton. Kandidaten für was? Für das ewige Leben? Hatte Spruce etwa die Wahrheit über den Zweck der Wiedererweckung gesprochen?

Loga fuhr fort: »Wir hatten keine Ahnung, daß Sie uns immer wieder durch Selbstmord entwischten. Selbst als man Sie in immer weiter auseinanderliegenden Gebieten aufspürte, die sie auf andere Weise kaum erreicht haben konnten, wurden wir nicht mißtrauisch, sondern nahmen an, daß irgend jemand Sie getötet hatte und Sie deswegen öfter die Umgebung wechselten. So vergingen Jahre. Wir hatten wirklich keine Ahnung, wo Sie sich aufhielten. Da wir schließlich auch noch andere Aufgaben zu erledigen hatten, zogen wir alle mit dem Fall Burton befaßte Agenten zurück und stationierten lediglich einige wenige zu beiden Enden des Flusses. Irgendwie mußten Sie von dem Polarturm erfahren haben. Wir fanden erst später heraus, wie Ihre

Freunde Göring und Collop waren uns sehr nützlich, auch wenn sie keine Ahnung hatten, daß sie mit unseren Leuten sprachen.«

»Wie erfuhren Sie, daß ich dem Ende des Flusses so nahe gekommen war?« fragte Burton.

Loga lächelte. »Es gibt keinen Grund, Ihnen das zu sagen«, erwiderte er. »Wir hätten Sie auf jeden Fall geschnappt. Wissen Sie, jeder Meter der Restaurationsblase – das ist der Raum, in dem Sie so frühzeitig aufwachten – ist mit automatischen Zählwerken ausgerüstet. Man hat sie für statistische Zwecke eingebaut, weil wir Wert darauf legen, über alles informiert zu sein. So wird früher oder später jeder Kandidat, der eine auffallend hohe Anzahl von Toden stirbt, zu einem interessanten Studienobjekt. Meistens dauert es jedoch lange, bis wir auf ihn aufmerksam werden, weil wir einfach unterbesetzt sind. Erst nach Ihrem siebenhundertsiebenundsiebzigsten Tod kamen wir dazu, uns diese Fälle genauer anzusehen. Die meisten Tode fielen auf Sie. Ich glaube, man kann Ihnen dazu gratulieren.«

»Es gibt also auch noch andere Leute, die es mit meiner Methode versuchten?«

»Sie wurden allerdings nicht verfolgt, wenn Sie darauf anspielen sollten. Es sind – relativ gesehen – nicht viele. Wir hatten zunächst keine Ahnung, daß ausgerechnet Sie es waren, der auf diese hohe Todeszahl kam, denn der Sie betreffende Datenspeicher stellte sich als gelöscht heraus, als wir ihn näher in Augenschein nahmen. Die beiden Techniker, die Ihnen kurz nach Ihrem Erwachen in der Blase begegneten, konnten Sie jedoch anhand einer Fotografie identifizieren. Uns blieb nichts anderes übrig, als den Erwecker so einzustellen, daß uns bei Ihrer nächsten Materialisation ein Alarmsignal aufmerksam machen würde.«

»Und wenn ich nicht noch einmal gestorben wäre?« fragte Burton.

»Es war Ihre Bestimmung, das zu tun! Sie planten doch, in das Gebiet des Polarsees vorzudringen, nicht wahr? Es wäre nicht möglich gewesen, denn die letzten zweihundert Kilometer bewegt sich der Fluß durch einen unterirdischen Tunnel. Jedes Boot wäre dabei in Stücke gerissen worden. Und ebenso wie alle anderen, die sich auf diese Reise begeben haben, wären auch Sie gestorben.«

»Diese Fotografie«, sagte Burton, »die ich Agneau abnahm. Sie ist offensichtlich auf der Erde gemacht worden, als ich für die John-Gesellschaft in Indien arbeitete. Wie haben Sie sie in Ihren Besitz gebracht?«

»Durch Forschungsarbeit, Mr. Burton«, erwiderte Loga lächelnd.

Burton unterdrückte das Verlangen, aufzustehen und dem arroganten Kerl mit einem Faustschlag das Grinsen auszutreiben. Er sah nichts, was ihn daran würde hindern können. Er brauchte nur aufzustehen und sich auf Loga zu stürzen. Aber das Unterbewußtsein sagte ihm, daß die äußerlich ungefährliche Lage trog. Die Ethiker würden sich niemals mit ihm im gleichen Raum aufhalten, ohne Sicherheitsvorkehrungen getroffen zu haben.

»Haben Sie inzwischen herausgefunden, aus welchen Gründen ich vor der Zeit in der Blase zu mir kam?« fragte er. »Oder warum das nicht nur mir passierte?«

Loga sprang auf. Einige der anderen schnappten nach Luft. Aber es war auch Loga, der sich als erster wieder faßte und sagte: »Wir haben Ihren Körper einer genauen Untersuchung unterzogen, die so tiefgehend war, daß Sie es sich gar nicht vorstellen können. Ebenso untersuchten wir jede Komponente Ihrer – Aura, wenn Sie verstehen, was ich damit meine.« Er deutete auf die über ihnen liegende Sphäre. »Aber wir haben keine Anhaltspunkte ausfindig machen können.«

Burton warf den Kopf zurück und lachte laut.

»Also wißt ihr Hundesöhne doch nicht alles!«

Loga lächelte kurz. »Nein. Dazu wird es auch niemals kommen. Es gibt nur einen, der allwissend ist.«

Er berührte mit drei Fingern der rechten Hand nacheinander seine Stirn, die Lippen, das Herz und sein Geschlechtsteil. Die anderen taten es ihm gleich.

»Ich will Ihnen jedenfalls sagen, daß Sie uns ängstigten, auch wenn Sie das, wie ich glaube, noch mehr freut. Wissen Sie, wir sind uns ziemlich sicher, in Ihnen einen jener Menschen vor uns zu haben, vor denen man uns gewarnt hat.«

»Vor denen man Sie gewarnt hat? Wer hat das getan?«

»Es war – eine Art gigantischer, lebender Computer. Und derjenige, der ihn bedient.« Erneut machte Loga das merkwürdige Fingerzeichen. »Das ist alles, was ich Ihnen sagen darf – selbst wenn Sie sich, nachdem wir Sie wieder auf die Flußwelt der Zeit zurückbefördert haben, an nichts mehr von dem, was Sie hier unten zu sehen bekamen, erinnern werden.«

Obwohl sich Burtons Geist vor verhaltenem Zorn beinahe verzehrte, waren ihm dennoch nicht die Worte »hier unten« entgangen. Bedeutete das, daß sich sowohl die Wiedererweckungsmaschinerie als auch das geheime Versteck der Ethiker unter der Oberfläche des Planeten befand?

Loga fuhr fort: »Die Daten zeigen deutlich an, daß Sie das Potential besitzen, unsere Pläne zu sabotieren. Warum Sie das allerdings tun sollten und wie, bleibt uns leider verborgen. Dennoch respektieren wir unsere Informationsquelle.«

»Wenn Sie das wirklich glauben«, sagte Burton, »warum legen Sie mich dann nicht auf Eis? Warum lassen Sie mich nicht in die Restaurationsblase zurückbringen und dort bis in alle Ewigkeit rotieren?«

Loga sagte: »Das können wir nicht tun! Es würde alles ruinieren. Wie sollten Sie jemals zum Heil gelangen? Und zudem würde dies für uns einen nicht wiedergutzumachenden Gewaltakt bedeuten! Es wäre einfach unvorstellbar!«

»Sie haben schon allein dadurch Gewalt ausgeübt, daß Sie mich zwangen, ständig vor Ihnen auf der Flucht zu sein«, erwiderte Burton. »Und jetzt zeigen Sie Ihre Gewalttätigkeit dadurch, daß Sie mich hier gegen meinen Willen festhalten. Und Sie werden weiterhin gewalttätig vorgehen, wenn Sie mir meine Erinnerung an dieses kleine Tête-à-Tête mit Ihnen nehmen.«

Loga knetete verlegen seine Hände. Wenn er der geheimnisvolle Renegat war, mußte er ein großer Schauspieler sein. In beleidigt klingendem Tonfall sagte er: »Das stimmt nur zum Teil. Wir mußten gewisse Vorbereitungen treffen, um uns selbst zu schützen. Wenn der Mann, nach dem wir suchten, ein anderer gewesen wäre, hätten wir Sie keinesfalls behelligt. Es stimmt, daß wir Sie dadurch, indem wir Sie so lange verfolgten, einer Gewalteinwirkung ausgesetzt haben. Wir taten das auch, als wir Sie auf den Kopf stellten. Aber es mußte sein. Und glauben Sie mir, wir werden für diese Taten noch zu bezahlen haben.«

»Sie könnten sich schon zu einem gewissen Teil damit entlasten, indem Sie mir sagen, warum ich – warum die ganze Menschheit – überhaupt zu diesem Leben auserkoren wurde. Und wie Sie es überhaupt anstellten.«

Loga begann zu reden. Gelegentlich wurde er von den anderen unterbrochen, wobei sich besonders die blonde Frau hervortat, deren Benehmen Burton zu dem Schluß kommen ließ, daß sie entweder Logas Frau war oder eine sehr hohe Position innehatte. Ab und zu unterbrach auch ein anderer Mann das Gespräch, und sobald er das tat, war deutlich zu spüren, daß die anderen in ihm offenbar das Haupt ihrer Gruppe sahen. Als der Mann einmal den Kopf wandte, fiel ein Lichtstrahl auf sein Gesicht. Mit Erstaunen nahm Burton zur Kenntnis, daß das linke Auge des Ethikers ein blitzender Edelstein war.

Ihm kam der Gedanke, daß sich hinter dem Juwel möglicherweise ein Gerät verbarg, das dem Mann eine Sinneswahrnehmung ermöglichte, die den anderen versagt war. Plötzlich fühlte er sich bei jedem Blick, der ihn traf, beobachtet und analysiert. Was konnte der Bursche durch das vielwinklige Prisma alles sehen?

Am Ende der Erklärung stellte Burton fest, daß er nicht mehr wußte als zuvor. Es war den Ethikern möglich, mit einer Art Chronoskop in die Vergangenheit zu blicken und alles über jeden Menschen, der jemals gelebt hatte, herauszufinden und aufzuzeichnen. Mit Hilfe dieser Aufzeichnungen hatten sie schließlich durch Energie-Materie-Konverter die Wiedererweckung bewerkstelligt.

»Was«, sagte Burton, »würde geschehen, wenn Sie den Körper eines bestimmten Menschen zur gleichen Zeit doppelt erschaffen?«

Loga lächelte dünn und erklärte, daß dieser Versuch bereits unternommen worden sei, jedoch habe nur einer der Körper Leben besessen.

Burton schmunzelte wie eine Katze, die gerade eine Maus verschluckt hat. »Ich glaube, daß Sie mich belügen. Oder mir Halbwahrheiten auftischen. Auf jeden Fall sehe ich einen Widerspruch. Wenn es ganz gewöhnlichen menschlichen Wesen möglich ist, ein solch hohes ethisches Stadium zu erreichen, daß ihre ›Seelen‹ den Körper verlassen, um in ein höheres Reich einzugehen – wieso gibt es dann überhaupt noch euch Ethiker? Warum sind nicht auch Sie schon längst in dieses höhere Reich hinübergewechselt?«

Außer Loga und dem juwelenäugigen Mann zeigten die Ethiker plötzlich abweisende Gesichter. Mit einem Lachen erwiderte Loga: »Das ist eine sehr skurrile Frage, aber sie ist nicht unberechtigt. Ich kann Ihnen nur sagen, daß *einige* von uns tatsächlich bereits in dieses höhere Reich gekommen sind. Aber was die Ethik des einzelnen angeht, verlangt man von uns eben mehr als von euch Wiedererweckten.«

»Ich glaube immer noch, daß Sie lügen«, sagte Burton. »Aber natürlich kann ich nichts dagegen unternehmen.« Er grinste und fügte hinzu: »Jedenfalls im Moment noch nicht.«

»Wenn Sie weiterhin darauf beharren, so zu sein, wie Sie sind«, meinte Loga, »werden Sie dieses Stadium niemals erreichen. Wir haben Ihnen das alles nur erzählt, weil wir das Gefühl hatten, Ihnen etwas zu schulden. Wenn wir die anderen festgesetzt haben, die Ihre Philosophie teilen, werden wir auch ihnen einiges sagen müssen.«

»Unter Ihnen befindet sich ein Judas«, sagte Burton und weidete sich an der Wirkung seiner Worte.

Der juwelenäugige Mann sagte plötzlich: »Warum erzählst du ihm nicht die Wahrheit, Loga? Vielleicht kann sie dafür sorgen, daß er schnellstens mit beiden Beinen wieder auf dem Boden landet.«

Loga zögerte. Dann sagte er: »Wie du willst, Thanabur. Burton, Sie werden von jetzt an sehr vorsichtig sein. Sie dürfen auf *keinen Fall* mehr Selbstmord begehen, sondern werden statt dessen wie früher auf der Erde, als Ihnen nur ein Leben zur Verfügung stand, um das Überleben kämpfen. Es gibt nämlich für jeden Wiedererweckten eine Todesrate, die er nicht überschreiten darf. Nach gewisser Zeit – sie ist variabel und individuell verschieden – kann sich die Aura nicht mehr mit dem Körper verbinden. Und wenn es zu spät ist, gibt es für den Todeskandidaten keine Rückkehr mehr. Er wird zu einer – lassen Sie mich einen unwissenschaftlichen Terminus benutzen – ›verlorenen Seele‹, die körperlos das Universum durchzieht. Wir können diese Auren mit unseren Instrumenten zwar registrieren, können aber im Gegensatz zu denen, die wir die ›Geretteten‹ nennen wollen, nichts für sie tun. Sie sollten also einsehen, daß es höchste Zeit ist, die Form der bisher von Ihnen praktizierten Fortbewegung aufzugeben. Und damit wissen Sie auch, weswegen man gelegentlich auf Körper stößt, die zwar vollständig aussehen, aber keinerlei Leben aufweisen.«

Der Juwelenäugige fügte hinzu: »Der Verräter, jener abgefeimte Unbekannte, der so tut, als würde er Sie schützen, verfolgt in Wirklichkeit nur seine eigenen Ziele. Natürlich hat er Ihnen nichts davon erzählt, daß Sie durch die zahlreichen Selbstmorde auf dem besten Wege waren, sich wirklich umzubringen. Er – oder sie; wer immer es sein mag – ist dem Bösen verhaftet, und nichts als dem Bösen! Schon allein deswegen sollten Sie von nun an vorsichtiger zu Werke gehen. Möglicherweise können Sie noch ein Dutzend Tode riskieren, Burton, aber niemand kann das mit Sicherheit sagen. Schon der nächste Suizid kann Ihr absolutes Ende bedeuten!«

Burton stand auf und schrie: »Sie wollen doch nur verhindern, daß ich das Ende des Flusses erreiche! Aber warum? *Warum?*«

Loga sagte: »Au revoir. Und verzeihen Sie uns unsere Gewalttätigkeit.«

Burton sah nicht eine der versammelten Personen irgendeinen Gegenstand auf ihn richten, dennoch verließ ihn das Bewußtsein mit der Schnelligkeit eines von einem Bogen abgeschossenen Pfeils. Und er erwachte . . .

Der erste, der ihn begrüßte, war Peter Frigate. Offensichtlich hatte er einige seiner Hemmungen verloren; jedenfalls weinte er. Burton, der ebenfalls nicht verhindern konnte, daß einige Tränen seine Wangen hinunterliefen und somit dafür sorgten, daß er eine ganze Weile nicht in der Lage war, Frigates Fragenkatalog zu beantworten, versuchte zunächst herauszufinden, was ihm, Loghu und Alice nach seinem Verschwinden passiert war. Frigate erwiderte, daß sie nach ihm gesucht hätten und schließlich flußaufwärts nach Theleme gesegelt seien.

»Und wo hast du gesteckt?« fragte Frigate schließlich.

»Überall und nirgends«, sagte Burton. »Aber auf jeden Fall habe ich herausgefunden, daß es auf dieser Welt zwar keinen Satan, aber einen Haufen gottesfürchtiger Menschen gibt. Aber sie sind nur wenige, weißt du? Die meisten sind immer noch die gleichen selbstsüchtigen, ignoranten, abergläubischen, starrsinnigen, oberflächlichen Feiglinge, die sie schon auf der Erde waren. In den meisten sitzt noch immer der alte, gierige Killer-Affe, der an den Gittern der Gesellschaft rüttelt und darauf aus ist, sie zu verlassen und seine Hände mit Blut zu besudeln.«

Während sie auf den in der Ferne liegenden Palisadenzaun zugingen, hinter dem die Gemeinschaftshütten des Kleinstaates Theleme lagen, redete Frigate ununterbrochen, und Burton hörte ihm nur mit einem Ohr zu. Er begann plötzlich zu zittern und spürte die harten Schläge seines Herzens – aber das hatte nichts mit seiner Heimkehr zu tun.

Er erinnerte sich!

Ganz im Gegensatz zu dem, was Loga ihm gesagt hatte, erinnerte er sich nicht nur an sein frühzeitiges Erwachen in der Restaurationsblase, sondern auch an das Verhör, das die zwölf Ethiker mit ihm veranstaltet hatten.

Dafür konnte es nur eine Erklärung geben. Einer der zwölf hatte in letzter Minute verhindern können, daß man ihm seine Erinnerungen nahm. Und er hatte es getan, ohne daß es den anderen aufgefallen war.

Einer der zwölf mußte also der geheimnisvolle Fremde sein – der Renegat.

Aber welcher? Momentan gab es für ihn keine Möglichkeit, dieser Frage nachzugehen. Aber irgendwann würde er es herausfinden. Immerhin besaß er einen unbekannten Freund in ihren Reihen, jemanden, der möglicherweise nichts anderes vorhatte, als Burton nur als sein Werkzeug zu benutzen. Aber es würde die Zeit kommen, da Burton den Spieß herumdrehte.

Und es gab noch andere Wiedererweckte, zu denen der Unbekannte Beziehungen unterhielt. Vielleicht würde er sie finden; dann konnten sie den Turm gemeinsam bezwingen.

Odysseus hatte seine Athene gehabt. Obwohl er sich größtenteils während drohender Gefahren auf seine eigene Spitzfindigkeit hatte verlassen müssen, war die Göttin doch immer, wenn sie es ermöglichen konnte, bereit gewesen, ihm ihre helfende Hand entgegenzustrecken.

Odysseus hatte seine Athene gehabt. Burton hatte den geheimnisvollen Fremden.

Frigate sagte: »Was hast du jetzt vor, Dick?«

»Ich werde ein Boot bauen und flußaufwärts segeln«, erwiderte Burton. »Bis zu seinem Ende! Kommst du mit?«

POST SCRIPTUM

Hiermit endet Band I der *Flußwelt*-Serie. Band II, »Auf dem Zeitstrom«, wird davon berichten, wie Samuel Clemens in einem mineralienarmen Tal nach Eisen sucht, es findet und einen großen Raddampfer, die NICHT VERMIETBAR baut. Und Band III, »Das dunkle Muster«, hält noch mehr Abenteuer in der seltsamen *Flußwelt* für Sie bereit.
Die deutsche Ausgabe der Folgebände ist in Vorbereitung.

HEYNE KRIMI

Eine Auswahl spannender Kriminalromane.

1773 Robert Upton
Wer wollte den alten George umbringen?

1776 Carter Brown
Al Wheeler und der Tanz in den Tod

1777 William P. McGivern
Seine dunkelste Stunde

1780 Raymond Rudorff
Mord in Venedig

1781 Robert Boyle
Auf eigene Faust

1783 Alfred Hitchcock
Neunmal geschockt und gethrillt

1785 Ellery Queen's
Kriminal Magazin 63

1786 Rex Stout
Aufruhr im Studio

1789 Carter Brown
Al Wheeler und die Füchsin

1790 G. E.
Mord am Bahnübergang

1793 Donald E. Westlake
Einmal reicht noch lange nicht

1794 Mickey Spillane
Menschenjagd in Manhattan

1796 Ellery Queen's
Kriminal Magazin 64

1797 Carter Brown
Donavan und die Eurasierin

1799 Alfred Hitchcock
Nichts für schwache Nerven

1801 William P. McGivern
Der Tod führt Regie

1802 Hugh Pentecost
Ein ganz gewöhnlicher Mord

1805 Philippe van Rjndt
Dokumente des Todes

1806 Rex Stout
Mord im Waldorf Astoria

1808 Ellery Queen's
Kriminal Magazin 65

1809 Thomas Chastain
Die entführte Leiche

1812 Charles Williams
Heiß weht der Wind von Yukatan

1816 Mickey Spillane
Comeback eines Mörders

1817 John D. MacDonald
Alptraum in Rosarot

WILHELM HEYNE VERLAG MÜNCHEN

HEYNE SCIENCE FICTION

- 3508 Jane Gaskell
  Der Turm der Göttin
- 3509 J. G. Ballard
  Der vierdimensionale Alptraum
- 3510 Clifford D. Simak
  Heimat Erde
- 3512 Alan Burt Akers
  Die Menschenjäger von Antares
- 3513 David G. Compton
  Lebwohl, gute Erde
- 3514 James Tiptree jr.
  Beam uns nachhaus
- 3516 Jane Gaskell
  Der Drache
- 3517 Isaac Asimov
  Die nackte Sonne
- 3518 Nancy Freedman
  Josua Niemandssohn
- 3519 **The Magazine of Fantasy and Science Fiction** 45. Folge
- 3521 John Norman
  Die Marodeure von Gor
- 3522 Eric Koch
  Die Freizeit-Revoluzzer
- 3523 Wolfgang Jeschke (Hrsg.)
  Science Fiction Story-Reader 7
- 3525 Clifford D. Simak
  Marc Cornwalls Pilgerfahrt
- 3527 Keith Roberts
  Die folgenschwere Ermordung Ihrer Majestät Königin Elisabeth I.
- 3530 Jane Gaskell
  Im Reich der Atlantiden
- 3531 Larry Niven / Jerry Pournelle
  Der Splitter im Auge Gottes
- 3532 Roberto Vacca
  Der Tod der Megalopolis
- 3534 Alan Burt Akers
  In der Arena von Antares
- 3535 Robert A. Heinlein
  Reise in die Zukunft
- 3536 Frank Herbert
  Hellstrøms Brut
- 3537 **The Magazine of Fantasy and Science Fiction** 46. Folge
- 3539 Roger Zelazny
  Corwin von Amber
- 3540 Christopher Priest
  Sir Williams Maschine
- 3541 Wolfgang Jeschke (Hrsg.)
  Die große Uhr
- 3543 Jane Gaskell
  Im Land der Affenmenschen
- 3544 William F. Nolan / George Clayton Johnson
  Flucht ins 23. Jahrhundert
- 3545 Ian Watson
  Der programmierte Wal
- 3547 Alan Burt Akers
  Die Flieger von Antares
- 3548 Barry Malzberg
  Herovits Welt
- 3549 Herbert W. Franke (Hrsg.)
  Science Fiction Story-Reader 8
- 3551 Roger Zelazny
  Die Gewehre von Avalon
- 3552 William Rotsler
  Ein Patron der Künste
- 3553 **The Magazine of Fantasy and Science Fiction** 47. Folge
- 3555 Esther Rochan
  Der Träumer in der Zitadelle
- 3556 Harald Buwert / Ronald M. Hahn
  Die Flüsterzentrale
- 3557 David S. Garnett
  Das Rätsel der Creeps
- 3559 John Norman
  Die Stammeskrieger von Gor
- 3560 Thomas M. Disch
  Angoulême

Wilhelm Heyne Verlag · Türkenstr. 5–7 · 8000 München 2

Jeden Monat mehr als dreißig neue Heyne-Taschenbücher

HEYNE BÜCHER

... ein vielseitiges und wohldurchdachtes Programm, gegliedert in sorgfältig aufgebaute Reihen aller Literaturgebiete: Große Romane internationaler Spitzenautoren, leichte, heitere und anspruchsvolle Unterhaltung auch aus vergangenen Literaturepochen. Aktuelle Sachbuch-Bestseller, lebendige Geschichtsschreibung in den anspruchsvollen „Heyne Biographien", Lehr- und Trainingsbücher für modernes Allgemein- und Fachwissen, die beliebten Heyne-Kochbücher und praxisnahen Ratgeber. Spannende Kriminalromane, Romantic Thriller, Kommissar-Maigret-Romane und Psychos von Simenon, die bedeutendste deutschsprachige Science-Fiction-Edition und Western-Romane der bekanntesten klassischen und modernen Autoren.

Ausführlich informiert Sie das Gesamtverzeichnis der Heyne-Taschenbücher. Bitte mit nebenstehendem Coupon anfordern!

Senden Sie mir bitte kostenlos das neue Gesamtverzeichnis

Name
PLZ/Ort
Straße

An den
Wilhelm Heyne Verlag
8000 München 2
Postfach 201204